W0296607

FOLIO POLICIER

Jacques Moulins

# Le réveil de la bête

Gallimard

© *Éditions Gallimard, 2020.*

Né à Montpellier, Jacques Moulins a passé son enfance à Marseille et fait ses études universitaires à Aix-en-Provence puis à la Sorbonne. Il commence sa carrière de journaliste dans un quotidien marseillais, puis prend la direction de la rédaction d'une agence de presse européenne. *Le réveil de la bête* est son premier roman.

# 1

## *Maryam*

Elle y avait passé les moments les plus dégueulasses de sa vie. La violence dans l'appartement familial, l'injustice, la bêtise, ses deux frères, avaient marqué son esprit à jamais. Mais chaque fois qu'elle grimpait cette rue de Belleville, prise à nouveau par le tumulte, les couleurs, et ces commerces improbables qu'on ne trouvait nulle part ailleurs dans Paris, elle ressentait quelque chose comme du bonheur. Comme de trop nombreux samedis soir, Maryam tourna dans la rue de la soif. À peine 20 heures et déjà la foule des buveurs, surtout buveuses d'ailleurs, commençait à se déverser sur les trottoirs, de part et d'autre d'une chaussée qui ne voyait guère passer de voitures. Maryam Binebine aimait ce moment, le meilleur peut-être de la soirée, où l'on va bientôt pouvoir se laisser aller avec gourmandise à toutes les fantaisies. Les anciens immeubles ouvriers de deux à trois étages, bas de plafond pour économiser au maximum sur la construction, ne masquaient pas encore entièrement les derniers rayons de soleil sur la butte, donnant plus de couleurs encore à ce passage tagué de haut en bas et de long en large par les artistes du quartier. Le dessin qu'elle aimait par-dessus tout était graffé au-dessus d'une porte d'entrée et n'avait jamais été recouvert. Il représentait une gamine en jupe blanche et gilet rouge, penchée vers le bas, un rat tenu délicatement par la queue entre le pouce et l'index dans l'attente impatiente d'une rombière sortant de l'immeuble sur qui le laisser tomber.

Sa silhouette fluette se faufila dans la cohue qui se pressait déjà le long du zinc de Pepe, un vrai zinc ouvragé de motifs floraux, assez long pour couvrir toute la profondeur de l'établissement. Les nuits de folie, il lui était arrivé de grimper dessus pour danser.

— Enlève tes talons ! ordonnait alors Pepe.

Son bar était un immense couloir s'enfonçant jusqu'au passe-plat de la cuisine rudimentaire vers laquelle se pressait sans claustrophobie une foule d'habitués. Couloir d'autant plus étroit qu'il était réduit d'un côté par le fameux zinc, et de l'autre par des étagères fixées à hauteur de coudes pour poser son verre ou son assiette. Pourquoi Pepe n'avait-il pas installé le comptoir au fond, devant les cuisines ?

— Parce que dans un vrai bar on boit debout devant le comptoir, voilà ! Et si y en a un à qui ça plaît pas…

Les verres, les planches de charcuterie ou de fromages, les différentes tapas, naviguaient du bar aux consommateurs en franchissant d'abord la barrière toujours complaisante des aficionados collés au comptoir et, sans jamais être renversés, finissaient dans les bonnes mains, portés par d'autres mains serviables évitant à Pepe un déplacement que, seul à servir, il ne pouvait assurer. Un vrai miracle qui se reproduisait tous les soirs du jeudi au samedi, même si Maryam n'était pas tout le temps là pour y assister, surtout depuis sa rencontre avec Guillaume. Mais, fidèle entre les fidèles, elle ne s'exonérait pas trop souvent du rituel qui la sortait de son écran lorsque son chéri n'était pas à Paris, la forçant à traverser Parmentier remontant tout Belleville dans une marche salutaire. À l'aller du moins.

De son écran et de ses emmerdes. Parmi ces dernières, qui ne manquaient pas, le coup de fil d'un de ses frères, Ali le débile, avec sa voix contenue de prédicateur pressé de t'en mettre une à travers la gueule dès que son chef, son chef « spirituel » bien sûr, lui en donnerait l'autorisation. La rengaine habituelle, la sommant au nom d'Allah de renier sa vie désordonnée, de se ranger, de prier le Très-Haut, le Très-Grand. Cet enfoiré, elle le soupçonnait d'avoir commis plus pire que le pire. Jusqu'à prostituer des gamines des cités. Ce qui l'avait le plus inquiétée, c'était le calme et l'assurance de sa voix. Il se prenait pour un sage, un inspiré, ce petit con ignare. Le calme du fanatique. Mais ça l'avait rendue nerveuse. Depuis le temps qu'elle avait rompu avec toute sa famille… Depuis le temps qu'elle n'avait plus de nouvelles d'eux… Elle se pensait oubliée. Enfin oubliée ! Et puis ces coups de fil. Répétés. Comment avait-il eu son nouveau numéro ? Savait-il où elle habitait ? Et d'abord où était-il ? Au Maroc ou revenu en France ? Elle aurait dû rester sereine, l'interroger avant de l'envoyer chier. Malgré tout, elle avait peur. Et son Guillaume, parti pour un stage en Savoie. Elle ne lui avait rien raconté, tout à l'heure, au téléphone, pour ne pas l'inquiéter. Mais ça l'aurait rassurée qu'il soit là. D'un autre côté, ça aurait compliqué les choses. Au moment où elle sentirait à nouveau ce regard posé sur sa nuque…

L'ennui d'être de petite taille, c'est la foule. Au milieu, on n'y voit rien. Même chez Pepe, et on ne peut pas passer son temps à sauter comme un kangourou. Mais elle n'eut pas le temps de commander, Mickey lui mit un verre dans les mains.

— C'est la fête, ce soir. Je suis le meilleur. À ma santé !

— Quelle fête ? hurla-t-elle car ça hurlait fort à côté d'eux et Mickey perchait ses oreilles trop au-dessus d'elle.

— J'ai fait un coup de ouf. Sur le marché de Bangkok. T'as pas idée !

— Ah d'accord, admit-elle, trinquant et se joignant à la bande.

Non, sûr, elle n'avait pas idée. L'écran, elle y passait ses journées. Payée pour ça. Même capable de développer un programme informatique depuis sa dernière formation. C'était les réseaux son truc, pas les marchés. Trop shootés aux amphets ces gars-là. Et à l'argent.

Pepe lui fit un salut de loin, inaccessible derrière son zinc. Mickey tenait son verre de la main gauche et la bouteille à dextre. Et remplissait sans attendre le vide. Il lui servit un nouveau verre dans son euphorie communicative puis se détourna vers de nouveaux convives qu'elle connaissait également, comme la majorité des clients de Pepe. Depuis le temps.

Entendant une voix plaintive, elle se retourna. Emma avait la larme à l'œil. Red l'avait certainement quittée. Jusqu'à demain. En fait, elle connaissait tout le monde, mais ne connaissait vraiment personne.

Passé les limites de la rue de la soif, personne ne se fréquentait. Ou bien c'est elle qui ne fréquentait personne. Juste le grand défouloir des fins de semaine avant de rentrer à la maison. Ceux-là aussi, ils avaient bien une maison, non ? Charlotte tentait de consoler Emma et pleurait, elle aussi. Déjà faites, les filles. Elle alla prendre deux verres des mains de Mickey qui ne savait plus ce qu'il payait et les leur tendit. Les bulles, ça fait toujours du bien, et ces deux-là n'avaient pas les moyens d'en abuser. Du cava de Barcelone, bien frais, bien sec. Une trouvaille de Pepe, son champagne populaire. L'histoire du frangin lui revenait à chaque silence. Il avait réussi à l'effrayer. Mieux valait ne plus y penser et parler avec les deux filles. Elle se mit elle aussi à consoler Emma, à fouiller dans son sac à la recherche du téléphone, à répondre de trois pressions du pouce *Yes I do* à sa copine Salima, toujours ponctuelle et toujours inquiète pour elle. Si sûre et si sensible. Et si trop sage. Puis elle sortit sur le trottoir fumer une clope. Max lui tendit son briquet et la dragua un peu, comme d'hab. Toujours gentiment, sans insistance et sans espoir. Devant eux, Mickey, vexé qu'on se soit moqué de son job, haranguait maintenant la foule des consommateurs pour les convaincre des vertus des marchés pour la nouvelle économie. Le fond n'intéressait personne, mais la forme était désopilante, et l'éloquence du mini-trader impressionnante malgré quelques bafouillages aussitôt couverts d'un hourra par son bon public. Pas la moindre sensation de regard sur sa nuque. Elle releva ses cheveux en chignon.

Pour sa seconde clope, c'est le vieux satyre qui vint la brancher. Et je t'attends toujours. Et j'ai besoin que tu vérifies l'intranet de la boîte. Et j'ai confiance en toi. Très fier de son cabinet d'architectes ripoux qui marchait surtout grâce à un unique promoteur lié à l'office départemental de l'habitat. Avant qu'elle ne décroche son boulot actuel, elle l'avait rencontré une fois, l'associé. Encore plus imbu de lui-même que son copain. Gros porc médaille d'or. Il puait les 10% à un kilomètre. Comme l'architecte rentrait chez Pepe en essayant de l'entraîner avec lui, elle déclina et passa au bar suivant, « La Madone », séparé de « Chez Pepe » par une simple cloison. C'était aussi passer des cartons de bouteilles de Pepe au baroque populaire mexicain. Des Vierges partout, en images, en icônes, en autels entourés de guirlandes lumineuses. Des lumières rouges tamisées, mi-bordel, mi-chapelle. Elle claqua une bise à la Madone, la vraie, derrière le comptoir, et commanda à contrecœur un mojito. Elle craignait les mélanges et n'avait pas l'intention d'abuser. Trop besoin de vigilance. La différence de goût heurta son palais. Au second, ça irait mieux. Bien sûr, Mickey se pointa avec sa bande de yuppies en vociférant comme dans un stade de foot. Ses propos devenaient de plus en plus hachurés et incohérents, coulant son exubérance au fond du verre. Elle eut un frisson dans le dos. Incroyable ! Sans rien avoir vu. Elle prit le temps avant de se retourner calmement. Les deux yeux étaient là, toujours si noirs, toujours si troublants. Contiens-toi un peu, se dit-elle, mais les battements de son cœur s'étaient déjà accélérés, une chaleur humide gagnait les pores de sa peau, descendant inexorablement vers son ventre. Fou, c'était fou. Comme les autres fois, aucun mot ne fut échangé. Seuls les corps parlaient. Elle aurait pu ignorer le sien. Elle n'en eut pas envie. Le connard de frère était oublié et Guillaume ne fit qu'un passage éclair dans son esprit. La foule qui se pressait contre le comptoir fut prétexte à ce que leurs corps se pressent aussi. Elle lui tourna le dos, bien consciente que c'était là un geste d'invite. Il fut interprété à bon escient. Elle sentit d'abord un souffle chaud sur sa nuque, avant que les lèvres n'y affleurent, puis profitent de la pénombre du bar pour poser des baisers de plus en plus humides de salive que la langue expérimentée s'employa à étaler. Si elle avait bien une zone érogène, c'était la nuque. Et le lobe des oreilles, mais la langue ne pouvait le savoir. Elle ne mit pas longtemps à le deviner, à moins que ce ne fût Maryam qui, par une contraction de son épaule, l'y eût attirée. Dans la cohue et à cette heure avancée, personne n'y fit attention. Et d'ailleurs, elle s'en foutait. Ici, c'était son lieu secret. Bien sûr, elle attendait la suite. Et n'y résisterait pas. C'était un peu pour cela qu'elle était venue, non ? Avant même que la main ne se pose sur sa hanche droite, elle la sentit arriver. Chaude et exigeante. Elle glissa sur la fesse qu'elle enserra malgré les bousculades provoquées par le va-et-vient des clients bruyants et éméchés. La main saisit fermement la hanche, imprimant l'impatience.

— Suis-moi, souffla Maryam.

Ce n'était pas une invitation, pas un ordre non plus. Une évidence. Maryam n'avait pas envie d'attendre. C'était maintenant. Et dans l'arrière-cour où se trouvaient les toilettes et les réserves de la Madone. À côté du bar, depuis la rue, on accédait à un couloir qui y menait. Elle prit les devants et sortit seule, sans prendre la peine de s'assurer qu'elle était bien suivie. Là encore, c'était une évidence. Comme de se réfugier sous l'escalier menant aux étages du vieil immeuble, afin de se protéger de la vue des utilisateurs des toilettes. Maryam se retrouva dans la même position, mais cette fois la main droite se fit plus entreprenante, remontant sur le sein, alors que la gauche, délicatement mais sans hésitation, s'aventura lentement du ventre jusqu'à sa culotte, jusqu'à son clitoris. Maryam était tellement excitée que l'orgasme fut rapidement atteint. Elle saisit alors la main, la tira vers elle d'un simple « On va chez moi ».

# 2

## *Elsa*

Assis le dos à la fenêtre fermée sur le trafic routier dense de La Haye, il lut rapidement la note, leva les yeux vers elle et la lui rendit sans un mot de commentaire. Il aurait pu soulever ses épaules en signe de résignation, ou taper du poing sur le bureau pour lancer le début des hostilités. Mais non. Rien. Raté. Elsa Minetti avait espéré que, cette fois, son beau commandant allait piquer une colère à faire trembler tout l'étage du service, insulter l'auteur du mail, le menacer même, et faire preuve d'une virilité guerrière qui sans doute apporterait à son charme. Elle aurait adoré, mais elle ne se faisait pas d'illusion. Depuis bientôt trois ans qu'elle pratiquait Deniz Salvère, elle savait combien il intériorisait ses réactions et se faisait un devoir, conforme à sa caste de haut fonctionnaire européen, de ne laisser paraître aucune émotion dans un poste qui n'en demandait pas. À ses yeux, il suffisait de déployer une connaissance parfaite des procédures et un usage opérationnel de la raison, dont son patron était anormalement pourvu.

La charge était pourtant sérieuse et, bien que le mail qu'elle avait intercepté par pur hasard eût un caractère intime, d'amant à amante, il visait bel et bien à saper la position de son patron à l'intérieur d'Europol. Pour quelques entorses aux règlements que l'auteur du mail attribuait aux origines de Salvère, « C'est un Latin, malgré tout ». Le « malgré tout », supposait Elsa, faisait justement référence au visage marmoréen qu'elle avait présentement face à elle, à cette culture de caste qui l'horripilait tant. Ces gens-là, hyperdiplômés, hypercultivés, hyperpolicés, hyper en tout, étaient principalement occupés à bichonner les réseaux propres à servir leur carrière. Aujourd'hui membre du cabinet du commissaire européen à l'élargissement, demain directeur d'un service de santé ou des douanes dans leur pays d'origine, voire, comme un de ses précédents supérieurs, directeur général d'un festival d'art lyrique international, ils pouvaient s'offrir cet art du détachement sur des dossiers qui, somme toute, ne les retenaient pas plus de trois à six ans. Leur seule attention, celle-là forcenée, allait à ne pas commettre d'impair, à ne pas s'exposer sur une affaire à risque, à ne pas froisser un collègue dont on pourrait demain avoir besoin. « Ne jamais insulter l'avenir » était leur première devise. Et pas de sexisme en la matière, les femmes étaient aussi calculatrices que les hommes. Cela énervait prodigieusement Elsa, même si les compétences de ces messieurs et dames étaient bien supérieures aux siennes.

— Wolfgang Brenner et l'ordre allemand. Pas la peine de discuter, finit par réagir son chef, bien calé dans son fauteuil.

Mais pourquoi suis-je assez stupide pour rendre service à cette tête à claques ? Elsa ne le lui demanda pas, se contentant d'une dose minime de perfidie en posant sa question.

— Je n'aurais pas dû « voir » ce mail ?

— Tu l'as vu. Autant me le montrer, non ?

Bande d'hypocrites ! pensa-t-elle en rangeant la feuille dans son dossier. C'était cette façon de s'exprimer, sans jamais appeler un chat un chat, en surdosant la condescendance pour rabaisser l'interlocuteur, qu'elle détestait chez eux. Bien que son chef, en bon « Latin », ait su gagner dans son cœur le droit de se différencier de ses congénères. Il pratiquait en effet, et dans la réciprocité, ce tutoiement qui n'était guère d'usage à l'étage supérieur d'Europol, exception faite bien sûr entre anciens des mêmes universités et grandes écoles.

Elle passait nombre d'heures avec Salvère dans ce triste bunker policier, aussi sombre que les cieux de Hollande, nombre d'heures au-dessus de la durée légale, nombre d'heures encore sur le terrain où des enquêtes les amenaient parfois, trop rarement à son gré. Ces dernières incluaient déjeuners et parfois dîners lorsqu'ils étaient en déplacement dans un quelconque pays de la vaste et vieille Europe. La promiscuité n'allait pas plus loin, mais c'était déjà bien suffisant pour avoir de temps en temps quelques échanges débordant le cadre strict de leur travail. Ce qu'elle appréciait par-dessus tout, outre ses yeux bleus d'une expressivité singulière, c'était la capacité de son chef à situer le moindre événement dans un contexte social qui en modifiait radicalement la portée. C'était certes un trait d'intelligence qu'il fallait souvent reconnaître à la caste. Mais chez lui, il était… Comment dire ? Plus vivant ? Plus gourmand ? Comme si cet homme trop discret, et parfois si hautain, savait enchanter le monde des affaires criminelles, lui rendre de l'épaisseur sensible, lui mettre des couleurs. De l'admiration ? Oui, Elsa ne s'en cachait pas, elle l'admirait. Souvent. Pas toujours, pas quand il surjouait comme aujourd'hui l'appartenance à la caste. Mais aucun amour là-dedans. N'en déplaise à sa collègue Inès qui la taquinait avec ça. Manquait l'attrait sexuel. Ça ne se commande pas.

En ce jour inévitablement faste en rumeurs, Elsa n'aurait manqué pour rien au monde un déjeuner à la cantine du rez-de-chaussée, où la froide atmosphère de la rue semblait pénétrer les larges ouvertures. Elle s'y rendit même plus tôt qu'à l'accoutumée, afin de ne pas rater le chassé-croisé des Nordiques habitués à déjeuner plus tôt que les Méditerranéens. C'est qu'il y avait de l'agitation au siège d'Europol. Dans tous les bureaux de tous les étages. Le changement de directeur général était déjà une actualité apte à alimenter pendant plusieurs journées les conversations de couloirs. Et que le directeur fût une directrice en ajoutait encore. Ce joli sujet datait de deux mois, il avait un peu fléchi les semaines passant, mais il retrouvait toute sa vigueur avec la prise de fonction le matin même de la dame en question. Elsa descendit comme souvent avec Inès et retrouva Adrijana et Iannis qui leur avaient réservé deux places à leur table. Membre du service juridique, aussi volubile qu'Adrijana était réservée, Iannis possédait toujours quelques indiscrétions sérieuses à distiller, mais il ne put confirmer le boulet que semblait traîner la nouvelle patronne. Une histoire de favoritisme envers les entreprises de son mari lorsqu'elle était encore en poste à Vienne. Adrijana ne leva même pas les yeux de son poulet-carottes. Un léger affaissement des épaules confirma sa lassitude devant tant de babillages intempestifs et infondés. Bien entendu, personne n'y crut, l'inspectrice allemande ne se bouchait jamais les oreilles et se délectait comme ses collègues de ces demi-ragots qui sont ce que la fumée est au feu.

Salvère, comme il se doit, ne mangeait jamais à la cantine. Remontée à l'open space du service, Elsa l'aperçut à travers les cloisons vitrées de son bureau, penché en arrière dans son fauteuil, à méditer sans doute la crasse qu'il allait faire à Wolfgang Brenner, commandant le département voisin et concurrent de la cybercriminalité à la direction des opérations. Elle comprit à son regard qu'il l'attendait. De ce pas qu'elle déplorait trop lourd, avant comme après le déjeuner, elle traversa l'espace en prenant tout de même le temps de laisser tomber ici et là quelques promesses de rumeurs à l'attention d'agents qui n'en attendaient pas moins.

Toujours vêtue d'un jean moulant et de ses incroyables talons aiguilles, certes courts, qu'elle s'obstinait à porter même en opération, elle chemina sûre d'elle jusqu'au bureau du patron.

— Elsa, nous prenons l'avion de 16 heures pour Paris, nous y resterons quelques jours, lâcha-t-il sans la moindre impatience, comme si d'ici 16 heures, il était simple de préparer ses bagages.

— Pour Paris ? Qu'est-ce qu'il s'y passe ? Tu as des invitations pour un défilé de mode ?

— Très amusant. Nous devons intervenir sur un dossier urgent.

— Ah ? Mais je n'ai vu passer aucun bordereau…

– Ça viendra. Parfois, on doit anticiper.

Pas de saisine ? Mais alors dans quel cadre ? Et quelle urgence ?

— Un meurtre, concéda-t-il.

— Un attentat ?

La correction dans sa bouche était naturelle, la France était au premier rang des menaces terroristes que leur service avait la charge de désamorcer.

— Elsa, pas besoin qu'il y ait des bombes pour que nous soyons concernés. Et si nous attendons la saisine, nous serons une fois de plus privés de scène de crime. Et puis il faut bien donner quelques arguments à Wolfgang Brenner, ajouta-t-il dans un sourire provocateur.

Rentrant chez elle préparer ses bagages, elle s'interrogea sur cette incohérence supplémentaire dans la gestion du service. Car enfin on ne déplaçait pas le directeur du département de l'antiterrorisme pour enquêter sur un meurtre. Les polices nationales étaient aptes à traiter ce genre d'affaire sans le secours d'Europol. Elles en avaient non seulement la compétence mais également l'autorité. Elsa faisait certes confiance à son patron, mais elle n'avait pas manqué de noter ces derniers temps une certaine tension dans son comportement. Des silences inattendus, des questions simples restées sans réponse, un visage fermé à son retour des réunions de direction… Il se passait quelque chose, mais quoi ? D'après Adrijana, il se préparait là-haut un changement de stratégie. Une idée vague suggérée par tant de petites phrases de Salvère laissées en suspens, comme s'il préparait l'équipe à une annonce de restructuration ou un truc du genre. « Il n'y a pas qu'un terrorisme… », « Ne soyez pas obnubilés par l'islamisme, mais par les faits… », « Connaître à fond la vulgate salafiste ne nous servira à rien si l'attentat vient d'ailleurs… ». Autant de banalités qui sortaient de la bouche du chef à des moments inappropriés mais sans aucune chance qu'elles aient été jetées là par hasard. Elle appréciait que le commandant, à la différence de son prédécesseur, ne soit pas « obnubilé » par les seuls islamistes. D'autant que, personnellement, elle ne parvenait toujours pas à donner une définition satisfaisante du terrorisme. Dans sa famille, le grand-oncle Gianni Minetti était un héros. Grand résistant à Mussolini, il avait été en son temps traité de terroriste par ceux-là mêmes qui pratiquaient la terreur, qui l'avaient même institutionnalisée sitôt après s'être rendus maîtres de tous les pouvoirs, exécutif, législatif et judiciaire. Et comme ces fascistes étaient bougrement modernes, ils avaient également fait main basse sur les médias et l'aide sociale. Terroriste, donc, le grand-oncle Gianni, et emprisonné pour cela. Mais si elle se méfiait des mots, elle restait flic avant tout. Policière jusqu'au bout des ongles, il lui fallait des crimes et des délits, pas des théories. Pas question de juger, d'atténuer ou d'excuser, cela étant l'affaire des tribunaux. Bref le terrain, celui de la vie, pas celui des repas ministériels ou universitaires. Il est vrai aussi, se dit-elle, que notre mission de prévention suppose l'intervention avant le passage à l'acte. Donc le renseignement. Partie du travail de l'antiterrorisme qui n'était pas son fort.

Dans l'avion, Deniz eut la bonté de lui exposer les faits. La victime, Maryam Binebine, était âgée de trente-quatre ans. Égorgée chez elle, dans son lit.

Cela remontait à trois jours. Une amie qui détenait un double des clefs de son appartement était passée à son domicile, inquiète qu'elle ne réponde pas à ses appels répétés, car elles avaient convenu d'aller ensemble voir une exposition. Il était environ 15 heures lorsqu'elle avait découvert le corps allongé nu dans son lit, une plaie béante en travers du cou, d'une oreille à l'autre. L'amie, Salima Duval, avait dit n'avoir touché à rien avant de prévenir la police depuis son téléphone portable. Elle avait attendu sur place. Après avoir constaté le décès, le fonctionnaire du commissariat d'arrondissement avait aussitôt prévenu la police criminelle.

— Par chance, la commissaire Annick Lebèque était de permanence. Nous avons fait nos études ensemble. C'est elle qui est chargée de l'enquête.

— Un crime donc. Qu'avons-nous à y voir ?

— Rien, c'est pour cela que notre présence est, pour l'instant, officieuse.

Genre de réponse qui agaçait prodigieusement Elsa. Elle n'avait pas besoin qu'on lui répète cent fois leur « présence officieuse » comme si elle n'était pas capable de tenir sa langue. Et cette manie quasi perverse du commandant de vous obliger à poser trois fois la même question avant d'obtenir un semblant de réponse l'horripilait. Elle ne comprenait toujours pas pourquoi il agissait de la sorte. Surtout dans ce cas d'entorse manifeste à la procédure, qui supposait au moins qu'elle sache où elle allait mettre les pieds. Elle réagit en termes plus mesurés que sa nature impulsive ne lui inspirait.

— C'est quoi le problème ? Ma question n'est pas assez précise ?

Il se tourna vers elle, visiblement étonné par la véhémence du propos. Puis il éclata de rire.

— J'ai pris connaissance du crime par la presse parisienne. Le nom de la victime ne m'est pas inconnu. Il apparaît dans le dossier d'une organisation que Brenner soupçonne de hacking. Cybercriminalité qui relève de sa direction, pas de la nôtre. Sauf que je la suspecte d'activités terroristes, conclut-il en se replongeant dans la lecture de son journal.

Inutile de poser d'autres questions, il n'en dirait pas plus. Si Brenner était dans le coup, Salvère voulait à coup sûr le devancer et prenait le risque d'agir à chaud. Quelles que soient les chausse-trapes qui se tramaient au niveau de ses supérieurs, Elsa était ravie de mener enquête à Paris, une ville qu'elle connaissait suffisamment pour avoir envie d'y revenir. Elle ne parlait certes pas aussi bien le français que l'anglais, mais elle pouvait sans difficulté mener une conversation, voire un interrogatoire.

Lorsque le taxi entra dans Paris par la porte de la Chapelle, le temps était splendide, comme si l'été ne voulait pas finir. Les terrasses des cafés encore pleines de consommateurs. Le taxi descendit le boulevard Magenta, puis contourna la place de la République pour s'engager dans une rue étroite qui s'ouvrit tout à coup sur une jolie petite place dotée d'arbres couverts de feuilles. C'est là qu'il s'arrêta. Elsa repéra immédiatement la quadragénaire athlétique plantée devant la porte du numéro 12. Celle-là, elle aurait du mal à cacher sa fonction. La jupe, comme la veste légère qu'elle portait, n'avait certainement pas été achetée d'occasion, la dame avait les moyens. Un goût mi-classique, mi-branché, et des cheveux teints blond cendré avec des mèches plus claires, elle sentait sa bourge à plein nez. Jusqu'à l'élocution sans hésitation, ni blanc entre les mots comme elle put s'en rendre compte sitôt que Salvère lui eut présenté la commissaire Annick Lebèque. Elsa jugeait vite, d'accord. Le ton de la voix, le choix du vocabulaire, tout policé. Pas commode, sans doute. Plutôt du genre à se dire que la vie c'est comme ça et tant pis pour ceux qui se compromettent avec une réalité qui les dépasse. Elle n'en avait d'ailleurs certainement pas eu besoin, ni à l'école, ni au travail, ni dans sa famille si elle en avait une.

Le seul détail qui ne collait pas avec le personnage fut cette façon de poser sa main sur le bras de Salvère en le saluant d'une bise sur les joues. Ces deux-là se connaissaient depuis très longtemps.

— Pas très orthodoxe ce qu'on fait là, attaqua tout de suite la commissaire Lebèque. Je n'ai rien dit au juge d'instruction, mais tu es assuré d'avoir une saisine ? C'est en cours, n'est-ce pas ?

Elsa admira la formulation. Mon coco, on est amis, je te rends service, je te montre la scène du crime, mais je ne veux pas d'ennuis. Et attendit la réponse du commandant qui allait faire problème si elle s'avérait trop évasive. Il se tourna vers Elsa, la fixa d'un regard protocolaire de supérieur hiérarchique et lui ordonna :

— Laisse-nous deux secondes.

Elle en fut estomaquée. Traitée comme une merde. Une enquête pas même commencée, et déjà des secrets, des accointances, ces trucs qui la mettaient hors d'elle. Rien qu'à voir la bourgeoise qui prenait son air entendu pendant que l'autre lui balançait avec sa tête de statue grecque ses confidences entre chefs, Elsa bouillait de rage. Lorsqu'ils eurent terminé leur conciliabule et commencèrent à monter les escaliers, le cul bodybuildé de la commissaire à hauteur de sa vue, la capitaine Minetti ralentit son ascension, d'abord parce que la bourge grimpait bien trop vite pour les soixante-dix kilos qu'Elsa avait à charrier, mais surtout pour lâcher par-dessus son épaule à son patron :

— Merci pour l'humiliation. Si tu veux, je peux aussi aller balader le caniche de ta copine pendant que vous travaillez.

Connaissant Salvère, elle s'attendait à une réponse du genre : « Elle n'a pas de caniche. » Mais il préféra confier à voix basse : « Je te dirai plus tard. »

Ils montèrent jusqu'au cinquième étage où le palier ne desservait pas deux doubles portes, comme aux étages inférieurs jadis réservés aux familles respectables, mais quatre appartements à porte simple dont l'une était barrée des rubans jaunes de la police judiciaire. La serrure principale était ancienne et abîmée, mais « difficile d'affirmer qu'elle a été forcée juste avant le crime », précisa la commissaire. L'appartement n'était pas grand. Une entrée où s'entassaient une multitude d'objets, un portemanteau mural disparaissant sous les vêtements, surmonté d'une étagère couverte de chapeaux, bonnets, bérets et écharpes, une poubelle en métal noir remplie de parapluies colorés, une malle en osier débordant de linge certainement sale, ce qui l'étonna car la scientifique aurait dû tout emporter. Lebèque perçut son interrogation et lui répondit avant même qu'elle ne la formule.

— Je n'ai pas voulu prendre de risques. Les prélèvements sur les vêtements ont été faits ici même. Nous n'avons emporté que les pièces intéressantes.

L'entrée se prolongeait par une petite cuisine sans séparation, fidèle à son mobilier des années 70, des éléments en bois jaunis, usés et abîmés. Une table murale rabattable, et rabattue, ouvrait le passage vers la fenêtre qui donnait sur une cour intérieure. De la vaisselle en désordre occupait les étagères et l'évier en inox bon marché. Deniz ouvrit le réfrigérateur, demandant ce qu'il avait contenu.

— Plein de bouffe toute faite et de légumes pas très frais. Ce n'était pas une obsédée des calories.

Ni de la bienséance et d'un intérieur coquet, pas comme toi, la snob, pensa Elsa qui imaginait bien la commissaire grandissant à Versailles. Chez elle, à La Haye, la cuisine donnait sur le parc arboré de sa résidence middle class, mais à part cela, elle ressemblait étrangement à celle de la victime. Sauf qu'Elsa n'aurait jamais laissé de légumes pourrir et que son ameublement provenait plus d'Ikea que d'une brocante. La salle de bains était à l'avenant, une douche étriquée, une étagère blanche au-dessus du lavabo disparaissant sous les flacons, les crayons, le mascara et les sacs de lingettes.

Comparé aux autres pièces, le salon semblait vaste, assez pour contenir un fauteuil, un canapé où reposaient un jeu de go, quelques magazines, *Charlie Hebdo*, un vieux numéro de GEO sur le Portugal, quatre exemplaires de revues spécialisées dans le numérique, et encore des vêtements tombés là négligemment. Trois chaises dépareillées entouraient une table étrangement vide, à l'exception d'un écran sans clavier. Un meuble bas et sans charme portait quelques livres, des romans policiers surtout, et des bibelots, boîtes et bougies. Au mur, une grande affiche de cinéma avec Marlon Brando ôtant sa chemise dans *Un tramway nommé Désir* voisinait avec des masques africains et vénitiens.

— La table a été entièrement nettoyée, précisa Lebèque. De là à en déduire que l'assassin craignait d'y avoir laissé des traces… Un dîner ? Un verre bu ? Une étreinte ? Pas d'empreinte sur l'écran, nettoyé lui aussi.

Ils en vinrent ensuite à la chambre, scène du crime. La douce lumière du jour finissant éclairait la fenêtre à double battant ouvrant sur un balcon étroit. Comme le salon, elle donnait sur la rue. L'ameublement était succinct, une armoire lourde avec un miroir face au lit à deux places, un matelas maculé de sang.

— Le corps était allongé là, à même le matelas sans draps. On suppose qu'ils ont été enlevés pour effacer toute trace. Nue, sur le dos, une plaie sur le cou. Un égorgement parfait, les carotides tranchées. L'arme n'a pas été retrouvée. La mort a été assez rapide selon le légiste. Un travail de professionnel, conclut la commissaire en leur tendant les photos.

La victime devint alors une personne. Maryam Binebine était une jeune femme à la peau mate, assez gracile dans un corps qui semblait à peine sorti de l'adolescence avec ses hanches étroites, sa musculature fine et sans une once de graisse. Les cheveux bruns étaient éparpillés sur le lit, collés par le sang, les yeux noirs dans une jolie forme d'amande, le nez petit et mignon. La posture du corps était étrangement symétrique, de toute évidence voulue par l'assassin après l'enlèvement des draps : les jambes légèrement écartées, les bras le long du corps. Comme s'il avait voulu manifester son respect, suggéra Elsa, mais pas facile à réaliser avec tout ce sang. La commissaire désigna un tabouret à côté de l'armoire.

— Là se trouvait l'ordinateur portable de la victime. Le premier examen n'a rien donné d'intéressant, mais l'analyse se poursuit. Pas de téléphone, seule chose qui ait apparemment disparu, donc nous excluons un cambriolage. D'après le légiste, il y a eu rapports vaginal et anal. Sans trace de sperme. Rapports consentis, toujours selon le légiste. Pas de trace de drogue dans le sang, mais beaucoup d'alcool. Son dernier repas est composé de fromage, de charcuterie, de pain et d'anchois. Détail significatif : on lui a lavé le corps au savon après la mort.

— Un ou plusieurs professionnels donc, comprit la capitaine, qui se permet un rapport sexuel et efface la moindre goutte de sperme, le poil dénonciateur, la goutte de sueur. Pas de sperme non plus dans la bouche ou dans l'appareil digestif ?

— Non, absolument rien, confirma Lebèque.

— Vraiment étrange. Pas habituel en tout cas, conclut Elsa.

Lorsque les trois enquêteurs quittèrent l'appartement de Maryam, la nuit avait gagné la ville. Sur le trottoir, Elsa sentit un petit moment de gêne qu'Annick Lebèque leva en demandant directement à Deniz s'il avait prévu de dîner dehors.

— Je ne suis jamais à Paris dans la semaine, je vais en profiter pour rentrer chez moi.

— Oui, bien sûr, répondit Annick. À demain au commissariat. Je te préviens dès que j'ai reçu la notification d'Europol. Et elle ajouta avec une once de perfidie dans la voix, c'est du moins ainsi que le perçut Elsa : Embrasse Isabella de ma part.

Elsa resta immobile, avec le sentiment d'écouter une douloureuse indiscrétion. Décidément cette journée était particulière. Depuis trois ans qu'elle travaillait avec Salvère, jamais, jamais il n'avait été question d'une Isabella. Quoi, il vit en couple et le cache ? Elle était aux anges d'en apprendre enfin plus sur l'intimité du commandant. Il avait donc une vie privée qu'il ne voulait pas rendre publique. Mais pourquoi ? La question l'obnubila au point qu'elle oublia de l'interroger sur les révélations concernant Maryam auxquelles, pour l'instant, seule son amie Lebèque avait eu droit. Elle le regarda héler un taxi, la plantant là, comme s'il était tout à coup furieusement pressé d'aller déguster les petits plats qui l'attendaient chez lui.

— Bonne soirée, lui lança-t-elle en regardant le taxi filer. T'inquiète pas pour moi surtout.

Elle revint place de la République humer l'air de Paris et chercher un resto pas trop cher. En se disant qu'elle ne savait toujours pas ce qu'elle foutait là.

# 3

## *Salima*

Le pire dimanche imaginable. Plus de trois heures passées à répondre aux questions des policiers. Salima Duval n'a pas voulu qu'ils la raccompagnent chez elle dans une voiture banalisée, préférant prendre un taxi. C'est là, assise sur la banquette arrière, que ça a commencé. Elle a heureusement eu le temps de rentrer dans l'appartement pour, sans saluer personne, se précipiter aux toilettes et vomir. Son mari Stéphane, qui bien sûr ne pouvait pas se douter de ce qui arrivait, posa des questions si incongrues sur ce qu'elle avait mangé et bu qu'elle le congédia d'un geste colérique. Lorsqu'elle vint le retrouver dans le salon où il suivait un magazine sportif à la télé, il vit tout de suite à son visage défait qu'il y avait plus qu'un problème digestif. Il la serra dans ses bras sans la questionner, lui laissant le temps, attendant ses paroles. Les enfants jouaient dans leur chambre. Elle commença alors à pleurer franchement, pas des pleurs intermittents comme cet après-midi, mais un déluge que rien ne pouvait plus arrêter. Elle essaya de résister, de rester digne, mais elle était bien trop sonnée. Elle ne réussit pas à présenter les choses de manière à éviter que

Stéphane ne soit lui aussi choqué. Il le fut. Bien qu'il n'ait jamais particulièrement apprécié Maryam. Il resta planté comme un arbre mort au milieu du salon, répétant « Mais comment est-ce possible ? Comment est-ce possible ? » Salima était secouée, en colère, et fut surprise de cette réaction, comme si son mari était lui-même victime d'un coup immonde porté à son environnement paisible. Lorsque les deux garçons jaillissant dans le salon vinrent interrompre un silence pesant, Stéphane prit sur lui pour les informer du décès de Maryam. Ils ne pouvaient être tenus à l'écart du chagrin qui envahissait le foyer. Son plus jeune fils, Marouane, vint se blottir dans ses bras. Orhan préféra se tenir debout derrière son frère avec un regard d'intelligence et de bienveillance.

Bien entendu, les enfants comme leur père connaissaient Maryam, l'amie de collège de leur mère. Salima avait rencontré Stéphane dix ans auparavant, au réveillon du jour de l'an, et avait accouché d'Orhan deux ans plus tard. Jusqu'à ce que son second fils, Marouane, aille à l'école maternelle, Salima avait vécu repliée sur sa famille. Maryam passait de temps en temps, aux anniversaires surtout, mais ne se sentait pas vraiment à l'aise dans cet univers. Les problèmes d'éducation des enfants, de carrière des parents, c'était avec d'autres amis que le couple les partageait. Stéphane et Maryam n'avaient guère accroché. Elle trop radicale contre les injustices, lui trop social-démocrate pour la justice. L'ingénieur du ministère de l'Équipement n'avait pas grand-chose en commun avec l'ex-chômeuse intermittente. Quant à Madame la professeure Salima Duval, elle admirait le temps que son amie consacrait à tous les exclus du système, ceux avec lesquels on compatit mais que la vie moderne, famille, travail, loisirs, ne laisse guère l'occasion d'approcher. Et puis surtout ensemble elles riaient. Depuis le collège, Maryam avait ce don d'observer chez les autres, par-delà leurs discours, ces gestes singuliers auxquels on ne prête guère attention mais qui en disent tant sur la personnalité. Maryam saisissait à une vitesse folle le tic nerveux, la manie de changer son verre de place sur la table, le besoin de symétrie sur une étagère, tous ces petits riens qui lui permettaient l'imitation, recomposant les personnages dans une gestuelle qui froissait rarement le modèle d'origine. Salima lui avait suggéré de faire de ce don un métier, l'imaginant très bien sur les scènes des petits théâtres parisiens toujours gourmands de one-woman-show désopilants. Mais Maryam s'avouait bien trop paresseuse pour construire un spectacle professionnel. Faire le pitre lui suffisait.

Salima étouffait maintenant dans l'appartement haussmannien du quatrième étage de la rue de Lancry. Elle avait de plus en plus de mal avec les soirées télé et les week-ends chez les beaux-parents en Bretagne. Elle était effrayée de voir sa vie réglée comme un agenda jusqu'à sa retraite. C'était complètement contradictoire avec ses envies qui n'avaient, pour s'exprimer, que la table de la salle à manger. De son côté, Maryam changeait, moins volage, plus mature. Elle avait cherché un vrai métier et fini par dégotter une formation de programmateur informatique aux Arts et Métiers.

À nouveau la scène s'imposa dans sa tête, interrompant le film des souvenirs, comme si son cerveau programmait le retour régulier et violent de l'image, le beau corps nu baignant dans le sang, le matelas sans draps. Mais cette fois, son esprit ne s'arrêta pas à la scène de crime, il délivra à Salima les premières secondes de sa réaction déchirée, elle se vit à l'extérieur d'elle-même crier dix fois, vingt fois le nom de Maryam, prendre conscience que son amie avait été tuée, assassinée, s'adosser au chambranle de la porte, aller vers le corps pour le prendre dans ses bras, se contenir sachant qu'il ne fallait rien faire, revenir dans l'entrée, désemparée, retourner voir le corps, tenter de gouverner une respiration totalement désordonnée, penser enfin à appeler les secours, la police, chercher son téléphone, le laisser tomber à terre, respirer, respirer, et subitement cette pensée horrible… Et si c'était eux ?

Une fois les enfants endormis, Stéphane se fit raconter par le détail la journée de sa femme, le rendez-vous pris pour aller voir une exposition, l'inquiétude de ne pas avoir de réponse à ses messages, le corps découvert, les policiers, leurs questions, la prise d'empreintes, leurs premières conclusions.

— Ça je n'en sais rien, répondit Salima qui, dans l'état de confusion où elle se trouvait, n'était pas sûre d'avoir interrogé les policiers à ce sujet.

— Et toi, tu en penses quoi ? Qu'est-ce qui a pu se passer ?

— Comment veux-tu que je sache ? Un cambriolage, un fou, une ancienne relation… Je n'en sais rien.

— Est-ce qu'elle a subi des violences ? demanda-t-il encore, pensant au corps trouvé dévêtu.

— Je n'en sais rien, je n'en sais rien…

Salima dit cela sur un ton à la fois irrité et désespéré. La violence avait été trop forte, le choc trop brutal. D'autant que les épreuves étaient loin d'être terminées, dès le lendemain, elle devait se rendre au commissariat et elle se doutait bien qu'il lui faudrait subir un nouvel interrogatoire en bonne et due forme, les policiers voulant sans doute tout savoir de la vie, des mœurs et des relations de Maryam. Rien que d'y penser, elle avait envie de hurler. Comment imaginer déballer face à des inconnus la vie de Maryam et particulièrement les aspects qui devaient le plus les intéresser, ses défauts, ses faiblesses, ses blessures, ses faux pas, les humiliations vécues ? Elle regarda Stéphane et lui prit la main, reconnaissante qu'il ait la décence de ne pas poser de questions intimes sur son amie malgré la curiosité qui sans doute le tenaillait. Elle refusa de se mettre au lit, de toute façon elle ne dormirait pas, et préféra le canapé confortable du salon où elle zappa les chaînes de télé pour tromper son angoisse. Stéphane lui conseilla un anxiolytique pour l'aider à dormir, qui finit par faire effet vers 3 heures du matin. Mais avant cela, elle passa par des phases de somnolence où Maryam la suppliait de lui venir en aide, enfermée dans sa chambre ou dans un placard. Une menace invisible rôdait dans l'appartement, porteuse de violences de toutes natures. Elle la vit frappée, le visage en sang, des hommes lui arrachant ses vêtements avant d'abuser d'elle. Maryam l'appelait à l'aide, mais elle ne pouvait rien faire, pas même lui répondre, et son amie appelait de plus belle…

Stéphane la réveilla doucement en lui apportant un café. Elle était groggy, n'ayant aucune habitude des anxiolytiques, et le regarda sans pouvoir se lever du canapé. Son mari se tenait à sa disposition pour l'accompagner au commissariat, mais elle avait le temps de se préparer, il allait d'abord amener les enfants à l'école. Elle acquiesça d'un mouvement de tête, tenta un sourire raté à l'adresse des deux garçons et ferma les yeux qu'elle rouvrit aussitôt, certaine que sinon elle allait se rendormir. Elle se leva pour se servir un autre café, prendre une douche et, mieux réveillée, elle repensa à sa relation avec Maryam, leur amitié, les moments passés ensemble, la vie qui s'annonçait pour elle. Qu'allait-elle raconter aux policiers ? Mettre toute la Maryam qu'elle aimait sur le tapis lui parut à nouveau pire qu'une indiscrétion, pire qu'un commérage, une sorte de viol. Il fallait d'abord qu'elle sache ce que les policiers avaient découvert. S'il s'agissait d'un cambriolage ayant mal tourné, ou d'un crime sexuel commis par un inconnu l'ayant suivie dans la rue, connaître le passé et la vie actuelle de Maryam n'aurait guère d'intérêt pour les enquêteurs. Mais si l'assassin la connaissait, alors il lui faudrait dresser un portrait le plus complet possible de son amie. Et s'il y avait bien une chose qui lui tenait à cœur maintenant, c'était qu'ils retrouvent le ou les coupables.

Mourir juste au moment où l'on sait enfin ce que l'on désire ! Après des années d'efforts, Maryam pouvait maintenant développer des programmes informatiques. Elle avait d'abord appris toute seule, trouvant toujours la bidouille nécessaire sur les forums ou la personne adéquate pour résoudre un problème précis dans son immense tissu relationnel. Il y avait tant de contacts sur son téléphone ! Ce qui agaçait Salima, c'était qu'elle ne les range pas par patronyme. « Mais enfin Salima, je ne vais pas te mettre à D, je t'appelle toujours Salima ! » Le résultat était qu'elle appelait souvent deux ou trois Arthur avant de tomber sur le bon. « D'ailleurs, je ne connais pas son nom, s'excusait-elle avec son sourire d'enfant. Je l'ai rencontré dans un bar, il m'a juste donné son numéro. J'allais pas lui dire : "Et ton nom, c'est quoi ton nom ?" »

Pour en apprendre plus en informatique, il lui avait fallu l'aide de Salima qui lui avait trouvé une formation et son financement. Puis pour les maths, matière dans laquelle Salima avait toujours été douée. Combien de fois l'avait-elle vue débarquer chez elle, des Arts et Métiers tout proches, parce que « Y a un truc là que j'ai pas compris ». Mais pour le reste, et bien que Salima s'y soit mise aussi pour suivre, l'élève avait vite dépassé le maître. En se remémorant ces après-midi, toutes les deux à la maison, travaillant et déconnant, elle se mit à pleurer.

Le café commença à faire son effet. Elle n'avait pas quitté son fauteuil depuis plus d'une demi-heure, affalée mais laissant la machine tourner là-haut derrière son front. Elle essaya de situer précisément l'époque où Maryam, la tête de linotte, amusante, charmante et incapable de tenir en place ou de s'intéresser plus d'une heure au même sujet, s'était trouvé quelque chose comme un but dans la vie. Salima ne voyait que deux événements, deux événements complètement indépendants. Le premier, en novembre 2015, les attentats dans son quartier, dans ses bars, autour du Bataclan et à l'intérieur de la salle de concert. Maryam en avait été plus qu'affectée. L'absurdité de la chose, la haine, l'abjection que lui inspiraient ses auteurs, et la mort ou la mutilation de tant de personnes qu'elle avait rencontrées ici ou là, laissaient sans voix. Chaque jour, elle apprenait le nom d'une de ses connaissances qui « y était ». Les gens dans les cafés, ceux qui n'étaient pas trop traumatisés ou apeurés pour y retourner, se murmuraient les nouveaux noms, horrifiés, anéantis. Elle qui, quatorze ans plus tôt, avait appris les attentats du 11-Septembre en se disant qu'il y avait des fous partout et qu'il fallait bien qu'un jour ça tombe sur les Américains après toutes les saloperies qu'ils avaient faites dans le monde, comprenait aujourd'hui la douleur des New-Yorkais. Le moment d'hébétude passé, ces journées à errer de rue en rue à la recherche d'un passé définitivement mutilé, Maryam avait gagné une certaine gravité.

Et puis, deux ans auparavant, il y avait eu sa rencontre avec Guillaume. Elles en avaient souvent discuté et ça avait été un changement aussi dans la vie de Salima qui jamais auparavant n'aurait laissé dîner seuls le père et les fils sans se sentir coupable. Pour Maryam, ç'avait été un éclair, un coup de foudre dans son ciel bleu et joyeux, une chance comme de tirer le bon numéro au loto. Un jour, Guillaume était apparu. À quelques secondes près, ils se manquaient. Elle sortait du couloir de l'administration des Arts et Métiers où elle voulait suivre une formation, assez déçue de ne pouvoir y accéder car elle n'avait pas les diplômes requis. Il était là dans la cour d'entrée, un peu perdu, avec sa généreuse corpulence, sa grande taille, ses cheveux plus blonds encore sous le soleil, ses yeux d'un bleu pur comme l'eau. Certaine que l'impression première est la meilleure, elle sut tout de suite que c'était lui. Il venait pour une formation d'ingénierie en bâtiment. Elle le guida dans les méandres de l'établissement, en profitant pour le bombarder de questions. Comme elle, il n'avait pas apprécié l'école.

Il s'était pris d'une passion pour le bois en général et les maisons en bois en particulier. Il avait obtenu sur le tard un CAP, puis difficilement un BTS et travaillait alors pour une société de construction qui l'envoyait souvent sur des chantiers loin de cette banlieue parisienne où il avait grandi et qu'il n'aspirait qu'à quitter. Il voulait vivre à la montagne et y construire sa propre maison. En bois naturellement. Il avait six ans de moins qu'elle et pas mal, trop même, de conneries à son actif. Il était gai, heureux de vivre et sans liaison amoureuse. Tout cela, elle l'apprit le soir même. C'était comme s'ils avaient eu peur, en laissant l'autre partir, de ne plus le revoir, de ne plus vivre cet instant magique. Dès ce premier dîner pris à côté de la Gaîté Lyrique, Maryam racontait à Guillaume son passé et son présent, sans rien cacher, s'étonnant à peine de cette confiance éprouvée pour un inconnu, au point d'aborder le sujet épineux et douloureux de sa famille. Mais il lui semblait qu'il fallait en dire et en dire, comme pour construire de solides fondations. Ils rentrèrent ensuite sagement dans leurs domiciles respectifs et il leur fallut d'autres cafés, d'autres repas, avant de finir la soirée dans le même lit. Ils s'embrassèrent, se caressèrent, mais ne firent pas l'amour la première fois. « Ne me demande pas pourquoi, je n'en ai vraiment aucune idée. » Depuis, ils ne s'étaient plus quittés, sans toutefois vivre ensemble, décision qu'ils venaient tout juste de prendre, deux ans après leur rencontre lumineuse. Guillaume était sain et robuste, mais sa vie à La Courneuve l'avait dépourvu de son innocence. Il ne s'intéressait pas à la politique et laissait Maryam à ses idées les plus radicales. Le seul point sur lequel ils se retrouvaient, c'était la défense de l'environnement, plus urbaine chez Maryam, plus nature chez Guillaume.

C'était le récit que faisait Maryam de sa relation avec Guillaume. « Plutôt le récit que tu as construit », corrigeait Salima. Car elle avait une lecture un peu différente du coup de foudre. Pour elle, Maryam avait plutôt épuisé sa façon de vivre antérieure et il lui fallait maintenant trouver d'autres ressorts. La vie de Maryam avait été une suite de ruptures affectives. Et, à trente ans passés, l'aventure n'avait plus les mêmes attraits. Cet amour tombait à point.

Aujourd'hui Maryam avait définitivement disparu de la surface du globe. Et cette réalité était difficile à accepter ! Elle le savait, faire son deuil est une opération longue qui se fait en plusieurs étapes. Or la première n'était pas remplie : trouver l'assassin, comprendre les raisons, ne plus se sentir coupable s'il n'y avait pas lieu de l'être. Il fallait user de cette discipline intellectuelle dont elle n'était pas peu fière si elle voulait aider les enquêteurs. Ses réponses et son portrait de Maryam devaient être des exemples de pertinence. Et donc, elle ne pourrait peut-être pas taire ce qui s'était passé après les attentats du 13-Novembre.

# 4

## *Milosz* (deux ans auparavant)

« Tête brûlée ! » Comment elle l'a traité ! Sa propre mère. Elle ne sait pas ce que c'est. Lui, il en a connu. Des vraies. Des sans foi ni loi, ni ami. Et qui ne doivent rien à personne. Elle sait pas de quoi elle parle. Tête brûlée, lui, Milosz ? C'est son nouvel amant polonais qui lui a foutu ça dans le bulbe. Dans le Donbass, avec Pet, il en a vu. Pas de ces petits agitateurs minables, genre Ultras au foot, qui vocifèrent pour aller tabasser, mais se planquent derrière vous si ça devient sérieux. Dans le Donbass, de vrais fous. Fallait tout le temps se méfier d'eux. Des types qui prennent leur pied à fixer dans leur lunette un inconnu de l'autre côté du fleuve, lentement, comme s'ils retenaient leur orgasme, et paf ils tirent. L'autre s'effondre. Mort. Des dingues. Ils savent même pas qui c'est. Si ça se trouve, il était de leur côté. Ils s'en foutent. T'inquiète. Comme ça, en face, ils ont les foies, ils en dorment pas la nuit, les mecs se chient dessus de se faire torturer et les meufs qu'on les viole. Elles ont peut-être pas tort.

Voilà ce que c'est une tête brûlée. Milosz, il a rien à voir avec ces gars. Il les aime pas, il les admire pas, il les craint. Pourquoi sa mère a dit ça ? Pourquoi elle veut plus le voir ? Putain de Polak ! Ces mecs, en Ukraine, ils savent même plus pour quoi ils combattent. Y a plus que la guerre qui les excite, ils aiment ça la guerre, ils se sentent tout-puissants, maîtres de la vie et de la mort des autres. Bougres de nazes. Quand il est rentré à Bratislava, Milosz a dit à Mattheus : « Qu'est-ce qu'on a à voir avec ces tordus ? C'est pas notre affaire. » Et l'autre gros malin de Mattheus, avec son costume-cravate qui se la pète, lui a une nouvelle fois fait la leçon.

— Et tu crois quoi ? Qu'est-ce que tu piges dans ta petite tête ? On vire les migrants et c'est bon, on a gagné ? Non, bonhomme. Pour qu'on ait gagné, il faut qu'on soit maîtres chez nous. Chacun chez nous. Avant, ils vivaient tranquilles dans le Donbass, et puis l'Europe et les Ricains s'en sont mêlés, ils ont voulu récupérer l'Ukraine. Quand on sera au pouvoir chez nous, tu crois que l'Europe et les Américains laisseront faire ? Vaut mieux que tu t'instruises avant, pour pas être le nez dans la merde après. Je te l'ai déjà dit, de vous tous, c'est toi qu'en as le plus dans le cerveau. C'est pour ça qu'on t'a envoyé là-bas, pour que tu t'instruises, que tu prennes des contacts. Bien sûr, tous les fêlés du monde et tous les arnaqueurs rappliquent quand il y a une guerre. Mais ces fêlés obéissent. Et ils n'ont peur de rien.

Milosz n'est pas con. Il sait bien que Mattheus ne lui dit pas tout, et qu'il n'a pas toutes les billes pour piger. Mais bon, c'est sûr, il a appris au milieu de toute cette folie fangeuse. Il a vu la télé, les réunions dans les villages miniers, avec les Russes qui expliquaient et redisaient encore : « Vous êtes peinards, maîtres chez vous et à la maison, et voilà que des richards de

New York, Londres ou Paris, des juifs ou des Saoudiens, décident de changer votre vie, sans savoir qui vous êtes, sans être foutus de situer votre ville sur une carte. Des messieurs à diplômes qui savent tout. Dans leur tour de verre climatisée, ils décident tout simplement de vous rayer de la carte. Vous êtes plus rien, vous comptez plus ! »

Ouais, comme son père à Milosz. À Ostrava. La mine a fermé, il s'est écrasé. Ils ont rasé le coron, il a déménagé au sud dans une cité pourrave. Leur mère l'a plaqué, il s'est pendu, pas même dans l'appart, il y avait pas de quoi. À un arbre du square pelé. Comme un chien. Vie de chien.

Milosz, si on lui marche sur les pieds, il marche sur les pieds. Et ravage la gueule en prime. Avec les copains, ils s'entraînent pour ça, tous les jours. Personne les embête. Eux ils hésitent pas à embêter. N'empêche, il a rien dit à Mattheus, on répond pas à Mattheus, mais le Donbass, c'est pas son affaire. Ils sont même pas catholiques là-bas. On a déjà assez à faire ici, et le grand jour n'est pas loin, le jour où plus personne fera chier en Europe, ni ces mendiants d'immigrés, ni ces ronds-de-cuir de Bruxelles. Partout, il y aura des gouvernements nationaux qui se laissent pas insulter, qui se font pas fouetter comme les Grecs. Des gouvernements forts, avec des hommes forts. Y aura de la casse, c'est sûr, mais justement, on est pas des têtes brûlées, la casse on la limitera à ce qu'il faut.

Un jour, Milosz a déniché une carte du monde dans un placard du club de foot. Une vieille carte où un vieux Bolcho avait colorié de rouge plusieurs pays avec des dates, URSS 1917, Pologne, Yougoslavie 1945, Hongrie, Bulgarie 1946, Roumanie 1947,

Tchécoslovaquie 1948, Chine 1949, Cuba 1959, Cambodge 1975, Vietnam 1976, Nicaragua 1980, et tous ces pays africains…

— Si cet abruti est encore en vie, il doit le cracher son rouge, s'esclaffa Mattheus. On va lui chanter en chœur, Russie 2000, Hongrie 2010, Pologne 2015… Bientôt toute l'Europe. Et cette fois, ce sera pas comme la mappemonde bolchevique, ce sera pour longtemps, parce qu'on reviendra à avant, au temps où les empires étaient des empires et les Blancs des conquérants fiers d'eux-mêmes et de leur religion.

Mattheus, il est venu à la salle. Il a dit comme ça aux autres : « Cassez-vous, j'ai à parler seul avec Milosz. » Milosz, il aime pas ça parler en tête à tête. Toujours une affaire à la con dessous.

— Dis donc, le père à ta mère, c'était bien un coco ?

Et voilà, c'est reparti. Milosz se tend, serre les poings. Font chier avec le grand-père. Mort. Jamais connu en plus.

— C'était un chef à la mine, non ? Paraît qu'il était chef comptable. Et ta mère, elle a fait des études ?

De quoi il cause l'encravaté ? Qu'est-ce qu'il cherche ? Milosz, c'est le plus calme du groupe, mais faut pas lui gratter les burnes avec sa mère. Où est-ce qu'il est allé fouiner, cette taupe ?

— Pourquoi tu demandes ça ?

L'autre enflure, il provoque, puis il rigole. Il sait bien que Milosz osera jamais lui mettre un pain, vu qu'il est le chef et que ça finirait mal pour lui.

— T'inquiète pas, qu'il se marre. Je m'en fous s'il était coco. Ils l'étaient tous à l'époque. Et note, y avait de l'ordre. C'est pas pour ça que je te parle. Ta mère, elle était institutrice. Comment t'as fait pour foirer l'école ?

Milosz, il l'aime pas ce mec. Pas franc du collier. Il fait pas un truc pour les copains, il le fait pour que ça rapporte. À lui d'abord. Quand y a les grands chefs, c'est lavette et compagnie. Un as du cirage de pompes. Mais avec les sous-fifres, c'est lui qui tend ses pompes. Il chopera une crampe avant que Milosz bouge. Toute façon, toujours un trouduc pour sortir la brosse. Des larves. Comme cette merde de Bor qui sait que cogner. Qu'a même cogné sa sœur pour qu'elle écarte les cuisses devant Mattheus parce que le gros matou voulait se la faire. Milosz a rien dit. C'est pas ses oignons. Mais s'il avait eu une sœur, jusque dans les oreilles il lui aurait fait remonter les couilles au Mattheus.

— J'ai oublié tout ça. L'école, je l'ai quittée à quinze ans.

— Et après t'as zoné. Mais où est-ce que tu as appris à te servir d'un ordinateur ?

— À l'école. C'est pas compliqué. Et puis sur les jeux en ligne.

— Et tu sais coder ?

C'est quoi cette embrouille ? Où il veut en venir le matou ? Milosz hausse les épaules en guise de réponse.

— Tu sais y faire sur les écrans, pas vrai ? C'est Pet qui me l'a dit. Vas-y réponds, continue Mattheus, c'est pour une idée qu'on a eue avec Paula.

Paula ? Ils ont causé ensemble de lui avec Paula ? Milosz n'en revient pas. Mattheus tourne l'écran du club vers lui. Lui affiche des lignes de code.

— Fais voir comment tu entres sur ce serveur.

Il croyait Pet moins bavard. Tous les deux, ils se

provoquent sur les écrans, mais Pet, il sait pas doubler un serveur pour le mettre à son service. Milosz lui a montré. Il a appris quand il était encore à la maison, avec son cousin Piotr. Dix ans déjà, et ça a drôlement changé. Mais Milosz a suivi, même lorsqu'ils étaient à la rue, toujours un écran avec lui. Pas acheté, bien sûr.

— Allez, montre-moi. Pet dit que tu sais y faire.

Milosz hésite, voit pas où on va, mais s'exécute. Mattheus, c'est le patron, et si Paula est dans le coup, il sera à la hauteur. Le cryptage est trop basique, sûr que c'est Pet qui a choisi. En quelques minutes, Milosz est entré. Mattheus hoche la tête, satisfait.

— Et tu as lu des livres ?

— Quels livres ? *Les Trois Mousquetaires* et tout ça ? Ouais, répond Milosz moqueur. Des trucs aussi sur les jeux. Tout le monde le sait. J'aime les jeux. Mais on s'en fout, va pas…

— T'inquiète, je dis rien, c'est entre nous. Pas un mot aux autres nazes. Paula va vouloir te voir.

Depuis, dans la tête de Milosz, ça turbine. C'est quoi cette histoire ? Plus personne ne lui a parlé de l'école depuis qu'il s'est cassé de chez lui, quand le vieux s'est pendu. Sa mère avait disparu. La rue, il l'a faite avec Mosco, un camarade de classe, son vrai ami. Qui savait plein de trucs. Deux ans à vivre la belle vie. Sans personne pour donner des ordres. Se démerdant ici et là pour piquer de quoi vivre et rigoler. Avant le centre de redressement. Là, ils en ont bavé dur. Surtout d'un gardien, un vicieux qui les mettait au trou. Pas même pouvoir se lever ou sortir pour chier, et l'autre enfoiré qui venait leur pisser dessus chaque fois que ça lui prenait. Aussi alcoolo que sa mère. Il a bien fait de mourir tôt. Mosco, putain, Mosco. Rien que d'y penser, encore des larmes aux yeux. Un jour, promis, il sera assez organisé et il les retrouvera tous ces enfoirés. Surtout celui qui foutait le cul en sang. À petit feu, putain, à petit feu. Pourquoi il me rappelle tout ça ? En quoi ça l'intéresse, Paula ? Il n'arrête pas de se poser la question. C'est pas net. Avec le Mattheus de toute façon…

Mosco disparu, Milosz a fait son chemin vers le sud. Jusqu'à Bratislava. C'était pas une bonne idée. Moins de touristes à taper, les flics encore plus corrompus, et toujours le froid. Putain le froid ! Ça lui gèle encore les os, comme si le corps voulait pas oublier. Parfois, l'hiver, on tient pas. Faut forcément un squat, un chantier, un égout. Parce que les foyers, ça craint. Pas le truc à Milosz. Entre les sermons, les fous, les voleurs, les alcoolos et les dégueulasses… Milosz n'aime pas être sale, c'est son seul luxe, se laver, se changer. Plus les semaines passent, plus le froid engourdit, et plus on boit, et plus on sombre. Une chute, mais y a pas de fond. Est-ce que ce sont les potes qui l'ont tiré de là ou est-ce lui qui s'est accroché à eux ? Il traînait sur la Dunajska, hésitant à chercher un coin à la gare routière ou à revenir au squat derrière les Capucins, là où c'était pas encore refait à neuf. Y avait des types de son âge, leur manette à la main. Des jeux électro, Milosz, il craque pour ça. Il s'est arrêté, les a regardés faire sans trop s'approcher pour pas que commencent les insultes. Y avait Pet. Il l'a regardé un bon moment. Milosz n'a rien dit, s'attendant à la castagne, il n'a pas bougé. « Tu joues ? » lui a dit Pet. Sans faire aucune remarque sur ses fringues, son allure de zonard, même quand Milosz a répondu, il n'a rien dit sur son accent.

Ça a commencé comme ça. Milosz joue bien, très bien même. Il est revenu le lendemain et rebelote. Tu joues ? T'as faim ? Sans poser aucune question, sans juger. À part ce con de Beck qui est et restera con. Mais Pet a imposé le silence à la bande, qui a vite admiré l'habileté de Milosz. Un soir où ça gelait à moins vingt, Pet l'a hébergé. Dans son petit studio de la cité où ils étaient tous.

— T'as l'air correct, qu'il lui a dit le lendemain.

Il lui a proposé de se faire un peu d'argent en assurant la sécurité dans un concert.

Milosz n'a pas beaucoup hésité. La rue, il en avait marre et se sentait décliner grave. Il a fait la sécu comme on lui a dit, sans s'exciter, sans emmerder les filles ou provoquer, comme Beck. Et les semaines ont encore passé, mais en mieux. Des petites gâches comme ça. Des nuits sous un toit. Jusqu'au meeting de Paula. Milosz est sous le charme. Mais qu'est-ce qu'elle lui veut, Paula ?

# 5

## *Deniz*

Il se réveilla en plein milieu de la nuit. 2 h 40, indiquait son téléphone. Voilà que les insomnies recommençaient. Deniz avait beau recueillir le moindre détail de sa vie lui permettant de s'autoanalyser, il ne parvenait pas à discerner les causes exactes de son trouble. Cette affaire ? C'était une occasion en or. Elle s'annonçait d'une complexité épuisante, l'obligeant à surveiller ses arrières à Europol, à tenter de trouver l'assassin dans cette brousse improbable où il allait devoir s'aventurer, à surveiller que la police française ne commette pas de bourdes qui ruineraient des mois de travail. Ou bien Isabella ? Il aperçut dans la pénombre de la chambre ses épaules larges et nues émergeant des draps dans son sommeil paisible. Hier soir encore, ils s'étaient saisis dans une étreinte farouche et assez violente qui avait surpris Isabella mais ne l'avait pas rebutée, bien au contraire. Il se refusait encore à donner un nom à son attitude, trop angoissé à l'idée que… Voyons, se dit-il, reprenons, comme s'il s'agissait d'établir un déroulé minutieux des faits alors qu'il se noyait dans la mer des sentiments.

À plusieurs reprises, encore à son bureau de La Haye, puis à l'aéroport de Rotterdam, à l'atterrissage à Roissy, en montant les escaliers vers la scène de crime, il lui avait envoyé des textos pour la prévenir qu'il était à Paris et rentrerait dormir. Elle n'avait pas répondu. Lorsqu'il avait tenté de l'appeler, en s'isolant à l'aéroport, il était directement tombé sur sa messagerie. Il est vrai qu'Isabella était une professionnelle de l'oubli, le chargeur, les clefs de l'appartement, et bien sûr son téléphone qu'elle cherchait à tout moment. Mais ils ne passaient jamais une journée sans communiquer, ou en tout cas rarement. Après avoir quitté Elsa, il avait à nouveau tenté un appel dans le taxi le ramenant chez lui. Ne sachant pas si elle était à l'appartement, il s'était fait arrêter à l'angle de la rue Jacquier et de la rue Didot pour faire des emplettes chez l'épicier, histoire d'avoir quelque chose à se mettre sous la dent au cas où le réfrigérateur serait vide. Il détestait débarquer à l'improviste, même chez lui. Lorsque, étudiant, il revenait chez sa mère, il prenait toujours la peine de l'appeler et s'il n'avait pu la joindre, il sonnait chez elle et attendait qu'elle ouvre plutôt que de se servir de ses clefs. Mais il était bien conscient qu'avec Isabella ce n'était pas seulement de respect qu'il s'agissait. D'ordinaire, il partait le lundi matin avec l'avion de 6 heures 05 et rentrait parfois le jeudi soir, mais plus souvent le vendredi, voire le samedi lorsque des dossiers restaient trop à la traîne. Il avait longtemps hésité à abandonner le siège de la Commission européenne à Bruxelles pour ce poste bien plus éloigné de Paris, ville qu'Isabella aurait pu quitter pour Rome, Londres ou New York, mais certainement pas pour une cité flamande dépourvue de soleil. Il était prêt à reconnaître que son métier de photographe aurait subi une forte dévaluation si elle l'avait suivi. « Et puis, tu n'y tiens pas trop, non ? » avait-elle demandé, toujours soupçonneuse.

Pour se rendre au siège d'Europol, qu'il prenne l'avion ou le Thalys, il devait compter au moins deux heures et demie de transport s'il mobilisait un chauffeur pour venir le chercher à Rotterdam. D'où l'obligation de dormir sur place la semaine, dans un logement que l'institution avait mis à sa disposition à un étage élevé d'une tour dominant la mer, un trois-pièces confortable et déjà meublé qu'il s'évertuait à ne pas personnaliser. Rentrer en milieu de semaine, comme hier, sans être sûr qu'Isabella ait bien reçu l'information, le mettait mal à l'aise. En fait bien plus que ça, mais il ne voulait même pas y songer. Chez l'épicier, il acheta de ces succulentes linguine fraîches que le commerçant recevait justement le mercredi et choisit une conserve de ratatouille pour les accompagner, non sans se retourner plusieurs fois vers la rue au cas où Isabella viendrait à passer. À cette heure, le quartier était encore animé par les consommateurs des bars profitant des derniers jours de l'heure d'été et de la température clémente pour prendre encore un dernier verre. Attentif, il se dirigea vers son immeuble qui se trouvait face au petit jardin. C'est là, entre les bosquets qui marquaient l'entrée, qu'il remarqua la lumière arrière d'un scooter. Il se figea, sentit les battements de son cœur s'accélérer, sa peau devenir moite, l'impression qu'il connaissait mais n'osait qualifier. Stupide, il était stupide. Il n'en avança pas moins lentement, le regard toujours rivé sur le deux-roues, tentant de discerner dans l'obscurité portée par les arbres l'identité du chauffeur et s'il était ou non accompagné. Pour élargir son angle de vision, il changea de trottoir, longeant la rue côté immeuble, ne pouvant dès lors voir si les fenêtres de son étage étaient ou non éclairées. Le motard était seul, il s'était arrêté pour téléphoner. En retraversant la rue, il vit les fenêtres du salon éclairées. Isabella était donc là. Il appela à nouveau pour se signaler. Cette fois elle répondit.

Se levant dans le noir, pour ne pas la réveiller, il se dirigea vers le salon où traînaient les vêtements qu'il avait si vivement ôtés à Isabella. Il eut un frisson en pensant à la violence du désir qui avait pris possession de lui sitôt qu'il l'avait vue, assise dans le canapé devant la télé, la jupe courte laissant voir le haut des cuisses au-dessus des bas. Le désir le prit à nouveau, il retourna dans la chambre, s'allongea contre elle et commença à couvrir son dos des caresses qu'elle aimait. Sitôt qu'elle fut à demi réveillée, plaisamment étonnée de cette nouvelle raideur nocturne qu'il lui faisait sentir au bas des reins, il commença à la pénétrer délicatement.

Il trouva la capitaine Elsa Minetti de fort mauvaise humeur à la brasserie où il venait de lui donner rendez-vous par texto. Faute du conseil d'un Parisien élégant, lui fit-elle remarquer, elle avait choisi la veille pour dîner la plus mauvaise table de Paris, avant de se faire ennuyer par deux zigotos qui justement raffolaient des Italiennes.

— Comme tu ne me le demandes pas, je t'informe que j'ai bien dormi dans un des hôtels figurant sur le listing de l'administration. Je pense que les décorateurs vendent le même modèle pour nos hôtels et les hôpitaux. Non, pire. Les hôpitaux n'ont pas de gouttelette blanche au mur. Tu ne connais pas le bureaucrate qui à Europol négocie les hébergements que j'aille planquer de l'héroïne chez lui avant de le dénoncer ? Et toi au fait, bonne soirée ? « Isabella » t'a préparé un bon dîner ?

Deniz se doutait bien que, depuis l'indiscrétion d'Annick, il allait avoir droit à quelque remarque du genre. Il en était assez furieux et savait pertinemment pour quelle raison son amie avait ainsi balancé le prénom de son aimée. Depuis qu'il sortait avec elle, et a fortiori depuis qu'elle avait emménagé chez lui, il n'avait toujours pas invité Annick à dîner dans l'appartement rénové et évitait autant que possible la rencontre entre les deux femmes. Plus largement entre Isabella et ses anciens amis. On n'est pas assez bien pour elle ? Je ne suis pas assez bien pour eux ? Des deux côtés les reproches fusaient, mais Deniz avait tenu bon. Il n'était nullement pressé de satisfaire à cette curiosité à peine saine de ses proches, et particulièrement d'Annick dont il savait, par certains de ces amis justement, la trahison dont elle lui faisait encore grief, près de vingt ans après. Il était en revanche plus sensible aux reproches d'Isabella d'être ainsi écartée d'un cercle de gens qui constituaient les relations les plus électives de Deniz, celles de sa prime jeunesse, des découvertes du monde, de l'amour, de la politique. Celles de leur militantisme étudiant, aujourd'hui moins militantes mais bien plus efficacement constituées en réseau d'entraide.

« Tu ne veux tout simplement pas que tes amis

voient le genre de fille que je suis », insistait Isabella, qui était allée jusqu'à lui reprocher d'avoir honte d'elle. Deniz s'en défendait. Il l'avait présentée à tout le monde, même à Annick, et ne la maintenait pas prisonnière dans un placard de la maison lorsqu'ils étaient invités. Il fréquentait avec plaisir et curiosité le monde de sa « fiancée », comme elle disait, et ne se cachait nullement de leur relation. Il n'en était pas moins conscient du décalage qui existait entre ces deux mondes. Deux mondes qui s'ignoraient l'un l'autre, malgré les nombreuses passerelles entre eux. Au fur et à mesure qu'il approchait le monde d'Isabella, il s'éloignait du monde de ses amis. Ce n'était pas une volonté, c'était un fait. Malgré lui. Il avait mis du temps à identifier les différences. « Elles te pètent pourtant à la gueule, non ? » l'assura un jour Luisa, amie et galeriste d'Isabella, qui possédait ce charme d'affirmer en questionnant. Eh bien non ! Ou plus exactement, il avait mis du temps à se l'avouer. Par petites touches, assez indescriptibles, relevant plus de la sensation que du fait établi. Cette curiosité généreuse chez Isabella qui ne se sentait pas obligée d'analyser et de répertorier dans des cases ce qu'elle venait de découvrir. Les différences ne portaient pas sur grand-chose : ses amis pensaient que Woody Allen faisait du cinéma d'auteur, que Lars von Trier était borderline, qu'à l'origine du monde il existait une division supérieure nommée gauche-droite.

Autant de sujets qui avaient le mérite d'animer les dîners pris en commun. Mais l'éloignement des deux mondes provenait sans doute plus de ce qui ne se discutait pas. La femme qu'était Isabella, par exemple. Aucun de ses amis ne se serait avisé de mettre en débat cette « singularité » en sa présence, mais quelques reparties de-ci, de-là lui avaient vite fait comprendre qu'en son absence, ça palabrait ferme. « Tu le redoutes surtout », riait Isabella, imaginant la bande d'amis fouiller dans le passé de Deniz à la recherche du grand traumatisme expliquant cet amour improbable pour eux. « Mais peut-être pas, peut-être qu'ils s'en foutent », lançait-elle goguenarde.

Quoi qu'il en soit, il n'entendait pas saisir son département d'Europol de la question. Et s'il ne souhaitait nullement froisser Elsa, elle avait un défaut rédhibitoire à ses yeux, une tendance à trop parler pour que Deniz se risque à lui en dire même un minimum sur son intimité.

— Excuse-moi pour hier. Je t'ai laissée tomber. J'étais fatigué et ce crime me préoccupe sérieusement.

— Ah, mais ça je ne peux pas le savoir, je ne suis pas dans les confidences, lâcha-t-elle sur le ton de la fille vexée.

— Pas des confidences, juste des recoupements, poursuivit Deniz qui ignora la provocation. Des indices qui s'accumulent venant de régions très diverses de l'Europe… Une accumulation de petits faits qui me troublent. Je n'aimerais pas découvrir que tout est fait pour que nous les prenions pour des délits locaux et qu'existe quelque part une grosse sphère hermétique à côté de laquelle nous passons. Ce genre de truc si bien ficelé qu'aucune aspérité, aucune faille ne permet de s'y introduire. Un tel microcosme n'existe pourtant pas. Il y a ou il y aura forcément une erreur commise quelque part. J'avoue avoir peur que, si nous attendons qu'elle nous soit révélée, il soit trop tard. J'ai un sentiment d'urgence. Donc je cherche partout, je n'écarte rien. J'espère que cette fois sera la bonne.

— Alors là, je n'ai rien compris. *Niente*. De quoi parles-tu ? D'une nouvelle organisation terroriste ?

— Peut-être. Sauf qu'elle n'a pour nous aucun nom. Tout simplement pas recensée parce qu'elle n'a pas d'existence dans notre service. Mais ces informations dont je te parle, que tu connais, n'ont pas vraiment de cohérence entre elles. Sauf si on leur suppose un dessein, un but commun.

— À quelle affaire fais-tu référence ?

— Je t'ai dit informations, pas affaire. Il n'y a aucune affaire pour l'instant. La première fois, j'y ai à peine prêté attention. Tu t'en souviens sans doute, parce que tu m'as fait une sortie sur l'irrégularité de ce que je demandais.

— Si je devais m'en souvenir à chaque fois. D'autant que tu as tendance à les accumuler ces derniers temps.

— Justement. C'était l'hiver dernier, nous étions dans la salle du centre opérationnel. Une opératrice travaillait sur un mouvement de fonds important d'une société de promotion immobilière roumaine construisant des immeubles de tourisme sur la mer Noire vers un club de foot de la région de Bratislava.

— Oui, je m'en souviens. Un administrateur de la société de promotion avait racheté ce petit club insignifiant. Il s'est servi de ses dividendes pour renflouer le club. Il fait ce qu'il veut de son argent, ce bonhomme, même se faire plaisir sur les stades.

— Certes, mais avec deux petites irrégularités : le compte d'exploitation du promoteur n'a été publié que deux semaines après le transfert de fonds, ce qui n'est pas tout à fait légal. Et ils ont anticipé les dividendes, les versant directement au club.

— Mais nous sommes un service antiterroriste européen, pas une brigade financière.

— Exact. Et j'ai demandé qu'on poursuive, ce qui a énervé notre ami Wolfgang Brenner. En réunion de direction, il m'a reproché de marcher sur les plates-bandes de la cybercriminalité en mobilisant inutilement des agents de l'informatique. Mon très aimé supérieur Stefanakis lui a donné raison. Je me suis officiellement incliné. Et Brenner a enterré l'histoire qui ne présentait à ses yeux aucun intérêt.

— « Officiellement ». Donc tu as continué ?

— L'urgence de ce transfert m'a intrigué. Je n'ai d'abord fait que recueillir des informations publiques. Publiques mais étranges. Le club de foot en question n'était pas présent sur le Mercato. Pourquoi ce besoin soudain d'argent pour un petit club sans grande ambition ? Mais il y a plus étrange encore. Le service informatique de Carpita m'a appris que l'administrateur du club de foot est un vieux monsieur de quatre-vingt-deux ans, gardien d'immeuble sous le régime communiste.

— Un petit trafic de la mafia du foot locale. En quoi ça nous concerne ?

— Deux pays sont en question, la Roumanie et la Slovaquie. Ce qui donc interpelle l'Europe. Avec l'aide de Louis Capita, j'ai découvert que les bénéfices de la société roumaine dépassaient largement la moyenne dans ce genre d'entreprises du bâtiment, que le club n'a amélioré en rien sa saison, mais a procédé à de nombreuses embauches dans l'administration, les soins, l'entretien de son stade, que le vieil administrateur n'a jamais mis les pieds en Slovaquie, ni nulle part ailleurs que dans la petite ville des Carpates où il a toujours vécu. Aucun terrorisme là-dedans, de quoi je me mêle ? me demanderait mon ami Theos Stefanakis.

— C'est une petite mafia transfrontalière. Je ne te suis pas.

— Il ne t'a pas échappé que mon prédécesseur a été remercié pour sa tendance à agir un peu trop en retard après les attentats de Paris. Intervenir sur un acte de terrorisme une fois qu'il a eu lieu, ce n'est pas le mieux. Depuis bientôt trois ans que je suis à ce poste, et c'est bien la mission qui m'a été confiée, je fais ce que je dois faire pour prévenir les attentats. C'est-à-dire pour repérer les organisations, groupements ou groupuscules qui se forment. Depuis trois ans également, je vois passer dans les relevés et les notes trop d'informations bénignes de ce genre. Ce qui m'a inquiété, c'est le montant de la somme. Non plus quelques dizaines de milliers d'euros, mais six millions. Et en urgence, comme si quelque chose se préparait. J'en ai informé Stefanakis qui, toujours inquiet qu'un État membre nous reproche notre ingérence dans ses affaires, surtout lorsqu'elles ont un relent politique, m'a dit ne rien avoir entendu, mais qu'il attendait un rapport lorsque j'aurais du solide.

— Je dois être butée, mais je ne vois toujours pas le rapport avec le terrorisme.

— Peut-être parce que tu penses trop Daech. Comme Brenner, comme notre direction générale, du moins l'ancienne, et beaucoup trop de membres de la Commission.

Elsa resta perplexe. Il avait pourtant souvent répété

à toute l'équipe du département qu'il n'y avait pas que les informations sur les cellules islamistes à recenser. Que, par le passé, l'Europe s'était avérée capable de créer sur son territoire nombre de groupes qui étaient redoutablement passés à l'action, de l'explosion de la gare de Bologne au meurtre des policiers Schmidt et Schoner, de l'attentat de la rue des Rosiers à l'assassinat d'Aldo Moro. L'absence à l'époque d'un service policier européen, et tout simplement d'une coordination entre renseignements nationaux, avait limité les recoupements entre groupes terroristes et, aujourd'hui encore, de nombreuses zones demeuraient obscures, plusieurs auteurs et commanditaires de ces attentats couraient toujours.

— Tu as des éléments ? Des faits ?

— Une intuition. Une intuition obstinée même, car les cas que je te cite viennent toujours en parallèle avec des élections remportées par des nationalistes radicaux. Comme dans une petite ville de la région de Banská Bystrica, en Slovaquie encore. Une espèce d'illuminé ultranationaliste qui ne serait pas capable d'aligner trois mots sur la Constitution de son pays remporte les élections municipales. Personne n'avait jamais entendu parler de lui avant la campagne, et le voilà tout à coup propulsé sur le devant de la scène, après que la commune a fait la Une des médias. Un migrant afghan qui, d'après ses déclarations, voulait passer en Allemagne mais n'y arrivait pas, aurait commis un viol sur une jeune femme. Le candidat a su exploiter le crime et gagner les élections, grâce à des conseillers en communication, des spécialistes des réseaux sociaux et une armada de gros bras. En quelques semaines, cette fière équipe a été capable de révéler les preuves de la corruption de l'ancien maire social-démocrate, de convaincre d'adultère avec de très jeunes filles le candidat de la liste de droite conservatrice, de faire éclater des bagarres en plusieurs points de la ville et d'offrir un repas avec musiciens aux petits vieux avant de les amener en bus voter.

— Tu es en train de me dire qu'une ou plusieurs organisations nationalistes se constituent pour prendre le pouvoir dans plusieurs pays d'Europe ? Ce n'est pas vraiment un scoop, et c'est de la politique, pas du terrorisme.

— Encore exact. Mais ce n'est pas des partis nationalistes que je parle. C'est d'un ou plusieurs groupes – appelons-les ultranationalistes – qui s'organisent en cellules avec des modes d'action pas franchement légaux. Je dirais même des modus operandi très proches de ceux de la mafia. Ils commencent d'abord, comme toujours, par réunir des fonds. Je préfère que nous soyons au courant à ce moment-là. Car si passage à l'acte il y a, nous pourrons au mieux intervenir avant, au pire frapper rapidement après.

— C'est quoi ton autre exemple ?

— En République tchèque. Un conseiller municipal nationaliste se voit convoqué d'urgence un soir par son maire qui veut faire voter au conseil du lendemain une résolution visant à changer tous les chauffages des bâtiments publics. Le conseiller en charge de la question est surpris. Le système de chauffage n'est pas si ancien et surtout la commune a des besoins urgents, notamment la construction d'un ensemble sportif promis aux élections. « T'occupe, lui dit le maire, c'est pour toucher des subventions de l'Europe qui a lancé un programme dans le cadre de l'accord de Paris sur la réduction de gaz à effet de serre. » « Peut-être, répond l'élu, mais une partie sera à notre charge et nous avons d'autres priorités. » Contre son avis, le maire fait passer le lendemain la délibération. Le conseiller furieux, et suffisamment honnête, découvre ensuite qu'une seule entreprise répond à l'appel d'offres dont elle a visiblement rédigé les termes en accord avec le maire. Il se renseigne auprès de collègues d'autres villes. Plusieurs d'entre elles ont également refait leur chauffage et toutes ont retenu la même société qui, domiciliée en Tchéquie, sous-traite les travaux à des entreprises locales. Il ne lui a pas fallu longtemps pour découvrir que la société en question avait été créée peu de mois auparavant. Là encore, les informations me sont transmises par Carpita. Je lui demande officiellement de poursuivre. Le retour est rapide et efficace. Son service m'apprend qu'à la tête de la société se trouve un monsieur d'origine bulgare, qui n'a pas d'adresse mail ou de compte sur les réseaux. Peut-être même n'existe-t-il pas. Autre information, le service tchèque qui a instruit le dossier des subventions est dirigé par une personne membre d'un petit parti sans lequel le gouvernement n'a pas la majorité à la Chambre des députés.

— Mais s'il s'agit de détournement de fonds de Bruxelles, il existe un organisme européen antifraude pour cela. Ils ont enquêté ?

— Oui. Cette société affichait une centaine de salariés, alors qu'elle n'avait pas besoin d'un service commercial d'importance puisqu'il était complaisamment assuré par les élus et que les travaux étaient sous-traités. Un incendie a opportunément détruit les pièces administratives et comptables. Suite à quoi elle a déposé le bilan en laissant des ardoises à tous les sous-traitants et, bien sûr, au collecteur de charges sociales et au fisc. On ne saura jamais à quoi travaillaient ses cent employés, ni qui ils étaient, ni s'ils existaient vraiment. Les dirigeants sont en fuite. Les fonds ont transité par trois paradis fiscaux, les îles Marshall, Trinidad et Bahreïn.

— Une affaire malheureusement classique de corruption municipale. Pas la peine d'aller à l'Est pour en trouver. Ça fait bien mafieux ton histoire, mais je ne vois de lien ni avec nous, ni entre tes trois affaires.

— Il y en a pourtant un. Je connais assez la maison pour m'étonner de la rapidité avec laquelle le service m'a répondu. Je n'ai qu'une explication : un informateur suit ces affaires pour un dossier qui n'existe pas à Europol. J'ai donc interrogé une nouvelle fois mon ami belge, Louis Carpita. Il n'a fait aucune difficulté pour reconnaître l'existence de sources extérieures. « Tu veux dire un réseau qui travaille souterrainement pour nous ? » lui ai-je demandé. Louis a été direct, comme toujours : pas un réseau, un informateur, une sorte d'infiltré numérique, le même dans les trois affaires.

— Et alors ?

— Je te donne son nom : Maryam Binebine.

# 6

## *Elsa*

Elsa le regarda fixement, sans mot dire. Deniz croyait peut-être qu'il l'épatait, c'était tout l'inverse. Elle était déçue. Jusqu'à quand faudrait-il qu'elle supporte d'être le pion qu'on informe lorsqu'on en a besoin ? La capitaine Elsa Minetti n'était qu'un grouillot pour la caste. Putain, avait-elle envie de lui cracher à la figure, c'est avec des fonds publics, et pas peu, qu'on fait tout ce travail, et toi, tu ne penses qu'à ta carrière ! Mais elle se retint, mieux valait profiter de l'instant pour lui faire cracher le morceau.

— Bien, dit-elle le plus calmement qu'elle put. Donc nous avons une informatrice cachée, et elle se fait flinguer en travaillant pour Europol. Je suppose que depuis ces histoires, tu l'as approchée. Pas l'ombre d'une culpabilité ?

Il réagit à cent pour cent, ce qui n'était pas dans ses habitudes. Un trait puissant de contrariété vint barrer son front, ses sourcils se rapprochèrent, son regard se fit dur.

— À supposer que le crime soit dû aux activités que la victime menait pour Europol, nous sommes ici pour le démêler, j'éprouverais de la culpabilité s'il s'avérait que la procédure de protection avait une faille. Tu as dû remarquer hier que les recherches de la police française sur l'ordinateur de Maryam ne m'émouvaient guère. Elle œuvrait à partir d'un serveur sécurisé que le centre opérationnel de Carpita avait mis à sa disposition. J'ai bien sûr fait vérifier, il n'y a eu aucune intrusion. Donc, si le crime est lié à ses activités, c'est que la fuite vient de Maryam elle-même. Sinon, il faut chercher du côté de ses fréquentations personnelles. À moins qu'elle n'ait joué double jeu. Mais cela, nous le découvrirons vite.

— Je peux en savoir un peu plus ?

— Je viens de t'expliquer que Maryam n'est pas mon informatrice. Je ne sais pas qui l'a recrutée, mais c'est un agent du service de la cybercriminalité de Brenner qui a été son premier contact. Sur quoi travaillait-elle ? Je n'en sais rien. Carpita a dû faire le lien, mais il ne veut pas me donner d'informations sur ce point. L'incendie et les transferts de fonds dont je t'ai parlé avaient sans doute quelque chose à voir avec le grand banditisme, puisque l'information est passée au service d'Elzbieta. C'est elle qui l'a jugée assez intéressante, ou plutôt assez vague pour qu'on me la transmette.

Elzbieta Moscowicz, la directrice du département de lutte contre le grand banditisme. Il s'en tirait bien le Deniz. S'il disait vrai.

— Et dans notre service, qui est l'agent traitant ?

— Dragan devait la rencontrer. Il n'en a pas eu le temps, on a assassiné Maryam Bincbine avant. Mais je ne vois pas de relation causale, le ou les assassins ne pouvaient pas le savoir. Je n'ai pas informé l'équipe, parce que j'attendais d'abord la prise de contact.

Un bip les interrompit. Deniz consulta son écran et se mit tout à coup à jurer comme un charretier.

— Qu'est-ce qu'il se passe ? demanda-t-elle, rieuse, face à la mine courroucée qu'affichait Salvère.

— Un message du commissaire Lebèque. Elle a bien reçu l'avis d'Europol pour l'enquête.

— Et pourquoi cette tête ?

Il lui fit lire le texto qui mentionnait : « Il y a un hic, l'enquêteur qu'on nous envoie se nomme Van der Linden, pas Salvère. » Elsa n'y comprenait rien. Que venait faire Erik Van der Linden, un des adjoints de Wolfgang Brenner, dans cette affaire ? C'était pourtant Deniz qui avait demandé la saisine. Qu'est-ce que c'était que ce micmac ?

Deniz reprit ses esprits et commanda deux cafés. Elle le connaissait, il professait de ne jamais réagir sur le coup de la colère.

— Demande une connexion et passe-moi ton ordinateur, demanda-t-il à Elsa.

Elle s'exécuta. Elle était assez impatiente de savoir comment il allait s'y prendre pour retourner la situation. Lorsque Skype fut lancé, il étira ses membres et l'informa qu'il appelait Theos Stefanakis, son supérieur, responsable de la direction des opérations à Europol qui chapotait les départements de lutte contre la cybercriminalité et le blanchiment d'argent de Wolfgang Brenner, de lutte contre le grand banditisme d'Elzbieta Moscowicz et celui de l'antiterrorisme dirigé par Salvère.

— Bonjour Théo. Désolé de te déranger. Nous sommes à Paris, sur une communication non sécurisée. Je vais être bref. J'ai demandé en urgence qu'on fasse jouer la procédure d'autosaisine pour une assistance auprès des autorités françaises suite à un meurtre commis à Paris dimanche dernier. Je n'ai pas attendu que tu contresignes la demande, sachant que tu ne reprenais le travail qu'aujourd'hui. Il y avait urgence à être sur place. J'apprends ce matin, de la police française, que Brenner a formulé la même demande et obtenu l'envoi de Van der Linden. La victime, à ce que je sache, n'est pas morte d'une surdose d'octets. Je me fous de qui couche avec qui dans notre grande solitude de La Haye, mais d'évidence ta propre assistante a rapporté ma demande à Herr Brenner qui, pour une raison que je ne peux t'expliquer sur ligne ouverte, pense son département plus concerné que le mien en raison de… disons de la « profession » de la victime. Renseigne-toi et appelle-moi rapidement s'il te plaît.

À la grande surprise d'Elsa, la connexion Skype s'activa immédiatement en vidéo.

— Bonjour Deniz. Ravi d'avoir de tes nouvelles après une magnifique semaine de congés dans les îles de mon pays. Très agréable, merci. Le temps était superbe, les journées sans querelles intestines et ma famille se porte à merveille. Ma femme te fait ses amitiés et regrette que tu n'aies pu te joindre à nous. À part ça tu fais chier. Je regarde tout de suite, ne coupe pas.

Ils l'entendirent appeler Birgitt, lui demander le formulaire de Salvère et ils virent bientôt apparaître sur l'écran la froide Birgitt, assistante de Stefanakis et maîtresse de Brenner, avec un air contrarié qui n'enlevait rien à son charme scandinave. Stefanakis ouvrit le dossier, le compulsa rapidement et, sans se tourner vers elle, l'interrogea pour comprendre comment une demande formulée par le département de l'antiterrorisme avait pu passer à la cybercriminalité. Ils durent tendre l'oreille pour entendre vaguement une réponse faisant mention de l'intervention de Herr Brenner en raison d'une antériorité sur l'affaire. M. Salvère étant introuvable, et le dossier frappé d'urgence, elle avait cru bon de trancher ainsi.

— Vous ne manquerez pas de faire savoir à M. Salvère, reprit le directeur d'une voix aussi tranquille qu'autoritaire, qu'aucune mission de ce type ne peut démarrer sans déclenchement d'une procédure que je suis seul apte à contresigner. Mais voyez le code inscrit ici (comme si elle ne l'avait pas déjà vu, pensa Elsa). Envoyez immédiatement un rectificatif aux autorités françaises et informez Van der Linden afin qu'il ne se déplace pas pour rien. Et ajoutez cette question à l'ordre du jour de la réunion de lundi. Je n'aime pas ce qui s'est passé.

Ils virent la main démesurée de Stefanakis s'avancer vers l'écran et le rabattre pour couper la communication.

— Oh le vent ! s'esclaffa Elsa. Jamais vu Birgitt se faire humilier de la sorte.

— Ne te réjouis pas trop vite. Ça va être ma fête à la réunion de direction.

Ce qu'elle aimait bien chez Deniz, c'est qu'il ne lésinait pas sur les notes de frais. Ce n'était pas la coutume chez les chefs. Combien de fois avait-elle dû se payer elle-même son repas remboursé forfaitairement lorsqu'elle était en mission avec quelqu'un de la caste qui préférait faire passer en frais ses dîners avec ses amis ou quelque relation de son réseau. Deniz l'invitait souvent, partageant généreusement les privilèges de son grade. Et ils prenaient le temps de se nourrir convenablement sans pour autant tomber dans la haute gastronomie. Dans l'attente de l'ordre de mission, ils avaient le temps de déjeuner. C'est devant douze mezze libanais et un vin de la plaine de la Bekaa que Deniz se détendit totalement, échangeant des nouvelles avec le patron du restaurant qu'il connaissait depuis vingt ans.

— Vingt ans ! s'exclama Elsa. J'étais à l'école primaire à Gênes. À l'époque, j'étais plus grande que la plupart des garçons. Et dans mon quartier, c'était des vrais, on n'était jamais déçues. Foot, bagarres et sifflets aux filles comme leurs pères. Et à part un Federico, que les autres traitaient de pédé, tous nuls pour les études. Difficile après d'avoir de l'estime. On était des princesses, *raffinate*, devant une cohorte de bouseux.

— Tu n'as pas changé, toujours princesse, se moqua-t-il.

— Oui, bien sûr. Et c'est pour cela que tous mes chefs ont toujours été des mâles.

— Un peu de respect pour notre nouvelle directrice générale.

— Quand je pense qu'on va manquer ce soir son pot d'arrivée ! Ton copain Theos doit avoir préparé la panoplie complète du latin lover. Mais si j'en crois ce que j'ai entendu sur la dame, il n'osera même pas la sortir du vestiaire.

— Ne t'inquiète pas pour lui, il est rompu à l'exercice. Et plus finaud que tu ne le penses.

— Qu'est-ce qui se passe avec Brenner ? lança Elsa à brûle-pourpoint.

À sa place, elle aurait sursauté. Mais lui non. Il prit cependant son temps pour répondre avec le style alambiqué de celui qui veut vous entourlouper.

— Les dossiers, parfois, empiètent d'un département sur l'autre, et chacun se bat pour les garder chez lui. C'est normal, tu as fait le boulot et tu n'as pas envie que ce soit l'autre qui ramasse les fruits. Et puis l'Europe est jeune, et Europol encore plus. Avec l'élargissement récent de ses compétences, la maison n'a pas encore creusé trop de cheminements administratifs qui tracent des sillons dont on ne peut plus sortir. C'est plutôt un avantage à mes yeux. Mais cela fait aussi que, pour l'application des directives, il y a du mou. De ce fait, surtout avec notre ancien directeur général si proche de la retraite et si habitué à composer avec les colères des petits États et les remontrances des gros, chacun a sa vision de la stratégie commune, ce vers quoi elle doit ou ne doit pas tendre. Personne n'ignore que Brenner, qui est de loin le plus ancien à Europol, se considère un peu comme sa mémoire et le défenseur de son orthodoxie. Il est de la génération de mes parents, pour qui l'Europe est plus un service commun qu'une entité en soi. Résumer la mission d'Europol à une action de renseignement au service des polices nationales lui convient parfaitement. Tu le sais, ce n'est pas tout à fait ma conception.

— Avec ça, tu ne m'as rien dit.

— Au contraire, je t'ai tout dit. Le reste, ce sont les déclinaisons.

Elsa avait trop mangé, goûtant chaque mezze, et un peu trop bu, la bouteille était vide. Mais lorsque le patron vint offrir un plat de pâtisseries orientales, elle ne put résister. Elle adorait ça. Si bien que, après le thé à la menthe, elle sentit son jean bien trop serré. Son soutien-gorge aussi, ça n'avait pourtant aucun rapport. Le téléphone de Deniz sonna. À son sourire, elle comprit que la saisine modifiée était parvenue à la police parisienne. Ce qu'il lui confirma en l'informant qu'Annick avait fait préparer un bureau pour mener l'enquête dans le commissariat du quartier où avait été commis l'assassinat, et qu'elle les y attendait. Elsa était impatiente de commencer, mais Deniz ne se pressa pas, terminant tranquillement sa crème à la rose.

Rien de l'élégance et de la sophistication du centre des opérations de La Haye. Ici on changeait de siècle. Planté au beau milieu d'une rue étroite parallèle au boulevard Magenta, le commissariat de quartier était logé dans un ancien magasin-dépôt pourvu d'un seul étage, réhabilité à faible budget. Les effectifs avaient certainement été réduits parce que la place ne manquait pas. On leur avait octroyé une salle d'une quarantaine de mètres carrés, meublée de deux longues tables en formica blanc, de sièges dépareillés et, pointe de la modernité, d'un vidéoprojecteur. Les murs peints en jaune pouvaient servir d'écran, on n'avait pas poussé la dépense jusqu'à leur en fournir un. Un bureau attenant permettait de s'isoler. Au moment où ils s'installèrent, un agent était en train de coller au mur des plaques de liège adhésives qui feraient office de tableau.

— Sommaire mais tranquille, précisa Lebèque. Il y a également une salle d'interrogatoire aménagée au sous-sol avec enregistrement vidéo. Et pas vraiment utilisée. Ici, les collègues passent surtout leur temps à enregistrer des plaintes pour cambriolage, tapage nocturne ou agression qu'à mener des enquêtes de terrain impossibles. Ce qui les met à notre disposition. Et ils sont motivés. Mais n'oubliez pas que je suis en charge de l'enquête et que vous n'avez pas autorité sur eux.

Deux officiers étaient affectés à l'enquête. Le lieutenant Marco De Angelis, « Appelez-moi Marc », avait cette allure familière et serviable dont Elsa se méfiait. Elle en avait connu plein des comme ça. De faux populaires. Directs et pas formalistes pour un sou, mais toujours prêts à s'arranger, dans le sens le plus confortable pour eux, et dans l'ensemble assez relous. Et pas très à cheval sur le règlement. De Angelis présentait l'avantage d'être en poste dans le quartier depuis treize ans. Quant à la jeune Mélanie Mabrouk, c'était son premier poste après l'école de police et les stages obligés. Plutôt petite, musclée et vive à en juger par la brusquerie de ses mouvements, ce jour-là elle portait l'uniforme.

La commissaire commença à disposer des éléments sur le tableau mural. Le portrait de Maryam et la photo de son cadavre, puis une feuille sur laquelle elle avait résumé les principaux éléments de l'autopsie, l'égorgement ayant provoqué le décès survenu entre 4 et 5 heures du matin, le taux important d'alcool dans le sang, l'absence de drogue, les rapports sexuels consentis, avec préservatif. Une autre feuille rassemblait les éléments de l'enquête, la disparition de l'arme du crime, des préservatifs, du téléphone de la victime, des draps, l'appartement nettoyé de toute trace, la serrure abîmée. Puis elle colla le portrait de Guillaume Netailler, vingt-huit ans, petit ami de la victime.

— Nous l'avons fait revenir en urgence de son stage, leur apprit Lebèque. Un type direct, assez dur je pense mais qui s'est effondré à la première évocation du meurtre. Sa déposition est dans le dossier. Son alibi est indiscutable, il était à six cents kilomètres de là, en Savoie. Je lui ai demandé s'il connaissait d'autres liaisons amoureuses ou sexuelles à Maryam, mais je n'ai pas osé, ça n'aurait pas servi à grand-chose pour le moment, lui révéler les rapports qu'elle avait eus avant d'être assassinée. Il a répondu simplement « Pas que je sache », et après que j'ai insisté, « Je ne peux pas être à cent pour cent certain, comme n'importe qui ». Information importante, ils avaient prévu une vie commune, d'abord à Paris ensuite à la montagne.

Elle colla encore une feuille pour l'enquête de voisinage avec un grand RAS puis se tourna vers De Angelis en lui demandant de préciser.

— Pour une fois, c'est pas le grand anonymat de la ville. Une fille joviale et sociable, toujours prête à rendre service, généreuse avec les SDF du quartier à qui elle offrait des sandwichs, dixit la boulangère de la rue Amelot. Beaucoup de commerçants la connaissaient. Elle se déplaçait à vélo, il est toujours dans la cour intérieure. Dans les bars et les restos du coin, on la connaissait bien aussi, son jules un peu moins. Comme elle travaillait souvent de chez elle, elle sortait se détendre, déjeuner ou dîner, et ne dédaignait pas l'heure de l'apéro. Elle levait le coude sans problème, mais sans excès au dire des bistrotiers. Le samedi, veille du crime, personne ne se souvient de l'avoir vue, ni dans les bars ni dans la rue.

— Mélanie, tu nous résumes les éléments de sa personnalité.

— Oui, commissaire. Âgée de trente-quatre ans, bachelière, pas d'études supérieures mais une formation récente en informatique aux Arts et Métiers. Elle a déposé un statut d'autoentrepreneur et travaille régulièrement pour des sociétés de développement informatique. Deux essentiellement, qui la jugent très sociable et très compétente. Mais les rapports avec ses clients se font surtout par messagerie. Ils ne se sont rencontrés que rarement. Son ordinateur, ses disques de sauvegarde, son cloud confirment ce travail. Sinon, rien de spécial d'après la scientifique. Beaucoup de recherches sur les sites d'information et les Wiki. Son compte en banque n'a rien de reluisant mais elle possédait un livret d'épargne doté de 20 300 euros. Des économies pour l'installation future, nous a dit son ami Guillaume Netailler, qui lui aussi possède un livret mais deux fois moins garni. Elle est adhérente de Dites non, une association qui milite contre les mariages forcés. Elle y est assez active, quoique moins qu'auparavant d'après la responsable, qui loue sa gentillesse, son écoute et sa disponibilité. Et son efficacité. Côté famille, c'était plus compliqué. Son père et sa mère sont décédés. Le premier depuis douze ans, la seconde depuis trois ans. Mais elle n'avait plus de liens avec eux depuis qu'elle avait refusé un mariage au Maroc, selon son amie Salima Duval, professeure de littérature orientale à l'université de Villetaneuse, qui a découvert le corps. Elle a deux frères et une sœur qui vivent au Maroc, mais n'a aucun rapport avec eux, toujours d'après son amie. Nous avons saisi nos collègues marocains pour qu'ils nous aident à les localiser. Son amie, qu'elle a connue au collège, est une source importante d'informations. Je lui ai demandé de se présenter cet après-midi. Rien de plus pour le moment.

— Merci Mélanie. Bien. Nous avons fait le point de nos connaissances, et c'est plutôt maigre. Le légiste insiste sur le professionnalisme du geste qui a donné la mort. Et l'absence de traces semble le confirmer, résuma Annick Lebèque.

Elle allait poursuivre lorsqu'elle entendit, comme tout le monde, le tic-tac que produisait le sergent De Angelis en heurtant régulièrement la table avec sa cigarette électronique.

— Oui Marc. Autre chose ?

— Ben, sauf votre respect… Excusez la franchise, mais j'imagine qu'on déplace pas du si beau linge dans notre humble commissariat pour un crime passionnel. On peut savoir ? Ça pourrait aider…

— Nous avons en effet l'assistance d'Europol. Je laisse le commandant Salvère et la capitaine Minetti vous en donner les raisons.

Elsa adorait ce moment, très curieuse de voir comment Deniz allait expliquer leur présence. Il lui suffisait de voir le visage de son patron et de déceler le ton choisi pour savoir ce qu'il attendait de l'équipe. Quand l'esprit de caste reprenait le dessus, il mettait une distance impossible entre lui et les enquêteurs, leur signifiant qu'ils devaient se contenter de ce qu'il donnait comme informations sans chercher plus loin. Son visage était alors d'une froideur glaciale et désagréable, son ton neutre et sans réplique. Mais elle le vit esquisser un sourire et abandonner l'allure rigide qu'il affectionnait souvent. Il avait besoin de stimuler cette équipe pour une enquête qu'il lui tenait à cœur de résoudre rapidement.

Il y alla en remerciements et sut insister sur la confidentialité de cette collaboration notamment envers la presse, laissant supposer aux enquêteurs qu'ils touchaient à cette haute communauté du renseignement et de l'investigation.

— Nous possédons à La Haye un système d'alerte. Dès qu'une des connexions fichées fait l'objet d'une actualité, et ce décès en est une, nous sommes prévenus. L'adresse IP de la victime était sous surveillance pour s'être trouvée, accidentellement ou pas, une des connexions employées lors d'un transfert de fonds opaques vers des paradis fiscaux, mais cela passe souvent par des dizaines d'entre elles sans que la personne détentrice de l'adresse soit au courant. Des sommes dépassant le million d'euros. Nous n'en savons pas plus mais, étant donné l'importance des sommes, nous préférons vérifier en temps réel si le meurtre est lié ou non à ces activités. Je précise que ma présence est un peu fortuite. Étant parisien, j'ai fait un saut pour épauler la capitaine Minetti qui restera à vos côtés.

— Merci commandant pour votre confiance, se permit le lieutenant Mabrouk avec un brin d'émotion dans la voix qui disait assez son bonheur d'être mêlée à une enquête si importante.

— Bon, maintenant que vous voilà informés, voyons les pistes de travail, enchaîna Lebèque. En un mot, à part l'information que nous apporte Europol, nous sommes au niveau zéro. Pas un indice, pas une piste. Il faut donc se concentrer sur la reconstitution la plus complète des derniers jours de Maryam Binebine et sur les éléments inconnus ou mal connus de sa vie. Mélanie, travaillez sur la famille au Maroc. Donnez-nous un relevé de ses derniers achats, tracez son téléphone. Marc, trouvez dans le coin quelqu'un qui puisse nous éclairer sur sa dernière soirée. Il nous faut savoir rapidement où et avec qui elle a bu ses derniers verres.

Lorsque les deux policiers furent sortis, Elsa attendit pour voir si Annick interpellerait Salvère sur la présentation assez singulière qu'il avait faite des activités clandestines de Maryam. Mais, ne voyant rien venir, elle se demanda si Deniz ne lui avait pas servi la même salade. Elle avait oublié de lui demander ce qu'il avait exactement dit à la commissaire la veille.

# 7

## *Salima*

Le lieutenant Mélanie Mabrouk l'avait appelée pour un nouvel entretien. Elle avait besoin d'en savoir plus sur la personnalité de Maryam. Rendez-vous avait été fixé à 17 heures. Auparavant, Salima avait un autre rendez-vous. Elle avait pris son courage à deux mains et s'était rendue chez une psychologue. Ça n'avait pas été facile. Elle avait horreur de parler d'elle et horreur de parler d'une tierce personne en son absence. « Mais cette absence va durer, lui avait répondu l'analyste, il vous faut maintenant la construire, faire votre deuil. Je ne pourrai pas vous aider si vous ne le voulez pas. Surtout, ne négligez pas le traumatisme. Une mort violente, de plus découverte par vous, crée dans l'immédiat des dommages importants. En parler permet de les repérer, et les repérer c'est déjà y mettre un baume. » Évidemment.

Revenant des Halles, elle prit machinalement le boulevard Sébastopol pour se rendre au commissariat. Elle n'aimait pas ce boulevard, couloir de circulation vers les gares de l'Est et du Nord. Bruyant. Et sans vie dès que les magasins de meubles fermaient. Elle songea emprunter la voie parallèle, mais, pensant qu'elle devrait alors passer devant les Arts et Métiers, elle fut prise de panique et se dirigea vers la rue du Faubourg-Saint-Denis qu'elle remonta jusqu'aux Petites-Écuries. Tout lui rappelait Maryam, le restaurant turc où elles déjeunaient souvent, le fromager, le pâtissier réputé à juste titre pour ses gâteaux au chocolat, et le bar à l'angle de la rue d'Enghien, vestige des années 60 où Maryam avait encore ses habitudes quelques années auparavant. Des larmes vinrent à nouveau mouiller ses yeux peu habitués à pleurer. Et les sempiternelles questions, obsédantes à souhait, se posèrent à nouveau. Qui ? Et pourquoi ?

Une surprise l'attendait au commissariat. Lebèque lui présenta deux policiers d'Europol, un homme mûr, brun, élégant, et une jeune Italienne avec un accent aussi prononcé que ses rondeurs. Le nom d'Europol la prit au dépourvu, et son expression, elle en eut conscience, n'échappa pas aux enquêteurs. Aussi demanda-t-elle sans attendre ce que signifiait leur présence. Étaient-ils sur une piste ?

— C'est l'inverse, lui répondit chaleureusement Salvère. Nous intervenons dans de nombreuses affaires en soutien aux polices nationales sitôt qu'aucune piste évidente ne se dessine. Le fait que votre amie (elle nota qu'à la différence de la commissaire il ne disait pas « la victime ») ait eu une activité d'investigation intense et transnationale sur Internet n'est peut-être pas une piste à négliger. Europol est bien armée pour répondre à ce genre de situations.

Salima fut surprise par l'argument, mais elle dit sa satisfaction qu'on mette des moyens importants pour résoudre l'assassinat de son amie qui restait pour elle une énigme totale.

— Vous êtes certains qu'il ne peut pas s'agir d'un cambrioleur ou d'un maraudeur ?

— Ce n'est pas l'hypothèse première, lui répondit Annick Lebèque. Pas de vol à part son téléphone. Pas d'agression sexuelle non plus. Vous êtes la personne la plus à même de nous aider dans cette affaire où la compréhension de la personnalité de la victime et les informations sur sa vie passée sont les éléments que nous recherchons en priorité. Le commandant Salvère et la capitaine Minetti ont déjà lu votre déposition. Si vous le voulez bien, ils vont vous poser quelques questions complémentaires.

Ce fut le commandant qui l'interrogea. Elle détailla alors ce visage aux traits réguliers à la fois sympathique et autoritaire. Où s'arrêtait l'un, où commençait l'autre ? Il lui demanda de bien vouloir décrire « seconde par seconde » sa présence dans l'appartement. Elle répéta ce qu'elle avait déjà déclaré au policier de permanence, puis à la commissaire Lebèque : la visite convenue la veille d'une exposition à l'Institut du monde arabe, la confirmation obtenue par texto le samedi soir, les appels du matin sans réponse qui ne l'avaient pas inquiétée puis ceux du début d'après-midi, enfin sa décision d'aller réveiller Maryam.

— Je sais que je vous fais répéter ce qui ne doit pas être agréable à se remémorer. Mais, s'il vous plaît, concentrez-vous sur votre entrée dans l'appartement.

Salima comprit qu'on lui demandait de revivre la scène. Ce qu'elle essayait justement d'oublier.

— J'ai ouvert la porte avec le double des clefs qu'elle me laisse car elle est… Elle était du genre à les perdre souvent. J'ai appelé « Maryam » à haute voix, deux ou trois fois certainement.

— Est-ce que quelque chose a attiré votre attention avant de vous rendre dans la chambre ?

— Non. La cuisine en désordre comme souvent, le salon… Ah si. La table était complètement vide, pas de verre ou de bouteille, j'ai pensé qu'elle n'avait pas passé la soirée chez elle.

— Ensuite ?

— La chambre. Le corps. J'ai crié. Je ne crois pas qu'après j'étais très réceptive.

— Avez-vous vu son téléphone ou son ordinateur ?

— Non, répondit Salima après un temps de réflexion. Non, pas que je me souvienne. À part l'écran dans le salon, toujours à la même place.

— J'ai lu votre déposition sur la vie de Maryam. Vous pouvez nous en dire un peu plus sur sa famille ?

— Elle a rompu avec eux lorsqu'ils ont voulu la marier au Maroc, il y a une quinzaine d'années. Ou plus exactement, ils ont rompu avec elle. Elle en a été d'abord soulagée, puis a vécu le manque. Pas pour ses frères qui n'ont pas brillé par leur réussite scolaire ou par leur solidarité avec elle. Comme sa sœur aînée, ils ont suivi les parents au Maroc lorsque le père s'y est installé après sa retraite. Je crois qu'il avait acheté quelques appartements ou des commerces qu'il louait. Maryam n'avait plus aucun rapport avec eux. Elle n'est même pas allée aux enterrements de ses parents. Elle n'en parlait jamais, sauf quand nous évoquions notre enfance. En fait, elle n'avait pas vraiment connu de bons moments avec eux. Elle adorait venir chez nous lorsque nous étions au collège, puis au lycée. Je l'admire d'avoir autant souffert dans son enfance et d'avoir gardé une telle joie de vivre. Son père battait les enfants à la moindre occasion. Puis il a chéri les fils, sans attention pour les filles. Pour ce que j'en sais, l'aînée est totalement soumise. Elle a été mariée à un homme qui aurait pu être son grand-père. Maryam était très remontée contre le mariage forcé. Vous devez savoir qu'elle faisait partie d'une association…

— Oui, effectivement, la coupa Salvère. Et son travail ? Elle en parlait ?

— Oui, beaucoup. Elle adorait. Surtout lorsque la commande exigeait de l'inventivité. Je crois qu'elle était très douée. Elle recevait pas mal de louanges de la part de ses clients. Mais je n'en sais pas plus.

— Vous l'aidiez ? Vous vous y connaissez dans ce domaine ?

— Oui, mais pas comme elle. Je l'ai aidée lors de sa formation, notamment en mathématiques, mais ensuite ce n'était plus de mon niveau de compétence.

— Comment lui est venue cette passion ?

Salima eut une hésitation. Elle se concentra.

— Je pense que l'économie numérique a tellement de besoins, en termes de savoir-faire et de personnel, qu'on peut s'y lancer sans diplôme et avoir sa chance. C'est sans doute la première raison. Mais aussi, elle a toujours aimé les nouvelles technologies. Pour elle, c'était un peu comme mettre les mains dans le cambouis. Mais justement sans le cambouis.

— Et sa vie sentimentale ?

— Oh, un vaste sujet. Très pauvre en fait, parce que avant Guillaume c'était plutôt des passades jamais bien réussies. C'est ce qu'elle en disait en tout cas. Sa rencontre avec Guillaume a changé beaucoup de choses. Elle s'est mise à construire une vie qu'elle vivait auparavant au jour le jour.

À ce moment, et sans s'en rendre tout à fait compte, Salima s'égara. Maryam était là, l'attendait à la porte. Ses yeux se perdirent dans le vague.

— Excusez-moi. Je disais… Je disais que… C'est impressionnant. Depuis sa rencontre avec Guillaume, Maryam est rayonnante, heureuse. Et assez angoissée. Elle n'a jamais vécu avec un homme. À part quatre ou cinq mois, il y a quelques années, avec un junky mort d'une overdose peu de temps après qu'ils s'étaient quittés. Plus exactement qu'elle l'a définitivement viré de chez elle. Mais je ne la voyais pas beaucoup à cette époque. Avec Guillaume, elle a peur de ne pas être à la hauteur, de ne pas savoir composer pour la vie de tous les jours. Elle a mis du temps à se décider, et lui ne la presse pas, d'autant qu'il fait son tour de France.

Son regard se troubla. Non, Maryam ne l'attendait pas à la porte. Maryam n'était plus. Maryam avait été égorgée. Tout ce sang sur son beau corps… Des sanglots entravèrent sa voix. Elle ne pouvait plus parler. Ses interlocuteurs baissèrent les yeux. Elle les oublia, suivant Maryam qui pérorait dans la rue Amelot, joyeuse, exubérante, saluant un commerçant de la main levée haut. Lorsque son amie lui sourit, elle ne parvint plus à retenir un flot de larmes bien dérangeant devant ces inconnus.

Les policiers lui proposèrent d'interrompre la conversation, de la remettre au lendemain. Devant son signe de dénégation, ils lui laissèrent le temps de se ressaisir, l'inspectrice lui apporta un verre d'eau, elle reprit ses esprits.

Salima suivit alors le mouvement de tête du commandant en direction de la commissaire et l'acquiescement muet qu'il reçut en réponse. Elle comprit qu'on allait lui révéler quelque chose.

— Pas d'autres relations amoureuses à votre connaissance ? interrogea la capitaine.

— Depuis Guillaume ? Non, bien sûr.

— Il faut que je vous révèle quelque chose qui a été tu à Guillaume et qui va sans doute vous surprendre, reprit doucement le commandant Salvère. La nuit du meurtre, Maryam n'était pas seule dans son lit. Elle a eu plusieurs rapports sexuels.

Salima resta un moment silencieuse, figée. Ça n'avait pas de sens.

— Vous êtes sûrs ?

— Sans l'ombre d'un doute, confirma la commissaire Lebèque. Les relevés de la police scientifique sont catégoriques, et Guillaume était en Savoie.

— Je vois que vous êtes surprise, poursuivit le commandant.

— Le mot est faible.

— Vous n'avez donc pas idée de l'endroit où elle a pu aller la veille au soir, ni de la personne avec qui elle était ?

Salima quitta le commissariat chamboulée. Elle n'avait jamais compris ni même approuvé l'aisance avec laquelle Maryam changeait de partenaire, parfois pour une nuit, parfois avec un inconnu rencontré dans un bar. Elle qui n'avait connu qu'un homme avant son mariage réprouvait assez cette attitude et n'aimait pas que Maryam lui raconte ses aventures, ce qu'elle faisait sans vergogne, s'appesantissant sur les détails. Comme si elle racontait sa découverte d'un nouveau restaurant. Mais Salima était certaine que tout cela était du passé depuis sa rencontre avec Guillaume. Une partie d'ombre venait ainsi de naître dans l'image qu'elle se faisait de son amie. Elle lui en aurait presque voulu, ce qui était plutôt contradictoire avec tout ce que Salima ne cessait de professer sur les relations humaines. C'était bien là le seul point d'accord entre son mari et Maryam, et de ce fait un des rares sujets sérieux dont ils pouvaient débattre à trois. Eux affirmaient qu'un individu était tout entier dans sa relation avec l'autre, hypothèse que Salima considérait comme naïve. Elle estimait chaque individu bien trop complexe, et bien moins conscient de lui-même qu'il ne voulait le faire croire, pour parvenir à ce miracle d'exister tout entier dans sa relation avec l'autre.

Non, pensa-t-elle, Maryam ne pouvait pas avoir de jardin secret. Mais, à la différence de nos grands-mères et de nombre de nos mères, sa vie ne se résumait pas à sa maison. Contactés devant elle au téléphone par les policiers, les quatre amis communs dont Salima avait donné les coordonnées avaient confirmé ne pas avoir connaissance d'une autre relation. Et personne ne pouvait dire quel était ce lieu où Maryam avait passé sa dernière soirée. Lorsque les policiers avaient évoqué la possibilité d'une double vie, Salima avait infirmé.

— Vous voulez dire une double vie systématiquement organisée ? Elle en était bien incapable, trop ouverte, trop bavarde, pas le genre à verrouiller son téléphone avec un code. Mais elle fréquentait de nombreux milieux pas toujours compatibles entre eux.

Les policiers ne lui avaient sans doute pas tout dit. Comment les aider plus encore sans se trahir elle-même ? Et pourquoi n'avaient-ils pas posé plus de questions sur sa famille, sur ses frères ? Orientaient-ils leurs recherches uniquement sur cet amant d'un soir ? Mais non, sinon ce commandant n'aurait pas évoqué son activité sur Internet. Puisqu'il était d'Europol, il savait forcément… Sa pensée en kaléidoscope glissa lentement vers cet enquêteur. D'évidence il occupait un haut rang dans la hiérarchie. Il avait de belles manières. Et il était loin d'être repoussant. Exagérément élégant sans doute, mais ça tranchait tellement avec les spécimens mâles de son université qui portaient l'incontournable uniforme, jean crado, tee-shirt douteux, veste molle aux poches déformées. Ses yeux étaient d'un bleu aussi sensible à la lumière qu'un ciel d'été en Méditerranée. À la fin de leur entretien, il avait tenu à la raccompagner à la porte du commissariat. Il lui avait demandé ce qu'elle enseignait à Villetaneuse et, apprenant qu'il s'agissait des littératures arabes, s'était enquis de ses axes de recherche.

— *Les Mille et Une Nuits*, avait-elle répondu, s'attendant à l'habituel couplet sur Shéhérazade et les mystères de l'Orient.

— Vaste sujet. Vous avez donc eu accès aux manuscrits de Galland à la BnF et à ceux de Boulaq ?

Surprise, elle lui avait demandé si le sujet l'intéressait.

— J'ai lu les éditions de Khawam et de La Pléiade, c'est tellement différent de Galland qu'on étudie au lycée… J'aurais bien aimé en savoir plus, mais il y a tant de choses sur lesquelles j'aimerais en savoir plus…

Il lui était devenu encore plus sympathique. D'autant que son ton, ses regards, sa façon de s'adresser à elle lui avaient fait sentir qu'il n'était pas insensible à… à son charme de mère de famille ! Mais ce n'était sans doute qu'une façon de mieux la mettre en confiance. Elle se força à penser plus rationnellement, en femme mariée. Quelle importance avait la coucherie visiblement fatale de Maryam ? Était-elle à ce point addict au sexe qu'elle ne pouvait s'en passer dès que Guillaume s'absentait ? C'était la seule hypothèse plausible, Salima jugeant totalement incompatible la présence d'un amant régulier avec ce que Maryam disait de sa vie présente et future avec Guillaume, avec le gigantesque amour qu'elle professait pour la première fois de sa vie. À moins qu'elle ne soit tombée dans un piège, un séducteur professionnel payé pour l'entraîner dans la nuit… Non, invraisemblable.

Elle tourna dans le quartier avant de rentrer chez elle, dépassant son immeuble pour continuer la rue de Lancry jusqu'au canal Saint-Martin. Comme ça, sans but. Comme si rompre les habitudes, ignorer les cadences de l'horloge familiale l'aidait à décrasser son esprit. Au bout de la rue, juste avant le pont, il y avait un minuscule bar à vin qui l'avait toujours attirée avec sa devanture en pavés de verre transparents qui déformaient les images intérieures. Bien sûr elle n'y était jamais entrée, soit parce qu'elle était accompagnée des enfants, soit parce qu'elle n'avait pas le temps. Un verre lui ferait du bien. Elle n'hésita pas longtemps et pénétra dans l'établissement encore calme à cette heure. Il était meublé de bric et de broc, pas un siège pour trouver son jumeau, pas une table pour craindre un verre renversé. Derrière le comptoir, un charmant jeune homme à barbe courte, avenant, perçut tout de suite son hésitation face aux rangées de bouteilles alignées derrière lui. Il se lança dans une description œnologique de la sélection du jour, cherchant à adapter les envies de la cliente aux qualités de ses breuvages. Cela se conclut par un verre de languedoc de cépages vermentino, marsanne et grenache blanc. Un bar qui aurait bien plu à Maryam… L'évocation de son amie lui fit accepter un second verre. Elle se sentait si désappointée… Son esprit échafaudait sans cesse des hypothèses, tantôt sur la famille, tantôt sur sa passion des écrans, tantôt sur cet amant inexplicable. Elle ne pourrait pas éviter de tout raconter à la police. Ou plus précisément au commandant qui devait avoir de solides raisons pour s'être déplacé et doubler ainsi une police française qui ne pouvait pas savoir ce que lui très certainement savait. Pourquoi n'avait-il rien dit, rien demandé ?

# 8

## *Milosz* (deux ans auparavant)

Paula lève les bras au ciel. En V. Ça veut dire victoire. Qu'on va gagner. Paula c'est… C'est tellement, Paula. Comme la Vierge Marie. Jamais un mec dira un truc de travers sur Paula. Comme une sainte. Pareil que la Madone. Un visage fin, de longs cheveux blonds, des yeux bleus. Un corps de mannequin. Et une sacrée énergie. Un jour Milosz a défoncé Beck, toujours porté sur la chose. Cet analphabète s'était permis de parler du cul de Paula. Les autres ont ri, mais ils n'étaient pas à l'aise. Elle est pas vierge, elle a deux enfants. De son mari. Mais Milosz n'a pas osé s'en prendre à Mattheus, qui ne se comporte guère mieux que Beck avec Paula. Il le sait bien, il a vu les photos sur le portable. Prises de derrière l'estrade, un meeting, un jour de vent. Mattheus ne respecte rien. Mais il pense et pense bien. Autant que Paula, mais moins instruit. Paula, c'est un cador à l'école. Elle est docteur, avec le chapeau carré noir et les deux rubans, noirs aussi. Milosz a vu la photo. Paula ne dit jamais de mots grossiers. Toujours correcte, mais pas faible, ça non.

À nouveau elle lève les bras au ciel. Et tous, ils applaudissent. Une bonne centaine dans le stade. Une vraie merde d'accueillir Paula dans un stade si pourri. Son stade, Milosz en a honte. Il a pourtant fait travailler toute la bande, mais pas le temps de repeindre. Pas d'argent non plus. La honte. Ce matin, avant le meeting, Mattheus lui a présenté Paula. Car si lui la connaissait, il a souvent fait la sécurité pour ses meetings, elle ne se souvenait certainement pas de lui, même si elle a fait semblant. Normal, elle a bien d'autres choses à cogiter Paula. Et là Mattheus, chic type :

— Tu connais notre camarade Milosz ? Il a assuré le service d'ordre dans plusieurs manifs. Maintenant, c'est le gardien du stade et de la cité. On l'a mis à ce poste parce que Milosz, c'est quelqu'un de bien. Fidèle, honnête et travailleur. Il ne fauche pas dans la caisse, il tient la cité et ses habitants à l'œil, il est réglo. Et il étudie.

Milosz se fait tout petit. Paula l'a regardé dans les yeux, il les a un peu baissés, malgré lui, mais pas trop. Elle lui a souri. Milosz, ça fait longtemps qu'il ne s'est pas senti aussi fier. En fait, il s'est jamais senti fier. Fier de quoi ? D'avoir quitté l'école ? D'avoir un père mineur, chômeur, pendu ? Une mère qui l'a fait cocu, s'est cassée avec un, est revenue avec un autre et vit, boit surtout, avec ce bâtard de Polak ? Fier d'avoir cassé la gueule à tous ceux qui l'emmerdaient ? Non, Milosz, c'est pas Beck, il cogne dur les cons, mais c'est pas son plaisir. Juste pour se faire respecter. Milosz, il veut « rendre le pays à ses habitants », c'est écrit là-haut. Et il le dit, le soir, quand il fait sa tournée dans la cité. Mattheus le sait, et maintenant Paula aussi, il l'a senti dans ses yeux, dans cette main de vraie dame, ferme et chaleureuse. Les autres gorets, ils en crevaient de jalousie.

— Et qu'est-ce que vous étudiez, Milosz ?

Il peut pas répondre. Gorge sèche, langue paralysée. Putain que t'es con Milosz, un vrai môme ! C'est Mattheus qui a répondu.

— Tout. Il étudie tout. La comptabilité, le droit, l'informatique. Milosz, c'est notre espoir. Le pays rendu à ses natifs qu'on a exclus pour donner la place aux Arabes et aux juifs.

Il exagère toujours, Mattheus. Milosz lit la presse, quelques manuels, c'est tout. Pas de droit, pas de compta. Ah, et l'informatique aussi, il se tient à jour sur les forums. Il a rien contre les juifs. Les Arabes, faut voir.

— C'est bien, Milosz. Continuez.

Paula descend de l'estrade. Une reine. Une reine populaire, pas comme l'ancêtre à Windsor. Mattheus, Milosz et les autres l'escortent, les supporters parfois, il y a des cinglés ou des provos. Une fois, Milosz et les autres en ont chopé un. Pas beau à voir. Milosz, maintenant, c'est un peu le chef, c'est à lui que Mattheus a confié les clefs du stade et du gardiennage de la cité. Il abuse pas du grade, mais tient les autres à l'œil. Surtout cette buse de Bor qui sait pas s'arrêter. De boire, de gueuler, de cogner. Pet, c'est pas pareil, il est à part. Il se mêle pas de diriger, mais il a l'autorité naturelle de celui qui fout les jetons. À Pet, on ne dit rien. Milosz lui fait plutôt confiance. Pet, c'est un soldat, un franc-tireur. Comme Milosz, il a sa personnalité. Ce qui leur a pas plu à tous les deux, c'est que Mattheus s'est ramené avec une autre bande. Pas des gars du coin. Avec leurs polos qui serrent au milieu du biceps. Et leurs sweats impeccables griffés

NSP. Genre étudiants un brin nostalgiques, les gars. Pas des types du peuple. D'où il les sort ?

Mattheus a dit : « On fait un arrêt à la buvette, bouge-toi, Milosz, parce qu'il n'y aura pas souvent autant de clients. » Paula, elle aime ça, le contact direct avec les gens. Elle sait tout de suite dire à chacun le bon mot. Un groupe de cinq ou six ménagères qui s'avance. Elles n'osent même pas parler, mais en ont envie. C'est Mattheus qui les y engage.

— On est avec vous, madame, y en a marre de se laisser marcher sur les pieds par… par tout le monde, lui lance une quadra obèse, couverte d'une doudoune sans âge et d'une peau du visage abîmée par l'alcool.

— Celle-là, elle sait plus la dernière fois où elle a joui, lui lance Beck à l'oreille.

Quel con ce Beck.

— Pas madame. Paula. Il y en a marre, vous avez raison. Et on ne peut plus attendre. On a déjà eu notre lot de promesses. Quand nos enfants ont des difficultés à l'école, on nous dit d'attendre la prochaine réforme. Mais même si elle sert à quelque chose, le temps qu'elle arrive, nos enfants ne seront plus à l'école. Non, c'est maintenant. Maintenant !

Les autres approuvent de la tête, mais Milosz voit bien qu'elles ont rien pigé. C'est le moment. Faut oser, faut montrer, faut le dire. Il hésite un peu, puis se lance. Direct, sans passer par Mattheus. Il se tourne vers Paula et lui dit à voix basse. Elle le regarde, esquisse comme une expression complice. Elle lui murmure quelque chose comme « Trop compliqué, hein ? ».

— Les migrants dehors. Le boulot, c'est pour nous. L'école, c'est pour apprendre un métier à nos enfants, pas à blaguer dans le quartier. Les petits délinquants qui pourrissent nos cités, on va leur trouver des centres pour leur apprendre la vie. Et s'ils sont étrangers, dehors ! Dehors. Et nos hommes, faut pas les laisser gueuler sur nous. Qu'ils travaillent et rapportent l'argent, comme nous. Ou qu'ils se cassent. On n'est pas leurs bonnes. Et s'ils veulent faire les grandes gueules, ils ont qu'à entrer dans la milice.

Là, c'est bon. Milosz les regarde, soudain tout tendre. Ces femmes, y a pas plus bas. On leur a rien donné. Elles savent pas se défendre. Comme le père. Mais elles continuent à se démerder, à nourrir les gosses, à supporter les soûlots. Ce con de Beck fait des gestes obscènes dans son dos. S'il y avait pas Paula, il lui mettrait un shoot.

Débriefing, ils ont dit. Les chefs qui entrent dans la pièce minuscule où Milosz fait les comptes. Pas vraiment une pièce pour Paula, une chaise tordue et une planche de bois pour bureau. Même pas un truc au mur, genre affiche pour le meeting. Les autres restent dehors. Et Paula qui prend Milosz par le bras et le fait entrer. Il sait plus où se mettre. Rouge comme un poivrot. Merde alors, je fais quoi, là ?

— Pourquoi tu leur parles de leurs maris ? demande Mattheus.

— Ça te choque ? (Elle rit, comme seule une dame sait rire.) Parce qu'elles en ont ras le bol de ces alcoolos qui rentrent à l'heure du dîner pour râler, mettre les pieds sous la table. Quand ils ne les frappent pas en plus. Ou même les violent. Demande à Milosz. C'est la moitié de notre électorat, n'oublie pas. Celui qui ne va pas aux urnes, qu'il faut gagner. Elles, elles triment toute la journée sans réfléchir, et puis finissent devant les écrans à regarder les infos en boucle. Même le jour des élections, elles les regardent à la télé mais elles n'ont pas l'idée d'aller voter. Alors il faut y aller sans ménagement. Nous n'avons pas le temps de fignoler. Mesdames, on coupera les testicules à tous ceux qui vous pourrissent la vie. C'est compréhensible, non ? Dans l'ordre : un, on ne laissera pas des hordes de musulmans venir violer vos filles comme ils ont fait la nuit du jour de l'an à Cologne. Deux, vos enfants iront à l'école, auront un boulot, parce qu'on va rouvrir les usines qui sont parties en Chine. Trois, vos maris respecteront les mères de leurs enfants et rapporteront l'argent au ménage, comme faisaient vos pères.

— Et aux maris, on leur dit quoi ?

— La même chose, bien sûr. Mais sous l'angle qui les intéresse. Ils ont détruit vos boulots pour se faire encore plus d'argent. Et vos élus s'en sont mis dans les poches en passant. Il faut rétablir l'ordre, et tout sera comme avant.

— Ils vont entendre qu'ils seront à nouveau les dictateurs à la maison.

— Ils comprennent ce qu'ils veulent. Mais ils votent pour nous parce que la nation, la sécurité, l'emploi, la famille, les filles respectées, les migrants renvoyés chez eux, les délinquants en prison et la peine de mort pour les pédophiles, c'est nous.

Elle sourit à Milosz qui perd vingt ans d'un coup. Un vrai môme.

Le lendemain, la fête est finie. Faut ranger et les beaux gosses de la ville sont partis sans filer un coup de main. Reste la bande à Milosz, comme les appelle maintenant Mattheus. Tu parles d'une bande. Un ramassis de bras cassés, oui ! Milosz enrage. Pas pour le boulot, ça lui fait pas peur. Mais parce que Mattheus a ramassé la moitié de la recette. Déjà qu'y a pas grand-chose. Voilà l'entraîneur de l'équipe première qui gare son 4 × 4 comme s'il était sur un circuit de F1. Et qui gueule bien sûr.

— Putain, t'as vu la pelouse. C'est quoi ces mottes ? Tu crois que mes gars jouent au golf ? Demain, on est tous là. Va falloir faire fissa pour me remettre tout ça en état avec ton équipe de diplômés.

C'est ça, fais de l'humour, pense Milosz. Il a bien envie de les lui mettre au cul, les diplômés. Y a des fois, repartirait bien à la rue, Milosz. Avec Fischer. Il l'appelait comme ça pas pour le poisson, mais parce qu'un soir, sur un trottoir gelé, il lui a donné de sa bière pour le réchauffer. Il est mort écrasé. Pauvre bête. Lui au moins était fidèle. Les autres, « sa bande », il en doute. Pas vraiment des amis. Des gars des cités, comme lui, qui ont zoné, comme lui. Et qui se sont trouvé quelque chose dans cette putain de vie. Comme lui. Sauf qu'ils ont rien dans le cigare. À part Pet. Peut-être.

— On est quoi, nous ? Ils sont quoi, eux ? a dit Pet. Ils parlent du « parti », mais nous on y est pas. Ils nous ont pas demandé. Et c'est quoi ces gros bras à belle gueule ? T'as vu leurs fringues ? Pas des prolos, les mecs.

Milosz, ça le fait réfléchir. Qu'est-ce qu'il dit ce parti ? Mattheus, il y est ou pas ? D'où lui vient le fric à celui-là ? Et comment ils ont fait pour le nommer gardien ? C'est à eux le stade ? La cité ? Le club ? Qui c'est eux d'abord ? Paula est candidate, d'accord. Et en Paula, il a confiance.

## 9

## *Deniz*

Isabella lui avait donné rendez-vous à la galerie de Luisa, qui défendait son travail. En descendant du taxi, Deniz l'aperçut à travers la vitrine, ce geste si distinctif et répétitif de la main gauche, doigts joints, écartant les mèches de son visage. Ses cheveux blonds, volumineux, auxquels elle donnait depuis quelque temps un reflet vénitien. Sa robe vert olive, sa couleur fétiche, laissait dénudées ses épaules larges et musclées, et ses jambes nues jusqu'à mi-cuisses. Isabella était très fière de ses jambes. Elle pouvait l'être. Fines et tout en longueur comme l'ensemble de sa silhouette s'élevant à près d'un mètre quatre-vingts. Comme d'habitude, on ne voyait qu'elle et, comme d'habitude, Deniz vérifia dans le regard des autres consommateurs que ce n'était pas une idée qu'il se faisait. Bien sûr, on n'entendait qu'elle, la vedette de la soirée. Ce rire clair, cette voix indéfinissable aux accents de contralto, cette prononciation nette aux finales parfois si suaves dont il était tombé amoureux dès leur première rencontre. Autour d'elle, on se pressait comme des papillons de nuit affolés par la lumière, un monde composé pour moitié de relations

permanente pour être enfin reconnue pour elle-même. Comme nous tous, bien sûr. Non, pas comme nous tous…

— Merci. Merci d'être là mon amour, lui souffla-t-elle à l'oreille, et cette simple déclaration le fit défaillir de culpabilité pour toutes les pensées noires qui le hantaient, mais aussi pour toutes les fois où il n'avait pu être là, alors qu'elle ne demandait jamais rien d'autre que sa présence. Bien que les démonstrations publiques ne fussent pas son nectar, il l'embrassa à son tour.

La soirée se poursuivit dans une ambiance d'autant plus heureuse que la photographe débordait de vie et d'humour. Il ne pensa plus au meurtre, ni aux intrigues d'Europol, et les effets euphorisants du champagne, que Deniz dut contenir dans le taxi qui les ramenait chez eux, explosèrent dans l'escalier, avant même qu'ils aient pu atteindre la porte de leur appartement.

Pourquoi consulta-t-il si tôt sa messagerie le samedi matin ? Il aurait pu profiter des rayons du soleil révélant à contre-jour la transparence de la nuisette d'Isabella au lieu de lire les divagations de la capitaine Minetti rentrée à La Haye pour le week-end. Il aurait pu savourer les œufs à la coque, les fruits frais préparés par sa compagne pour ce petit déjeuner d'une journée encore estivale. Il prit sur lui pour faire avec elle, joyeusement, le programme de ce week-end parisien où aucun dîner, aucune réception n'était prévu, juste eux deux en amoureux partant flâner sur les quais de la Seine, visitant une ou deux expositions, s'offrant une salle obscure. Et, pourquoi pas, deux places pour la dernière pièce de Lupa, maître du théâtre européen qui montait sa version du *Procès* de Kafka après avoir démissionné avec fracas de son théâtre historique de Wroclaw où les nationalistes au pouvoir en Pologne avaient imposé un directeur issu du milieu de la télé-réalité. Mais non, il avait lu ce mail colportant des rumeurs dont Elsa était si friande, le mettant en garde contre un supposé ressentiment de la nouvelle directrice générale qui n'aurait pas apprécié non seulement son absence lors de sa prise de fonction, mais surtout l'imbroglio résultant de l'assassinat d'une possible informatrice d'Europol.

Il se contint et fit bonne figure durant cette belle journée, qui finit en apothéose par un dîner gastronomique chez un jeune chef nouvellement installé près des Invalides. D'apprécier ce samedi bien rempli n'empêcha pas Deniz de penser régulièrement à sa réunion de direction du lundi, répétant entre deux rues, entre deux tableaux, entre deux actes, entre deux plats, sa stratégie et ses éléments de langage. Ses préoccupations durent cheminer toute la nuit car, le lendemain, il se réveilla prêt pour une réunion extraordinaire, impatient d'en découdre. Lorsque Isabella le rejoignit dans la salle à manger, il considéra avec plus d'impétuosité cette nuisette trop translucide pour être honnête et profita qu'elle avait le dos tourné dans la douche pour y pénétrer, saisir ses hanches et laisser ses lèvres descendre son dos jusqu'à ses petites fesses rebondies, surmontées de deux bandes blanches qu'avait laissées son bikini cet été à la plage. Il s'en alla le soir même à La Haye pour être frais et dispos le lendemain matin.

Comme souvent le lundi, Deniz arriva avant Elsa qui devait passer faire un point avec lui avant de repartir à Paris. Toujours soucieux de son élégance, il avait choisi de porter son nouveau costume, un Karl Lagerfeld bleu nuit, rehaussé de fils noir et bleu clair qui nuançaient l'ensemble. Il avait banni les chemises blanches, bleu pâle ou gris pâle, et plus encore les blanches à petits carreaux que portaient immanquablement ses collègues, pour une chemise bleu foncé, avec une cravate du même ton, chaque élément se distinguant des autres par sa texture et son tissage. Il se sentait en forme, avec ce qu'il fallait de pugnacité pour porter un coup rude à cette partie de l'establishment policier qui se mettait davantage au service d'une politique que des citoyens européens. Il avait la conviction que plus on s'élevait dans la hiérarchie, plus la confusion opérait entre service des élus et service des citoyens. Pour lui, c'était déjà le début d'une corruption qui guettait tous les services publics. Mais il avait des sujets plus urgents auxquels penser, un combat singulier à mener. Pour la première fois depuis trois ans, il avait les armes et les munitions pour le faire. Les alliés peut-être aussi, s'il faisait suffisamment pencher la balance pour qu'ils puissent sans trop de risques peser du même côté que lui. Sur ce point, il fallait rester prudent, aucun de ses collègues ne se prononcerait en faveur de ses arguments sans avoir l'assurance d'être gagnant à la fin. Ils avaient tous en horreur les positions radicales, trop tranchées pour permettre le compromis et la sortie de crise. Et c'était son combat, pas vraiment le leur, quelle que soit la sympathie qu'il pouvait inspirer à l'un ou à l'autre. D'autant que l'arrivée de la nouvelle directrice générale les obligeait à la prudence.

À 8 heures 50, son cinquième expresso avalé, Deniz se dirigea vers l'ascenseur pour atteindre le douzième et dernier étage où trônait la direction générale. Des placages de bois rares couvraient les murs, des tableaux d'artistes contemporains remplaçaient les panneaux d'affichage des étages inférieurs dans de vastes pièces vides où les fauteuils design n'accueillaient que rarement des fessiers en attente d'un entretien. Le silence et le luxe, caractéristiques de toute antichambre de pouvoir. L'assistant de la patronne, Brady Donohoe, l'accueillit comme à son habitude avec professionnalisme et une expression que Deniz ne pouvait s'empêcher de trouver espiègle dans ses yeux verts d'Irlandais. Il avait fait l'effort d'être quelques minutes en avance, mais lorsque Brady l'introduisit dans la salle de réunion qui jouxtait le bureau de la directrice, il constata qu'il était une nouvelle fois le dernier à rejoindre la table où café, thé et viennoiseries faisaient patienter l'aréopage de policiers et de juristes hors pair. Pour cette première réunion avec la nouvelle patronne, personne ne manquait à l'appel, et chacun avait, comme lui, mis un soin particulier à choisir sa tenue. Avec plus ou moins de bonheur. Le regard de Wolfgang Brenner, qui se déplaça pour venir le saluer, fit vibrer dans sa tête comme une sonnerie d'alerte. Nulle tension n'y apparaissait, bien au contraire, et Deniz réalisa à cet instant précis combien il avait eu tort d'ignorer les premiers jours de prise de fonction de la directrice générale. Des sept personnes alors présentes, il était le seul à ne jamais l'avoir rencontrée. Les autres avaient commencé à faire leur cour.

Brady Donohoe ouvrit alors la porte de communication avec le bureau de la patronne. Maria Kaltbrunner s'avança. Deniz avait déjà vu sa photo, mais il n'imaginait pas qu'elle était si grande, haute taille accentuée par une silhouette charpentée qui accusait à peine la quarantaine, alors qu'elle avait dix ans de plus. Vêtue d'un tailleur-pantalon gris perle, col ras du cou et poches en diagonale, l'Autrichienne semblait forcer son allure austère. Le visage attentif, plutôt sévère malgré le sourire de circonstance pour cette première réunion, elle se dirigea immédiatement vers Deniz.

— Deniz Salvère je présume. Le seul membre de cette direction que je n'ai pas eu le plaisir de rencontrer.

Sans lui laisser le temps de répondre, elle fit demi-tour pour gagner le siège qui lui était réservé, invita d'un geste chacun à s'asseoir et prit la parole.

— Madame, dit-elle en regardant Elzbieta Moscowicz, messieurs, avant de passer la parole à M. Donohoe pour l'ordre du jour, je prendrai quelques secondes pour vous dire le plaisir que j'ai à être ici, parmi vous, dans cette maison qui, malgré les difficultés qu'il est aujourd'hui de bon ton d'évoquer lorsqu'on parle de construction européenne, reste une belle et jeune réalisation des États membres à qui, malheureusement, le crime organisé promet encore de beaux jours. Je suis partisane de réunions brèves et efficaces, je ne vais donc pas vous entretenir plus longtemps des bilans et perspectives d'une institution que vous connaissez mieux que moi. Lors de mon discours de prise de fonction, M. Salvère en prendra connaissance, j'ai insisté sur un point fortement mentionné dans ma lettre de mission : nous sommes au service de la justice et de la police des États membres, sans aucune espèce de niveau hiérarchique, et nous sommes également au service de la Cour européenne et du Parquet de l'Union. Hors de ces instances, nous n'existons tout simplement pas. Monsieur Donohoe, s'il vous plaît.

Difficile de faire plus bref, songea Deniz qui s'évertuait à ne pas fixer la main gauche de Kaltbrunner à laquelle manquaient l'index et le majeur. Il était plus intéressé par l'attitude des autres participants, notamment celle de Louis Carpita. Le directeur du pôle informatique semblait assez tendu et fuyait le regard de Deniz. Ce n'était pas dans son habitude, leurs relations étaient des plus cordiales. Mais Louis, précédemment directeur de la répression des fraudes dans sa Belgique natale, n'était pas un passionné des rapports de force. Deniz en déduisit qu'il craignait une prise de bec à l'issue incertaine. Le Danois Ulrik Lund était bien plus serein, si l'on peut qualifier ainsi la froideur permanente qu'il affichait, faisant de chacune de ses interventions un modèle d'indifférence au monde et aux petits humains qui l'habitaient. En fait Ulrik était un homme charmant et, en un certain sens, chaleureux, mais c'était sa façon à lui de se protéger contre les coups incessants qu'il était amené à prendre, moins dans sa responsabilité de chef du service juridique que dans celle concomitante de responsable des relations avec les États membres. Donohoe énonça l'ordre du jour, fait de communications sur les dossiers en cours qui intéressaient moyennement Deniz. Il n'intervint d'ailleurs nullement, sachant qu'on l'attendait sur le dernier point, la question soulevée par le ministère de l'Intérieur français sur l'intervention d'Europol dans un homicide.

Il fut surpris par la présentation qu'en fit son supérieur, Theos Stefanakis. Elle ne lui était pas particulièrement favorable. Elle portait sur l'autosaisine demandée par le commandant Salvère pour assistance à la police française, comme le permettait la nouvelle loi adoptée par le Parlement européen. Cette autosaisine mentionnait comme justification interne, donc non portée à la connaissance des services français, le code K360 utilisé dans le cas d'un informateur dont seule la direction du service de tutelle connaissait l'identité. L'affaire, provoquée par l'assassinat de ladite source, avait été traitée dans l'urgence par le commandant Salvère. Les choses se compliquaient du fait que la France avait reçu deux notifications, l'une provenant du département de lutte contre le terrorisme, l'autre du département de lutte contre la cybercriminalité.

— Puisque les intéressés sont présents, mieux vaut leur laisser la parole, intervint Maria Kaltbrunner. Herr Brenner ?

— L'informatrice en question n'était pas une professionnelle. Plutôt le genre militant qui nous bombarde de copiés-collés à caractère politique saisis sur des sites extrémistes et inexploitables sur le plan juridique. Par hasard, elle a eu accès à des informations sérieuses pour nous. Il s'agissait d'un réseau ukrainien de type mafieux qui implante des virus sur des sites de vente européens, n'importe lesquels pourvu qu'ils recueillent des sommes assez conséquentes, et leur propose ensuite un antidote contre forte rémunération. Délinquance qui relève de mon département.

À l'annonce de son assassinat, j'ai jugé naturel de déléguer en France un de mes adjoints pour informer la police nationale de ce mobile possible.

— Monsieur Salvère ?

Comme la plupart des personnes assises autour de cette table, Deniz savait qu'on attendait qu'il se justifie, et qu'il fallait surtout ne pas le faire. Mais il comprit aussi qu'il ne ferait pas mettre genou à terre à Wolfgang. Tout ce qu'il pouvait gagner, c'était de continuer à diriger les opérations.

— Il se trouve que, ces derniers mois, la victime a été particulièrement prolixe en informations de toute nature. Comme l'a souligné mon collègue Wolfgang Brenner, l'informatrice était très brouillonne, pas toujours capable de distinguer un propos radical d'un délit avéré. Mais, outre les hackers ukrainiens, on a pu trouver dans la multitude de ses transmissions des pistes de recherche exploitables sur le grand banditisme et les financements terroristes.

— Je n'en ai pas été informé, le coupa Brenner. Comment une source de mon département peut-elle émettre des informations sans que j'en sois informé ?

C'était là la partie délicate, et Deniz s'y était préparé. Il fallait bien répondre, mais il n'était nullement question pour lui de trahir sa source.

— Effectivement, sourit aimablement Salvère. C'est un des nombreux points nébuleux de cette affaire qu'il nous faudra éclaircir.

— Je ne sais pas comment ni par qui cette informatrice a été recrutée, intervint Elzbieta Moscowicz qui, pour une raison ignorée de Deniz et antérieure à son arrivée à Europol, ne portait pas Brenner dans son cœur. Mais ces informations, qui transitent par le pôle numérique, restent disponibles pour notre communauté. Notre département n'y a pas trouvé intérêt, j'ai moi-même alerté le commandant Salvère qui me semblait devoir être intéressé du fait de la suspicion de financement d'organisations extrémistes.

Fort de cet appui auquel il ne s'attendait pas, Deniz poursuivit l'attaque.

— Nous avions de bonnes raisons de penser que le meurtre de Maryam Binebine pouvait être lié à ces informations. Comme cela concerne un type nouveau de terrorisme que nous traquons depuis des mois, il nous a semblé urgent que la scène de crime elle-même soit abordée sous cet angle. Je me suis personnellement déplacé pour que rien ne soit négligé. Les premiers éléments recueillis ont confirmé mes craintes.

— De quelle organisation parlez-vous donc ? intervint la directrice.

Parfait, s'autofélicita intérieurement Deniz, je l'ai amenée à poser la question qui irrite tant Brenner.

— Pour être bref, se plut-il à répondre, j'ai fait une communication sur ce sujet à la réunion de direction du 26 février dernier. En deux mots, avant j'espère un rapport complet qui nous en apprendra plus, il s'agit de la radicalisation de groupes d'ultra-droite qui semblent avoir établi un contact au niveau européen par des canaux que nous cherchons à établir. La constitution d'une trésorerie commune, organisée méthodiquement, et les opérations de détournements de fonds nous ont alertés. Si l'assassinat de notre informatrice par un de ces groupes était avéré, ce serait la preuve d'un passage à l'acte criminel. D'où l'importance que j'accorde à cette affaire.

— Je transmets à Ulrik dans la matinée un projet de

réponse à la France, intervint Stefanakis qui prit tout le monde de court et s'adjugea ainsi la conclusion.

La directrice générale sembla un peu surprise, mais la brièveté tant invoquée ayant été respectée, elle s'en tint là et leva la séance.

Deniz s'attendait à une poursuite de la réunion dans le bureau de Stefanakis tant Brenner tremblait d'une rage contenue. Mais curieusement il vit celui-ci se diriger vers ses bureaux. Cela ne lui sembla pas de bon augure. Il n'était nullement dupe de la « brièveté », sachant qu'elle pouvait cacher un mode de direction où tout se décidait avant, sans discussion et sans la présence de toutes les parties.

— Pour l'Europe et l'humanité, il faut espérer que tu sois totalement dans l'erreur. Mais pour ta carrière, j'espère que le meurtre sera élucidé dans le sens que tu nous as décrit, soupira Theos dans l'ascenseur.

# 10

## *Elsa*

Cette semaine aurait pu bien commencer. Inès da Paz, sa collègue de l'antiterrorisme, lui avait promis un ragot de taille comme elle aimait en entendre. De cul, évidemment. Mais en fait elle commençait mal. Le ragot en question concernait son patron bien-aimé.

— Ça fait longtemps que tout le monde se demande pourquoi Salvère n'est jamais accompagné lors des manifestations officielles. Certains en venaient même à douter de sa virilité…, ajouta la Portugaise en clignant de l'œil. C'est pas tout à fait faux, mais pas tout à fait ça non plus. Il se murmure que le sexe féminin le laisse assez indifférent. Iannis, du service juridique, qui revient d'une conférence à Paris, en a eu confirmation. Sa compagne serait plutôt un compagnon !

Elsa se mordit les lèvres pour ne pas trahir Deniz en révélant le nom d'Isabella qui, sitôt prononcé, ferait le tour de tous les services.

— Tu sais que l'homophobie est un délit ?

— Ouais, ça va, te fatigue pas. Moi aussi je réplique politiquement correct. Il n'a qu'à faire son coming out, c'est tout. Au lieu de jouer au prude…

Elsa haussa les épaules et coupa là la conversation

du café du matin. Elle pestait encore contre sa collègue lorsqu'elle vit Deniz pénétrer dans l'open space, saluant à peine l'équipe, l'air plus froid que jamais. Il lui fit un signe de la tête pour lui indiquer qu'il l'attendait dans son bureau.

— Des problèmes ? lâcha-t-elle irritée contre lui bien qu'il n'y fût pour rien.

— Des difficultés plutôt. Maria Kaltbrunner, qui, comme tu le sais, n'était pas le choix des Français pour le poste de directrice générale, n'a pas apprécié leur protestation. C'est sans importance. Brenner a reconnu que Maryam était son informatrice, mais il n'en a pas dit plus. Tout le monde nous attend au tournant, mais moi, je ne céderai pas. Tu repars à Paris.

— Attends, j'ai dû rater un épisode. Qu'est-ce que Brenner aurait dû dire ?

Elle lui jeta un regard noir qui ne le fit même pas ciller. *Fottendolo !* Fera jamais confiance. Et moi qui le défends !

— Si tu me crois si stupide, mets-moi sur une autre affaire. J'ai pas envie d'avoir en permanence un temps de retard. OK, t'as pas confiance, n'en parlons plus.

Elle crut un moment qu'il allait s'excuser. Pour lui et pour toute sa putain de corporation. Un doux rêve.

— Si je n'avais pas confiance, tu ne saurais pas le dixième de ce que tu sais. Personne, dans ce département, n'a jamais rencontré Maryam. Apparemment cette fille adorait se balader sur Internet mais elle n'était pas un génie du piratage. Elle a surtout été très chanceuse. Ce n'était pas une analyste, elle n'avait ni la formation ni la culture générale nécessaire. Une autodidacte, avec tout ce que cela implique de lacunes.

Tu as vu son appartement, elle n'était pas du genre à lire un livre sérieux.

Elsa retrouva là le Deniz bien connu, avec son mépris de caste affligeant. Toujours ce modèle français, bien académique, où la « culture générale » sert de sésame. Quelle culture ? La leur, bien sûr, sagement transmise de génération en génération dans les lycées huppés de la République égalitaire. En fait, ils ne diffèrent guère dans leur rigidité des écoles coraniques, talmudiques et autres catéchismes, se dit-elle. Juste un truc pour conserver l'élite. Des héritiers. Et moi qui ne lis ni *La Repubblica*, ni le *Times*, ni les études de sciences politiques, je peux quand même garder le droit de vote, non ?

— Pour Europol, c'est toi qui diriges l'enquête sur l'assassinat, insista Deniz en saisissant son téléphone de bureau. Toi, et personne d'autre. Et tu ne rends compte qu'à moi.

Il appela Adrijana Hruby et Dragan Stankovic à les rejoindre. Les deux capitaines s'entendirent résumer l'affaire de la rue Amelot et les implications pour l'antiterrorisme, et Deniz leur précisa qu'ils seraient amenés à se déplacer à Paris sous la responsabilité d'Elsa. Oh là, songea-t-elle, deux officiers supérieurs de même grade que moi pour résoudre un meurtre, c'est mobiliser un corps d'armée pour une escarmouche à la frontière. Deniz y tient à son affaire.

— La victime n'a pas fait l'objet d'un contrat officiel avec notre maison. Trouvez la ou les personnes qui lui ont ouvert l'accès aux sites ultranationalistes où elle puisait ses infos. Adrijana, sur place avec Elsa. Dragan, vous fouillez ses données numériques. C'est peut-être par son association contre les mariages forcés qu'elle a établi le contact. Il y a toujours un ou deux laïcards obstinés qui y traînent, cherchez de ce côté-là. Quelqu'un a dû repérer qu'elle était très remontée contre les islamistes. Comme elle ne semblait pas très maline, il ou elle a pensé pouvoir l'embobiner et mettre ses compétences informatiques à son service. Je ne serais pas étonné qu'elle se soit retrouvée malgré elle à aider des gens plutôt nationalistes et un brin islamophobes. C'est là que les gens de Brenner l'ont repérée, sans doute au cours d'une opération un peu frauduleuse. Et qu'ils l'ont retournée.

— Quoi ? Tu veux dire qu'elle était infiltrée ? s'étonna Elsa.

— Non, je ne crois pas. Elle a très bien pu obtenir des accès et cesser de les fréquenter. Herr Brenner n'a pas été très explicite. Doyen de la maison, chouchou de la Chancellerie, et je pense que ça ne va pas s'arranger avec la nouvelle directrice qui doit tant aux Allemands, il peut se permettre ces silences. Si le pôle n'avait pas alerté Elzbieta, nous ne saurions même pas que Maryam informait Europol. C'est à Paris qu'il nous faut en apprendre plus par nous-mêmes. Elsa, reste là, lui dit-il alors que les autres quittaient la pièce. J'ai quelque chose à t'expliquer.

C'est parti pour ma séance mensuelle de formation continue, pensa Elsa, qui prit un air benêt pour bien signifier à son patron combien elle lui était reconnaissante de tous ces efforts faits dans le seul but de l'élever un peu vers lui.

— Tu as une qualité indispensable pour cette affaire. Tu as été formée à la lutte contre le crime dans les commissariats, pas sur écran. Et tu es douée pour ça. Pour l'instant nous n'avons qu'un fil pour remonter vers la pelote, et je ne veux pas prendre le risque qu'il soit rompu. Le meurtre de Maryam Binebine est sans doute la première erreur commise par cette association de malfaiteurs qui glisse depuis des mois entre mes doigts. C'est pourquoi je veux que tu te consacres exclusivement à cette enquête.

Elle fut sensible au compliment, rare chez Salvère. Mais le commandant ne s'arrêta pas là. Il lui exposa sa vision d'Europol qui, pour lui, était à un tournant. Les premières années de la maison avaient servi à constituer un superbe fichier au service des polices des États membres, celles-ci gardant jalousement la maîtrise des instructions judiciaires.

— Et, comme tu le sais, Brenner et quelques autres sont pour en rester là. Ce n'est pas mon avis. Nous avons besoin d'un véritable service de police européen.

Il lui rappela alors combien ce service avait manqué lors des attentats de Paris et Bruxelles, et qu'il n'entendait pas sauter comme son prédécesseur. Il avait « l'intime conviction » de l'existence d'une menace nouvelle que leur département devait combattre.

— Voilà pourquoi tu dois impérativement réussir.

— Merci pour la pression, lui répondit Elsa.

— Il en va de même pour moi. J'ai marqué des points en imposant l'autosaisine aux Français. Mais je ne peux pas échouer. Or nous manquons de moyens. Je compte bien en obtenir.

— Faut-il encore qu'une instruction soit ouverte par le Parquet européen.

— Exact. Et, à l'inverse de Brenner, je considère qu'elle l'est.

— J'ai manqué une scène ? s'enquit Elsa qui ne voyait pas du tout à quoi Salvère faisait allusion.

— Stefanakis a convaincu le Parquet d'ouvrir une instruction suite aux fraudes numériques répétées, au chantage et à l'extorsion de fonds sur des sites en ligne.

— Oui, mais c'est le département de Brenner qui s'en charge.

— Ça, aucun texte ne le dit. Surtout s'il y a détournements de fonds à des fins terroristes. Brenner reste convaincu qu'il faut manœuvrer prudemment pour ne pas intervenir sur des questions politiques qui ne nous concernent en rien. Ce n'est pas l'avis de Stefanakis, il me laissera donc faire mais se mettra à l'abri si nous nous plantons.

— Pourtant c'est vrai, ce sont des questions politiques.

— Le terrorisme est forcément une question politique, ce n'est pas une raison pour ne pas faire notre travail de flic. Ce n'est pas parce que sont en cause des nationalistes bien de chez nous, et non du Grand Califat, que nous allons détourner le regard. Pars à Paris, je dois suivre les autres dossiers en cours. Je te rejoins si nécessaire.

Elsa fut satisfaite de sa journée sur le terrain, aspect qui manquait souvent au travail d'Europol. Comme un retour à ses débuts, l'expérience et les galons en plus. L'enquête de voisinage menée avec De Angelis – un bon gros relou qui avait proposé de lui faire visiter les lieux insoupçonnés de Paris by night – n'avait apporté aucune nouvelle information, mais lui donnait un portrait plus complet et très sympathique de la victime. Une fille qu'elle aurait aimé connaître. Ils s'étaient d'abord rendus au siège de l'association contre les mariages forcés où militait Maryam. L'arrondissement, le X$^{e}$, n'avait rien d'un village, mais les humains, cette espèce animale prétentieuse, semblaient avoir plaisir à se croiser, à se retrouver, à se reconnaître dans l'immense ville, la ville-monde comme le soulignait la communication municipale. L'association Dites non avait ses locaux au troisième étage d'un immeuble bourgeois du boulevard de Strasbourg, un bâtiment pas vraiment entretenu dans ce coin de Paris où le mètre carré coûtait quatre à cinq fois le salaire mensuel moyen d'un Français. Ils n'eurent pas besoin de sonner. Dès l'entrée, une toute jeune fille qui sortait leur laissa le passage, timide, réservée, ennuyée sans doute de devoir s'adresser à l'association. Ils en croisèrent encore deux dans l'escalier, voilées. De Angelis ne dit rien, mais Elsa comprit qu'il n'en pensait pas moins. La cage d'escalier semblait fâchée avec les peintres en bâtiment depuis la dernière guerre, solidaire en cela de l'appartement occupé par l'association. En un sens, cela rassura Elsa. La peinture écaillée, le parquet usé, le papier peint datant du Second Empire, les dossiers et cartons empilés à même le sol lui rappelèrent son quartier de Gênes avant la reconquête entreprise par les jeunes bobos qui avait fait doubler le prix des appartements.

À leur apparition, les gamines assises en discussion avec les militantes sur de vieux fauteuils fatigués flairèrent le métier de De Angelis. Elles parlèrent à voix basse, tentant de cacher leur visage de la lumière trop puissante des néons. La jeune femme qui les accueillit s'empressa d'entraîner ces évidents représentants de l'ordre dans un bureau isolé où les rejoignit bientôt une femme assez âgée répondant au prénom de Nabila. Cette ancienne institutrice était la présidente de l'association. Comme tout le monde, elle avait appris le meurtre par la presse. Elle leur confirma que Maryam passait beaucoup de temps à aider des jeunes filles à refuser des unions arrangées sans leur consentement ou avec un consentement arraché par la pression familiale et qui s'érodait au fur et à mesure que la date fatidique approchait. L'organisation de l'association était une belle mécanique bien huilée, évitant la mise en contact répétée d'un même membre avec la famille afin d'empêcher toutes représailles contre une militante. De Angelis insista, mais la présidente affirma qu'aucune menace n'avait été proférée contre Maryam qui, ces derniers temps, du fait de son travail, s'était davantage consacrée aux aspects juridiques.

— En fait, elle n'avait plus de contacts directs avec les jeunes femmes que nous accueillons ici, et donc aucun contact avec les familles.

Elsa l'interrogea alors sur d'autres associations ayant pu travailler de concert avec Dites non.

— Ce sont souvent des associations de quartier, des enseignants, des assistantes sociales qui nous adressent les jeunes filles. Parfois leurs sœurs. Ou leurs mères, précisa Nabila. Mais notre travail est exclusivement consacré au mariage. Il y a tant de problèmes, il faut cerner et être efficace…

— Mais vous rencontrez d'autres associations…

— Oui, bien sûr. Dans les colloques, ou dans des manifestations pour le financement. Mais Maryam ne s'occupait pas de ça. Qu'est-ce que vous cherchez exactement ?

— Je ne sais pas… Des clubs sportifs, des élus, des mouvements laïcs…

— Ah, ceux-là ? Oui, bien sûr. Mais nous avons décidé une fois pour toutes d'en rester aux cas de ces jeunes filles, sans entrer dans des considérations religieuses ou politiques. Pas envie de se faire récupérer par une cause.

Toujours accompagnée de Marco, qui ne savait pas apprécier les vertus du silence, Elsa fit le tour du quartier, entre République et Oberkampf, visitant les débits de boissons. Elle apprit que Maryam passait souvent ses débuts de soirée dans les bars et, à l'occasion, partait écouter des concerts dans les salles voisines comme le Bataclan, quand quelqu'un de la bande avait une relation ou une combine pour ne pas payer l'entrée. Il leur fut difficile de comparer exactement les dates mais cela correspondait plus ou moins au calendrier de présence dans les Alpes de son amoureux Guillaume.

Ce fut l'inspectrice Mélanie Mabrouk qui décrocha le gros lot. Appliquant consciencieusement les méthodes de police, après analyse des fadettes et des relevés bancaires de la victime. Elle révéla d'abord que la victime avait reçu un appel de son frère. Appel que le frère, retrouvé par les services marocains, avait confirmé. Ali n'avait pas bougé de chez lui les jours précédant le drame. Il avait expliqué combien sa sœur était sous l'emprise du mal et ses exhortations pour qu'elle change de vie.

— Il ne faut pas écarter totalement la piste, car l'intervention d'un complice est toujours possible.

Mais bien que sa famille réprouve le comportement de Maryam, ils ont été choqués par sa mort et n'ont jamais manifesté, dixit les policiers marocains, de penchants criminels.

— Ouais, enfin, les policiers marocains…, ne put s'empêcher de maugréer De Angelis, immédiatement recadré par la commissaire Lebèque.

Mélanie avait trouvé encore mieux. Grâce à la position GPS du mobile de Maryam au moment où elle répondait au texto de Salima, on connaissait maintenant le lieu où elle avait passé sa dernière soirée dans les hauts de Belleville. Dans cette rue, appelée par les riverains « rue de la soif », se trouvaient de nombreux troquets qui servaient de l'alcool accompagné de petits plats apéritifs, genre tapas. La victime s'y était rendue au moins neuf fois durant les six mois précédant son décès, ce qu'indiquaient les débits de sa carte de crédit.

— J'ai appelé la gérante de l'établissement « La Madone », elle connaît bien Maryam et a confirmé sa présence sans pouvoir m'en dire plus.

Enfin une piste, se dit Elsa qui, sans attendre l'avis des autres enquêteurs, téléphona à Salima. Elle lui répondit qu'elle ne connaissait pas ces établissements, ni même cette rue. Elle pensait que son amie avait surtout ses habitudes dans les bars de son quartier où elle avait pu constater, les rares fois où elle l'avait accompagnée, qu'elle était bien connue de la clientèle et des patrons. Mais « La Madone », non, jamais entendu parler.

L'assistance étant des plus bigarrées, l'arrivée d'Elsa, de Mélanie et d'Annick dans la rue piétonne ne fit pas franchement sensation. Il n'y avait pas foule, c'était un mardi soir et les Parisiens ne commençaient vraiment leurs sorties nocturnes que le jeudi. Quatre établissements concouraient à la réputation de la voie. Le premier, à l'angle de la rue de Belleville, faisait plutôt brasserie parisienne traditionnelle avec chaises, tables et consommateurs prenant sagement leur dîner. Accolé à lui, un lounge bar récent dénotait avec le fond de rue plus populaire où le champagne restait l'exception. Elsa nota la différence. Erreur marketing ou évolution programmée des modes de consommation ? Le trio fut en tout cas d'accord pour ne pas perdre de temps et avancer dans la ruelle couverte de graffitis colorés, où tables et chaises disparaissaient, les clients consommant debout sur le trottoir, débordant sur la chaussée inutile, autour de hautes tables.

La commissaire Lebèque, qui tenait à diriger l'opération, avait prévenu : « On observe avant d'interroger. Une fois notre identité connue, on sera le centre d'attraction. » L'observation fut néanmoins rapide. Des trentenaires et quadragénaires, suffisamment aisés pour loger dans la capitale et s'offrir des verres, mais pas assez pour faire péter le champagne et partir ensuite déguster les bons plats de restaurants plus traditionnels. Maryam n'était sans doute pas dépaysée. Les deux derniers bistrots avaient des caractéristiques assez semblables, avec des comptoirs tout en longueur. Mais leurs décorations différaient radicalement. « Chez Pepe » offrait deux tonneaux en guise de colonnes d'entrée et tout évoquait la vigne et le vin : des couvercles de caisses de domaines viticoles cloués au mur, un accrochage photos d'un reportage dans une propriété avec vendanges, chaix et dégustation.

Un ensemble assez sommaire, mais créant tout de même une atmosphère conviviale, confirmée par l'affluence joyeuse autour du zinc d'époque. Rien de commun avec « La Madone » qui avait tout fait, à part l'abstinence et la virginité, pour bien porter son nom. L'éclairage y était aussi faible que dans une chapelle espagnole, assuré par deux lampadaires aux abat-jour rouges tombant au-dessus du comptoir, quelques petites lampes sur pied de même teinte et une multitude de guirlandes lumineuses entourant des reproductions de toiles représentant la Vierge chrétienne. Ici et là, des bougies posées devant les images donnaient l'impression d'autels pour lesquels la nature de la dévotion restait à définir.

Après avoir montré son insigne, Annick Lebèque tira un peu à l'écart, au fond de l'établissement vide, Maria Dolores Rubio, la patronne quinquagénaire.

— Elle venait souvent ici, lança-t-elle sans même être interrogée, une fille sympathique, toujours de bonne humeur, qui n'a jamais mis la pagaille. Doux Jésus, qui a pu faire ça ?

Maria Dolores ne savait vraiment pas grand-chose de sa cliente si sympathique, pas même son patronyme. Elle l'avait vue ce samedi fatidique.

— Seule ? Mais personne n'est seul ici ! Tout le monde se connaît. J'ai pas remarqué qu'elle était particulièrement « accompagnée » si c'est ce que vous voulez savoir. Mais ça ne veut rien dire. Elle a dû partir après minuit, mais je ne serai pas affirmative. À cette heure-là, même les mieux éduqués oublient parfois de dire au revoir. Ce soir-là, se souvint-elle, Mickey fêtait je ne sais plus quoi. Ils ont tous bu au moins un verre avec lui. Demandez-lui, dit-elle en faisant un geste en direction d'un jeune homme en costume qui semblait avoir déjà dépassé la dose légalement admise dans le sang.

Il regarda la photo que lui montra Annick et resta interdit en apprenant le crime. Mais la commissaire ne lui laissa pas le temps d'encaisser le choc.

— Oui, elle était là. Je fêtais un beau coup que j'ai réussi au boulot. On a commencé chez Pepe, puis on est venus ici. Elle a peut-être suivi le mouvement, en tout cas elle était là aussi. Mais je ne l'ai pas vue partir. Non, elle n'était pas accompagnée.

Le témoignage n'était pas des plus sûrs. L'heure avancée à laquelle on faisait référence, les entrées et sorties incessantes entre la rue et les deux établissements n'aidaient pas. Il eût fallu tomber sur une commère épiant les consommateurs, mais ça ne semblait pas être le genre de cette population qui venait ici pour décompresser après une journée de travail. La mort de Maryam s'ébruita rapidement et les enquêteurs n'eurent aucun mal à recueillir des témoignages inutiles. Tous confirmèrent que Maryam levait le coude comme les autres, qu'elle était bien là, non accompagnée, le samedi en question et qu'on ne lui connaissait pas d'aventures ou de liaisons notables. Lorsqu'ils s'en allèrent, l'atmosphère semblait plombée à en juger par l'absence de rires et la baisse de décibels.

— Chou blanc, constata amèrement Mélanie.

# 11

## *Salima*

Elle entendit d'abord « Pas de bruit, Maman dort ». Il faisait pourtant nuit. Elle avait sommeil, très sommeil. Maryam portait une jupe si courte qu'un simple mouvement dévoilait ses fesses nues. Pourquoi nues ? Pourquoi tous les hommes la regardaient comme ça ? Et pourquoi les provoquait-elle ? Non, elle se trompait. Accoudée au zinc, elle ne provoquait pas les hommes, mais un homme. Un seul, mais lequel ? Salima lui fit signe d'arrêter tout en cherchant des yeux qui était cet homme. Lequel dans ce groupe riant et buvant trahirait son désir brutal ? Maryam, arrête, ne joue pas à ça, c'est dangereux. Maryam, je t'en prie ! Maryam s'en moque, elle a bu, ou elle a fumé, elle est excitée. En voilà un qui s'approche, Salima ne le voit que de dos. Son intention est évidente. Il se retourne, la regarde, puis continue à se diriger vers Maryam. Elle l'a reconnu. Elle se sent mal, elle ne peut pourtant pas s'en aller, elle a promis. Il approche encore, se colle contre le dos de Maryam. Non, arrête. Il pose sa main sur sa cuisse et remonte la jupe. Non, arrête ! Pas elle, je t'en prie, pas elle. Laisse-nous tranquilles. La porte s'ouvre, les deux enfants portent leur cartable sur le dos, Stéphane les laisse passer, « Allez, on est en retard ». La porte se referme, doucement. Ils sont partis.

Dans le noir, Salima cherche son téléphone sur la table de chevet. Quelle heure peut-il être ? Mais où est passée la table, elle ne la trouve pas. Elle n'est pas dans le lit. Soudain tout lui revient, Stéphane qui voulait faire l'amour, elle qui n'a pas voulu, l'insomnie, la nuit passée dans le canapé du salon. Et ce rêve débile. Elle essaie de le décortiquer, comme à son habitude. Maryam, la jupe trop courte, la séduction, les hommes, le zinc, elle comprend. Mais lui ? Pourquoi encore penser à lui ? Pourquoi se laissait-elle encore faire, tant d'années après ? Hier la policière italienne dont elle a oublié le nom lui a révélé l'impensable. Maryam avait donc recommencé. Ou n'avait pas cessé. L'alcool, la drogue, le sexe… Quoi exactement ? Depuis que son amie avait rencontré Guillaume, Salima aurait juré qu'elle n'avait d'yeux que pour lui. Tu parles ! Salima ressentait cela comme une trahison. C'était idiot, Maryam faisait bien sûr ce qu'elle voulait de son argent, de sa vie, de son corps. Mais putain, qu'est-ce qu'elle allait chercher dans les bistrots ? Le sexe ? Peut-être n'était-ce arrivé qu'un soir, celui de sa mort justement. Cruelle leçon. Stéphane lui avait préparé son petit déjeuner. Adorable. Sauf qu'elle avait en ce moment beaucoup de mal à l'adorer. Il était devenu une telle caricature, ne sachant parler de rien d'autre que des études des enfants, de son envie d'une résidence secondaire dans la Bretagne de ses ancêtres, du budget de la famille, des opinions politiques correctes ou incorrectes de ses amis de jeunesse. Sans oublier bien sûr ce qui était bon pour sa carrière, avec un peu de chance tel poste, telle rémunération. « Si je passe devant untel il en fera une tête ! Je suis sûr qu'elle a mis ce décolleté exprès, tu te rends compte, promotion canapé ! J'y crois pas ! Et ce petit con tout juste sorti de Normale qui veut me la faire, à moi ! »

Elle but un second café et se dirigea vers la douche, toute à ses pensées. À vrai dire, elle n'était pas blanche dans cette évolution. Quand les enfants étaient nés, elle aussi ne parlait que de budget familial, emprunt pour l'acquisition d'un logement dans ce Paris trop cher mais indispensable pour inscrire les enfants dans de bons établissements, afin qu'ils accèdent aux mêmes études que mère et père, et mieux encore si possible. Puis l'aménagement de ce bel appartement haussmannien dont, il fallait bien l'avouer, elle rêvait depuis longtemps. Qu'est-ce qui avait changé ? S'était-elle embourgeoisée sans y prendre garde ? Avait-elle mis le confort, la sécurité, les études des enfants au-dessus de toute autre ambition ? Elle n'avait pas imaginé à quel point cela deviendrait un moule, une voie toute tracée qui, justement parce qu'elle était tracée, confortait la société comme elle était avec ses injustices, ses riches qui s'enrichissent et ses pauvres qui s'appauvrissent. Financièrement et culturellement. Et maintenant qu'elle souhaitait un peu de mou, rien de plus qu'une marge de fantaisie, c'était trop tard. Stéphane ne comprenait pas, disait oui, résigné, mais préparait quand même les valises pour le week-end en Bretagne. Les enfants eux-mêmes s'imprégnaient de cette hypocrisie des adultes, dénonçant sans cesse les injustices, la destruction de la nature, la société de consommation, mais tenant fermement à leur confort.

Orhan était revenu de l'école en rapportant que, dans sa classe, il y avait les «cassos» et les «populaires», la crème enviée de tous dont évidemment il pensait faire partie. Salima lui avait bien sûr expliqué en quoi cette division était outrageante. Mais la classe continuait, chaque jour, inexorablement, à se diviser entre ces deux catégories. Cela l'effrayait, cette puissance irrationnelle qui faisait ployer les individus, la brutalité l'emportant sur la sensibilité avec cette même force qu'ont les religions quand elles empêchent de manger ceci, de se vêtir comme ça ou de se comporter autrement. Et que tout le monde suit, inquiet d'être montré du doigt, d'être désigné à la vindicte populaire qui ne sera pas tendre. Tout ce qu'elle détestait. En complicité avec Maryam. Qui n'était plus. Qui avait une seconde vie, secrète.

La sonnerie du téléphone la tira de ses pensées confuses. L'écran indiquait un numéro inconnu. Elle hésita, pas envie de parler. Puis décrocha, pensant à l'enquête. C'était bien ça. Le commandant Salvère voulait la rencontrer. Elle n'avait pas cours le mercredi.

— Si je passe d'ici une heure au commissariat, ça vous convient ?

Non. Étrangement, ça ne lui convenait pas. Pas au commissariat. Une idée impudique la traversa tout à coup. Mais elle se dit qu'elle délirait et accepta de boire simplement un café dans un grand hôtel place de la République, « Le Métropole ». À y réfléchir, c'était quand même étrange. Elle hésitait à interpréter cette proposition de tête-à-tête à l'écart des autres policiers. Tout était étrange, sens dessus dessous depuis dix jours, tous ces événements qui bousculaient sa calme vie, qu'elle avait peut-être espérés mais qui la déstabilisaient maintenant et la faisaient souffrir. Elle se sentait perdue, inutile, coupable. Inconstante aussi. Tout l'inverse de ce qu'elle avait toujours été.

Il était déjà installé dans un confortable fauteuil à l'écart des rares tables occupées lorsqu'elle fit son entrée dans le café de l'hôtel à la moquette aussi fade que la musique d'ambiance. Costume gris ajusté à son corps mince et cravate, il semblait trop impeccable pour être honnête. Elle accepta un café.

— Je ne sais pas ce qu'on éprouve lorsqu'on perd aussi brutalement une amie, dit-il de sa voix profonde et chaude. De plus, par la décision d'un inconnu de lui donner la mort. Ça doit être horrible. Il n'y a rien à dire. Je suis pourtant là pour fouiller dans la vie de Maryam, pour percer des secrets qui n'étaient qu'à elle. Moi qui ne la connaissais pas, je dois m'introduire dans son intimité, je n'ai pas le droit de laisser quoi que ce soit dans l'ombre. C'est gênant, ça paraît absurde, mais il n'y a pas d'autre façon de procéder quand on se retrouve face à un tel mystère. Car, vous le savez n'est-ce pas, le crime n'est pas fortuit, il n'est pas tombé sur elle par hasard, il a été prémédité. La façon de l'assassiner, laissant supposer qu'il y a un motif religieux dans ce meurtre, ajoute encore à son abjection. Il nous faut savoir pourquoi on lui en voulait pour trouver qui lui en voulait. Je préférerais vous laisser en paix, mais vous êtes la personne qui la connaissait le mieux.

— Je suis un peu choquée par trop de choses depuis dimanche. Je ne me considère pas comme quelqu'un de fragile, au contraire. Mais là ! La violence, l'injustice, trop de choses dans l'obscurité… Cette relation sexuelle inconnue alors qu'elle ne jurait que par Guillaume. Ces cafés qu'elle fréquentait seule, dans un secret auquel je ne trouve d'autres raisons que le désir d'y faire des rencontres sans que ni Guillaume, ni moi, ni personne sans doute ne puissent l'apprendre… Je suis un peu désorientée, je ne comprends pas. J'en viens à me demander si je la connaissais vraiment. Qu'est-ce qu'elle m'a caché d'autre?

La réaction du commissaire la surprit. L'expression aimable et policée qu'elle lui connaissait n'avait pas disparu, mais elle vit nettement ce regard direct, devenu froid, qui la mit mal à l'aise. Il semblait dire « Et toi, qu'est-ce que tu me caches? ». Cela la désarçonna et la question qui suivit n'arrangea pas les choses.

— Les positions politiques et l'engagement social de Maryam ne vous étaient pas inconnus. D'après vous, jusqu'où était-elle prête à aller?

— Je ne comprends pas le sens de votre question. Vous ne pensez quand même pas qu'elle allait dans ces bars et avait des relations sexuelles pour des questions politiques?

Salvère sourit et l'ironie qu'elle décela ne lui plut pas du tout. Comme s'il lui disait : « Bien tentée la diversion, mais je ne lâcherai pas le morceau comme ça. » Elle se mit sur ses gardes.

— Comme vous l'indique le choix de ce lieu, il s'agit d'un entretien et non d'un interrogatoire. Il n'y a ni enregistrement ni déposition à signer. Tout ce que je cherche, c'est le coupable. Et pour ça, j'ai besoin de vous, besoin de savoir si vous avez eu connaissance, ou si vous soupçonniez d'autres actions politiques de Maryam qui auraient eu un caractère disons dangereux ?

Qu'est-ce qu'il attend, qu'est-ce qu'il sait ? se demanda Salima qui s'entendit répondre :

— Qu'est-ce qui vous fait dire ça ? Qu'allez-vous encore m'apprendre ?

La suite ne fut qu'un mitraillage de questions bien proches de l'interrogatoire auquel le commandant avait dit ne pas vouloir procéder.

— Maryam parlait-elle anglais ?

— Assez mal.

— Arabe ?

— Pas bien.

— Et vous, quelle langue parlez-vous ?

— Anglais. Et arabe bien sûr. Pourquoi cette question ?

— Vous lisez également ces langues assez bien pour comprendre un texte classique ?

— Je suis universitaire, j'en ai besoin dans mon métier pour échanger avec mes collègues de par le monde.

— Qualifieriez-vous Maryam de hackeuse ?

— Que voulez-vous dire par là ?

— Avez-vous été témoin ou avez-vous connaissance d'un piratage de site ou de compte mail par Maryam ?

Salima se sentait mal. Elle transpirait anormalement et trouvait qu'il faisait trop chaud dans cette salle. Elle releva ses cheveux noirs pour permettre à sa nuque de respirer et chercha dans son sac un paquet de cigarettes qu'elle n'avait pas, ne fumant plus depuis cinq ans. Le commandant lui sembla beaucoup moins charmant, mais cette considération ne l'aidait en rien. Elle pensa soudain à ses enfants, à sa vie confortable, au meurtre odieux dont son amie avait été victime. Salvère lui laissait prendre son temps, mais son regard indiquait assez qu'il ne la lâcherait pas sans avoir obtenu de réponse.

— Qu'est-ce qui vous fait penser cela ?

— Bien, dit-il sûr de lui, comme s'il s'apprêtait à porter le coup de grâce. Nous avons trouvé dans son ordinateur des documents qui ont vraisemblablement été dérobés à des groupes étrangers politiquement incompatibles avec les idées de Maryam. Avec des traductions tout à fait correctes des textes.

— C'est impossible ! s'écria-t-elle bêtement.

— Oui, c'est impossible, mais comment le savez-vous ? Où est le disque de sauvegarde ?

L'estomac de Salima eut une contraction qui lui emplit la bouche d'aigreur. Difficile d'être plus stupide. Elle prit son temps pour répondre. De toute façon, il savait. Il ne servait à rien de continuer à se protéger mais, bien que le commandant lui inspirât une certaine confiance, le choix de ce lieu en était une preuve, elle ne mesurait pas vers quoi ses aveux pouvaient l'entraîner.

— Si vous permettez, je vais vous dire comment je vois les choses. Maryam vous a confié être tombée sur des documents décrivant des actions financières douteuses potentiellement attribuables à des groupes d'ultra-droite. Avant de les transmettre à des autorités compétentes, elle voulait être sûre de bien comprendre ce qu'elle lisait en anglais et vous l'y avez aidée dans le but très honorable, et très citoyen, d'aider les démocraties européennes, sans pour autant rendre public votre rôle à vous deux dans cette découverte. Transmettre les informations, mais rester anonymes. Vous, particulièrement, car je suppose que vous ne vous êtes jamais servie de votre ordinateur personnel. Personne ne peut vous le reprocher, la suite semble montrer combien c'était effectivement dangereux. Maintenant vous avez peur, vous pensez que ce sont peut-être des émissaires de ces groupes qui ont assassiné votre amie et qu'ils pourraient très bien remonter jusqu'à vous. Apprenant qu'elle avait eu une relation sexuelle disons extraconjugale quelques heures avant d'être tuée, vous avez pensé que peut-être son crime n'était pas lié au piratage. Qu'il ne s'agissait que d'une stupide histoire de mœurs ayant mal tourné. Est-ce exact?

Humiliée, à la fois d'apparaître comme celle qui avait laissé son amie prendre tous les risques et d'avoir ressenti comme un lâche soulagement lorsqu'elle avait appris un possible mobile d'ordre sexuel, Salima acquiesça une nouvelle fois.

— Je ne vois pas ce que vous pouvez espérer hors mon aide, ajouta le commandant qui abandonna d'un coup son ton inquisiteur. Il nous faut ensemble découvrir ce que Maryam vous a caché. Il nous faut vous éloigner de cette aventure. Il nous faut vous protéger. Mais vous devez aussi m'aider. N'avez-vous fait que traduire? interrogea doucement Salvère.

Salima était au trente-sixième dessous, mal à l'aise de ne pas avoir tout dit dès leur première rencontre et d'être maintenant traitée comme une menteuse. Elle avait gâché cette confiance qui aurait sans doute permis d'avancer plus vite, et plus sereinement pour elle, dans l'enquête. Elle parvint cependant à ne pas baisser la tête, à regarder le commandant.

— Je ne sais pas d'où provenaient ses informations. Elle n'a jamais voulu me dire quels serveurs elle piratait. Je sais seulement qu'il s'agissait de sites extrémistes. Elle m'a toujours assuré que c'était sans danger, qu'on ne pouvait pas la repérer, mais elle n'a jamais procédé à ces incursions sur ces serveurs en ma présence. Elle m'envoyait les copies des textes à traduire. J'ai aussi aidé à rédiger les différentes communications de Maryam avec la police, afin que ce soit plus clair et concis. Maryam ne maîtrisait pas bien l'écriture.

— La police ? Quelle police ?

— Je ne sais pas. C'est Maryam qui avait établi le lien. Et là encore, elle ne l'a jamais fait en ma présence. Elle m'a dit que ce qu'elle avait découvert intéressait les services de police et que, ne les aimant guère, elle communiquait avec eux anonymement, par messagerie.

— Qui était son contact ?

— Je n'en sais rien. Elle non plus d'ailleurs. Un policier de sa connaissance lui a indiqué une adresse mail sécurisée des services fiscaux. Comme ses informations ne concernaient pas le fisc français, ils lui ont donné une autre adresse, au niveau européen. Là, si j'ai bien compris, elle était en liaison avec un pôle.

— Elle ne vous a jamais parlé d'« agent traitant » ?

— Si. Enfin, elle disait « agent de liaison ». Mais ce n'était peut-être pas à chaque fois le même puisqu'ils communiquaient par écrans interposés sans jamais se voir.

— Cet agent ne portait pas de nom ?

— Si. Ridicule en plus. Il se faisait appeler Onkel.

— Bien. Où est la sauvegarde ?

— Un disque dur dans mon bureau à l'université.

Mais il est vide. Il ne contenait que mes textes que nous effacions au fur et à mesure des envois.

Le commandant fit une pause dans son flux de questions. Elle ne parvint pas à se décider sur ce que signifiait son regard, quelque chose entre « Comment des adultes peuvent-elles être si niaises » et « Vous ne savez pas à qui vous vous mesuriez ». Mais cela lui fit froid dans le dos et remua le couteau dans la plaie encore vive de sa culpabilité.

— Moi, je voulais qu'elle arrête, qu'elle explique aux policiers comment elle faisait pour se procurer toutes ces informations et qu'elle ne s'en mêle plus. Mais j'ai compris que ça devenait SA cause, qu'elle s'imaginait faire chuter un réseau clandestin d'extrême droite. Comme si c'était un jeu. Un jeu vidéo. Elle y prenait goût, ça l'excitait. Je lui ai fait jurer d'arrêter définitivement et de tout communiquer. Elle m'a assuré, cet été, que c'était fini, qu'elle avait tout donné, même les codes, à la police, qu'elle ne s'occupait plus de rien.

— Vous ne pensez pas qu'il serait moins dangereux de me remettre le disque dur ? Elle y a peut-être déposé des choses à votre insu. Nous savons faire ressurgir des mémoires oubliées.

— Si bien sûr, sans problème. Au contraire, ça me soulagerait de ne plus l'avoir.

— Bien, apportez-le au commissariat cet après-midi. Vous me le remettrez discrètement, il n'est pas nécessaire de révéler votre implication dans cette affaire. Vous avez conscience d'être impliquée ?

— Vous voulez dire que je suis en danger ! s'écria-t-elle avec le minimum de discrétion requise dans ce lieu si feutré.

— Je ne pense pas, mais restons prudents. Je vais vous faire mettre sous protection sans que vos proches s'en aperçoivent, afin de ne pas les angoisser inutilement, ajouta Salvère en se levant.

Mais Salima ne bougea pas, sonnée. Elle essayait de digérer tout ce qu'elle venait d'apprendre, de mesurer le danger, de calmer son inquiétude.

— Autre chose ? demanda le commandant.

— Comment avez-vous su ? Si vous avez deviné, d'autres peuvent également le faire.

— Je ne suis pas vraiment dans un métier où l'on joue aux devinettes. Le service auquel Maryam s'est adressée, c'est Europol. Et Onkel, c'est moi.

Salima accusa le coup. Il l'avait prise pour une idiote et, le pire, c'est qu'elle l'avait été.

— Mais alors…, balbutia-t-elle, je parle pour rien. Vous savez déjà tout.

— Maintenant oui. Je me doutais qu'elle n'avait pas agi seule, vous venez de confirmer que vous l'avez aidée. Les informations qu'elle nous transmettait n'étaient pas de première main. De fait, on les retrouvait assez vite dans la presse, mais pas toujours aussi complètes, elle apportait souvent des détails inconnus. Nous avons percé assez rapidement l'anonymat de Maryam, ce qui nous a permis de la faire travailler sur nos circuits qui garantissent l'anonymat. Sans jamais la rencontrer pour autant, malgré nos propositions. Je pense, comme vous, qu'elle avait une dent contre la police. Nous ne l'avons pas exposée, nous avons cherché à la décharger au plus vite. Mais elle aimait effectivement ce jeu, je crois que vous avez raison. Elle a visiblement appris à se passer de vous, à rédiger toute seule, à part quelques fautes d'orthographe qui nous ont mis la puce à l'oreille sur une personne ayant pu l'aider. Et je voulais m'assurer que cette personne, vous en l'occurrence, n'avait pas joué un rôle plus important. Que vous n'étiez pas la pirate, Maryam étant un simple relais. Je sais maintenant que ce n'est pas le cas.

— Je ne l'ai pas découragée, concéda Salima. Au début, j'ai même vu ça d'un bon œil. Cette montée des extrémismes, des intolérances, du racisme, et nous, tranquillement assises dans notre fauteuil… Ce que je me reproche, c'est ce côté clandestin qui m'arrangeait bien. Il me donnait l'impression d'agir avec Maryam sans avoir à m'exposer. Je n'ai pas vu le danger pour elle. Une question encore, si vous permettez. Pourquoi ce rendez-vous ici ?

— Parce que cet aspect de l'enquête n'a pas besoin d'être porté à la connaissance de la police française. Et encore moins de la presse.

Le commandant parti, elle commanda un cognac et prit le temps de se remettre. La piste d'un criminel lié à leurs activités clandestines était donc sérieuse. Mais qui avait pu séduire Maryam ? Quel lien avec le meurtre ? Pourquoi Europol n'était pas intervenue plus vite ? Les questions tournaient dans sa tête en boucle, comme un cauchemar, inutiles et angoissantes. D'autant qu'il restait un point obscur. Malgré la douleur que cela lui causait, elle aurait dû en parler à Salvère.

## 12

## *Milosz* (deux ans auparavant)

Cette fois, il n'a pas pu se retenir. Putain ! Il bosse toute la journée au stade, fait les rondes la nuit dans la cité. Les gars, jamais ils ne râlent. Il a dû reprendre les bouquins Milosz pour faire le nouveau job sur les ordis. Mattheus a fait venir un gars, Thomas, un informaticien, pour apprendre à Milosz comment marche leur logiciel. Pas pour la compta, non. Là c'est Milosz qui s'est démerdé tout seul. Pour les infos sur les gens de la cité. Il faut tout rentrer. Et même être ami sur Facebook avec leurs gamins pour voir ce qu'ils postent. Et leur envoyer des messages. Sous un pseudo, sûr, Milosz est pas con à ce point. Dubcek, il a choisi. La mère disait toujours que c'était un mec bien, mais Mattheus s'est énervé. « Tu me vires ça tout de suite. » Mais Milosz était pas d'humeur. Alors Mattheus l'a traîné plus bas que terre devant les autres.

— C'était le chef des cocos, ducon. Je sais que t'as un pois chiche là, alors évite de tourner la tête, ça le fait bouger et le bruit me dérange. Fais ce qu'on te dit !

— Ce qu'on me dit, c'est de m'occuper du stade

alors qu'y a pas un rond et que les footeux en sont gavés.

Mattheus l'a regardé comme si ses yeux de fouine étaient des fusils.

— Je t'ai sorti du ruisseau, ducon. Tu peux y retourner avec tes loques et ta merde au cul. Plus jamais tu dis ça. Plus jamais tu me parles sur ce ton.

Et il lui a lancé ses clefs en lui disant d'aller laver sa voiture, alors qu'il pleut à fond. Les autres, ils ont baissé les yeux. Milosz a hésité. Avant, il n'hésitait pas. Mais bon, il a plus quinze ans. Tu le paieras, gros con, tu le paieras. Tu la boufferas ta cravate avec un pot de moutarde entier, pour que ça passe mieux, comme on a fait au gueulard qui continuait à jeter ses poubelles par la fenêtre. Puis Mattheus a pris sa voiture et s'est cassé. Et là, Milosz, surpris. Tous, même cette charogne de Bor qui a troqué son cerveau contre une pinte, tous lui ont dit qu'il avait bien fait, qu'ils en avaient marre du petit chef plein de tunes. On les insulte pas. On les humilie pas. Sinon, on se casse, c'est tout. C'est Milosz qui a dû les calmer. Et ça lui a fait chaud au cœur.

Le soir, après la tournée, ils sont allés boire un coup chez le Pelé. Y avait des filles. Lenka aussi. Qui veut plus se faire tirer s'il lui dit pas des mots d'amour. Il les dit pas et tire quand même. Il l'aime bien, mais elle fait trop chier, a trop roulé. C'est Pet qu'est venu lui en parler, déjà un peu bourré.

— Dis donc, on est trop cons pour être au parti ? Juste bons à recevoir des ordres ?

Ça le travaille, c'est sûr. Bien plus que Milosz qui s'en fout total du parti. Pet, il a besoin que ça bouge, qu'on passe à l'action. Et il voudrait bien être là où ça se décide.

— Eh, putain, dis-leur si tu veux y être.

— Je l'ai dit. À Mattheus.

— Et ?

— Il m'a pas envoyé chier. Au contraire. Tout miel, tu vois, quand il fait son matou. Il m'a dit que le parti, c'est pour les bureaucrates. Les « hommes d'action », c'est comme ça qu'il a dit, les « hommes d'action » ils sont plus importants. Faut pas les mouiller avec le parti. Ils ont un grand rôle à jouer. Mais plus tard. Faut attendre.

— Attendre quoi ? C'est qui les « hommes d'action » ?

— Nous, connard, a rigolé Pet. J'aime pas ça. Soit il veut nous rouler dans la farine, soit il prévoit un truc et j'aimerais bien savoir quoi.

Ils n'ont plus rien dit. Lenka faisait sa tête au bout du comptoir, assise sur un tabouret avec sa minijupe que, quand elle se tournait, on voyait la couleur de sa culotte sous le collant. Pour le provoquer, le rendre jaloux. Il sait bien qu'elle fera rien avec un autre. Milosz lui a dit : « Tu fais, je te connais plus. »

— Tu me frapperais ?

— Je frappe jamais les femmes.

Pet, le lendemain, l'est revenu à la charge. Ils regardaient ensemble l'équipe première s'entraîner. Des cadors. Tous pros. Qui arrivent avec leur BMW ou leur Mercedes et adressent même pas un bonjour.

— Ils ont pas envie de venir ici, qu'il dit Pet. D'ailleurs pourquoi ils viennent ? Deux heures toutes les deux semaines, alors qu'ils ont un super stade à Bratislava. C'est bizarre, non ?

Bizarre, c'est son nouveau mot. Qu'est-ce qu'il en sait Milosz ? Ils viennent, et eux touchent un salaire, un petit salaire, pour ça et la cité. Le reste, Milosz ça le regarde pas. Mais Pet, il trouve ça bizarre. Il est en boucle comme lorsqu'il est bourré. Bizarre, bizarre, bizarre.

— Ouais, bizarre, qu'il radote encore. Mon pote Stefan, de la cité, il a même plus accès à son compte en banque depuis qu'il peut plus payer le loyer. C'est eux qui le contrôlent.

— Qu'est-ce que tu déblatères ?

— Le loyer, c'est eux, non ? C'est bien nous qu'allons le chercher chez ceux qui paient pas, qu'ont pas de banque. Où il va tout ce pognon ? T'as vu l'état de la cité ?

Milosz l'a regardé de travers. De quoi il se mêle ? Pas nos oignons. Et puis Paula l'a dit, l'État il donne rien pour les cités. Les loyers, juste pour faire le minimum, le ménage, les ampoules qui pètent, les ascenseurs qui soufflent pour monter et redescendent jamais, les petits travaux par-ci, par-là.

— Toi qui sais faire des comptes, tu devrais voir ça.

— Hé Pet, t'es barjo. Je fais la caisse de la buvette. Le reste j'y comprends rien. Vise un peu Milevitch le toucher qu'il a. Il va nous mener au championnat.

Milosz ne veut pas en parler, mais ça le travaille aussi. L'équipe première ici, avec les photographes et tout le remue-ménage quand ils se pointent, ça le travaille. Les joueurs arrivent, ils font trois mouvements pour se chauffer, ils boivent un coup à la buvette avec l'aréopage et ils se cassent. Ça sert à rien. Une fois, ils sont restés trois mois sans venir. Risque pas qu'il demande à Mattheus. C'est sûr qu'y a une esbroufe là-dessous. Comme payer la campagne à Paula ou un truc du genre. Pas net, sûr, mais une fois qu'elle sera élue, tout changera.

Putain la fête ! Ils ont fait ça chez le Pelé qu'avait mis une deuxième télé pour suivre deux chaînes à la fois. Tout le monde était là. Enfin, tous ceux de Paula. Le silence à l'annonce ! Cette pouf de Mitra qui crie à cet instant parce que Bor a dû lui mettre la main où ça la chatouille. Comment il lui a dit de la fermer, Milosz. Et puis sur l'écran, Paula. Belle et souriante comme jamais. Élue. Ouais, mon pote, élue ! C'est gagné. L'explosion de joie dans le bar ! Tout le monde qui hurle, s'embrasse et le Pelé qui avait préparé le fût de sa meilleure bière, pour le cas où. Tu parles d'une fête. Il a fallu calmer ce gros con de Bor qui voulait aller faire la fête chez les autres. Mattheus a été net, pas de provoc, restez chez vous. Milosz les a retenus, parce qu'ils se voyaient bien une bonne baston pour finir la fête dignement et leur faire bouffer leur merde aux connauds. Et Mattheus qu'a appelé. Milosz, il était sûr qu'ils allaient passer avec Paula pour fêter avec eux. Mais bon, ceux de la buvette sont pas assez importants, ils sont pas venus. Ni le lendemain. Mais ont prévu pour le mercredi soir. Comment ils ont préparé la fête pour la nouvelle élue ! Pas chez ce radin de Pelé, dans la buvette toute nettoyée, avec des lampions et des guirlandes de Noël. Il faisait beau en plus, doux et pas un nuage, rien que des étoiles. Milosz était fier de les accueillir. Paula l'a pris dans ses bras. Il en revient toujours pas. Et Lenka qui faisait la tronche, toute la soirée, il l'a repoussée. Une fête. LA fête.

Milosz au bar, en train de servir. Ils gueulent tous, ils sont heureux, les uns pour les élections, les autres d'avoir l'autorisation de gueuler, car ils aiment ça, ces nazes. Milosz s'en fout, ce soir, c'est la fête. Paula fait un discours, rapide, pour les remercier tous. Elle se tourne et ajoute « Surtout toi, Milosz ». Il sait plus où se mettre. Son nom. En public. Ce soir, Milosz, c'est le roi, dans son stade, sa buvette. Même Pet fait plus sa tronche de bizarre.

Et puis il a vu. Putain, c'est pas vrai. Par le carreau de la remise qui donne sur le comptoir, là d'où parfois il jette un œil pour voir si personne fait du grabuge. Mais c'est pas lui, cette fois, dans la remise, son « bureau » comme dit Mattheus où ils se voient tous les deux quand le cravateux veut lui parler. Non, c'est Paula qui téléphone, pour pas avoir le bruit de la salle. Et Mattheus avec elle. Mattheus qui passe sa main sur ses fesses et lui embrasse la nuque. Et elle qui laisse faire. Comme si ce bouffon indigne, cet obsédé qui se tape une pute chaque fois qu'il se déplace, était digne d'elle. Milosz, il est resté sans voix, sans estomac. Si blanc que Lenka qui le quitte pas des yeux s'est inquiétée. Il lui a même pas répondu. Cette petite merde, cette crapule en costard que même sa mère voudrait pas de lui pour passer la serpillière, ce filou baveux qui trempe sa queue pour dix euros. Merde, c'est pas possible. Milosz, les larmes lui sont venues aux yeux. Paula, c'est pas possible.

Lenka, il l'a insultée, lui a dit qu'elle était qu'une petite pute toujours à allumer les mecs. Qu'elle se casse, il avait plus envie de voir sa culotte que tout le monde voit. Qu'elle aille se faire enfiler par tous les types qu'elle a connus, ça l'occupera pour des années.

Puis il a bu. Pet qui le regarde, étonné. Milosz lui dit : « Occupe-toi du bar. » Quand Mattheus et Paula sont partis, ils l'ont regardé, compréhensifs parce qu'il avait un peu trop bu. C'est ça, tirez-vous. Il a même pas voulu penser à ce qu'ils allaient faire. Toujours la même histoire. Toujours la même déception. Sa mère… Milosz dégueule, là au milieu de la salle. Ce gros con de Bor, « Regardez ça, Milosz, il est content pour sa Paula… ». Il s'en est pris un d'entrée sur le nez qui a cassé. Bor est devenu furieux, a cogné, a cogné fort sur les yeux, Milosz a plus rien vu, rien entendu, les autres les ont séparés. Paula, pas vous, pas vous.

Trois mois qu'elle est élue, Paula. On la voit partout. Sur les écrans, sur les réseaux, elle se laisse pas faire, elle leur dit à tous ces fumeux de Bratislava ou de Bruxelles. Ils pigent toujours pas que si ça continue y aura plus un Blanc, même ici. Ils ont pas vu ces hordes qui arrivent à pied, des centaines de milliers d'Arabes avec les femmes et les gosses. Paraît que dans cette meute, les femmes seules, elles y passent toutes. Les jeunes mecs la nuit, ils vont les prendre et elles osent pas moufter vu que, chez eux, les femmes violées c'est comme des putes. Une meute d'envahisseurs comme une armée de fourmis. Ils sont pas armés, y a qu'à les renvoyer chez eux. Parce que sinon… Pet lui a expliqué le coup des gènes. Les Blacks, ils baisent ta femme toute blonde et blanche comme la neige, et ça fait un petit Black à chaque coup.

— Dans un siècle, mon pote, y a plus un Blanc.

À part ça, rien n'a changé. Si, Paula de bagnole,

et Mattheus de costard. C'est tout. Milosz leur parle plus beaucoup. C'est plus le chouchou. Pet a pris sa place. Pas au stade, mais dans les éloges. Pet par-ci, Pet par-là. Il a même réussi à avoir sa carte. Depuis qu'il en rêvait ! Milosz se méfie. Pet, il est plus vieux que les autres, il a même fait l'armée. Les commandos. Pas hyper musclé le Pet, pas comme Bor. Mais plus professionnel. Et il aime les armes. Les couteaux, les revolvers, les fusils et surtout la kalach. Il en a une chez lui.

Ce qui l'a fait tilter, Milosz, c'est l'autre encravaté de Vaclav. Copain ou chef ou je sais pas quoi de Mattheus. À la buvette, un soir, un peu éméché, avec sa grosse bagouze en or, faisant des moulinets avec sa main, qui parlait à Bor.

— Tant que t'as pas tué, t'es pas aguerri.

Bor s'est tourné vers les autres, d'un geste du menton. Il avait pas compris « aguerri ».

— En guerre, il a traduit, Milosz, se demandant à quoi il jouait celui-là.

— Si t'as une boîte à toi et que t'as pas licencié, si t'es un voyou et que t'as pas fait de taule, si t'es un soldat et que t'as pas tué, on peut pas vraiment te faire confiance. Quand faudra le faire, tu vas peut-être te dégonfler.

Ce con de Bor, qui sait pas ce que c'est une discussion, comme ça, pour rien, au comptoir, il a cru qu'on parlait de lui. Il a protesté : « Moi, je ferais. » L'autre, éméché, se foutait un peu de sa gueule, mais Bor s'en rendrait compte que le lendemain, s'il avait un éclair. Rare. Puis Vaclav s'est tourné vers Pet.

— Lui, il a tué.

Tout le monde est resté sans voix. Petrovitch ?

Notre Pet ? Où ça ? De quoi il parle ? Mattheus avait l'air contrarié. Pet, l'air de s'en foutre.

— En Irak, Pet il était en Irak avec moi. Il se démonte pas, Pet, je peux vous le dire. Des nerfs d'acier.

— On s'en fout, qu'il a fait, Mattheus. De l'histoire ancienne. Pet, depuis quand t'as plus tiré ?

— Depuis l'Irak, a répondu Pet comme s'il était pas dans la pièce.

Milosz sait bien que c'est pas vrai. Il l'a vu partir vers la forêt avec sa kalach cachée dans un sac. Tout ça, ça lui met les boules. Mais il s'est calmé depuis l'élection de Paula. Il ne se mêle que de ses affaires. Il passe son temps sur l'ordi, chez lui, ne va plus à la buvette que pour le boulot. Il a même fait des excuses à Lenka. Elle lui parlait plus et elle l'a à peine regardé.

— Je dis pas ça pour que tu reviennes, il a dit. C'est juste pour t'expliquer. Que ce soir-là, j'avais les... J'étais en furie pour un truc à moi, perso. Et comme un con, je m'en suis pris à toi. Je pensais pas ce que j'ai dit. C'était quelqu'un d'autre. J'ai été sérieux dégueulasse. Je serais toi je m'aurais tapé sur la gueule. Au sang. Un gros con j'ai été. Voilà, c'est dit. Si tu veux me reparler, je serai content. Mais je serais toi, je le ferais pas. Un con, ça reste un con.

Lenka l'a regardé. Elle a rien dit, elle est partie. Mais elle l'a écouté. Surprise, elle était, parce que des excuses, c'est pas vraiment le genre de la maison. Elle l'a pas insulté, elle lui a pas dit d'aller se faire foutre. Il le savait Milosz que Lenka c'est la moins conne de tout le quartier. Tant pis pour toi, triple buse !

## 13

## *Deniz*

Après son entretien avec Salima, Deniz traversa sans se presser la place de la République, observant les mouvements incessants qui faisaient vibrer l'air. Des adolescents en skate-board s'élançaient sur les plots, des passants traversaient la dalle d'un point cardinal à l'autre, les uns pressés, les autres flânant ou tournant en rond, leur téléphone collé à l'oreille. La bouche du métro crachait inlassablement les voyageurs ou les absorbait voracement. Attirés par la journée exceptionnellement ensoleillée, des consommateurs s'étaient attablés à la terrasse du café associatif. Face à eux, deux musiciens jouaient pour un public hétéroclite et changeant. Devant la caserne de la garde républicaine, des ouvriers affables mais concentrés montaient des panneaux pour une exposition ou une manifestation quelconque. Toute une animation entourée de la circulation épouvantable des véhicules serrés, nerveux, contraints par les divers rétrécissements de voie que la municipalité avait imposés dans son objectif de réduire la pression automobile à Paris. C'est pour cela qu'il aimait cette ville, pour cette agitation effrénée, interrompue le temps de prendre un verre, d'aller à un concert, et qui reprenait sitôt après. Il saisit son téléphone et composa le numéro de son collaborateur le plus apte à mener la mission.

— Hello Max. J'ai besoin que vous organisiez la protection de Salima Duval. Il est possible que nos clients l'approchent et ce serait l'occasion de les identifier. Si vous les avez, pas d'interpellation. Vous les suivez. Sauf bien sûr s'il y a danger pour Mme Duval. C'est du gros gibier et mieux vaut être prêt. OK ? Merci Max.

Il composa un autre numéro.

— Mon amour ? Je n'ai pas l'intention de finir tard ce soir. Que dirais-tu d'une visite à Giuseppe ? Ils n'ont jamais su faire cuire les pâtes en Hollande. Les restaurants s'adaptent au goût des clients, une véritable purée !

Il partit à pied en direction de ce commissariat vétuste qui ne lui donnait nullement envie d'y travailler et nota de faire aménager une salle pour l'équipe dans les locaux tout neufs des bureaux d'Europol à Paris, aux Batignolles. Quoi qu'il en soit, avec Salima il avait vu juste. Ni Lebèque ni Elsa n'auraient pu faire les mêmes rapprochements que lui et confondre Salima Duval comme il venait de le faire, puisque ni l'une ni l'autre n'avaient connaissance des messages que Maryam adressait à Europol. Il lui faudrait tout de même en informer Elsa. Pour Lebèque, il aviserait selon l'évolution de l'affaire et les réactions de la presse qui, pour le moment, en restait au crime d'un pervers.

Il se permit un détour par le canal Saint-Martin, le temps de faire le point. Les choses s'éclairaient peu à peu, mais il restait trop de pistes, trop de pointillés dans les histoires, trop d'incohérences. Et Deniz était pressé car le crime ne constituait pas même la pointe de l'iceberg. Le plus urgent était de mettre la main sur la personne ayant passé la soirée avec Maryam. D'autant que cette personne s'insinuait comme un grain de sable dans la mécanique de son hypothèse. Elle n'avait tout simplement rien à y faire. Or elle existait bel et bien. Pour l'identifier rapidement, il ne voyait qu'un seul moyen : interroger les consommateurs, tous les consommateurs de la rue de la soif. Pas trop tardivement afin de les pêcher à jeun. Quelqu'un avait sans doute vu quelque chose, ce n'était pas possible autrement. Si Maryam avait eu rendez-vous directement à son appartement, elle ne serait certainement pas restée accoudée au comptoir jusqu'à une heure si tardive… Que venait faire le séducteur au milieu de tout cela ? Et si l'assassin était bien lié aux activités de piratage de Maryam, que savait-il vraiment ? Lui ou ses commanditaires avaient-ils repéré Maryam lors de ses piratages, ou bien lors de ses communications avec La Haye ? Le circuit étant parfaitement sécurisé, cela supposait une fuite à Europol. C'était a priori possible, mais peu crédible. Il aurait fallu qu'un policier européen transmette l'info. Un ripou payé par de riches mafias restait dans l'ordre des faiblesses humaines, mais les ultras n'étaient ni assez riches ni assez organisés pour ça. En fait aucune des réponses n'était satisfaisante. Il manquait encore des informations pour relier les éléments entre eux.

Sur le bord du canal, des jeunes gens se doraient au soleil comme si c'était le printemps, leur gobelet de café à la main, les écouteurs dans les oreilles.

Lorsqu'il arriva enfin au commissariat, Elsa lui sauta dessus.

— Ah, enfin ! Ta copine Annick a de nouvelles infos, mais elle attendait que tu sois là pour les divulguer. Moi, avec l'autre ringard, dit-elle en désignant De Angelis qui à cette distance ne pouvait l'entendre, j'ai fait les bistrots et les commerces de la rue de Belleville au cas où quelqu'un aurait remarqué un couple la nuit du crime, mais on dirait qu'il y a deux rues, celle du matin et celle du soir. Faudra recommencer en soirée. N'oublie pas mes heures sup. Rien sur les caméras non plus, mais De Angelis m'a montré un passage au fond de la rue qui permet de les éviter. Ce serait bizarre quand même, pourquoi éviter les caméras publiques quand on rentre bourrée la nuit avec un amoureux ?

— Ils ont visionné tous les itinéraires possibles ? Pas même un taxi ?

— Oui, tous les itinéraires, et oui, plein de taxis. Mais comme il n'y a pas de caméra dans la partie où résidait Maryam et qu'on ne connaît pas l'heure exacte de son retour chez elle, difficile de savoir. Les sites de taxis n'ont rien enregistré sur un tel trajet. On a aussi questionné Uber, mais c'est compliqué d'obtenir des infos. Ce que l'on sait, c'est que Maryam n'avait pas de compte chez eux. Reste à voir les voitures individuelles et les deux-roues, mais ça prend du temps.

— Tu n'as rien prévu ce soir ?

Elsa sourit en secouant la tête, croyant sans doute qu'il allait l'inviter dans un de ces restaurants parisiens dont elle était friande.

— Alors prends ton copain De Angelis, ou la jeune

Mélanie si tu préfères, et retourne chez « La Madone ». Je compte sur toi pour trouver enfin un témoignage.

— Et je pourrais aussi boire un coup, chef ? répliqua-t-elle, dépitée.

Dans le bureau d'Annick, il s'étonna que les policiers français n'aient pas été convoqués. Mais il jugea vite la mesure sage. Elle disposait de plusieurs rapports complets qui présentaient une image plus précise de la personnalité de Maryam Binebine. D'abord des ex-renseignements généraux puis des renseignements intérieurs où la jeune femme était connue pour sa fréquentation de groupes radicaux et sa participation à quelques actions allant de manifestations autorisées et non autorisées à des opérations commandos pacifistes diverses contre des intérêts israéliens, des industries chimiques et une mosquée réputée salafiste. Des services de police également, pour des interpellations pour consommation de drogue ou ivresse sur la voie publique ayant entraîné un désordre quelconque. Et une pour outrage aux forces de l'ordre dans une manifestation ayant mal tourné, mais sans présentation au parquet.

— Depuis les attentats de novembre 2015, comme vous le savez, tout le monde est en alerte. Le renseignement intérieur a été renforcé. Parmi les fichiers constitués, pas toujours officiels, apparaît une association déposée en préfecture sous le nom de Levez le voile. Elle a cessé toute activité dans l'année qui a suivi sa création sans jamais avoir vraiment fait parler d'elle. Il y a eu vraisemblablement un désaccord entre les fondateurs, les laïcs « de gauche » et une tendance plus islamophobe. Les tenants de cette dernière ont créé une nouvelle association, ceux de la première ont disparu des radars. Quelques-uns ont changé de tendance. Et qui les renseignements ont-ils noté parmi les personnes gravitant autour de l'association ? Maryam !

Annick Lebèque poursuivit l'énumération du résultat des recherches de ses inspecteurs. L'ordinateur de Maryam présentait quelques indications intéressantes. D'abord un goût immodéré pour le darknet. Mais aussi un intérêt marqué pour les informations sur l'État islamique, les mariages forcés et la condition de la femme arabe.

— Plus surprenant, un nombre élevé de recherches sur les pays d'Europe de l'Est. Et sur Europol. Mais ça, dit Annick en plissant les yeux, vous êtes au courant, n'est-ce pas?

La réunion étant achevée et deux participants ne bougeant pas, Elsa comprit qu'elle devait se retirer, laissant entre eux les deux amis d'université.

— On n'avance pas, Deniz. Et on n'avancera pas si tu ne m'en dis pas plus. Tu sais dans quelle sphère se situent les tueurs et leurs commanditaires et tu m'obliges à faire du surplace.

— Je n'en sais pas plus. Je te l'ai dit, s'il s'agit d'une organisation d'ultranationalistes, elle nous est inconnue. C'est cet aspect qui m'intéresse, le crime je te le laisse. Entre nous, je peux t'avouer que tout le monde à Europol ne partage pas mes convictions sur la dangerosité et la montée en puissance de ce type d'organisation. Il y en a plusieurs et rien ne dit qu'une d'elles se ramifie sur toute l'Europe, ni qu'il y a eu passage à l'acte dans des formes que la loi réprouve.

— Là, tu me parles de politique…

— De politique ? De délits et de crimes plutôt. Rien

qu'en Allemagne, les parquets ont recensé l'an dernier plus de 1 200 cas de délits politiques contre des élus. Un tiers est dû à des particuliers violents. Pour le reste, la grande majorité donc, ce sont des agressions provenant de militants extrémistes, surtout de droite, mais aussi de gauche. Ça ne fait que s'amplifier et ça ne concerne pas que les élus. Il y a des insultes racistes, des diffamations sur les réseaux sociaux, des incendies, des actes antisémites, des agressions physiques contre des migrants… Sur le premier semestre de cette année, selon les chiffres dont je dispose, près de 9 000 délits ou crimes de cette nature ont été recensés. Comme souvent ces faits ne sont pas faciles à caractériser, je pense qu'il y en a au moins le double. Cela va jusqu'au crime. Tu n'as pas oublié, en juin dernier, l'assassinat du préfet de Kassel, Walter Lübcke, d'une balle dans la tête. Son meurtrier présumé, un militant extrémiste qui est revenu sur ses aveux, a peut-être commis un acte isolé, sans concertation avec son groupe politique. Comme souvent, on ne pourra jamais faire un lien reconnu en justice. Mais il y a aussi, de plus en plus souvent, des agressions collectives. L'Allemagne est vigilante sur ce sujet et publie des statistiques. Ce n'est pas le cas de nombre de pays européens qui refusent de classer ces crimes et délits comme fruits d'une motivation politique. C'est justement ce que j'essaie de faire comprendre à mes chers collègues, le caractère politique de ces actes qui peuvent facilement glisser vers le terrorisme. Pour beaucoup d'analystes, c'est déjà le cas.

— J'ai beau être informée, je ne pensais pas que c'était aussi important…

— Tous ces délits et crimes relèvent pour le moment

des juridictions nationales. Et mes collègues trouvent cela fort bien. Si l'association de malfaiteurs dont je vois poindre le nez est en contact avec des mouvements politiques ayant pignon sur rue, voire des élus d'opposition ou faisant partie des nouveaux gouvernements qui fleurissent dans notre vieille Europe, je vais avoir encore plus de bâtons dans les roues. J'aimerais que l'hypothèse du crime passionnel s'avère la bonne, ça éviterait les emmerdements. Mais je n'y crois pas, ça ne tient pas. En revanche je sens certains responsables chez moi prêts à s'y engouffrer. Crois-moi, ajouta-t-il avec une expression qu'il voulait toute d'amitié et de confiance, je te tiendrai au courant des avancées de mon côté, mais pour le moment je n'ai pas le moindre indice pour remonter la piste. Ils sont d'évidence beaucoup plus professionnels que ce qu'on supposait, le modus operandi du meurtre en est la preuve. Notamment cet égorgement qui pose plus de questions qu'il n'en résout.

— Tout cela, je l'ai compris. Et tu sais que je crains comme toi ce genre d'organisation. Mais ma hiérarchie et surtout la presse me mettent la pression. Même s'ils ont fait venir le tueur d'un autre pays, je n'ai aucun élément pour lancer des recherches…

— Moi non plus, je te le dirais. Ça m'aiderait grandement.

— Oui, mais je te connais. Et ta façon de faire cavalier seul, sans avoir confiance en tes plus proches soutiens, aussi. J'ai toujours tendance à ne pas te croire totalement. Une mauvaise expérience peut-être.

Deniz n'entendait pas se laisser entraîner sur ce terrain glissant. Il lui sourit, posa la main sur la sienne.

— J'étais jeune. J'ai appris. Tu m'as appris, dit-il

avant de se lever pour quitter le bureau de la commissaire toujours soupçonneuse.

C'était la première fois qu'ils reparlaient de ça depuis presque vingt ans.

Il héla un taxi pour se rendre chez Giuseppe où devait déjà l'attendre Isabella. Effectivement elle était là, il la vit de son taxi à travers la vitrine, debout face au comptoir, vêtue d'une robe blanche d'été et d'une veste légère et courte, car si la journée affichait des records de température élevée pour la saison, les soirées n'en restaient pas moins fraîches. Il observa un moment avant de descendre, un peu ému que Giuseppe qui lui faisait face, ses yeux programmés puissance maximum séduction, se comporte enfin amicalement avec elle. Il lui avait fallu près de deux ans pour l'appeler madame, puis Isabella, et enfin pour lui sourire et lui parler. Deniz, qui le connaissait depuis plus de quinze ans, lui en avait d'abord voulu mais, comme avec d'autres, avait décidé d'imposer Isabella. Petit de taille, le cheveu frisé, jadis noir, aujourd'hui toujours noir mais après passage chez le coiffeur, le restaurateur entretenait son caractère volubile et sa pointe d'accent, certain que cela plaisait aux Français et surtout aux Françaises. Il était là, toujours élégamment vêtu, à discuter avec Isabella qui riait, lorsque Deniz fit son entrée, le sourire aux lèvres.

— C'est la composition du menu qui vous rend si hilares ?

— Non, on parlait de choses plus intimes, s'amusa Isabella. Le menu, c'est Giuseppe qui décide, comme toujours. Oh, mais tu as l'air bien détendu ce soir ?

— Il faudrait être vraiment chagrin, dit Deniz,

pour ne pas être heureux lorsqu'on a rendez-vous avec la plus belle fille et le plus grand chef de Paris. Non?

— *È certo!* approuva Giuseppe en lui servant d'office un verre de blanc sicilien qu'il venait de découvrir. Alors, tu les as serrés ces fascistes?

Encore un peu l'esprit au travail, Deniz fut surpris par la question qui aurait pu faire référence à son enquête en cours si Giuseppe ne l'avait posée à chaque soirée passée dans son restaurant. Originaire de Bologne la rouge, il était un passionné des études et révélations concernant l'enlèvement d'Aldo Moro par les Brigades rouges, le jour même où le leader de la démocratie chrétienne se rendait au Parlement pour faire voter le «compromis historique», idée du communiste Enrico Berlinguer pour une union sociale et centriste inédite. L'enlèvement, suivi de l'assassinat d'Aldo Moro, avait réduit à jamais les chances des communistes d'entrer dans un gouvernement de coalition avec les démocrates chrétiens pour mettre en œuvre une politique sociale. De cette époque, mais aussi de la montée en puissance de Mussolini dans les années 1920, Giuseppe retenait que lorsque des points d'accord, des éléments de langage communs commençaient à se manifester entre l'extrême droite et l'extrême gauche, le danger d'un régime autoritaire devenait réel.

— Et c'est bien ce qui se passe, non? Tu le sais, je n'exonère pas mon propre camp. Si les communistes allemands n'avaient pas autant remis en cause la République de Weimar, s'ils n'avaient pas constitué leurs propres milices et leurs propres justices, les choses se seraient peut-être passées autrement. Ne l'oublie pas Deniz, en 1932, juste avant l'arrivée au pouvoir d'Hitler, les syndicats communistes et nazis ont lancé ensemble la grève des transports de Berlin. C'est mon camp, mais ceux-là, avec leur aveuglement, leur prétendue « haine de classe », je les déteste.

Deniz voulait bien parler politique, mais devant un plat de pâtes digne de ce nom. Avant, pas question. L'affluence au restaurant ce soir-là était telle qu'il savait que Giuseppe n'en aurait pas le temps. Après de sublimes paccheri aux fruits de mer, Isabella et lui se demandaient s'ils allaient prendre un dessert lorsque le téléphone vibra dans la poche de Deniz. C'était Elsa. Il sortit de table pour lui répondre.

— Banco, chef. On a trouvé tout un tas de témoins chez Pepe. C'est même trop. Surtout en versions différentes.

— J'arrive.

# 14

## *Elsa*

La capitaine Minetti avait l'impression de perdre son temps. Faire des enquêtes de voisinage, elle n'était pas contre, mais ce n'était pas tout à fait conforme à son rang. Elle ne voulait rien savoir des circonvolutions dans lesquelles Deniz s'aventurait, mais elle commençait à saisir les intentions du commandant. Pas suffisamment cependant pour comprendre pourquoi elle ne suivait pas tout cela de La Haye, ni pourquoi Deniz tenait tant à leur présence. Au fond d'elle-même, il y avait toujours une suspicion latente à l'égard de son boss, qui s'alimentait constamment d'éléments nouveaux, comme ce livre que Salima Duval avait discrètement passé au commandant dans l'après-midi au commissariat. Pourquoi un livre ? En cachette de qui ?

Comme elle était curieuse de tout, la descente à Belleville lui plaisait bien. L'atmosphère du lieu était détendue, festive, le contact facile et sans chichis, et elle aimait ça. Avec quelques verres à la fin dans une rue adjacente, une fois les auditions réalisées. Heureusement, la commissaire Lebèque avait désigné Mélanie Mabrouk pour diriger l'opération, Elsa n'en pouvait plus de ce lourdingue de De Angelis et elle était loin d'être persuadée que, en pareil cas, ses attitudes tortueuses fussent plus efficaces que la routine scrupuleusement observée par Mélanie. Elle ne s'attendait pas à un tel remue-ménage à leur arrivée, tout le monde voulait témoigner, tout le monde voulait participer à l'arrestation de l'odieux personnage qui s'en était pris à la sympathique Maryam. Dans ce brouhaha, son autorité et son expérience furent nécessaires pour imposer un peu d'ordre et de méthode et aider une Mélanie dépassée. Au bout d'une heure à calmer les plus excités, elles étaient en possession de quelques informations intéressantes. Chacune appela son supérieur mais seul Salvère se déplaça. Il était près de 22 heures, pas vraiment le moment de traîner. En se dirigeant vers le couloir étroit d'un immeuble qui menait dans l'arrière-cour de « La Madone », elle lui résuma rapidement la situation. Le soir du meurtre, de nombreux clients avaient vu Maryam, comme on le savait déjà. En recoupant les témoignages, Mélanie et elle avaient conclu qu'elle était arrivée seule. Puis avait discuté et bu un verre avec les uns et les autres. Mais il y avait un témoignage plus précis, lui dit-elle en désignant une jeune femme répondant au prénom de Charlotte.

— Voici le commandant Salvère. Pouvez-vous lui répéter ce que vous nous avez raconté ?

— Bien sûr, répondit la jeune femme intimidée. Je n'ai appris que ce soir, pour Maryam… C'est délicat, mais… Bon, enfin. J'allais aux toilettes et j'ai entendu, là-bas, au pied des escaliers, des… des… euh, des gémissements. J'ai eu l'impression qu'ils étaient plutôt de plaisir. Mais vous voyez, il fait sombre ici la nuit, la lumière est faible, l'escalier n'était pas éclairé…

— Mais vous avez quand même pu voir quelque chose, l'encouragea Salvère.

— Oui. Enfin, je crois. Enfin, j'ai vu, ça j'en suis sûre. J'ai vu deux corps.

— Soyez précise, sans aucune gêne, l'assura Salvère. Y compris pour la position des corps.

La dénommée Charlotte acquiesça sans toutefois se départir d'une pudeur un peu surprenante pour la trentaine d'années qu'elle paraissait avoir.

— À la couleur de la jupe, mais je vous répète, c'était sombre, je crois avoir reconnu Maryam qui me faisait face. En fait, sa jupe était… Sa jupe était relevée et quelqu'un était collé derrière elle, contre elle, et je crois sa main… devant. Je veux dire dans sa culotte, ajouta Charlotte d'un trait comme si ainsi les mots passaient mieux la frontière de sa bouche.

— Quelle heure était-il ? Avez-vous plus de précisions ?

— L'heure ? Je ne sais pas exactement. Plus de minuit sans doute. La lumière tombait de travers sur eux, dit-elle en traçant une ligne oblique avec sa main, je ne voyais pas leurs visages. Et puis, la situation était un peu gênante. J'ai bien sûr détourné le regard. Donc, l'autre personne, je ne l'ai pas vue à ce moment…

— Et ? s'impatienta Salvère.

— Je ne suis pas indiscrète. Cela m'a même un peu choquée, comme ça, à la vue de tous… Et jamais je n'avais vu Maryam dans cette… situation. Je suis repartie au bar. Mais j'ai observé, de temps en temps. Je ne les ai pas vus ressortir du couloir, mais je les ai vus partir en scooter. Malgré le casque, je suis sûre que Maryam était la passagère.

— Vous pouvez décrire la seconde personne ?

— Il était de dos, loin de moi. Lui aussi portait un casque et une chemise longue. Bien plus grand que Maryam.

— Comment était cette chemise ? demanda Elsa qui semblait s'impatienter.

— De couleur. Des couleurs vives. Large et longue. Elle lui tombait sous les fesses.

— Et le scooter ?

— Ben, un scooter… comme les autres.

— Charlotte, intervint Elsa, m'a assuré que si elle le voyait elle le reconnaîtrait.

— Pourquoi cette certitude si vous ne pouvez le décrire ? s'étonna Deniz.

— L'homme, je ne sais pas, se défendit-elle. Je parlais du scooter. Je ne peux pas le décrire, mais il est vieux, un peu abîmé. C'est pas une Vespa. Je vous préviens si je le revois, madame m'a donné son numéro.

Deniz regarda Elsa et comprit à son expression qu'elle avait déjà longuement insisté pour obtenir plus de précisions. Il remercia Charlotte, qui s'en alla, et se tourna vers Mélanie Mabrouk. Mais il n'eut pas besoin de parler.

— Une surveillance tous les soirs avec Charlotte. Je mets ça en place, elle est d'accord bien qu'elle soit morte de trouille. Et nous visionnons à nouveau toutes les vidéos sur les chemins possibles d'ici à la rue Amelot.

Mélanie les quitta. Elle partait vers le haut de Belleville, alors qu'eux redescendaient. Avec cette belle température d'automne, les terrasses des cafés étaient remplies de consommateurs bruyants et joyeux. Quelques commerces, épiceries, kebabs, pizzerias, étaient encore ouverts et les cyclistes livreurs de repas sillonnaient la rue de Belleville à vive allure. Elsa en aurait bien profité pour boire un verre avec le commandant et lui extorquer quelques infos qui lui permettraient de conserver la maîtrise de l'enquête. Mais elle savait qu'il refuserait, à moins qu'elle soit assez habile pour titiller sa curiosité. Ouais, sauf qu'à ce jeu-là, c'est toujours lui qui gagnait. Elle avait néanmoins une petite idée, farfelue sans doute, mais ça pouvait prendre.

— Lebèque est très inquiète. Ce soir, elle a demandé des renforts.

— Des renforts ?

— Je t'en dis plus si tu m'offres un verre. Deux heures que je les regarde boire en me contentant de ma bouteille d'eau minérale !

À sa grande surprise, il accepta, avec un sourire aimable et franc en plus. Cela lui fit chaud au cœur. Mais la première gargote venue ne satisfaisait pas Deniz qui l'amena quelques rues plus loin dans une de ces brasseries parisiennes qu'elle adorait, avec son zinc, les barres de cuivre surmontant les banquettes rouge opéra, les nappes blanches et la vivacité des nombreux serveurs et serveuses qui circulaient entre les tables comme des footballeurs sur un terrain. Un menu plus long qu'une note de service d'Europol, des ardoises au mur proposant des vins au verre de différents vignobles de France, tout cela la mit en appétit, mais ils n'étaient entrés que pour prendre un verre au comptoir.

— Deux saint-véran, commanda Salvère après lui

avoir demandé si elle voulait goûter ce vin qu'elle ne connaissait pas. Alors?

— Alors, ton amie la commissaire trouve que tu t'agites beaucoup et qu'il ne faut pas mettre tous les œufs dans le même panier. Elle estime que la façon d'opérer du meurtrier ne permet pas d'écarter l'acte d'un pervers. Et si c'est le cas, la récidive n'est pas à exclure. Il lui faut des effectifs supplémentaires pour analyser les dossiers non résolus des dix dernières années, reprendre les rapports jusqu'au moindre détail et le faire vite.

— Elle a raison, approuva Salvère. Tout à fait raison. À ce stade, il ne faut exclure aucune hypothèse.

— Mais tu n'y crois pas. Tu sembles sûr que le meurtre est lié à ses activités d'informatrice.

— À la police française la piste de l'obsédé sexuel, du serial killer ou du djihadiste obsédé, comme ils veulent. À nous, celle de l'informatrice. C'est une répartition des rôles qui semble efficace. Pas de compétition entre nous, juste de la complémentarité. Ce n'est pas ce qu'on t'a appris à La Haye? dit-il le sourire en coin.

— Si, tout à fait, monsieur le directeur de département. Mais, pour le moment, les éléments ne font pencher la balance ni d'un côté, ni de l'autre. Et que l'homme avec qui Maryam est rentrée chez elle soit un psychopathe ou un tueur professionnel ne change rien au fait que notre priorité numéro un, aux Français comme à nous, c'est de le retrouver. Pour l'égorgement, tu as raison, c'est un problème. Mais je trouve que tu l'écartes un peu vite. Ça signifie forcément quelque chose, même si c'est une fausse piste sur laquelle on veut nous entraîner.

— Le psychopathe, même s'il traverse les frontières pour commettre d'autres forfaits, ce n'est pas de notre ressort. Nous ne sommes là que pour le tueur commandité.

— Alors autant rentrer à La Haye, où nous sommes déjà débordés de travail avec nos bons petits terroristes traditionnels, et attendre qu'ils le coincent. Non ?

Au lieu de répondre, il lui demanda si elle ne voulait pas dîner là. Sachant qu'il avait déjà mangé, elle fut surprise de l'invitation mais n'y résista pas, assez heureuse de se retrouver à l'improviste avec lui dans ce lieu appétissant. Il fit servir une bouteille de saint-estèphe pour accompagner le rognon de veau entier qu'elle avait commandé. Il semblait apprécier d'être là, avec elle, discutant à bâtons rompus de l'enquête, et cela, avec les bonnes odeurs provenant de la cuisine, renforça sa bonne humeur.

— Reprenons les faits, proposa-t-il. Une jeune femme qui a une relation sexuelle avec un inconnu alors qu'elle est en couple et qui est assassinée ensuite. Sans notre intervention, que fait naturellement la police ? Rechercher un amant. Ils mettent la main dessus, ou pas, de toute façon l'affaire en reste au meurtre passionnel ou à celui d'un pervers. Avec le faisceau de présomptions que nous apportons, il est possible d'aller plus loin et, surtout à cette étape, de chercher dans d'autres fichiers que ceux des prédateurs sexuels.

— Plutôt mince le faisceau de présomptions.

— Pas mince. Incohérent. Parce que justement nous ne parvenons pas à relier les informations entre elles. S'il y a danger terroriste, et que nous le découvrons à temps, nos intuitions seront saluées. Dans le cas contraire, il nous faudra faire profil bas pendant de nombreux mois, voire, pour moi, changer de métier.

— Et pourquoi Brenner ne nous aide pas ?

— Tu le sais très bien, répondit Deniz sans se départir de son amabilité. Il pense qu'une organisation ultranationaliste, ça relève du jeu politique. Si elle va trop loin, c'est un délit qui relève de la justice nationale. Mais rien à voir avec le danger islamiste. À son avis, nous perdons notre temps et risquons de jeter à nouveau le discrédit sur l'institution, comme ce fut le cas après les attentats de Paris où mon prédécesseur était dans les choux.

— Pourtant, à ton prédécesseur, c'était son dada les islamistes. Il ne parlait que de ça à chaque réunion.

— Il parlait mais il n'a rien fait pour mutualiser les informations nationales. Nous, nous l'avons fait sur toute l'Europe avec près d'une centaine d'attentats déjoués. Et nous élargissons le spectre de nos recherches à toute organisation suspecte de s'attaquer à nos États de droit. Notre mission, non ? Sauf si je me plante, conclut-il, toujours souriant.

Puis ils changèrent de sujet, Deniz lui indiqua les lieux à ne pas manquer si elle avait quelques heures de libres. Elle ne sut pas comment elle en était arrivée à parler de ça, mais elle lui raconta que, dans notre monde de grande liberté, il n'était pas si facile d'être une femme libre. Suite à sa première aventure amoureuse, elle avait dix-sept ans, son père ne lui avait pas adressé la parole pendant des semaines, interdisant même que l'heureux élu lui soit présenté. Aujourd'hui encore sa mère ne pouvait la voir sans la harceler sur son mariage et les petits-enfants qu'elle voudrait bien voir avant de quitter ce monde. Deniz l'écouta sans la questionner.

— Je vais te raconter un truc très secret, lui dit-elle, consciente des effets du vin. J'avais vingt-six ans, chez moi à Gênes. Un soir qu'on avait un peu abusé d'alcool avec une copine, on s'est dit que par égalité entre les sexes nous aussi on pouvait déclarer à un inconnu qu'on avait envie de lui. Évidemment, c'était à moi de commencer, d'autant que j'avais repéré un bien joli *ragazzo*. J'y vais et je lui fais ma proposition. Mais ça ne s'est pas du tout passé comme désiré. Le joli petit con a cru que je lui proposais une partie carrée, voire à bien plus encore avec ses potes !

— Et comment tu t'en es sortie ? demanda Deniz amusé.

— J'ai honte de te le dire… J'ai sorti ma carte de flic.

— Ah, bravo !

Il prit un dessert avec elle et un verre de jurançon frais et ils se retrouvèrent un peu joyeux, dans la rue toujours animée et chaleureuse, à chercher un taxi, tous occupés à cette heure-ci.

Ils en avaient convenu la veille, l'essentiel était maintenant de se concentrer sur les images de vidéosurveillance et de planquer chaque soir en attente du scooter. Deniz avait bien voulu la dispenser de ces deux opérations, d'autant que la seconde était des plus hasardeuses, mais il tenait absolument à ce qu'elle soit à Paris lors de l'éventuelle arrestation du suspect. Lui devait retourner au siège. Un événement survenu dans la matinée l'obligea elle aussi à rentrer. La police belge avait intercepté des conversations téléphoniques lors de la surveillance de personnes soupçonnées d'avoir fait allégeance à Daech. L'aide d'Europol était requise en urgence étant donné la teneur des conversations, qui laissaient redouter un passage rapide à l'acte. Elsa arriva en fin de matinée dans la capitale néerlandaise et se joignit à une visioconférence en cours dans le bureau de Salvère, en présence de huit officiers et en connexion avec la police et le parquet royal de Belgique. Elle admira une fois de plus la capacité d'organisation et la rapidité de décision du commandant qui, sitôt les ordres de mission signifiés à six des officiers présents en partance pour Bruxelles, se rendit avec Stefanakis dans le bureau de la directrice générale.

— Je suis là dans un quart d'heure, attendez-moi, lui ordonna-t-il ainsi qu'à Max.

Tout de suite, Max se mit à plaisanter sur l'amateurisme des terroristes belges. Entré dans le service depuis deux ans, il avait toute la confiance de Deniz. « Voilà le clébard, et faites gaffe il a de bons crocs », avait un jour osé Inès en parlant de Max. Propos que tous lui avaient reprochés, sans doute parce que Max était noir de peau et qu'il était du plus mauvais ton de le traiter d'esclave de Deniz. Mais il n'était pas faux que lui et son copain Stankovic passaient systématiquement par le commandant avant toute diffusion d'information à leurs collègues. Cela irritait passablement les officiers d'un département dont le directeur, Deniz, avait tout le temps le mot « équipe » à la bouche. Pour une raison connue d'eux seuls, ils lui étaient particulièrement dévoués. Ils différaient pourtant radicalement. Dragan Stankovic, lorsqu'il était à La Haye, n'avait d'attention que pour son écran, ne parlait jamais, ne buvait jamais, cachait sa vie privée comme un triptyque fermé. Max de Saint-Pierre était tout l'inverse, il flânait entre les bureaux, plaisantait sans cesse, proposait aux unes et aux autres de sortir boire un verre, invitait même dans sa famille ses collègues pour l'anniversaire d'un de ses trois enfants ou, tout simplement, parce qu'un membre de l'équipe se trouvait seul pour Noël. Une allure débonnaire malgré ses deux mètres de hauteur dans une stature athlétique.

Stankovic vint à ce moment dans le bureau chercher Max. Du bureau de verre, Elsa vit le service presque vide. Les assistantes de Deniz étaient allées déjeuner, les officiers partis prendre leur train, Max et Dragan descendus à l'étage de l'informatique. Il ne restait que trois jeunes recrues et Elsa commençait à s'ennuyer. Comment lui vint pareille idée? Elle ne sut ensuite se l'expliquer. La trouille au ventre, elle contourna le bureau, ouvrit un tiroir, puis un autre, jusqu'à trouver ce dossier bleu qu'elle l'avait vu une fois consulter. Elle levait régulièrement les yeux pour s'assurer que Deniz ou Max n'étaient pas de retour puis, tremblante, éplucha les documents qu'il contenait. Ce fut rapide, car quatre ou cinq minutes après Max revenait. Mais ce qu'elle avait eu le temps de voir lui fit chavirer l'esprit. Une bonne centaine de fiches sur des individus, des sociétés, des opérations immobilières ou commerciales, des chiffres astronomiques, toujours en millions d'euros, des tableaux comptables, des cartes géographiques avec des lieux surlignés, des schémas de mise en réseau avec des points d'interrogation, bref, un véritable dossier sur ces ultranationalistes dont Salvère parlait sans jamais avancer d'éléments concrets, hormis les trois opérations de renseignements dont elle avait été témoin. Il était bien plus avancé que ce qu'il disait. La fameuse K360 avait effectué un travail remarquablement complet, et sans doute des plus dangereux, avant son assassinat. Elle sourit à Max qui lui parlait de ce foutu ciel incapable d'ignorer les nuages, même par grand beau temps, mais elle était ailleurs. Elle comprenait maintenant pourquoi Deniz penchait, malgré tant d'éléments contraires, pour la piste du tueur professionnel. Mais, putain, putain, putain, pourquoi ne disait-il rien ? Elle avait su faire preuve de discrétion à de nombreuses reprises et il pouvait compter sur la connivence de Dragan et de Max. Même sur celle d'Adrijana.

Lorsque Deniz regagna son bureau, il leur annonça qu'il donnait la priorité à l'affaire de Bruxelles jusqu'à ce que le groupe visé soit intégralement identifié et arrêté.

— Vous deux, restez en seconde ligne et suivez le dossier Binebine. N'hésitez pas à partir dans l'heure pour Paris si vous le jugez nécessaire. Les flics français ont déjà été un peu lents, je ne veux pas que ce type nous échappe. Et lorsqu'ils l'interrogeront, je veux que vous soyez présents.

Pour la première fois depuis le meurtre de Maryam, Elsa se sentit enfin en compréhension, si ce n'est en possession de l'environnement de l'affaire. Tout ce que lui avait raconté Deniz jusqu'à présent devenait subitement concret.

À 20 heures, avant de quitter le bureau, Elsa fit un point téléphonique avec la commissaire Lebèque. Toutes les vidéos avaient été visionnées grâce au renfort demandé. Entre Belleville et la rue Amelot, entre minuit et 2 heures du matin, créneau retenu par la commissaire, cent vingt-six deux-roues motorisés ayant deux personnes à bord avaient été repérés. La plupart des motos étaient identifiables. Restait à connaître les propriétaires et à aller les voir, vérifier leur emploi du temps, leur alibi, etc. Annick Lebèque espérait que Charlotte serait plus efficace mais son espoir était faible. La presse avait révélé la « Nuit de plaisir mortelle » de Maryam, ce qui avait obligé Lebèque à recevoir son ami Guillaume effondré, et la commissaire estimait que le tueur ne se représenterait pas avant longtemps dans le quartier.

# 15

## *Salima*

Salima leva les yeux de son livre. Passionnant. Il relatait la première navigation hollandaise en Asie, en 1596, alors que les puissances européennes commençaient leurs politiques coloniales. Ce que ce livre avait de remarquable, c'était moins l'arrivée des Bataves à Java que le travail de l'historien qui s'était attaché à recueillir documents et matériaux provenant des deux bords, le hollandais et le javanais. Passionnant, mais pas suffisamment pour qu'elle parvienne à se concentrer durablement. Elle n'arrêtait pas de relire des paragraphes qu'elle avait déjà lus en pensant à autre chose. Elle ferma le livre et contempla par la fenêtre du salon la belle lumière du soleil au zénith dans la perspective qu'offrait la rue Toudic vue de son quatrième étage. Quelque part dans la rue, un policier devait observer les allées et venues autour de son immeuble. Si le commandant Salvère avait tenu sa promesse.

Le soleil brillait par la fenêtre ouverte, mais son visage était anormalement pâle. Depuis le mercredi précédent, jour où elle avait rejoint Salvère à République, elle n'avait plus de nouvelles de lui. Cinq jours vécus dans la peur, à échafauder des hypothèses plus noires les unes que les autres, car plus le temps passait, plus la police tardait à interpeller le meurtrier, et plus son angoisse augmentait. Certes, elle devait être sous protection, mais ses enfants ? Son mari ? Elle s'était rendue à l'université pour récupérer le disque dur puis était allée au commissariat le lui remettre discrètement, comme il le lui avait demandé. Depuis, elle ne quittait plus son quartier. Elle avait annulé ses cours à la faculté pour la semaine. Elle en avait informé Stéphane, lui expliquant être trop perturbée par la mort de Maryam pour exercer correctement son métier. Le reste, elle l'avait tu. Ce n'était pas faute d'y avoir réfléchi, d'avoir pesé le pour et le contre. Mais la balance penchait toujours du même côté : son mari n'était pas assez solide pour affronter de tels événements. Il paniquerait, l'accuserait d'avoir mis les enfants en danger et aurait bien été capable de leur faire manquer l'école pour les amener chez ses parents en Bretagne. C'était déjà assez tendu entre eux sans cela.

La peur s'était engouffrée dans son corps comme un liquide froid et amer glissant dans ses entrailles, aigrissant son estomac, paralysant ses membres. Les garçons étaient devenus infernaux. Elle ne le leur reprochait pas, c'était elle la responsable. Entre les tensions avec Stéphane et l'interdiction qu'elle leur avait faite de la moindre sortie, ils manquaient d'un peu de sérénité et d'exercice physique. Matin et soir, alors qu'auparavant Orhan avait la charge d'accompagner son petit frère jusqu'à la rue de Marseille voisine où se trouvait leur école, elle les accompagnait et allait les chercher. Contre tous ses principes éducatifs, et après une dispute mémorable avec Stéphane qui s'y opposait, elle avait même pris un abonnement sur une plateforme de streaming pour les enfants qui passaient dès lors des heures devant la télé. Provisoire, se rassurait-elle.

Elle avait trop peu d'éléments sur le meurtre de Maryam et l'importance de leur « espionnage en ligne », bien que son rôle fût minime, pour évaluer la situation. Parmi ses hypothèses les plus fumeuses avait surgi l'idée que le commandant puisse se servir d'elle comme d'un appât. Car, se disait-elle, la police ne semblait guère avoir de piste. Faire croire au criminel qu'elle possédait des informations inédites pouvant permettre son identification, n'était-ce pas le meilleur piège à lui tendre ? Le seul possible, même ? Si c'était là la stratégie des policiers, il fallait encore le faire savoir au criminel. Elle achetait tous les journaux, suivait les flashs d'information, mais la presse ne paraissait plus s'intéresser à ce meurtre présenté comme l'assassinat d'une nymphomane par un pervers. Pauvre Maryam. Même après sa mort, rien ne lui était épargné. Son corps restait à la morgue, la police préférant le garder à disposition avant l'incinération dont Guillaume disait que tel était son souhait. Ni ses deux frères ni sa sœur ne s'étaient manifestés. Tant mieux, elle ne tenait pas vraiment à les revoir et préférait les savoir au Maroc. Guillaume était l'ombre de lui-même. Après tant d'années de galère, le bonheur lui souriait enfin. « Sans doute une erreur de programme, une erreur de casting », pleurait-il. Elle avait passé des heures avec lui au téléphone. Heureusement, il avait des amis qui le soutenaient et son boulot au grand air des Alpes. Mais la « nymphomane » lui restait en travers de la gorge. Tantôt il se reprochait de n'avoir pas été assez là, auprès d'elle, car sous ses airs bravaches, elle n'en était pas moins fragile. Tantôt il pensait avoir eu affaire à une femme duplice, dont une partie restait soigneusement cachée.

Et puis Salvère. Avec ce joli prénom, Deniz. En l'entendant, elle avait d'abord cru à un défaut de langue doublé d'une étrange prononciation, le « s » prononcé se transformant en « z ». Puis elle l'avait lu sur le site d'Europol. Deniz, pas Denis. Pourquoi m'intéresse-t-il autant ? Pas d'autre réponse que cette sensation de léger désir. Mais elle était bien trop troublée, bien trop apeurée pour penser à ça. Pourquoi ne donnait-il pas de nouvelles ?

Le lendemain matin, lorsqu'elle revint de l'école, un homme remarquablement grand attendait l'ascenseur devant elle. Elle pensait à ce que venait de lui dire l'enseignante sur son fils, la dissipation inhabituelle de Marouane en classe, et monta sans plus prêter attention à cet étranger à l'immeuble. Ce n'est qu'une fois la porte refermée qu'elle fut prise de panique. Mais l'homme sortit de la poche de sa chemise une carte frappée du carré bleu aux douze étoiles d'or et se présenta tout de suite comme policier.

— Inspecteur Maxime de Saint-Pierre, je supervise votre protection. Le commandant m'a chargé de vous dire qu'il allait vous appeler dans une demi-heure.

Le policier s'arrêta au troisième et redescendit par l'escalier. Une demi-heure. Elle avait le temps de ranger ses sacs de provisions, de mettre un peu d'ordre dans l'appartement et de boire un café. Mais elle ne fit rien d'autre que boire son café. L'impatience était trop forte. Elle tenait son portable à la main, vérifia deux fois qu'il était bien allumé et en position sonnerie, s'assit dans le canapé, se releva pour refaire un café. Qu'allait-il lui annoncer ? La demi-heure fut d'autant plus longue qu'elle dura en fait trois quarts d'heure.

— Bonjour Salima, lui dit-il.

Elle n'avait pas souvenir qu'il l'eût jamais appelée par son prénom, ni que ce fût l'usage. Bien que cela ne la choquât pas, elle n'était pas femme à laisser passer la plus petite familiarité sans réagir.

— Bonjour. Dois-je vous appeler Deniz ?

— Je ne voulais pas vous manquer de respect, madame.

— J'aime bien « madame », mais nous pouvons plus simplement continuer sur nos prénoms. L'objet de nos rapports est déjà assez lourd pour ne pas en rajouter.

— En effet, d'autant que j'ai une nouvelle qui, je pense, vous soulagera. Le décès de votre amie date de plus de dix jours, et même le plus stupide des criminels peut en déduire qu'en ce laps de temps vous avez eu largement l'occasion de nous transmettre tous les éléments dont vous pouviez disposer. Vous pouvez donc reprendre une vie normale. Nous allons alléger la protection.

Elle ne s'attendait pas à ça et resta un moment sans voix. Comme si elle était déçue par cette décision. Elle comprit qu'elle perdait là une raison d'être en contact avec Salvère et le suivi de l'enquête.

— C'est effectivement un soulagement. Mais je voudrais néanmoins vous voir. Il reste plusieurs éléments auxquels j'ai pensé qui peuvent vous intéresser et votre avis me permettrait de voir un peu plus clair dans ce grand brouillard.

— Quels éléments ? demanda la voix du commandant qui accusa une certaine autorité.

— Des détails de la vie de Maryam. (Et, contrariée par cette voix qui avait changé de ton, elle attaqua.) J'aimerais également savoir quel rôle vous m'avez fait jouer et pourquoi vous n'avez pas plus protégé Maryam.

— Très bien. Vendredi à 15 heures au même endroit que la dernière fois, ça vous convient ?

Il y avait peu de monde dans le bar feutré du grand hôtel. Deniz s'était installé dans un rayon de lumière filtrant à travers les grandes baies vitrées. Il se leva à son arrivée, affichant un sourire avenant. Depuis leur coup de fil de la veille, elle avait eu le temps de penser à cette proposition de lui révéler des choses. Un véritable lapsus, mais maintenant il fallait bien parler.

— J'ai réfléchi à la façon dont tout cela a commencé, me demandant par qui Maryam avait pu avoir accès à ces informations sensibles. Ce n'est pas la première fois que je me pose la question. Et je ne me l'étais pas reposée parce qu'au fond de moi je pensais depuis le début avoir la réponse.

Salvère se révéla immédiatement attentif. Elle se concentra, apercevant dans le miroir ce pli entre ses yeux qui lui donnait un œil sévère peu séduisant.

— Ce n'est bien sûr qu'une supposition, elle est peut-être totalement infondée.

— Poursuivez, dit le commandant impatient.

— Il faut d'abord que je vous dise combien les attentats du 13-Novembre l'avaient ébranlée. Parce que c'était son quartier, qu'elle connaissait plusieurs victimes dont trois femmes qui sont mortes au Bataclan et au « Carillon ». Mais aussi parce qu'elle avait des raisons personnelles de détester le terrorisme en général et celui-ci en particulier.

— Et donc ?

— Avec son tempérament assez radical et sa tendance à réagir très affectivement, elle s'est laissé embarquer par des… Comment les nommer ? Des laïcards orthodoxes. Je ne sais si les deux mots vont bien ensemble. Des gens qui ont de la laïcité une conception disons très dogmatique. Le port du voile par des gamines de banlieue leur paraît le plus grand danger qu'encourt la République.

— Je vois très bien, coupa le commandant.

— Mais Maryam n'entendait rien à ces nuances, elle ne voyait que le voile avec lequel, à cette époque, elle était farouchement fâchée. Dans ce milieu pas très net, elle a rencontré un homme charmant d'après elle, et sans doute convaincant dans des conversations qui se tenaient également sur l'oreiller.

— Vous connaissez son nom ? demanda immédiatement Deniz.

— J'ai recherché dans les textos que m'envoyait Maryam, j'en ai retrouvé un qui disait « Je suis avec Damien, je te rappelle ». Malgré mes mises en garde, il a réussi à l'intéresser pendant quelques mois. J'ai toujours pensé qu'il lui avait demandé des services de nature assez particulière.

— Une association du nom de Levez le voile, ça vous dit quelque chose ?

— Oui, c'est possible. Vous étiez au courant alors ?

— Continuez, ordonna le commandant qui en même temps tapait un texto sur son téléphone.

— Je l'ai aidée à distendre lentement et prudemment les liens. Mais je voyais à ses petits yeux malins qu'elle avait une idée en tête. Elle m'a expliqué avoir eu accès par l'intermédiaire de Damien à des sites dont elle ignorait l'existence. Des sites islamistes, mais également d'autres, d'un bord radicalement opposé.

— Pourquoi ne m'en avez-vous pas parlé avant ? lui reprocha-t-il sur un ton déplaisant.

— Je vous avais presque tout dit, en plus brouillon, répliqua-t-elle avec un brin d'énervement dans la voix. Et puis, quand vous m'avez révélé que vous étiez Onkel, j'ai été un peu estomaquée. J'ai pensé que vous saviez déjà tout et que vous ne me faisiez parler que pour confirmer mon implication.

Le regard que lui lança Deniz lui fit douter qu'il fût convaincu par cette explication.

— De plus, ajouta-t-elle, c'est à ce moment qu'elle vous a contacté. (Disant cela, Salima eut soudain un doute.) À moins que ce ne soit vous ?

— Ça n'a pas beaucoup d'importance pour l'enquête, répondit Deniz agacé. Je vous le répète, jamais nous ne l'avons mise en danger, sa connexion se faisait sur un serveur ultrasécurisé. Qu'a-t-elle fait, malgré nous, sans nous le dire, qui l'a mise en danger ? Lorsque je le saurai, j'aurai résolu une part de l'énigme.

Le téléphone de Deniz émit un bip. Il regarda l'écran, lut le message et lui demanda à brûle-pourpoint :

— Damien Montencour, c'est le nom ?

— Je ne sais pas, répliqua-t-elle contrariée. Donc vous saviez déjà tout.

— Non. Nous avons seulement des fichiers bien tenus.

Il se remit à textoter sur son téléphone, puis le posa, prit un temps, reforma un semblant de sourire.

— Bon, essayons calmement, ensemble, de bien sérier vos souvenirs et les informations qui pourraient être essentielles. Admettons que Maryam, bouleversée par les attentats de Paris, s'agite sans mesurer vraiment où elle a mis les pieds. Comment se fait-il que Damien Montencour lui ouvre l'accès à des réseaux cryptés d'ultranationalistes européens ?

— Ce qu'elle m'a dit, c'est que Damien n'était pas dans le coup. C'est un autre membre de l'association qui avait ses entrées sur les réseaux ultras. Elle ne savait même pas qui. Quelqu'un de pas bien malin qui se servait de l'ordinateur de l'association et pensait qu'il suffisait de cliquer sur « Effacer l'historique » pour ne laisser aucune trace. C'est par là que Maryam a eu les accès. Personne ne pouvait savoir ce qu'elle faisait. Ensuite, elle s'est servie de son propre ordinateur. Elle effaçait tout. Et proprement, sur le serveur aussi. Mais de toute façon les informations n'étaient pas si secrètes que ça. Les malversations sur le foot ou sur les marchés publics, les journalistes en ont parlé. L'Union européenne a même ouvert des enquêtes.

— Ce n'est pas le cas pour toutes les informations qu'elle nous a communiquées.

— Oui, reconnut Salima. Elle a pu fouiller plus profondément et vous révéler l'identité du faux administrateur du club de foot slovaque. Mais les services de Bruxelles ont dû faire mieux, non ?

— Vous a-t-elle montré les échanges cryptés auxquels elle a eu accès ?

— Elle m'a montré surtout ce qu'elle ne comprenait pas ou n'était pas sûre de comprendre, car souvent les échanges entre ces extrémistes étaient assez évasifs, codés même, et le plus souvent en langue anglaise. On cherchait alors à reconstituer le contexte. Mais tout cela prenait du temps. Moi je n'en disposais pas autant que Maryam. Je n'ai pas tout suivi.

Salvère consulta à nouveau son écran, tapota quelques mots puis changea de sujet abruptement.

— Comme je vous l'ai dit au téléphone, vous n'avez plus de raison de vous inquiéter, et nous allons réduire, puis supprimer votre protection. Je suppose que cela vous soulage ?

— Rien ne me soulagera tant que le meurtrier ne sera pas arrêté. Et j'espère que je saurai alors le rôle réel qu'elle jouait pour vous. Notamment si elle a servi d'appât. Comme moi ? ajouta-t-elle, courroucée par cette manière qu'avait le commandant d'orienter la conversation vers la sortie.

— D'appât ? releva Salvère surpris. Ce ne sont pas nos pratiques. Pour vous ? Non, bien sûr que non. J'ai simplement pris une mesure de protection classique. Comme vous n'avez jamais eu le moindre contact physique avec eux, que votre nom n'apparaît jamais, que risquez-vous vraiment ? Les « appâts » sont très rares et appartiennent toujours aux forces de l'ordre, poursuivit Salvère qui semblait amusé d'une telle idée.

— Si vous le dites… Puis-je compter sur vous pour me tenir au courant de l'enquête ? Je me sens un peu responsable.

— Nous restons en contact. Mais parlez-moi encore de Maryam, de votre amitié.

Salima fut surprise par ce changement d'attitude,

par la douceur de sa voix après la rugosité des reproches, mais elle ne se fit pas prier. Elle raconta leur solitude à toutes deux, au collège, en tant que filles d'immigrés elles avaient un statut un peu à part des autres dans cet arrondissement parisien qu'elle n'aurait pas fréquenté si son père n'avait été gardien d'immeubles bourgeois. Les nombreuses vexations, doublement vécues. Celles des camarades toujours étonnés qu'elles ne soient pas « comme eux », celles des parents les empêchant d'être « comme eux ». D'autant qu'elles étaient des filles, constamment surveillées, empêchées de sortir, de fréquenter des garçons, de s'habiller comme elles auraient voulu. Elle avait un père plus ouvert que celui de Maryam, plus aimant surtout, fier de ses succès scolaires, mais moralement étriqué. Il lui avait fallu se comporter en petite fille modèle, longtemps, bien après être entrée à l'université. Et taire à ses parents une bonne partie de sa vie, mentir sur ses occupations, feindre, ne pas pouvoir jouir de leurs conseils sur des questions qu'ils ne comprenaient pas, ne pas leur faire confiance sur tant de points. D'autant qu'il fallait encore affronter les frères qui se croyaient investis d'une mission de gardien de la virginité. Plus elle parlait, plus elle s'apercevait que la discussion changeait de sujet, sans que le commandant ne la recadre. Cette mise à nu la gêna. Sans réfléchir, elle renversa brusquement les rôles.

— D'où vous vient ce prénom ?

— Deniz ? La mer en turc, lui répondit-il sans s'étonner. C'était le prénom de mon grand-oncle. Ma grand-mère était turque. Une kémaliste pur sucre. Mon grand-père travaillait à la maison de la France à Istanbul. C'est là qu'il fit sa connaissance. Elle était la fille d'un écrivain en vogue et se trouvait de ce fait assez souvent invitée aux nombreuses soirées que l'ambassade donnait alors.

— Vous avez des origines musulmanes ? dit-elle en riant.

— Musulmanes et laïques. Malgré le virage actuel de la Turquie, n'oubliez pas que c'est, avec la France, le seul pays laïc d'Europe. Ainsi l'a voulu Atatürk.

Ils papotèrent de la sorte jusqu'à ce que Salima, consultant sa montre, réalisât qu'elle était en retard pour récupérer ses enfants à l'école. En partant, elle remarqua dans le miroir que le pli entre ses yeux avait disparu.

## 16

## *Milosz* (deux ans auparavant)

Milosz, il est pas chiant. Il a bien compris la situation. Il fait ce que le patron lui demande, point barre. Et puis, puisque Mattheus c'est le chef, il lui dit patron.

— Pourquoi tu m'appelles patron ? a réagi Mattheus.

Parce que t'es quoi, connaud ? Un ami, une « relation » ? C'est toi qui me paies, toi qui donnes les ordres, moi j'encaisse les sous et j'exécute. Voilà, patron, ouvrier. Milosz l'a pensé mais ne l'a pas dit. Il a haussé les épaules. Il sait bien que Mattheus a saisi l'allusion. Mais il le cherche pas là-dessus. Mattheus a juste lancé une fois, pour voir.

— Cette Paula, c'est quand même une bombe.

Ils n'étaient que tous les deux, alors Milosz a vu le piège. Il a fermé sa gueule. Pas difficile. Tout ça, ça le regarde plus. Il fait son boulot et puis s'en va. Tout con qu'il est, Beck aussi a pigé. Il a juste dit que Paula, elle est pas du même monde, et que, de toute façon, il la reverrait plus. Juste. Ils la revoient plus. Mattheus, de moins en moins. C'est le gros Vaclav qui vient relever les compteurs de la cité. Il est pas très futé celui-là. Même pas capable de lire sur écran, il faut tout lui imprimer. Mattheus, il a gueulé. « Des fiches imprimées sur chaque résident ? T'es fou ou quoi ? » Du coup, il a quand même confiance en Milosz qui l'avait prévenu.

Et Lenka est revenue. Ça n'a pas été simple. Il a fallu une explication. Avant, jamais il aurait fait ça, Milosz. Mais là, il a eu envie. Pas que pour Lenka, aussi pour se sortir tout ça de la tête. Comme si dire ça mettait le gros paquet plein de merde sur la table et qu'on pouvait le regarder ensuite comme un objet. Milosz a tout déballé. Cette idée à la con d'une sainte femme. Paula dans le rôle. Comment avec l'autre encravaté… Et sa mère. Sa mère, c'était le plus dur à sortir. « Parce que tu l'aimes et qu'elle te fait gerber. » Là, il a vu comment Lenka sent les choses.

— Milosz, je vais être brutale. Arrête de jouer au con. T'as plus douze ans pour traîner avec les plus débiles du quartier. Qu'est-ce t'as de commun avec ce demeuré de Bor ou cet obsédé de Beck ? Regarde en face. Une femme, c'est comme toi, si on l'oblige pas à autre chose. Pourquoi Paula elle fricote avec Mattheus, tu sauras jamais. Pourquoi l'une va avec l'autre, personne sait jamais. Et puis c'est pas ton affaire. Si elle le fait c'est parce que ça lui plaît, qu'est-ce que t'as à dire, toi ? Qui te demande de ramener ton grain de sel ?

Milosz il a cru qu'elle allait parler de sa mère. Mais non. Respectueuse, Lenka lui a parlé de lui. De ce foutu quartier, de ce foutu pays, de leur foutu sort. Elle a parlé d'elle.

— Et moi, tu crois que je suis une sainte ?

Milosz n'a pas répondu. Il sait bien, mais il peut pas parler de ça à Lenka. Même s'il ne lui en veut pas.

— Écoute Milosz, on va se dire les choses, même si après on veut plus se voir. Parce que si on les dit pas, de toute façon on se verra pas longtemps. T'es du quartier, tu sais comment c'est pour les filles. Ou elles sortent jamais de chez elles. Ou elles veulent vivre un peu, et vivre c'est vivre au quartier. Avec les gens qui y habitent. Avec les mecs notamment. La première fois, tu crois qu'il t'aime. Tu lui fais ce qu'il veut pour lui faire plaisir. Ce qu'il a vu sur ses sites porno à la con. Je l'ai fait aussi. Tout.

Milosz il peut pas la regarder. Mais il le sait, elle a du courage, elle a raison. Il se tait.

— Et puis tu grandis. T'es moins sensible aux belles gueules. Tu veux qu'on te respecte. Je sais pas pourquoi je suis tombée amoureuse de toi, mais y a de ça. Et puis, faut être honnête, je vois pas avec qui je pourrais m'en sortir à part toi. Seule, j'ai pas le courage. Comme si y avait une montagne entre le quartier et le monde. Toi, t'as connu d'autres quartiers, t'es d'Ostrava, t'as voyagé. Avec toi j'aurais moins peur.

Milosz, ça l'a touché. Une vraie leçon qu'elle lui a donnée. Elle a continué.

— Ta mère c'était une autre génération, un autre pays. On sait pas, on n'y était pas. Si tu veux juger, juge la situation, pas les gens, pas ta mère. Mais sors ça de toi, sinon t'es empoisonné jusqu'à ta mort.

Ils ont parlé, comme ça, toute la nuit. Même pas eu envie de baiser. C'était trop sérieux. Trop tendre. Se sont couchés, juste un baiser, main dans la main. Lenka elle a dormi. Pas lui. Impossible. C'est venu avec le petit jour, d'un coup. Brusque. Il s'est mis à pleurer. Il s'arrêtait plus, comme cette merde de pluie d'octobre. Heureusement qu'elle dormait.

Il est resté des jours sans rire, Milosz. Triste. Sec. Les autres ils se foutaient de sa gueule, puis le laissaient tranquille sans qu'il demande. Une sorte de respect. Lenka, elle a pas cherché à le voir. Ni à l'éviter. Il savait qu'elle était là. Mais il réfléchissait. Non, même pas. Un poids lourd comme du plomb. Lenka, elle avait fait un trou dans la carapace, et Milosz, il regardait le plomb sortir, couler hors de lui, le vider. Sans réfléchir. Surpris. Sonné. Comme un K.-O. Sauf qu'il avait pas perdu le match. Ni vraiment gagné. Il levait les yeux vers ces blocs de bâtiments, si serrés, si les uns sur les autres que le soleil passe pas. La neige, si. Sale, dégueulasse. Et la petite femme qui arrive pas à faire rouler sa poussette.

Ça lui dura un bon mois. C'était peut-être une maladie. Ou pas. Tous les mots de Lenka qui lui revenaient sans cesse, de plus en plus familiers, de plus en plus… vrais. Mais douloureux. Il faisait son boulot au stade, son boulot sur l'ordi, son boulot dans la cité. Il passait même parfois boire un coup avec les copains pour ne pas rester seul. Va savoir pourquoi le réveil. La veille, il s'était endormi devant un film à la con. Et l'image lui était restée, sans doute toute la nuit, même en dormant. Le type qui croise par hasard dans la rue la fille qu'il aimait petit. D'abord, ils sont tout timides, puis ils courent l'un vers l'autre comme si les années n'avaient pas passé. C'est ça qu'il devait faire. Il s'est levé, est allé chercher Lenka qui peut-être travaillait pas ce jour-là à l'hyper. Puis il l'a attendue à son bus, en se cachant, le temps que les autres se tirent. Alors il l'a suivie. Elle a dû sentir, elle s'est retournée. Ça s'est fait. Pas comme dans le film. Elle est venue vers lui simplement, doucement, et l'a pris par la main.

— J'te le dis, moi. Milosz, il est amoureux. Ce qui le fait bander maintenant, c'est pas de faire la fête avec nous, c'est un dîner avec madame, dans le canapé tout neuf payé à crédit.

— Parce que se bourrer la gueule à la buvette, t'appelles ça faire la fête, rigola Pet en tapant dans le dos de Beck.

Milosz répond pas. Il a pas de canapé neuf. Pourquoi Pet le défend ? Ils sont montés dans la BM à Vaclav, direction Bratislava. Pour une réunion. Juste Pet et lui, pas les débiles. De la neige partout, et les magasins pour Noël. Avant le centre, ils se sont arrêtés dans un truc comme un hôtel. Mais c'était pas ça, c'était le siège du club de foot. Pet et Milosz, ils se sont regardés, étonnés. Un truc en verre et ferraille des années communistes. Mais dedans, mon salaud ! Tout en bois sur les murs, et des tapis, et des tableaux de la forêt et des lacs. Et puis les photos des footballeurs devant chaque escalier, grandes comme avant les statues de Lénine. On les a amenés dans une immense salle de restaurant. Milosz en revenait pas. Des grands fauteuils en cuir à chaque bout, longs comme des barques. Le plafond haut comme une église, avec un balcon et d'autres petites salles. Au-dessus des portes, collés au mur, des trophées de chasse. Sur une porte, une immense peau d'ours au milieu, et deux loups et deux lynx. Sur l'autre porte des cerfs, des faisans, des perdrix. La salle, grande presque comme l'église Saint-Venceslas d'Ostrova. Ou la cantine du collège. Vide, sauf une grande table où y a plein de types, dont Mattheus, et une seule femme, blonde presque jaune avec des tresses autour de la tête. Il a cru d'abord que c'était Paula, mais non. Ça a l'air tendu avec un costaud en costard qui trône au centre. Grande gueule, il doit pas aimer qu'on lui tienne tête. Ils parlent tchèque, mais Milosz comprend. Qu'est-ce qu'ils foutent là, tous les deux, Pet et lui ? Mattheus se penche sans cesse vers un autre type, bien mis, yeux clairs, impeccables. Il lui parle en allemand. Il doit traduire. Pet et Milosz restent à l'écart, entendent pas bien, juste des bribes. Le succès de l'Autriche... L'Intérieur, ils n'ont pas transigé, et la Défense... Tous les services de renseignement, un beau coup... Ils causent politique.

Mattheus se lève, vient vers eux, les entraîne vers les fauteuils en cuir. Il a l'air repu, content de lui. Il a même du bide maintenant. Il fait plus de salle, que des repas.

— Comment vous trouvez ici, les gars. Beau, hein ? Je vous ai fait venir pour votre cadeau de Noël.

Il a l'air fier de lui le Mattheus. Encore une arnaque qu'il a dû réussir. Ils disent rien, ils attendent, mais Milosz il a comme l'impression que Pet, il est déjà au jus.

— Voilà les gars, vous allez vous faire un peu de pognon et c'est normal. Après tout le boulot que vous avez fait... Et vous allez aider à l'Europe nouvelle. Dans un an et demi, c'est les élections, l'Europe d'aujourd'hui, elle existera plus. Cette fois, c'est parti. Avec la victoire en Autriche, c'est le cœur de l'Europe qu'on touche, plus les périphéries. Le prochain, c'est l'Italie, puis la Saxe, le Danemark, la Belgique… Les British ils s'en mêleront pas, Churchill est mort. On va plus s'arrêter. Et on va changer d'alliés. Les pétrodollars, c'est fini. Notre allié, ce sera le plus grand pays du monde, avec du pétrole, du gaz, du charbon, de l'uranium. Et tous des Blancs, les Russes. Bon, voilà, il faut aider nos camarades en Allemagne, parce que là-bas, la chancelière elle se croit cheftaine d'une œuvre caritative. Comme si elle était encore dans les jupes de son papa le pasteur. Ces pauvres petits migrants. Les viols de Cologne, elle a pas imprimé. Il va y avoir des manifestations contre elle et il faut de l'aide. Vous allez apporter du matériel et Milosz, tu vas faire comme dans la cité. On te file des photos, des noms, tu rentres ça sur le logiciel. Et en plus, tu vas encore apprendre mon pote. On va connecter nos ordis aux leurs, ils ont des trucs qu'on a pas, comme la reconnaissance faciale. Tu rentres la tronche d'un gonze, le logiciel y tourne et il te trouve son nom. À condition bien sûr que tu l'aies entré avant dans la base de données. Milosz, tu sais faire ça…

Milosz acquiesce, un peu étourdi de tout ça. Il a toujours envie d'apprendre.

— Bon, vous partez début février. Vous allez rester là-bas plusieurs mois. Vous inquiétez pas pour le stade, Vaclav s'en occupe, c'est fini pour vous. Vous serez bien payés. Plus 300 euros par mois, mais cinq fois plus. 1 500 chacun. 1 500 ! (Il éclate d'un bon rire.) Alors ?

Pet et Milosz se regardent. Milosz, il en croit pas ses oreilles. 1 500 ? 1 500 ? Putain ! Il sait pas si c'est grâce aux Autrichiens mais merci à tous. Ouais, merci, merci. Et ce finaud de Pet, il tourne le regard vers

Milosz. Il sait bien, il est pas con. Pas opposé non plus. Plutôt amical pour le coup.

— Qu'est-ce qu'il y a ? s'inquiète Mattheus en fronçant le sourcil. Milosz, tu fais la fine gueule ?

— Non, c'est pas ça Mattheus, c'est pas ça. C'est super, merci. Merci. Juste… Juste…

— Quoi ? Accouche, qu'il dit en commençant à s'énerver.

— C'est juste si je peux… amener ma nana ?

Mattheus éclate de rire. Ouais, sûr, il est au parfum, tout le monde doit en causer de Lenka et lui. Et il dit oui, bien sûr. Pas tout de suite, le temps de s'installer. Après, bien sûr.

Dans la voiture de Vaclav qui les ramène, Milosz dit rien, mais il est tout fou. Fou. Ils rient et ils se tapent dans les mains avec Pet. La neige est belle, brillante sous le soleil. Il réfléchit à annoncer ça. Comment qu'elle va pleurer de joie, Lenka. Ça y est, ils vont se barrer de cette cité pourrave. Ensemble. Et avec un vrai salaire pour vivre normal. Il en pleurerait presque Milosz en s'imaginant comment elle va sourire, rire, hurler de joie. C'est pas vrai, qu'elle dira. Si, Lenka, c'est vrai. On sort enfin de la merde. Grâce aux camarades.

Avant le départ, on leur a expliqué. Tous les deux, ils vont aider pour le service d'ordre et tous les coups de main qu'il faut donner par-ci, par-là. Mais Pet, il fera bodyguard. Et Milosz ?

— Milosz, t'es pas trop doué pour parler l'allemand. Faudra que tu fasses un peu d'efforts. Et que t'apprennes.

Ça, c'est pas un problème. Thomas a beau dire,

Milosz sait le slovaque, le tchèque, un peu de russe. Et pas mal d'anglais à force de passer son temps sur l'ordi et les séries. Mais c'est pas pour ça qu'il est là tous les jours au stade, Thomas.

— Par contre, tu es doué pour les maths. J'avais jamais vu ça, un mec qu'apprend à coder tout seul. Bon, tous les matins de 8 à 12, on va retravailler tout ça sérieusement. Et l'aprèm, tu fais tes devoirs. Tous les jours sauf le dimanche pendant un mois. OK ?

Milosz n'a pas d'avis sur Thomas. Le mec vient, parle techno, s'en va. Pas plus. Mais Milosz a compris que c'est grâce à lui, tout ça. Il lui dit.

— C'est toi qu'as donné mon nom. Merci.

Voilà, c'est dit. Thomas, il fait juste ouais de la tête. Puis il le regarde.

— Je vais pas te mentir, Milosz. On avait pas beaucoup de choix. T'as de la chance, il leur fallait un type de par chez nous. Je sais pas pourquoi. Mais te crois pas arrivé, tu vas tomber sur des mecs qui ont fait des études. Tu vas merder, te faire taper sur les doigts. Mais accroche-toi. Bonne chance mon gars.

Celle qui a été ravie, c'est Lenka. Ils ont fait la fête tous les deux, avec personne. Ils ont acheté du Tokay, Lenka a fait des blinis. Au premier verre, elle a voulu voir avec sa langue le goût qu'avait le Tokay dans la bouche de Milosz. Puis elle a ôté son pull et son soutif et s'en est versé sur les seins. Ça a dérapé évidemment. Après, l'était toute sérieuse, Lenka.

— Milosz, faut pas qu'on merde. On est des bouseux, toi et moi. On sait même pas faire une phrase comme il faut. Je voudrais pas qu'ils nous renvoient ici. Je veux pas revenir ici. Plus jamais ! On va faire des efforts, d'accord ? Tous les deux ? S'habiller et parler comme eux.

Ça, ça peut pas être une idée de Milosz, c'est sûr. Milosz, il a toujours voulu être comme il est, sans faire le malin ou jouer au bourge. Les bourges, ça le tente pas. Ça lui revient d'un coup, gamin, au petit déjeuner. Sa mère qui lui dit :

— Milosz, pourquoi tu parles comme ça ? Tu crois que parler comme les voyous ça fait de toi un homme ? Parle bien, Milosz, parle bien. Où que tu sois, tu seras toujours respecté et écouté si on comprend ce que tu dis. Tu ne vas pas faire comme Andrej ? Andrej, il ne parle pas, il crie. Comme un animal.

Ouais, mais Andrej, c'était mon ami. Sans lui, j'aurais pas résisté à la rue quand on s'est barrés avec Mosco. Et puis bien parler que pour dire des salades, il s'en fout Milosz. Lenka le regarde, le devine.

— Je veux pas jouer à la femme respectable. C'est pas ça, Milosz. Regarde autour de nous. Même les meilleurs, ils tiennent pas le coup. En vieillissant, c'est des loques. Je veux pas ça. Ni pour nous, ni pour nos enfants.

Milosz a pas répondu. Il l'a pas regardée. Pas surpris. Ça fait longtemps qu'il a compris ce qu'elle veut. Là, il a pas envie, trop tôt. Mais elle a pas tort, Lenka. S'ils restent ensemble, ça viendra de plus en plus sur le tapis, c'est sûr. Bon, mais ce soir, on fête ça.

# 17

## *Deniz*

La réunion du lundi s'était déroulée loin des tensions des semaines précédentes. La directrice générale, tout sourire, avait reçu les remerciements officiels du gouvernement belge pour l'aide d'Europol dans l'arrestation du groupe de quatre personnes s'apprêtant à commettre l'attentat le plus spectaculaire jamais réalisé sur son territoire. Le Bozar de Bruxelles, où se tenait une exposition consacrée à un artiste militant contre l'homophobie, était la cible de cet attentat. La découverte d'un système d'explosif, relié à quatre bombonnes de gaz enfermées dans le coffre d'une voiture stationnée près du centre culturel, devait effectivement beaucoup aux informations fournies par leur département de lutte contre le terrorisme. Tous les membres de la direction étaient ravis de cette reconnaissance, les succès d'Europol étant trop souvent crédités aux seules polices nationales.

Dans l'après-midi, Deniz descendit avec Dragan dans une des salles de confidentialité du sous-sol. Pourvue de connexions à très haut débit et d'un matériel informatique de pointe, la salle était idéale pour ouvrir une liaison avec Max. Ils virent immédiatement apparaître sur grand écran le visage du capitaine, plus tendu qu'à l'ordinaire, qui les salua d'un bar vegan où il sirotait un jus de fruits, avant de retourner la caméra vers cette portion de la rue de Lancry où résidait Salima.

— C'est là qu'il se tenait. Un type bodybuildé avec une démarche plus chaloupée que celle d'un orang-outan, dit-il avec cette voix sourde et retenue qu'amplifiait la connexion. J'aime pas ce genre. Capable de la pire connerie s'il se trouve dans une situation que son chef n'a pas anticipée.

Max décrivit cet homme qu'il avait repéré près du domicile de Salima Duval. Une trentaine d'années, le visage émacié, le sweet-shirt à cagoule bien tendu sur les muscles des bras et des épaules, adossé à l'angle de la rue voisine. Il était resté une bonne heure sans rien faire, pas même regarder son écran, sans doute pour ne pas être loggé par une borne.

L'écran se partagea en deux, d'un côté le portrait-robot réalisé par le dessinateur d'Europol sur les informations et les photos un peu floues de Max, de l'autre la base de données d'Europol qui se mit à tourner, proposant des ressemblances que Dragan rejeta les unes après les autres.

— Il n'est pas fiché, annonça l'inspecteur.

— Pour une fois qu'on tenait quelque chose…, lâcha Deniz déçu.

— Commandant, franchement, je le sens pas ce mec. Et tout seul, je n'arrive pas à identifier ses relais. S'il revient, je ne peux pas le suivre, je suis seul…

— Je sais Max. Mais avec cette affaire de Bruxelles, je manquais un peu de moyens. Je t'envoie un renfort demain.

— Je suis inquiet. Et je ne suis pas certain que ça nous ait facilité les choses d'avoir dit à la cible qu'on allégeait la protection. Elle reste prudente, se balade uniquement dans le quartier, mais avec les gosses. Et là, je crains.

— Surtout ne te fais pas repérer. Je préfère que tu perdes la cible que tu te fasses repérer par eux. Ils en sont au même point que nous : identifier au moins un membre de l'équipe ennemie pour savoir à qui ils ont affaire. Sinon, ils se seraient déjà occupés de Salima. Si c'est bien eux qui la surveillent, ce n'est pas Salima qu'ils cherchent. C'est nous.

En sortant de la salle, il reconnut le dos de Van der Linden qui tournait le couloir. Que faisait donc là l'adjoint de Brenner ? Avant de regagner son bureau, il fit halte à l'étage de l'administration où ce bon Karel devait, à cette heure, officier. Effectivement, le brigadier, qui avait une sainte religion de la hiérarchie, se leva et se mit au garde-à-vous à son entrée. Ce n'était pas tous les jours qu'un directeur de département venait lui rendre visite.

— Bonjour Karel. La réunion en salle de confidentialité avec Van der Linden, c'est la salle 3 ?

— Je vérifie, mon commandant. Euh, non, non, il n'a pas réservé de salle.

Ce ne fut pas Van der Linden que trouva Deniz confortablement installé dans son propre bureau à l'attendre, mais Wolfgang Brenner. Deniz ferma la porte en verre mais ne jugea pas nécessaire de baisser les stores vénitiens pour s'isoler des regards. S'il devinait bien l'objet de cette visite, il n'y avait pas lieu de craindre des mines courroucées exprimant au vu de tous une dispute mémorable. Sinon Brenner ne serait pas venu et lui aurait demandé de passer dans son bureau à lui, entouré de quatre murs bien clos, avec double porte à l'ancienne. Après lui avoir proposé un café, que Wolfgang ne refusa pas, Deniz lui demanda l'objet de sa visite.

— Tu t'en doutes un peu, non ? Je pense que tu n'aurais pas tardé à faire de même. Je fais le premier pas en m'autorisant un droit d'aînesse que je n'ai pas.

L'entrée en matière si diplomatique fit comprendre à Deniz qu'ils étaient assis là pour négocier.

— Cette affaire est ennuyeuse pour tout le monde, commença Brenner sans lui faire l'offense de nommer l'affaire en question. C'est moi qui ai recruté cette pauvre jeune femme, c'est toi qui l'as récupérée. Je ne crois pas plus que toi au crime sexuel donc, tôt ou tard, quelqu'un va s'interroger sur notre responsabilité. Le plus stupide serait sans doute qu'on se la renvoie, non ?

— Nous sommes d'accord, acta Deniz.

— Le mieux serait bien sûr de découvrir le vrai responsable. Tu as une idée ?

— Si je l'avais, tu en serais déjà informé.

Brenner sourit, n'en croyant pas un mot.

— Nous pourrions d'ores et déjà convenir que nous avons recruté la victime, mais qu'elle était depuis quelques mois uniquement employée par ton département.

— Nous pourrions. Et ? demanda Deniz qui évita d'employer le mot « échange » trop grossier entre deux directeurs censés travailler de concert au bien commun.

— Et je peux te garantir ne pas savoir que K360 continue à émettre.

Deniz accusa le coup. Il essaya de penser vite, mais n'y parvint pas. Wolfgang se leva, le remercia pour le café et regagna son bureau.

Il n'était pas venu pour marchander, Deniz ne le comprenait que maintenant. Si près de la retraite et maintenant assuré de rester en poste à La Haye sans pouvoir grimper plus haut dans la hiérarchie, Brenner devait se moquer comme d'une guigne qu'on blâme officieusement son département pour négligence dans la protection d'une informatrice. Wolfgang n'était pas venu négocier. Il était venu l'informer qu'il savait. Mais pourquoi ? Et comment pouvait-il savoir ? Deniz venait de se faire damer le pion par plus malin que lui, et il n'aimait pas ça. À moins que ce ne fût pour le prévenir de… De quoi ? Et pourquoi une telle manifestation de sympathie ?

Il se mit à corriger le rapport que son département devait remettre au plus vite aux collègues belges, mais il était distrait, ne pouvant s'empêcher de s'interrompre pour réfléchir encore et encore à cet entretien avec Wolfgang Brenner. Pour la première fois, il eut un doute. Ne courait-il pas trop de lièvres à la fois ? Ses forces n'étaient-elles pas trop disséminées ? Il en était là de ses réflexions lorsque Annick Lebèque l'appela de Paris, la voix trop ostensiblement assurée.

— Nous avons identifié plusieurs propriétaires de scooters repérés par les caméras sur le trajet Belleville – Amelot la nuit du meurtre. Dix-huit exactement. Ça fait beaucoup de monde. Charlotte, le témoin, les a visionnés. Les saisies d'écran ne sont pas de grande qualité, mais elle a éliminé quinze engins.

— Bravo, bon travail.

— Attends la suite, le tempéra Annick. Nous avons réparti les forces pour nous rendre ce matin au domicile des trois personnes, deux hommes et une femme. Les deux hommes ont des alibis vérifiés, l'un n'était pas à Paris cette semaine-là, l'autre jouait comme trompettiste dans une cave d'Oberkampf. Il reste la fille, mais nous cherchons plutôt un homme. Sauf que ce malade de De Angelis a merdé, d'après ce que m'a dit en off l'agent qui l'accompagnait. Lorsqu'ils sont arrivés rue de la Grange-Batelière où réside la dame en question, une fille en minijupe était en train de mettre son casque devant sa moto. De Angelis a stoppé l'agent, lui expliquant qu'il voulait d'abord observer les alentours. En fait, toujours d'après l'agent, il attendait qu'elle lève la jambe pour monter sur son engin. L'attente n'a semble-t-il pas été vaine. De Angelis, tout à son extase, n'a fixé le visage de la dame qu'au moment où elle faisait demi-tour. Pas de chance, c'est celle qu'il était venu interroger. Il s'est précipité au milieu de la rue pour lui barrer le passage en criant « Police, arrêtez-vous ». Il est possible que la fille, une dénommée Rosa Keïta, née il y a vingt-huit ans sur le sol français de parents maliens, ne l'ait pas cru, car les plaisantins de ce genre ne manquent pas. Loin d'obtempérer, elle a grimpé sur le trottoir avec son deux-roues, empruntant le passage Verdeau. Tu imagines ? Un passage couvert rempli de boutiques et de passants, et elle fonçant pleins gaz avec De Angelis qui lui courait après. Il ne l'a pas rattrapée. Je l'ai engueulé comme il se doit. Le jour où tu auras le temps, il faut que tu voies les images des deux caméras de surveillance placées dans le passage. J'hésite entre une scène de James Bond et une de Mister Bean. Les journaux du kiosque qui borde l'entrée du passage volant dans les airs, des étals renversés, une quinquagénaire lâchant de surprise le gâteau qu'elle vient d'acheter chez ce succulent pâtissier dont j'ai oublié le nom, le gâteau qui retombe et s'écrase sur les pieds de De Angelis, un monsieur assez corpulent, excité par les cris de « Police, Police » que poussent nos hommes, qui essaie d'arrêter la moto en écartant les bras et que la dénommée Keïta transforme en derviche tourneur…

— Ça a l'air de t'amuser, la coupa Deniz qui n'avait pas une once d'humour dans la voix.

— Je peux me lamenter si tu veux, ça ne changera pas grand-chose, répliqua Annick, vexée. De toute façon, c'est une piste très incertaine. Nous cherchons un homme, c'est une femme, mais bien sûr il est possible qu'elle ait prêté son scooter. Elle ne va pas aller loin de toute façon. Je n'ai pas déclenché la recherche troisième niveau, ce n'est pas nécessaire. Je ne sais pas pourquoi De Angelis l'a inquiétée, mais nous la retrouverons facilement. Rosa Keïta est depuis six mois auxiliaire de police.

— Tu es sérieuse ?

— On ne peut plus. Son supérieur ne fait que des éloges à son égard, il est tombé des nues en apprenant le délit de fuite et les circonstances pour le moins dangereuses. D'autant qu'elle est affectée à la circulation. De Angelis met un point d'honneur à lui mettre la main au collet avant demain soir.

Deniz se serait sans doute marré lui aussi si la colère ne l'avait emporté. Et d'entendre Elsa, qui devait se tenir en face de Lebèque, rire elle aussi ajouta à sa mauvaise humeur.

L'après-midi même, la fugitive se présenta naturellement à son travail et parut surprise que des officiers l'attendent.

— De Angelis l'a embarquée, sans discrétion malgré la demande de son supérieur, et nous voilà revenus au poste avec la jeune femme.

— En bref, ça donne quoi? s'impatienta Deniz.

— Qu'elle a des dettes envers des gens pas très clean et a cru que ses créanciers la poursuivaient. C'est assez bref? lança Elsa vexée.

— Mais je m'en fous, s'agaça Deniz. Est-ce elle qui était avec Maryam à «La Madone»?

— Non. Elle nie cela. Elle a acheté le scooter d'occasion avec une amie, Fatouma Koné, et elles se le partagent. Elle a un vague air de ressemblance. On a son adresse, son numéro de mobile mais elle n'a pas de boulot fixe et, pour l'instant, elle est introuvable.

— Introuvable depuis quand? demanda encore Deniz qui ne cachait pas son irritation.

— Je n'en sais rien. Je te rappelle que ce sont les Français qui mènent l'enquête. Je ne fais qu'assister. Je leur ai suggéré qu'il était important de savoir depuis quand cette femme avait disparu, surtout si la date coïncidait avec celle du meurtre, mais ta chère Annick m'a envoyée sur les roses.

— Envoie ses coordonnées et sa photo, je vais lancer un appel européen. Ça permettra la surveillance aux frontières. Et tant pis si ça fâche Lebèque.

— OK. Tu as un moment? Je peux parler?

Il n'allait pas y couper. Après avoir rapporté à

l'équipe les informations données par Salima, les textos échangés avec Elsa puis la recherche prioritaire de ce Damien Montencour qu'avait fréquenté Maryam, il avait réussi à quitter la réunion, la semaine précédente, en évitant la discussion que les yeux, les gestes d'Elsa réclamaient expressément.

— À force de jouer solo ta partition, tu nous as fait perdre du temps, lâcha-t-elle, peu soucieuse du respect hiérarchique.

— Pardon ? éructa-t-il.

— J'y mets les formes si tu veux, mais ça ne change rien au fond. Si tu m'avais laissée interroger ta protégée, on n'aurait pas mis tout ce temps à serrer le type.

— Ah, tu l'as attrapé. Alors ? demanda-t-il pour couper court à ces remontrances qui ne la mèneraient nulle part.

— Il a été facile à trouver. Mélanie lui a téléphoné et lorsqu'elle lui a demandé s'il était bien ce Damien Montencour qui avait connu Maryam Binebine, il a répondu par l'affirmative et nous a informés qu'il était au courant pour son assassinat. Il a demandé s'il pouvait être utile à la police, Mélanie l'a fait se déplacer au commissariat, il est venu tout de suite. J'ai pensé que le juge ne serait pas d'accord pour une perquisition chez lui et Lebèque m'a dit même pas la peine d'essayer.

— Tu l'as vu ?

— Non, j'ai entendu l'enregistrement. À mon avis, pas beaucoup de personnalité, mais il parle bien. Il a rencontré Maryam un mois après les attentats de Paris lors d'un hommage aux victimes devant le bar « Le Carillon ». Lui aussi a perdu un ami ce soir-là. Ils ont sympathisé puis ont entretenu une relation intime pendant quelques mois. Ils étaient tous deux en colère après les attentats, mais ils ont fini par « noter leurs divergences d'opinion », c'est comme cela qu'il l'a formulé. Il a ajouté « D'ailleurs, Maryam avait raison », racontant qu'ils avaient voulu faire quelque chose de concret et qu'ils s'étaient impliqués dans Levez le voile, une association laïque où, assez vite, Maryam ne s'était pas sentie à son aise car trop de ses membres glissaient ouvertement vers l'islamophobie. C'est tout.

— Comment c'est tout ?

— Je te l'ai fait en bref, je t'envoie sa déposition, mais il n'y a rien d'autre. D'après les informations pêchées par Adrijana d'une part et l'équipe du commissariat de l'autre, le sieur Montencour n'est pas un foudre de guerre. Genre ex-beau gosse plutôt inutile. Il a commencé des études de droit mais n'a pas passé le cap de la première année. Puis de nombreux boulots, pas vraiment bien rémunérés, notamment des recherches et des petits articles pour une revue sociétale plutôt à gauche qui a mis la clef sous le paillasson. Il vivote, grâce notamment à la location de deux petits appartements hérités de ses parents. Interrogé sur le rôle de Maryam dans l'association, il a répondu « comme les autres ». Les actions se limitaient selon lui à de longues réunions et à des apéritifs organisés dans les quartiers pour parler de la laïcité avec les habitants. C'est quand ils se sont mis à faire des « apéritifs charcuterie » que Maryam a compris où elle était tombée. Mélanie lui a demandé s'ils avaient fait des fichiers, s'ils militaient sur les réseaux sociaux. « Des fichiers, pour quoi faire ? » c'est ce qu'il a répondu, visiblement étonné de la question. « Les réseaux sociaux, oui, mais ce n'est pas vraiment mon rayon. Je ne sais même pas comment ça marche. » Il a donné les noms de responsables de l'association en question, mais à sa connaissance Maryam n'a accroché avec aucun d'entre eux. Les policiers français vont aller vérifier.

— Donc mauvaise piste à ton avis.

— Peut-être. Sauf un truc qui me gêne. J'ai visionné plusieurs fois l'interrogatoire de Mélanie. Ce type n'est pas franc, il ne dit pas tout.

Le lendemain en fin d'après-midi, Dragan entra dans son bureau, affectant une gêne qui tranchait notablement avec un visage d'habitude si soigneusement inexpressif.

— Qu'est-ce qu'il y a ? demanda Deniz inquiet.

— Un gros ennui, répondit-il en lui montrant l'écran de son téléphone où s'affichait le visage de Max à côté d'Adrijana qui tenait le volant. J'ai merdé, chef. Je me suis fait avoir comme un bleu. Salima a été enlevée.

Deniz ne put se retenir de frapper du poing sur son bureau.

— Où êtes-vous ?

— En voiture, on les file.

— Je ne comprends pas. Racontez-moi tout depuis le début.

— Tout était calme depuis le matin, le type que j'avais repéré l'autre jour n'est pas réapparu. Ça a dû réduire ma vigilance. Une camionnette blanche comme en ont les artisans s'était garée sur le bateau, devant la porte cochère de Salima. Je n'avais pas vu le chauffeur, sa portière s'ouvrait côté bâtiment et moi j'étais dans le café d'en face. Ça ne m'a pas alerté.

Quelques minutes après, je suis quand même allé examiner le véhicule. Un panneau sur le tableau de bord indiquait « Travaux chez les Mayer », la famille qui habite au deuxième étage. Je n'ai pas vérifié. J'étais aux toilettes lorsque mon esprit a réagi. La camionnette était toute propre, comme un véhicule de location. Le temps que je sorte et je l'ai vue filer devant mes yeux.

— Vous l'avez en vue ?

— Non, commandant. J'ai rejoint Adrijana qui planquait dans la voiture. Elle avait eu la bonne idée de fixer une puce de géolocalisation dans le sac de Salima. On la suit à distance. Elle se dirige vers le nord de Paris.

— Bravo Adrijana ! Heureuse initiative. Si Salima a été enlevée, comment se fait-il qu'elle ait son sac avec elle ?

— Aucune idée. Mais il n'y a plus personne chez elle, nous avons appelé. Et son téléphone n'est plus connecté. On prévient la commissaire ?

— Non, pas besoin d'informer les Français. J'en fais mon affaire. On reste en contact permanent. Je prends un hélicoptère. J'arrive avec Dragan.

# 18

## *Elsa*

La semaine avait pourtant bien commencé. La veille, Deniz l'avait autorisée à prendre une voiture avec chauffeur pour se faire conduire à Rotterdam. Un petit confort apprécié avec la première classe dans le Thalys la conduisant vers la capitale française. Elle n'en avait pas honte, malgré une jeunesse passée à fustiger les privilèges. Dans le fond, pourtant, elle ne se trouvait guère changée depuis l'époque où elle gambadait dans le quartier du port de Gênes, la bande dont elle était le chef à ses côtés. Elle était moins libre de sortir que les garçons, mais l'achat du pain ou des pâtes à aller récupérer chez Luigi était souvent l'occasion de courses folles à travers les *borghi* du quartier qu'elle connaissait comme sa poche. À l'âge de dix ans, les garçons avaient beau faire les coqs, elle avait encore le dessus. Elle avait grandi plus vite que les autres et, jusqu'à sa *licenza elementare*, elle conservait la suprématie lors des concours de gifles qu'elle octroyait avec générosité. Peut-être que les *ragazzi* l'avaient un peu ménagée. Ce fut au lycée que la bande des petits malingres à organes génitaux extérieurs se mirent d'un coup à pousser comme des asperges, la laissant en arrière, elle qui en avait presque fini avec sa croissance. Mais, au lycée, les petits voyous du quartier qui cherchaient noise aux filles n'étaient plus là. À l'époque, elle n'y avait pas réfléchi. Presque tous les garçons qui l'accompagnaient depuis la *scuola primaria* avaient été orientés vers la *formazione professionale*. Son frère en premier. Mais nombre de ses copines avaient réussi à entrer au lycée et dans leur majorité avaient suivi un enseignement supérieur. Cette belle réussite des filles, qu'elle retrouva ensuite partout en Italie et dans les statistiques européennes, elle l'attribuait avant tout au fait que, pour elles, il n'y avait pas d'autres moyens d'être libres que de réussir à l'école. Les plus ambitieux des garçons se voyaient footballeur à la Sampdoria, capitaine de navire ou héritier du petit commerce de papa. La faute aux mammas qui les couvaient et les traitaient en petits rois. Preuve sans contestation possible, son abruti de frère, dont le seul fait de gloire était de séduire les bimbos du quartier. Il en avait mis une enceinte à seize ans, et leur père, qui ne rigolait pas avec l'honneur, l'avait obligé à se marier. Aurelio avait décroché par quelque miracle un diplôme d'électricien, entrant dans une boîte pour aussitôt s'en faire virer, traitant les contremaîtres et les patrons d'incapables, d'exploiteurs, ce qui le supposait lui capable, mais on ne savait toujours pas de quoi, et exploité, mais il n'était jamais resté assez longtemps dans une entreprise pour en avoir pâti. Ni dans son foyer qu'il désertait, dès que leur père, cuisinier sur un navire marchand, était en voyage, pour se réfugier chez sa mamma, se plaignant de sa cruche de femme qui ne savait même pas faire cuire la pasta, gueulant toute la journée après les habitants de cette ville ingrate qui ne lui avaient jamais donné sa chance et les élus pourris qui asséchaient tellement la cité de leur corruption qu'il ne restait rien pour les autres. Depuis l'effondrement du pont Morandi, elle ne l'avait pas vu, évitant ces coups de gueule, ces « je l'avais bien dit » et ces « tous pourris », lui qui, bien sûr, était un saint homme. Ce Casanova de ruisseau avait osé un jour porter la main sur sa sœur, non sur sa joue mais entre ses cuisses. Elsa avait treize ans et lui deux de plus. Par respect ou par honte pour lui, elle n'en avait rien dit à ses parents, mais depuis ils ne se parlaient plus et aujourd'hui ne se voyaient qu'aux fêtes familiales, quand elle avait la possibilité d'y aller.

Elle ne connaissait pas, alors, le confort des première classe du Thalys, mais n'avait manqué de rien, ni d'affection, ni de moyens pour faire ses études. Une ascension sociale réussie, avec une licence en droit et le concours d'officier de police, se félicitait son père, parcours seulement contrarié par l'attitude des hommes dans ce métier. Elle n'avait pourtant pas à se plaindre. À son âge, et venant du quartier de Prè à Gênes, devenir l'une des adjointes du directeur d'un département d'Europol… Grâce aussi à Peter. Si elle n'était tombée amoureuse de ce jeune Britannique étudiant à Gênes avec le programme européen Erasmus, elle n'aurait pas passé ses vacances en Angleterre et parlé couramment anglais.

Certes, l'embouchure de l'Escaut, c'était un paysage plat, bien différent de ses montagnes ligures, des petites criques des Apennins où les chemins escarpés, les routes en lacets semblaient plonger brutalement dans la mer. Elle avait parfois la nostalgie de son pays.

Elle pensa à l'attitude de Salvère dans cette enquête. Lorsqu'ils avaient démantelé un réseau djihadiste replié à Antwerpen, ils avaient travaillé main dans la main, se moquant des réserves et des précautions des plus anciens qui n'avaient pas encore compris qu'Europol changeait. Fini le règne des analystes et des archivistes, les policiers européens étaient désormais aussi sur le terrain. Cause de sa promotion jugée brutale par les envieux. Salvère préconisait l'action quand son prédécesseur timoré attendait l'autorisation de tous les gouvernements concernés et même de ceux qui ne l'étaient pas. Aujourd'hui, Salvère était plus réservé. Qu'il ne lui ait pas montré ce dossier bleu où figuraient les rapports de K360 continuait à la troubler. Elle aurait aimé une confiance totale.

L'inspectrice Mabrouk était venue l'attendre à la gare du Nord bien que le commissariat ne soit pas loin. Certainement par plaisir de lui raconter le magnifique loupé de De Angelis.

— Tu veux dire qu'il a failli se faire rouler dessus et a raté le témoin clef juste parce qu'il regardait son cul ?

— C'est bien résumé.

— Pas possible ! s'exclama Elsa.

Elle n'avait pu s'empêcher de rire et Mélanie Malbrouk n'était pas en reste.

L'après-midi n'avait apporté aucune nouveauté. Max et Adrijana protégeaient Salima Duval, ce qui lui semblait exagéré étant donné la qualification des deux capitaines, et elle piétinait, privée d'initiatives qui revenaient à Lebèque.

Après la nuit dans son hôtel bas de gamme, elle était arrivée au commissariat, pas satisfaite du tout par la déposition de Rosa Keïta. Ou plus exactement par l'interrogatoire de De Angelis. Elle avait demandé à Lebèque de convoquer à nouveau la jeune femme, qui s'était présentée une heure après sans rechigner. Profitant de l'absence de De Angelis, toujours à la recherche de Fatouma Koné, la copropriétaire du scooter, Mélanie et Elsa avaient reçu Rosa qui avait été un peu fuyante, niant avoir connaissance des faits et gestes de son «amie». Mais Mélanie y était alors allée plus fermement et Rosa n'avait pas résisté longtemps à raconter l'histoire de celle qui s'avéra en réalité être sa cousine. Serveuse dans des cafés, plutôt la nuit, Fatouma aimait «les choses du sexe, pas pour l'argent». Sa page Facebook en témoignait. Sous le pseudonyme de Savannah Bay, Fatouma postait sur son mur des images suggestives dans des poses provocantes et tenues sexy tendance SM soft, cuissardes de cuir noir, jarretelles apparentes, et tout l'appareillage évoquant ce fétichisme. De quoi expliquer ses 18729 amis.

— Je vois déjà le portrait-robot, genre loup de Tex Avery avec la langue pendante, imaginait Mélanie.

Elle se trompait. Dans la galaxie Koné, les loups ne manquaient pas, mais ils étaient largement dépassés en nombre par les messieurs-bien-propres-sur-eux au langage coquin mais châtié et par les femmes, qui représentaient environ le tiers des followers. Elles n'avaient rien raconté à De Angelis, revenu une fois de plus bredouille. Fatouma n'était pas chez elle et la gardienne de l'immeuble, plus aussi professionnelle que la génération précédente, affirmait ne pas l'avoir vue depuis longtemps sans pouvoir préciser. C'est pendant qu'elle écoutait le compte rendu de De

Angelis que Deniz appela, l'air très en colère. Elle comprit vite pourquoi.

— Comment est-ce possible ? Qui a fait ça ? Et dans quel cadre juridique évoluons-nous ? Le juge est au courant ? Et que dit…

Deniz la coupa. Il lui fit vite comprendre qu'il n'avait nullement l'intention d'informer Lebèque de l'enlèvement de Salima, du moins pas avant d'en savoir plus.

— Attends. Attends… Tu envisages de lui cacher que le principal témoin a été enlevé ? On perd du temps, là. Il faut lancer immédiatement un avis de recherche, contrôler les sorties de Paris, le métro, les gares et les aéroports, prévenir les télésurveillances…

— Merci de me le rappeler, répondit Deniz. Je suis dans un hélicoptère, j'arrive à Paris. Loue une voiture et tiens-toi prête à nous rejoindre.

Elsa gara le véhicule de location sur un emplacement de livraison dans une rue voisine du commissariat pour ne pas être vue et attendit fébrilement l'appel de Deniz. Elle savait que Max et Adrijana étaient à la manœuvre et qu'elle interviendrait en second. Elle en avait donc pour une bonne heure avant d'avoir d'autres nouvelles. Afin de ne pas s'éloigner du véhicule, elle prit place dans un café voisin, n'osant commander un Martini rouge qui l'aurait pourtant bien calmée. Assise en terrasse, sous les chauffages rougeoyants aménagés dans la tenture du bar, elle contempla l'étrange construction néo-Renaissance de la mairie d'arrondissement en s'étonnant de cette architecture assez prétentieuse. Comme de l'incapacité de cette ville à créer des secteurs piétonniers alors que la municipalité ne manquait ni de moyens financiers ni d'intentions écologiques répétées. Un syndrome français, sans doute. Mais pour elle la ville c'était d'abord ce que les habitants en avaient fait, les immeubles qu'ils avaient fait construire, peu haussmanniens dans cette rue, leur façon de vivre dans l'urgence même lorsqu'ils se regroupaient devant les comptoirs à l'heure sainte de l'apéritif. Le côté « provincial monté à Paris », comme lui avait expliqué un copain de faculté, des gens jeunes, sans attaches familiales sur place, venus à la capitale, pour eux le centre de la France, de l'Europe et sans doute du monde. Elle ne les connaissait pas, bien sûr, mais… Enfin pas tous, se fit-elle la remarque en interrompant sa cogitation, car celle qui s'avançait résolument vers elle, elle la connaissait bien. Elle n'aurait jamais dû attendre si près du commissariat.

— Vous permettez que je m'assoie à votre table ? Il m'a fatiguée moi aussi, j'ai besoin d'un remontant.

La commissaire Lebèque commanda le Martini tant désiré sans qu'Elsa eût prononcé le moindre mot.

— Je connais Deniz depuis vingt ans et il est encore capable de me prendre au dépourvu. Exaspérant. On en oublierait ses talents.

Elsa ne répondit rien, surprise de ce ton familier chez la commissaire qui lui avait jusqu'à présent plutôt battu froid. Était-elle réellement exaspérée par Salvère et prête à s'en plaindre, ou s'agissait-il d'une stratégie pour en apprendre plus sur l'affaire ? Elsa resta sur ses gardes, mais ne put s'empêcher d'imaginer qu'elle allait peut-être avoir droit à des confidences sur la vie privée du commandant qui mettait tant d'énergie à la cacher. Le moment était mal venu, mais elle n'avait rien d'autre à faire et saurait bien interrompre la discussion abruptement lorsque Deniz l'appellerait.

— J'ai fait mes études avec lui, j'ai partagé un moment sa vie, mais heureusement je n'ai jamais travaillé à ses côtés. Je crois que je ne pourrais pas le supporter plus d'une journée. Vous avez du mérite...

— Pas tant que ça, répondit Elsa, un peu décontenancée par le ton amical. Il est agréable dans le travail, bien plus que tous les pontes qu'on a là-haut, dit-elle en faisant un mouvement vertical du menton comme si La Haye se trouvait à l'étage au-dessus. Mais c'est vrai qu'il a du mal à faire confiance, lança-t-elle afin de ne pas casser la machine à complaintes qui commençait à tourner.

Annick regarda au loin dans la rue, sans doute sans rien voir, termina son Martini d'un coup sec, comme si cela l'aidait à réfléchir à ce qu'elle allait dire, et en commanda deux autres. Qu'est-ce qu'elle me fait, là ? se demanda Elsa.

— Je suis plus en colère que vous ne le pensez. Vous savez, jadis, il m'a profondément blessée. Il sait parler, il sait employer des mots respectueux, des tournures qui évitent de vous engager. Mais quand un homme vous fait comprendre que le chemin parcouru ensemble s'arrête là parce que vous n'allez pas assez vite pour lui, que vous vous laissez ralentir par des conventions dépassées, des conformismes inutiles, qu'en fait votre imagination n'est pas assez grande, vous prenez un sacré coup de marteau sur la tête.

Elle avait dit tout cela sans achopper sur les mots, sur un ton sans relief dans lequel Elsa perçut comme une blessure toujours vivante. Elle ne s'attendait pas à pareille confidence, mais n'osa pas poser la question qui lui brûlait les lèvres et avait pour nom Isabella. Elle ne savait pas comment en parler, ni si c'était vraiment le moment de susciter d'autres confidences, mais la situation ne se reproduirait sans doute jamais plus. Sans y avoir vraiment réfléchi, elle lança tout à coup sur un ton moqueur :

— Tout le monde ne peut pas être Isabella…

Annick Lebèque tourna son regard vers elle, surprise. Elsa comprit qu'elle n'avait pas été très adroite. Comparer l'une à l'autre c'était particulièrement débile et peu délicat. Elle faillit s'excuser, mais Annick la devança.

— Je ne savais pas que vous connaissiez Isabella. Oui, c'est sûr, Isabella n'a pas hésité à tout braver. Je n'imagine pas le courage qu'il faut pour résister aux humiliations de tout genre qu'elle a dû subir. Où qu'elle aille, quoi qu'elle fasse, ces regards scrutateurs qui se posent sans arrêt sur vous, il faut assumer. Franchement, je l'admire. J'aurais aimé la connaître plus tôt, lorsqu'elle était encore un garçon.

Elsa essaya de ne pas bouger un trait de son visage, mais elle suffoquait. Elle était abasourdie. Et elle avait envie de se gifler, car la première réaction qu'elle avait eue, tout au fond de son crâne débile qu'elle traînait avec sa culture latine, c'était de penser que Deniz était homo. Elle s'en voulait, terriblement, mais fut soulagée qu'Annick change tout à coup de sujet pour revenir à l'affaire. Elle se demanda à nouveau si la confidence n'était pas une manière de mieux la faire parler.

— Il nous laisse à chacune suivre des pistes différentes pour voir ce que ça remue, mais il garde pour lui la vue d'ensemble, en nous cachant des informations indispensables. C'est insupportable. Je ne l'ai jamais vu comme ça. C'est de la manipulation.

Elsa écoutait mais n'entendait pas vraiment. Deniz vivait avec un… une femme qui était un homme. Avait été. Elle ne savait même pas quel vocable employer. *Travestito*, c'est ce qu'on disait dans le premier commissariat où elle avait travaillé, à Naples. Pas le bon terme. Transgenre ? Il fallait absolument qu'elle la voie, qu'elle voie à quoi elle ressemblait. Allait-il la rejoindre ce soir ? Ils vivaient ensemble… Les voisins. Non, encore une idiotie. Elle avait la tête comme une citrouille et Annick devait s'en rendre compte. Totalement déboussolée.

— Il m'a présenté une situation bien plus complexe et tentaculaire que je n'avais imaginé. Ce que je ne comprends pas, c'est qu'il a l'air de vouloir y aller seul, sans mobiliser toutes les forces dont vous disposez.

Complexe ? Tentaculaire ? De quoi parlait-elle ? Elsa n'arrivait plus à réfléchir, mais il fallait pourtant dire quelque chose, cesser d'avoir cet air de cruche.

— Deniz craint un autre département d'Europol, réussit-elle à dire en pensant qu'il n'était pas nécessaire de dissimuler cette information. Des gens qui voudraient que nous concentrions exclusivement notre action sur le terrorisme islamiste.

Elle ne savait pas si ça constituait vraiment une réponse aux propos de la commissaire. Mais en tout cas, ça la fit réagir.

— Oui. C'est bien ce qu'il m'a semblé comprendre sans qu'il le dise vraiment. Il craint une taupe.

Elsa réfréna de nouveau l'air surpris qu'elle sentit

naître sur son visage. Une taupe ? Ce n'est pas ce qu'elle voulait dire. Mais mieux valait en rester là. La commissaire prit congé. Elsa ne bougea pas, restant assise comme si son arrière-train pesait des tonnes. Ce qu'elle venait d'apprendre bousculait toutes ses représentations, elle était forcée d'en convenir. Deniz vivait avec un ancien mec. Deniz était amoureux d'une personne qui avait quelque chose d'un homme. Elle ne parvenait même pas à se représenter la chose. Elle tenta de se raisonner, de se dire que c'était une femme. Mais quand même, pas tout à fait… L'indiscrétion d'Inès sur le penchant homo de Deniz venait bien sûr de là. Quelqu'un savait à La Haye et faisait courir des bruits. Pas très beau. Elle ne pouvait quand même pas être de ces gens-là. C'était pourtant ainsi qu'elle réagissait. Très conne. Elle souffla et but une gorgée. Et cette histoire de taupe ! C'était quoi ça ? Le commandant ne partageait pas ses informations parce qu'il craignait une fuite ?

Tout cela était si inattendu qu'elle ne savait plus que penser de Deniz. Trop de trucs clochaient. Il ne faisait pas ça seulement pour la tenir à l'écart. Il y avait autre chose. Il fallait une bonne explication entre eux deux, et rapidement.

Lorsqu'elle alla au comptoir régler l'addition, elle ne savait même plus ce qu'elle pensait de Deniz. OK commandant, ce ne sont pas les conventions qui t'arrêtent, j'ai compris, pensa-t-elle. Mais c'était une image un peu trop positive pour lui convenir. C'est alors que son téléphone sonna.

— Elsa ? Je t'envoie les coordonnées. Rejoins-nous immédiatement.

# 19

## *Salima*

Non, non ! Non, pas ça… Pas ça, je vous en prie… Pas ça… J'ai peur… Où sont-ils ?… Il fait froid… Où suis-je ? Mon collant ? Troué ?… Qu'est-ce qui se passe ?… Qu'est-ce que j'ai fait ?… Pas un bruit. Pourquoi cette cagoule sur ma tête ?… Hurler ?… Ne pas hurler. Comprendre. Quoi ?… Mes mains attachées… Qui a fait ça ?… Écoute… Les pieds aussi. Attachés… Où est-ce que j'étais ? Qu'est-ce que je fais là ?… Attachée sur la chaise… Oh non, non, pas eux… Qui va aller les chercher à l'école ?… Je ne pleure pas. Ne pas pleurer… Qui est-ce ? Qui sont-ils ? Pas de bruit… J'ai peur. Peur pour eux. Peur pour moi. Qui ?… Arrête… Arrête… J'ai trop froid… Merde, je me suis pissé dessus ? À l'aide, au secours… Bâillonnée, ils m'ont bâillonnée… Que veulent-ils ? Raisonne… Fais une phrase, une phrase complète… Force-toi… Orhan, Marouane, où êtes-vous ?… Je suis prisonnière. Je suis attachée… J'ai envie de pleurer… Recommence… Je suis prisonnière. Je suis attachée les mains dans le dos… J'ai une cagoule sur la tête. Je suis attachée sur une chaise, les mains dans le dos, les pieds aussi aux pieds… Mes pieds attachés aux pieds de la chaise.

Pourquoi une cagoule ?… Calme-toi, calme-toi. Formule une phrase. Cohérente. Respire. Vas-y.

Je m'appelle Salima. J'ai deux enfants, Orhan et Marouane. On m'a enlevée. Je suis prisonnière, je ne sais pas où. Je suis attachée à une chaise, bâillonnée, une cagoule sur la tête. Oh, mon Dieu, mon Dieu. J'ai trop peur…

Je m'appelle Salima. Un homme est venu chez moi. Je ne sais pas qui c'est. Il m'a dit que le commandant m'attendait. Deniz ? C'est lui, c'est sa faute à lui ! Merde, j'ai rien fait, c'est pas normal.

Comprendre. Savoir où je suis. Il m'a dit… Non, il ne m'a pas parlé du commandant… Je n'y arrive pas. Tout se bouscule.

Je l'ai suivi… Pourquoi ? Son patron voulait me voir… Puis nous sommes partis. Ensemble. Dans l'ascenseur… Pourquoi l'ai-je suivi ?… Je ne me souviens pas… Dans l'ascenseur, je lui ai dit quel patron ? Je ne me souviens pas… Je ne me souviens plus. C'est absurde. Du calme. Mais dépêche-toi. Tu n'es pas maîtresse de ton temps. Je suis dans l'ascenseur, on descend… Je ne me souviens plus. Je me retrouve ici… Où ça ?

Ils m'ont droguée ! Ou un truc dans le genre. Qui ça, ils ? Attachée, cagoulée, bâillonnée. Pourquoi ? Réfléchis. Attachée pour ne pas m'enfuir ?… Cagoulée pour ne pas voir où je suis ? Le chemin pour y venir ? Pour ne pas les voir eux quand ils viendront ? Qu'est-ce qu'ils vont me faire ? Une rançon ? Réfléchis. C'est lié à Maryam. Donc aux informations. Mais pourquoi m'enlever ? C'est stupide… Donc, ils attendent quelque chose. Quelque chose de moi ? Ils veulent me faire parler ?… Calme-toi, calme-toi. Tu paniques. La torture?… Le viol?… Non, non, je vous en prie… De quoi voulez-vous que je parle, je ne sais rien. Je dirai tout ce que vous voulez savoir, mais ne me faites rien. Laissez-moi partir. Je vous en prie… J'ai deux enfants. Très jeunes. Ils m'attendent… Ils ont besoin de moi…

Fouououou… J'ai peur. Souffle encore. Fouououou… Encore. Fouououou… Reprends… La cagoule? S'ils ne veulent pas que tu les voies, que tu saches où tu es, c'est pour que tu ne puisses pas le dire après… Après? Un après où je serai libérée? Oui, bien sûr, bien sûr. Sans doute. Continue, continue… Bâillonnée? Pour ne pas crier… Non, gourde! Pour ne pas qu'on t'entende. On peut donc m'entendre… Pas eux. Des gens autour…

Qu'est-ce que je pourrais savoir? Rien. Je ne sais rien… Si, bien sûr. Les informations pour Maryam. Ils veulent savoir… Je vais leur dire, il y a si peu… Mais s'ils ne sont pas contents? Si ça ne leur suffit pas?… Oh mon Dieu!… Non, je vous en prie, pas ça. Je ne sais rien de plus, il faut me croire…

Fouououou… Ça sert à quoi de les supplier? Idiote. Triple buse. Recommence, il doit y avoir une solution. Vite, vite! Fouououou… Arrête de pleurer. Qu'est-ce qu'ils veulent savoir?… Savoir? Avoir?… Le disque dur. Le disque dur que tu as donné à Deniz! Mais il n'y avait plus rien dessus. Je ne l'ai plus, moi, je vous jure, je ne l'ai plus. Je l'ai donné au commandant! De toute façon, je peux vous dire ce qu'on avait mis dessus. Je vous dis tout, tout! Je me souviens de tout! Des histoires de virements, d'un club de foot, de la mer Noire. De… De… Il n'y avait rien d'autre en fait. Vous allez me relâcher n'est-ce pas? Je ne dirai même pas que vous m'avez enl… Que vous m'avez amenée ici. Je ne dirai rien. Même pas à mon mari. Rien, rien, promis.

Ils ne vont pas te croire. Ils vont s'en prendre à toi. Comme des professionnels. Comme des malades. Comme des sadiques… Putain, j'ai peur. J'ai peur, je n'y suis pour rien, on s'est trompé de personne, c'est un cauchemar !

Mais pourquoi ne viennent-ils pas ? Ils sont peut-être partis. Il n'y a peut-être personne ici. Faut juste que je me libère… Mais c'est trop serré. Attachée de partout. Les mains glacées. Les pieds glacés. Mon collant maillé… Pourquoi mon collant est-il déchiré ? C'est eux ? Ils ont déchiré mon collant…

Non. Ressaisis-toi. Ce serait stupide. Pourquoi auraient-ils déchiré ton collant ? Ça n'a pas de sens. C'est en te traînant que ça s'est fait…

Qui sont-ils ? Un homme au moins. A-t-on vu des noms sur les écrans ? J'ai oublié, je ne sais rien… Je le jure. Sur la tête de mes enfants. Je ne m'en souviens pas. Même si je fais un effort… Je ne dirai rien, je vous en prie, relâchez-moi. Mes enfants m'attendent. Si je rentre ce soir, j'invente une histoire, je suis allée voir une amie qui allait mal, je n'avais plus de batterie sur mon téléphone, tout va bien, pas de quoi s'inquiéter. Excusez-moi, mon amie était bouleversée. Elle a perdu sa mère, son frère, peu importe… Je suis fatiguée, je vais me coucher. On oublie tout, j'ai déjà tout oublié.

Fououououou… Ça ne marchera pas. Mais qu'est-ce qu'ils font ? Je n'entends rien. Ils sont peut-être partis. Ils vont revenir. Pour quoi faire ? Les coups, ça fait mal ? Des vrais coups, pas des gifles. Et s'ils… Non, ça ne sert à rien d'y penser. Putain, j'ai peur… Si je n'avais pas si froid… Cette lumière, ce n'est peut-être pas une lampe… Peut-être une fenêtre. Une fenêtre mal fermée. Mais il ne fait pas si froid dehors. Une cave ? Ou la peur ?

Il m'a menti ! Il m'a menti ! Un appât rêvé. Salaud de commandant ! Il s'est bien foutu de ta gueule. Et… Non. Non, quand même pas. Maryam ? Morte encore de ce salaud ? Attends, tu n'en sais rien. Mais pourquoi l'ont-ils tuée ? Il n'y avait pas grand-chose en fait dans ces histoires. Juste des histoires de sous. On ne tue pas pour ça. Enfin peut-être que si, mais pourquoi tuer Maryam puisqu'elle avait déjà transmis les informations ? Elle n'en avait plus depuis un bon moment. Leur messagerie était inactive peut-être… Inactive ? Elle ne fonctionnait plus. Et Deniz n'avait plus sa source. Alors il a agité le bocal et Maryam en est morte !

Du calme, du calme. Il est directeur haut gradé dans un service européen. Ce n'est pas un barbouze, c'est un policier. Ils ne jouent pas à ça !… J'en sais rien. Mais il m'a dit qu'il levait ma protection, qu'il n'y avait plus rien à craindre. Mon œil ! Il le savait… Ou il ne le savait pas, cet incompétent ! Et pourquoi ai-je suivi ce type ? Pourquoi n'avoir réagi que dans l'ascenseur ? Que je suis stupide ! Conne, conne, triple fois conne. Et dans l'ascenseur, le mouchoir sur mon visage. Droguée.

Depuis combien de temps suis-je ici ? Comment cela va-t-il finir ? Je veux rentrer chez moi, s'il vous plaît. Plus jamais je ne m'occupe d'autre chose que de mon travail à la fac, promis. Je vous jure, vous pouvez me croire. Promis. Ne me faites pas de mal… J'ai soif…

Je respire mal… Pitié, ne me frappez pas. Je vous en prie ! C'est le commandant Salvère, c'est lui qui a tout manigancé, il m'a piégée, moi je n'avais rien à voir avec tout ça, je suis l'amie de Maryam Binebine, c'est tout, c'est… Non. Il ne faut pas que je parle de Maryam en premier. Peut-être qu'ils ne savent pas. Peut-être qu'ils n'ont pas fait le lien. Peut-être qu'ils ne la connaissent même pas, ce ne sont pas eux qui l'ont tuée. Oh mon Dieu, ce n'est pas possible, je ne sais pas le rôle que je joue, je suis innocente, innocente… Où êtes-vous ? Je ne sais même pas qui vous êtes, je ne veux pas le savoir, relâchez-moi, je vous en prie, je ne dirai rien… Pourquoi dirais-je quelque chose ? Ça mettrait mon mari en colère, mes enfants en danger… Vous ne pouvez pas imaginer ce que j'ai peur…

Quoi ? C'est quoi ce bruit ? Je suis sûre d'avoir entendu quelque chose… Des pas. Des pas au-dessus de moi. Sur un parquet, ça craque. Doucement. Beaucoup de pas. Ils sont plusieurs. Ils sont revenus. Qu'est-ce qu'ils font ? Parlent-ils ? Je n'entends rien. C'est quoi ? Cette fois, ce n'est pas le parquet. Une porte. On ouvre une porte. La… La porte qui mène à l'escalier, l'escalier qui mène à moi. Ils vont descendre… Non, non, je vous en prie, ne me faites pas de mal… On descend l'escalier. Je n'en peux plus, je vous en prie, ne soyez pas méchants, ça ne sert à rien. Je ne veux pas de coups, je ne veux pas… Pourquoi avez-vous déchiré mon collant ? Je vous en prie, je ferai tout ce que vous voulez mais pas ça. Vous… Vous n'éprouveriez aucun plaisir… Pitié, pitié… Ils sont en bas, ils sont au même étage que moi, ils vont entrer, non, non. Ça grince, ça grince tout près, la porte, la porte va s'ouvrir. Non, non, non, je me pisse encore dessus…

## 20

## *Milosz* (un an et demi auparavant)

Rien que pour le plaisir. Il s'arrête devant un distributeur et retire 200 euros. Trois billets, un de 100 et deux de 50. Jamais eu un billet de 100 euros, rarement 50. Celui-là, il le gardera aussi longtemps qu'il pourra, pour mettre autour des autres et faire le beau en le sortant, quand il paiera un coup à boire. Bientôt, il aura sa caisse à lui. Pas des BMW comme Mattheus. Trop bling-bling. Une bagnole bien costaud, une Mercedes. Avec son nouveau pote Oskar, ils sont allés chez un copain à lui qui en vend à 4000 euros, avec crédit. Pas des récentes, c'est sûr. Des diesels qui ont passé les 200000. Il attend que Lenka arrive. Elle est d'accord. Elle est d'accord pour tout, tellement elle est heureuse et impatiente d'arriver à Dresde. Le premier jour, il a pas osé lui dire. Puis il a bien fallu. L'appart, c'est dans une cité. Mais attention, rien à voir avec la sienne. Propre, bien tenue, on peut même aller à pied au bord de l'Elbe et au centre-ville. Lenka, elle a pas fait la tête. Du moment qu'elle se casse. Avec deux valises, et c'est tout. Oublier le trou à rats. Avant de partir, il a fait la fête avec les débiles. Une belle fête chez le Pelé. Ils étaient tous tristes, même

Bor. Ils seront vite oubliés. Un soir, avec le billet de 50 que lui a refilé Mattheus, il a invité Lenka, rien que tous les deux, dans un restaurant sur la place Hviezdoslavovo, comme les riches. Il lui a offert une rose rouge, d'un crève-la-dalle qui passait. La première fois de sa vie. Ils se sont fait faire un passeport. Pas vraiment besoin, mais Lenka, elle voulait. Citoyenne européenne.

Il faut voir comment elle se bouge depuis qu'elle est arrivée. L'appart super bien décoré, comme dans les séries. L'argent, c'est elle qui le gère, et pas facile de lui faire sortir un billet. Faut qu'on s'en sorte, Milosz. Ici la vie est plus chère, douze euros le kilo de bœuf pour tes steaks, quarante centimes un œuf, un seul œuf, avec ça j'en avais six chez nous ! Tu gagnes plus, mais moi je ne gagne plus rien. Elle se bouge aussi pour trouver du travail, mais c'est pas simple et elle veut pas un coup de main des copains. C'est pourtant eux qui leur trouvent tout, les fringues, les rideaux, les meubles, même le maquillage… Tombés du camion. Elle fait des dossiers, toute seule, pour des aides.

— Milosz, j'ai trouvé des cours d'allemand gratos.

— Pourquoi ?

— Parce qu'on va pas être des cons d'immigrés de l'Est. On va parler comme il faut, en faisant des phrases comme il faut.

Milosz, il a tiqué. L'école, c'est pas son truc. Puis y a déjà le boulot qu'est pas simple, les trucs à apprendre.

— Milosz, on est encore jeunes. Dans quelques années, on pourra plus. C'est maintenant.

Elle a raison. Mais bon. C'est déjà pas mal, non ? Sauf qu'ici, c'est pas là-bas. Milosz est perdu. Heureusement, y a Pet. Il le voit pas souvent. Pet s'entraîne aussi, mais physiquement. Et au tir aussi, comme quand il était soldat. Milosz aurait voulu aussi, mais ils ont dit non. La baston oui, mais tu restes à l'ordi. Lenka, elle a dit tant mieux. C'est là qu'ils se voient avec Pet. Pas vraiment amis, tous les deux, mais la langue, ça rapproche. Ils se sont pris une cuite ensemble, comme à la buvette. Il est rentré minable, Milosz. Lenka n'a rien dit. Milosz était sûr qu'elle allait gueuler au matin, pas le moment, la tête dans le cul. Mais non. Lenka, elle a dit : « Je suis comme toi Milosz, je le sens, y a un truc qui va pas. »

Milosz est étonné. Il n'a jamais rien dit. Juste le mal du pays. Lenka, elle devine tout. Elle le devine lui.

— C'est pas le mal du pays, Milosz. Notre pays, c'était une cité pourrie où je devais cavaler pour pas me faire serrer par quatre mecs dans une cave. Ici, t'as vu, c'est beau. Y a tout. Y a des gens bien. Polis, aimables. Qui crachent pas par terre, qui me mettent pas la main au cul, qui discutent, vont au restaurant, à l'Opéra. Non mais t'as vu cet Opéra ? Je rêve d'y aller.

— Je t'y amènerai.

— Je sais, Milosz. Mais pas maintenant. Pas encore. On est pas prêts.

Milosz il a compris, et il a pas compris. Sûr qu'ils sont encore des ploucs. Mais ça va pas changer beaucoup. Pas vite.

— Si, Milosz. Si on fréquente des gens normaux.

Milosz, une nouvelle fois, il a tiqué. Cette fille, elle le sent comme si elle était dans sa tête. Il aurait pas dû lui raconter le coup de la croix gammée. Et tout ce que racontent les autres. Pas comme à Bratislava. Milosz n'est pas raciste. Il veut juste que d'autres l'emmerdent pas, lui disent pas comment qu'il faut vivre.

S'ils arrivent tous, ils vont nous bouffer, nous faire vivre comme Daech, pas d'alcool, pas de musique, pas de charcuterie. Non, il faut pas se laisser faire. Mais l'autre, là, avec sa croix tatouée sur la poitrine… Milosz a rien dit, mais ça, c'est pas son truc. Il aurait pas dû lui raconter à Lenka, ça lui a pas plu. Pas du tout. Il l'a dit à Pet aussi. Il a haussé les épaules. Ils savent pas ce que c'est, ils tiendraient pas le coup, il a dit. Des gamins qui s'y croient. Mais fais gaffe Milosz, dis rien.

Sauf qu'il a eu du mal. Aller cogner, il est d'accord. Mais quand les autres ils ont fait des plaisanteries à la con sur les fours, après l'incendie dans le centre des réfugiés, il a eu du mal à se retenir.

— On est pas là pour faire griller des mecs qui crèvent la faim comme nous. Juste les virer, il a dit à Pet.

— Milosz, prends tes sous, joue sur l'ordi et ferme ta gueule, a dit Pet avec le regard des yeux qui rigolent pas. C'est pas comme notre gras-du-bide local, le Mattheus joli cœur. Ce sont des vrais méchants.

Lenka a senti tout ça. Que Milosz il est pas trop à l'aise. Sur l'ordi, ouais. Incroyable tout ce qu'il a appris. Un vrai hacker maintenant. Il s'éclate, y passe des heures, se fait engueuler par Lenka quand l'a pas vu l'heure. Mais boire un coup avec les autres, c'est pas toujours la bonne ambiance. Ils rêvent que de casser. Gert, ce petit chef dont personne sait ce qu'il fait à la fabrique, qui passe de temps en temps comme ça, comme s'il venait voir les copains, il lui a montré une vidéo sur son téléphone. Un truc d'avant, avec chemises brunes et brassards qui saccagent des commerces et bousculent des familles, même les femmes et les enfants. « Ils avaient pas les foies avant, hein, qu'il a dit Gert, ils faisaient pas semblant. » Milosz a failli lui dire que sa meuf était juive, mais il a pensé à Pet. Il a fermé sa gueule. Et il l'a pas raconté à Lenka. Mais elle devine, elle devine tout. Elle veut pas venir à la fabrique. C'est pourtant beau là-bas. Et grand. Immense. Une vieille menuiserie abandonnée. Avec encore un pont levant pour soulever les lourdes pièces, genre poutres. Et cette odeur de bois. De sciure. Ils ont fait poser des planches sur les tréteaux, et voilà. C'est tout. Pas de déco. Mais Milosz, il aime bien. Les planches, les frigos, les micro-ondes, les écrans, pas besoin de plus. En haut, par contre, tout le matos pour le sport. Et le bureau des boss. Deux. Un mec, une femme. C'est Barbara qui a parlé la première fois. « C'est toi, Milosz, le génie des games, l'amant des claviers ? » Il a pas bien compris parce qu'il venait d'arriver, il savait pas encore beaucoup de mots allemands. D'abord, elle a été déçue, Barbara. Pas si génie que ça. Mais après elle a vu qu'il pigeait vite, sans effort. Un don. Et qu'il bossait, faisait pas le con, restait tard. Pet, c'est pas Barbara, son chef, c'est Hans. Un vieux, mais sacrée carrure. « Polonais par ma mère, allemand par mon père », qu'il a dit. Hans s'occupe de la brigade. C'est comme ça qu'il l'appelle. Là où y a Pet. Et Pet, vu qu'il était adjudant avant, et vu qu'il a fait la guerre, Milosz était sûr qu'il allait être son adjoint. Parce que les autres sont plutôt bas du front. Mais non, il fait son truc dans son coin et veut pas dire quoi. Lenka, c'est pas qu'elle l'aime pas, Pet, mais comme Milosz, elle se méfie. Elle a dit un truc bizarre sur lui.

— Ce type, il te descend à la cave. Mais tu remontes pas.

Il est pourtant comme il faut avec elle, jamais un geste ou un mot à la con. Elle le sent pas, c'est tout.

Et puis y a eu ce soir-là. Tous les jeunes étaient partis. Restaient que les chefs, plus Milosz et Danny qui travaille avec lui. Y a un chef qui a gueulé pour un truc pas prévu. Mais vraiment gueulé. Puis un camion est arrivé. Danny est handicapé d'un bras depuis son accident de moto. Mais Milosz, il a pu aider à décharger. Des caisses bien fermées, toutes les mêmes, et sacrément lourdes. Milosz pose jamais de questions. Mais se les pose. C'était quoi ? Le lendemain, elles y étaient plus. Milosz n'aime pas ça, les trucs dans le dos. Même si le business des chefs, ça le regarde pas.

Pas même quatre mois qu'ils sont là et Lenka a trouvé un job. Avec son allemand à deux balles. Dans une agence de voyages. Parce qu'elle s'habille bien, est bien peinturlurée et parle tchèque. Milosz, ça lui a troué le cul.

— Alors là, tu me plantes, qu'il lui a dit. Putain, tu m'en…

— Pas de putain, Milosz. Et mets tous les mots dans la phrase. Fais un effort.

C'est de ce jour qu'elle a plus voulu qu'ils parlent slovaque entre eux. Milosz est resté con. Pourquoi ils parleraient allemand ?

— Tu veux retourner à Bratislava ?

— Non.

— Alors, si on reste ici, on parle comme ici. Quand on aura des enfants, ils vont faire comment à l'école si on n'est pas foutus de leur parler allemand ? Tu veux qu'ils ratent tout, comme nous ?

C'était la première fois qu'elle en reparlait. Des enfants. Elle était dure, mais elle avait raison. Milosz, fais un effort. Un effort de plus. Lenka aussi. En plus de l'allemand, elle a appris l'anglais que Milosz il sait déjà, grâce à Internet.

Tous les matins, il la regarde partir habillée comme une dame respectable. Ça l'amuse, Milosz. Ça lui en impose. Il l'admire, quoi. Elle en a chié. Des heures de boulot, des pleurs souvent parce qu'elle avait merdé, qu'elle y arrivait pas toujours, la langue, les manières avec les clients emmerdants, le boss exigeant. Mais elle s'est accrochée. Et toujours la pilule. Pas d'enfant en vue. Milosz n'est pas pressé.

Comment ils ont su les autres pour Lenka ? Pas qu'elle était juive, ça personne le sait. C'est Oskar qui a moufté ? Et pourquoi ça les dérange ? Elle travaille, un boulot honnête, comme à l'hyper à Bratislava. Qu'est-ce qu'ils voulaient ? Qu'elle fasse la pute ?

— Ta copine, elle s'intègre vite. De vrais migrants tous les deux, a rigolé Barbara.

Les autres aussi se sont marrés.

— Elle peut pas travailler ici, alors…, a répondu Milosz, prudent.

— Et elle sort avec les copains du boulot ? Elle va boire un coup après la journée ? Elle blague ?

Là, Milosz a pigé. Mais il est pas tombé dans le piège, il a de la bouteille. Il sait bien qu'il faut pas s'excuser, larmoyer…

— Au moins, elle a pas de famille ici, pas de frère, pas de sœur, pas de copains d'école avec qui parler, qu'il leur a balancé droit dans les yeux, histoire de dire qu'en matière de parlotes, tous ici, ils ont plutôt le choix. Nos seuls amis, ils sont ici, qu'il a continué Milosz.

Plus personne a rigolé, et Barbara a parlé d'autre chose. Si tu crois que je vais me laisser faire, a pensé Milosz. Mais quand même, ça lui a fait froid dans le dos. Comme une menace. Et Milosz aime pas qu'on le menace, surtout comme ça, gratuitement. Surtout en s'en prenant à sa chérie, qu'a rien fait, qu'a rien dit. Qui bosse dur. Putain, ça a plombé l'atmosphère cette histoire. Pendant des jours, Milosz leur a pas parlé, enfin pas comme avant. Oskar a pigé le truc.

— Laisse tomber, ils font ça à tout le monde, des fois qu'y en aurait un qui se chierait dessus. T'es pas visé, j'te dis. C'est pour tout le monde. Des avertissements. Normal qu'ils se méfient de tout, non ?

*Ja, natürlich*. Il a pas tort, Oskar. On va pas se vexer pour si peu. Et puis c'est eux qui sont vexés. Parce que leurs meufs, elles vont pas en tailleur. Parce que leurs meufs, enfin si on peut appeler ces filles leurs meufs, elles traînent avec eux, se saoulent la gueule avec eux, hurlent avec eux dans les manifestations, parlent mal comme à la cité de Bratislava mais en schleu. Avec leurs futs si serrés qu'elles ont pas vu qu'elles étaient plus ados, leurs tee-shirts si moulants qu'ils remontent au-dessus du gras du bide. Vous êtes jaloux les gars ? Allez vous faire foutre ! Lenka, c'est presque comme une dame, c'est bientôt une dame. Ça vous en bouche un coin, hein ? Vous auriez préféré qu'elle se frotte sur la braguette des chefs ? Raté ! Ouais, elle a un boulot honnête. Ouais, elle apprend le *hochdeutsch*. Ouais, elle s'intègre. Et alors ?

Avec le temps, il s'est calmé. Faut faire attention. Y en a qui se tirent parce qu'ils sont plus d'accord. Mais ceux-là, ils savent rien. Ils sont pas à la fabrique. Pas pour rien qu'on les a fait venir, Pet et lui. Des sûrs. Des durs. Qui l'ont prouvé là-bas. Rien à dire sur nous. Qu'est-ce qu'il irait dire, Milosz ? Qu'y a des Russes qui viennent souvent, des putains de barjots qui nous provoquent, qui nous traitent de *natsist*. Nazi, moi ? qu'il a rigolé Milosz. Alors qu'eux, hein ? Mais il a rien dit. Et à qui il irait dire ? Aux enfoirés du système ? Aux flics teutons ? Vous êtes sérieux, là ? Bon, allez, calmos. Ça va, j'ai compris. Juste pour prévenir, comme ça. Pas méchant. Bon.

Sauf que ça a recommencé. Parce qu'ils ont croisé ce débile de Gert avec des copains à lui, un dimanche après-midi, sur le Terrassenufer. Ils se baladaient en amoureux, le long du fleuve.

— Ah la voilà, cette Lenka que nous cache Milosz. Tu fais pas les présentations ? On est pas assez bien pour ta copine ?

Pourquoi il a provoqué celui-là ? On a toujours dit faut être discret, pas de tapage. Mais il a fallu qu'il fasse son malin. Milosz s'est écrasé, a fait le dos rond. Tout gentil, ami-ami. Mais le lendemain, il l'a raconté à Barbara et Gert s'est pris un savon. Depuis, Gert le cherche tout le temps. Il l'appelle le Bulgare, il lui dit : « T'es sûr que t'as pas une grand-mère qui s'est fait engrosser par un Turc ? » Milosz, il lui dit « Ta gueule » mais calme, gentil, vu que Gert, il est quand même dans les petits papiers des chefs. Dedans, ça bout. Milosz, on l'insulte pas. C'est Pet qui a calmé, et Hans, le chef. Les a pris tous les deux à boire ensemble des bocks. « Ça suffit, on en parle plus. » Gert, il a cru comme ça qu'il pouvait faire le pure race. « Bon d'accord, tope là ! On est camarades quand même. Avant tout. » S'est excusé, Gert. L'a dit : « Ouais, mais c'est pour rigoler. Faut voir aussi sa nana, t'as pas envie qu'elle te regarde de haut. » Pour ce con, c'était une excuse. Bien, camarades, mais faut faire gaffe maintenant à ce qu'on dit.

Lenka aussi, elle lui a dit de se calmer. « C'est eux qui nous ont fait venir, c'est eux qui nous ont sortis de la merde. Y a tout un paquet d'abrutis, et alors ? Des abrutis, il y en a partout. Va pas gâcher les choses. Tout va bien pour nous, tout va mieux pour nous. » OK. Tout va bien.

# 21

## *Deniz*

Aussitôt entré dans la pièce où le corps assis, ligoté, cagoulé, tremblait de peur, Deniz fit entendre sa voix pour la rassurer.

— Salima, c'est moi, Deniz Salvère, tout va bien, vous êtes en sécurité.

Il lui ôta la cagoule. Avant même de lui avoir enlevé le bâillon, pendant que Max et Elsa détachaient ses mains et ses pieds, il vit ses yeux qui le fixaient intensément. Une fois libérée, Salima tenta de se mettre debout, mais la drogue et trop d'heures passées immobile la firent tanguer. Elle s'accrocha à Deniz et, sans avoir jeté le moindre regard en direction des autres, elle se serra fort contre lui pour aussitôt s'en dégager. Il lui mit son manteau sur les épaules, elle grelottait de froid.

— Vous n'avez plus rien à craindre. Nous avons très vite repéré où vos ravisseurs vous amenaient et, dès que tout danger a été écarté, nous sommes intervenus. Ils n'ont pas cherché le contact. À notre approche, ils se sont enfuis. Votre mari a été tenu informé en direct, il vous attend.

Salima ne disait toujours rien, découvrant ce qu'il

y avait autour d'elle, la pièce vide de tout meuble, un tas de charbon qui devait dormir là depuis des décennies, la douille sans ampoule qui pendait du plafond, le réverbère face à la fenêtre dont un carreau était cassé. Elle était choquée et c'était compréhensible, mais fit avec sa main un signe de dénégation lorsque Elsa lui demanda si elle avait été victime de violence, répéta le signe lorsqu'elle lui demanda si elle voulait un médecin.

— Je veux rentrer chez moi, dit-elle seulement d'un souffle en se dirigeant vers l'escalier par lequel ses sauveteurs étaient arrivés.

Son pas s'assura, elle grimpa les marches en serrant le manteau de Deniz autour d'elle et, lorsqu'ils eurent atteint le rez-de-chaussée dans une pièce aussi vide que celle du sous-sol, elle prit Elsa par le bras, lui parlant bas et l'entraînant vers une autre pièce. Quelques minutes après, elles étaient de retour, et là, soutenue par Elsa, elle remercia les enquêteurs d'une voix plus assurée.

— On peut y aller ? ajouta-t-elle. Vous m'expliquerez en roulant.

Ils sortirent alors dans la nuit et le froid, Deniz la dirigeant vers un SUV sombre dont il ouvrit la porte passager en lui proposant sa main pour l'aider.

— Ça va, commandant, ça va. Où sommes-nous ?

— À dix kilomètres au nord de Goussainville, en Seine-Saint-Denis, au milieu de nulle part. Je vous raccompagne.

Deniz démarra, mais il n'osait rien dire. Cette femme, victime d'une agression très traumatisante, aurait dû avoir l'assistance d'un médecin, mais en raison de son obsession à écarter la police française et la presse, il lui refusait cette aide. Il avait pris un risque, un énorme risque. Comment s'expliquer face à Salima encore choquée ? Demain, ou dans les jours suivants, elle se souviendrait l'avoir accusé de se servir d'elle comme d'un appât, et sa réaction pourrait être violente à son égard. Elle pouvait même porter plainte contre Europol. S'il n'agissait pas, il y avait peu de chance qu'elle ne dise rien à la police française. Mais dans l'état où elle était, il ne savait comment s'y prendre. Que lui dire ? Tout à coup, elle se mit à parler, vite, sans attendre de réponse, comme si cela la soulageait.

— Je n'ai jamais eu peur comme ça, jamais. Enfin si, peut-être lorsque j'ai vu le corps de Maryam. Mais ce n'était pas la même peur. Je croyais que c'était fini pour moi, qu'ils allaient me torturer, me violer. Peut-être me tuer. Je me suis uriné deux fois dessus. La capitaine Minetti m'a dit que c'était normal. J'ai eu excessivement peur. Excessivement froid. À la fin, les deux se confondaient. Vous allez me raconter ce qui s'est passé, mais je veux d'abord vous dire que je sais que vous portez une responsabilité dans mon enlèvement comme vous portez une responsabilité dans le meurtre de Maryam. Je vous en veux énormément. Mais j'ai beau vous en vouloir, je n'ai pas d'autre choix que d'être de votre côté. Ils m'ont droguée ? reprit-elle après un silence. Non, ne répondez pas, vous parlerez après. Quelques minutes de plus et ils me frappaient ! cria-t-elle tout à coup.

Elle se mit à pleurer silencieusement, serrant les pans du manteau et ses jambes l'une contre l'autre. Elle appuya sa nuque sur l'appui-tête, ferma les yeux, s'essuya la joue en reniflant.

— Je suis fatiguée, fatiguée.

— Ils ne vous auraient pas frappée, affirma Deniz le plus calmement qu'il put, ayant dans l'idée de lui faire accepter que la situation était sous contrôle. Vous êtes géolocalisée.

— Mon téléphone ? Où est mon téléphone ? s'exclama-t-elle tout à coup, en cherchant dans les poches du manteau de Deniz qu'elle portait toujours.

Il lui montra son sac que le ou les ravisseurs avaient abandonné à l'étage. Elle s'en saisit, ne l'écoutant plus, mais ne trouva pas l'appareil. Devinant qu'il devait se trouver au fond d'un caniveau, Deniz lui passa le sien. Elle appela immédiatement son mari qui avait déjà été prévenu par Dragan, resté auprès de lui. Deniz la laissa faire, attendit la fin de la conversation, sans forcer l'allure de son véhicule sur l'autoroute les ramenant à Paris. Lorsqu'elle eut raccroché, il lui raconta la voiture de Max et Adrijana suivant celle des ravisseurs.

— Vous avez été en danger, mais je n'ai jamais cru qu'ils vous feraient du mal. Nous étions trop proches d'eux pour cela. Pourquoi les avez-vous suivis ? demanda-t-il à brûle-pourpoint.

— L'ai suivi, corrigea-t-elle. Il était seul, il a sonné à ma porte et m'a dit que vous vouliez me voir. J'ai mis ma veste et pris mon sac, mais ce n'est qu'une fois la porte de l'appartement fermée que j'ai eu un doute.

— Qu'est-ce qu'il vous a dit exactement ?

— « Le patron veut vous voir. » Avec un accent slave prononcé, ce qui ne m'a pas surprise pour un agent d'Europol. C'est plutôt son allure qui m'a inquiétée. Mais il était trop tard.

— Il a dit « le patron », sans référence ni à moi ni à Europol ?

— Oui, c'est même ça que j'ai trouvé bizarre. Vous l'avez arrêté ?

— Non. Il vous a déposée dans cette maison abandonnée qu'il avait dû repérer auparavant et s'est enfui dès qu'il a vu notre voiture approcher. Nous sommes à sa poursuite.

— J'étais donc bien un appât. Maryam aussi ? Qui sont-ils ? Arrêtez de me mentir, Deniz. Je veux la vérité !

— Je vous répète qu'il n'est pas dans nos pratiques d'avoir des « appâts » comme vous dites. J'ignore qui ils sont. Quand je le saurai, l'enquête sera terminée.

Il observa, à travers le pare-brise teinté, les passants qui malgré l'heure tardive arpentaient la rue de Lancry, les uns descendant du canal Saint-Martin et de ses bistrots, les autres montant. Là-haut, chez les Duval, deux agents du bureau parisien avaient pris le relais de Dragan. Deniz aurait bien abandonné là son véhicule, remonté la rue pour se balader le long des quais sans doute encore animés depuis que les jeunes avaient pris l'habitude de s'y retrouver, assis sur les pavés autour d'une bouteille moins onéreuse qu'une consommation chez « Prune ». À vingt mètres de sa voiture, il les voyait sortir de l'épicerie de nuit, les bouteilles et quelques victuailles à la main, puis se diriger vers le canal, déjà occupés par la longue conversation qui allait s'ensuivre. Annick se plaignait de cette nouvelle mode qui obligeait le central à mobiliser une patrouille de nuit afin d'intervenir rapidement pour des incidents et des nuisances qui ne manquaient jamais d'égayer les soirées des populations un peu trop alcoolisées. Les bruits, les disputes, les bagarres et, par deux fois déjà, les chutes involontaires dans l'eau peu ragoûtante du canal. Il y avait aussi les petits malins s'étant monté le bourrichon sur le défi stupide de plonger du haut d'une des passerelles. Deniz n'aurait pas aimé être flic de quartier. Chacun son truc.

Il vérifia dans sa poche qu'il avait bien un Havane et le sortit pour l'allumer. Il devait réfléchir vite, prendre les bonnes décisions avant la fin de la nuit, assis dans cette confortable voiture. Ainsi donc, ils étaient passés à l'attaque. Pour lui donner un avertissement ? L'explication semblait courte. Rien n'indiquait qu'ils savaient Europol sur l'enquête. Rien n'était public, rien n'était sorti dans la presse. Le ravisseur pensait sans doute pouvoir tirer quelques informations de Salima, mais s'était enfui pour éviter tout contact qui aurait révélé la culpabilité de son organisation. Aurait-il dû donner l'ordre de l'interpeller lorsqu'il se trouvait rue de Lancry, ne serait-ce que pour connaître son identité ? Non, un coup dans l'eau.

Le ravisseur n'avait pas trouvé la puce de localisation planquée par Adrijana dans le sac à main de Salima. Mais l'avaient-ils seulement cherchée ? Peut-être qu'ils ne s'étaient pas donné cette peine, préférant qu'on retrouve rapidement Salima avec une belle trouille en prime. Peut-être s'agissait-il d'un avertissement. Mais non, ils n'auraient pas pris un si gros risque. Difficile de réaliser un enlèvement sans laisser de traces. Le visage à découvert du rendez-vous avec Salima qui, demain, tenterait un portrait-robot, les empreintes ou matériaux infimes laissés dans l'ascenseur, dans la voiture qu'on finira par retrouver, dans la maison isolée. Et pourquoi, alors que la police peinait encore à avancer, signer par cet enlèvement le meurtre de Maryam, écartant tout à coup la piste du délinquant sexuel si commode pour eux ?

Une première décision s'imposa à son esprit : prendre la main sur l'enquête. Le délit d'association de malfaiteurs, là où le juge n'instruisait jusqu'alors qu'un homicide, était évident. Le commandant n'aurait aucun mal à qualifier cette association d'européenne et de terroriste. Mais tout cela était bancal et menaçait fort de lui retomber sur la gueule. Surtout si l'assassin de Maryam et le ravisseur de Salima n'avaient rien à voir avec cette organisation qu'il poursuivait sans pouvoir officiellement l'identifier. Pourquoi avait-il tant de mal à s'en convaincre ? Le doute étant pourtant dans son esprit, vrillé comme une pointe douloureuse, offensant les faits. Le coup était démesuré. S'en prendre à Salima, c'était braquer les projecteurs sur le meurtre de Maryam pour lequel la police pataugeait. Alerter la presse qui s'était désintéressée de l'affaire. C'est cela qu'ils voulaient ? Absurde ! Ce dont ils avaient besoin par-dessus tout, c'était de discrétion. Non, ça ne collait pas, il y avait autre chose, quelque chose que Deniz ne savait pas, qu'il avait laissé passer. Mais quoi ?

Bon, ne pas s'emballer, il fallait tout reprendre, calmement, en se dégageant des événements récents. Examiner tous les points obscurs. Par exemple, l'information plus ou moins amicale de Brenner sur K360. Qui d'autre était impliqué dans la grande maison de La Haye ? Le meurtre apparemment inutile de Maryam. Car pourquoi la tuer ? Et que venait faire cette beauté africaine au milieu ? Tout cela était-il une seule et même histoire ou bien y en avait-il plusieurs, avec ou sans lien entre elles ? D'habitude, il sentait presque physiquement le moment où il avait assez d'informations pour lancer l'offensive, forcer les criminels à commettre une erreur, à se dévoiler. Mais dans cette affaire, c'était l'inverse. Il possédait trop d'informations, ne parvenait pas à les hiérarchiser, à construire un puzzle qui, même sans toutes les pièces, commencerait à prendre forme. Le temps jouait contre lui, il en était sûr. Il devait changer de méthode.

Brusquement il regarda autour de lui, faisant tomber la cendre du cigare sur son costume. La rue était toujours aussi animée. Pour la première fois, il s'inquiéta d'avoir perdu pied. Dans cette affaire complexe, il se sentait tout à coup trop seul.

# 22

## *Elsa*

Lorsqu'elle arriva devant le domicile des Duval, elle repéra tout de suite la voiture de Deniz, la vitre côté conducteur baissée pour laisser échapper la fumée de son horrible cigare.

— Pff, fit-elle en ventilant exagérément son visage de la main, quelle puanteur !

— Alors, qu'est-ce que ça donne ?

— Pour l'instant rien. Il n'a visiblement fait que la déposer. Aucune trace visible, ni au plancher, ni sur les portes, ni sur les liens, ni sur la cagoule, ni sur le sac. Pas non plus de traces de pneus dehors. Ni de pas, elles ont été scrupuleusement balayées.

— Je m'en doutais un peu, confirma Deniz qui avait la tête d'un homme pressé d'aller se coucher. Avec son Isabella. L'image fulgurante qui traversa à ce moment l'esprit d'Elsa la remplit aussitôt de honte. Elle la chassa avec violence, comme si le diable était en train de lui suggérer des pensées pourries. Et leva la tête pour éviter qu'il ne voie son trouble. Jamais, jamais elle n'avait imaginé Deniz nu. Alors pourquoi maintenant, si ce n'était poussée par la partie la plus vile de son inconscient ? Comme la plus nulle des homophobes qu'elle n'était pourtant pas… Perturbée, elle fit le tour du véhicule et s'assit autoritairement sur le siège passager pour passer à autre chose.

— Je ne sais pas si tu veux mon avis, mais je te le donne. C'est la pagaille. Demain la commissaire Lebèque va te faire savoir ce qu'elle pense de toi qui as traité sur le sol français un enlèvement sans la prévenir. Tu vas pas être sourd ! Tu peux peut-être dissuader la belle Salima de porter plainte, mais tu auras plus de mal avec le mari. Il faut qu'on sache où on va. Les gars sont paumés. Convoque une réunion.

Elle n'eut pas à insister. Comme s'il y avait déjà songé, Deniz, sans la regarder, lui répondit qu'effectivement c'était indispensable. Et sans plus attendre, alors qu'elle remarquait que le cuir de ses talons hauts commençait à se décoller, il envoya un texto de convocation à Adrijana, Max et Dragan. Puis il rentra chez lui, laissant Elsa à ses supputations.

Le lendemain matin, ils se retrouvèrent tous les cinq à 11 heures au bureau d'Europol dans la partie nouvelle du quartier des Batignolles. Elsa considérait ça comme une victoire personnelle, ces quatre enquêteurs parmi les meilleurs du département, assis autour d'une table, tous prêts à échanger leur avis et désireux de comprendre enfin à quoi on jouait depuis bientôt vingt jours que Maryam avait été assassinée. En préambule, le commandant les informa qu'il avait appelé de bonne heure la commissaire Lebèque pour faire le point avec elle sur l'enlèvement de Salima Duval et son lien éventuel avec le meurtre de Maryam Binebine. Malgré la grande curiosité d'Elsa, il ne s'étendit pas sur la façon dont les choses s'étaient passées, ajoutant seulement que la police française prenait le relais dans la protection de la victime et de sa famille.

Il posa sur la table le dossier bleu qu'Elsa avait vu dans le tiroir de son bureau. Elle n'osa lever les yeux sur Deniz, mais ce simple geste lui procura une satisfaction exagérée. Enfin toutes les informations allaient être données correctement aux enquêteurs !

— Les multiples missions du département ont un peu fragmenté nos interventions et je pense qu'il est bon aujourd'hui de faire un point complet sur l'enquête. Europol a enfin en charge la totalité du dossier, meurtre et enlèvement compris.

Imaginant la tête de Lebèque apprenant le sale tour que Deniz venait de lui jouer et que, à en juger par la conversation de la veille au café, elle n'avait pas vu venir, Elsa ne put s'empêcher de pouffer.

— Il va de soi, reprit Deniz, que la commissaire sera tenue informée, intégralement et en temps réel, des progrès de cette partie de l'enquête. Je ferai personnellement la liaison.

Une fois de plus, Elsa sourit. Tu es une belle pute, Deniz, pensa-t-elle, sans trop de compassion pour Lebèque qui l'avait par deux fois remise à sa place. Qu'ils aient désormais les mains libres lui convenait parfaitement.

Deniz fit une pause pour ouvrir son dossier bleu et Elsa sentit tout à coup une douce excitation l'envahir. Depuis le temps qu'elle attendait ce moment ! Comme en fac, l'annonce des résultats de fin d'année.

— Vous trouverez tous les détails dans ce dossier que je vous invite à consulter mais qui ne doit pas sortir de cette pièce. J'insiste sur ce point. Tout ce qui se dit à partir de maintenant doit rester entre les cinq personnes ici présentes. Si quelque chose fuite, ce sera forcément l'un d'entre vous. Je suis bien clair ? Je vais donc à l'essentiel. Il y a un peu plus d'un an, nous avons été informés d'opérations comptables et de mouvements de fonds bizarres dans les pays situés dans l'est de l'Europe. Le rachat d'un club de foot sans importance en Slovaquie, le renflouement exagéré de son budget par un groupe immobilier roumain, les fonds inexpliqués utilisés pour l'élection, en Slovaquie toujours, d'un leader ultranationaliste, un délit d'ingérence et le soupçon de détournement de fonds européens en Tchéquie. Je ne m'étends pas, vous êtes déjà au courant de tout cela. Chaque affaire a été instruite au niveau national, voire au niveau européen pour les fonds versés par l'Union, mais a été traitée indépendamment. La possibilité d'un lien entre elles n'a donc fait l'objet d'aucune instruction officielle. Depuis, se sont ajoutés à cette liste disparate une organisation de type mafieux faisant du chantage à des sites en ligne sous peine de destruction, une autre organisation, ou la même, pratiquant le détournement de fonds de ventes en ligne sur des sites de billetterie sportive, un soupçon de constitution illicite de fichiers de personnes via Internet. L'ensemble pourrait être diligenté par un même réseau qui aurait sa base en Allemagne. Aucune information judiciaire européenne n'étant ouverte, nous n'en sommes pour l'instant qu'au stade d'une enquête préliminaire. Et encore, pas sur tous les points. Tout ce que nous savons provient d'une informatrice, Maryam Binebine.

Elsa attendait avec impatience le moment précis où le nom de Maryam serait lâché pour scruter la réaction de ses collègues. Comme à son habitude, Dragan resta impassible. Celui-là, on ne savait même pas s'il parviendrait à un battement de cils en apprenant la destruction de son quartier, de sa maison, de sa famille… Max n'eut pas non plus l'air surpris. Apparemment, il était déjà informé. C'est le visage d'Adrijana qui étonna Elsa. Les ayant rejoints depuis peu sur l'affaire, elle aurait dû ignorer tout ce que Deniz venait de résumer. Au lieu d'écarquiller les yeux de surprise, ses sourcils se froncèrent et la ride qui barrait son front se tendit, son regard se détourna du commandant en évitant de se poser sur les autres participants. Elsa, qui donnait toujours foi à son intuition, devina qu'Adrijana en savait beaucoup plus que ce que Salvère venait de dire. Une tension inattendue parce que le commandant mentait, c'est ce qui faisait tiquer Adrijana. Mais sur quoi ? Et pourquoi ? Que venait-il de dire ? « Tout ce que nous savons provient d'une informatrice, Maryam Binebine. »

Elsa pesa chaque mot dans sa tête. Maryam n'était pas la seule informatrice ? Qui d'autre ? Salima bien sûr. Et elle continuait à émettre, d'où son enlèvement. Mais pourquoi le cacher ?

— Cette opération de piratage ne peut donc pas servir devant la justice. L'informatrice répertoriée dans nos services sous le code K360 a également révélé des noms de personnes œuvrant à ces délits, sans que ces informations, encore une fois obtenues sans preuve opposable en justice, permettent de mettre un nom sur l'organisation responsable, ni même d'affirmer qu'il existe une seule organisation, et que nous n'avons pas affaire à l'entente conjoncturelle de quelques délinquants. À ce stade, nous ne pouvons écarter l'hypothèse qu'un groupe criminel ait proposé ses services à un mouvement ultranationaliste pour l'aider à se financer.

— Envisageable mais peu probable? demanda Dragan qui connaissait la rhétorique de Deniz.

— C'est effectivement mon avis. Je précise que, sur ce point, nous divergeons avec Wolfgang Brenner.

Elsa, étant au courant de l'essentiel, s'attacha plus aux non-dits qu'à la présentation bien huilée du commandant. Par exemple, quels éléments lui permettaient de relier le piratage des billetteries sportives au financement d'une organisation ultranationaliste? La réponse était-elle dans le dossier bleu? Elle apprécia cependant la façon dont il parvenait à relier les choses entre elles, le tout constituant, in fine, une histoire crédible. Mais elle doutait fort que les divergences avec Brenner se limitent à la seule qualification du crime.

— Cette divergence est d'importance, poursuivit Deniz. Vous le savez, la constitution récente d'un Parquet européen a changé la donne. Si l'interprétation de Brenner est la bonne, alors cette opération de renseignements incombe à son département, et l'enquête sur le rapt et le meurtre à la police française. Si lien il y a entre le financement illicite, la mort de Binebine et des opérations radicales à des fins politiques comme l'Europe en connaît de plus en plus, alors l'enquête relève de notre département. Cependant ce matin, nous avons marqué un point. Devant les faits que nous avons portés à sa connaissance, le Parquet européen a ouvert une instruction pour association de malfaiteurs à des fins terroristes.

Cette fois, Elsa et les enquêteurs présents autour de la table marquèrent le coup. Chacun savait plus ou moins que le commandant travaillait depuis longtemps sur cette hypothèse, mais le fait qu'il ait réussi à mettre au jour assez d'éléments concordants pour convaincre un juge européen était un beau succès. Elsa trouva Deniz bien modeste. Sans doute pensait-il qu'il risquait gros si l'enquête ne débouchait sur rien.

— Je ne saisis pas bien, l'interrompit Max. K360 était l'informatrice de qui ?

La question était bonne mais, d'évidence, elle ennuyait le commandant dont les traits se durcirent.

— K360 est comme cette affaire, répondit-il au bout d'un laps de temps trop long qui fit craindre à Elsa de se voir servir l'habituelle information gruyère, avec autant de faits que d'omissions. Elle est protéiforme.

Il hésitait. Il n'avait pourtant pas le choix, parler les rendrait efficaces, se taire c'était risquer qu'ils passent à côté de quelque chose. Il décroisa les mains, les mit à plat sur le bureau et se lança.

— Par protéiforme, j'entends que K360 n'est pas une mais plusieurs.

Une fois de plus, Elsa avait eu une bonne intuition. Elle observa ses collègues. La révélation aurait dû être une surprise pour tout le monde, mais personne n'en rajouta. Ils se regardèrent, regardèrent leur chef dans l'attente d'une explication détaillée.

— Vous savez que nous sommes tenus de conserver l'anonymat de nos informateurs. Et si je n'avais pas une totale confiance en vous, c'est-à-dire la certitude que ce qui se dit ne sortira pas de cette salle, je ne vous révélerais pas ce fait. Il est important pour l'enquête. Car s'il s'avère que le meurtre de Maryam est le fait de terroristes, eh bien… Ils se sont trompés de cible.

Cette fois la stupéfaction fut grande. Particulièrement pour Elsa qui en oublia d'observer Adrijana. Trompés de cible ! Et donc, et donc, pensa Elsa. Mais elle s'arrêta aux questions qui devaient également poindre dans la tête de ses collègues. Pourquoi ? Comment on le sait ? Qui était la bonne cible ? Pourquoi n'avoir rien dit avant ?

— Commandant, vous voulez dire que la vraie cible c'était Salima ? demanda Max, un peu bouleversé d'avoir laissé ses ravisseurs agir devant ses yeux.

— Je vous l'ai dit, je ne peux répondre. Laissons ce point en suspens, écoutez la suite. Donc nos présomptions, basées sur des pièces qu'aucun tribunal ne jugerait recevables, sont qu'une organisation inconnue sert de base logistique à plusieurs groupes radicalisés, leur apportant non seulement des fonds, mais certainement aussi un soutien en hommes et en collecte de données numériques. Nous ne pouvons pour l'instant affirmer que ces groupes très divers, ultranationalistes, extrémistes, populistes et sans doute d'autres types de mouvements encore, ont un lien organisationnel plus puissant entre eux. Je précise encore que ce lien, qu'il existe ou pas, ne saurait constituer un sujet d'information pour nos services. Europol enquête sur des délinquants, pas sur des politiques. Le renseignement politique n'est heureusement pas dans nos compétences, même si quelques États sont de plus en plus tentés d'inclure dans leurs corpus législatifs les menées insurrectionnelles comme délits répréhensibles.

— Et le meurtre de Maryam alors ? ne put s'empêcher de demander Elsa pour qui les explications du commandant allaient trop lentement.

— J'y viens. Nous tournions depuis plusieurs mois autour de présomptions. Dragan compilait les données, Max constituait un fichier des personnes apparaissant dans les mails piratés. Nous étions certains de découvrir un jour des faits répréhensibles, lorsque survint l'assassinat de Maryam Binebine. Elsa et Adrijana ont alors rejoint l'équipe informelle. Bien avant que tout cela ne commence, Maryam, qui est une femme généreuse mais impulsive, veut lutter contre le sectarisme islamique et tout ce qui le symbolise. Un mouvement qui prend corps dans la société française et regroupe des laïcs qui n'ont pas tous la même vision. Les uns limitent leur action à la lutte déterminée contre toute incursion du fait religieux dans l'espace public, les autres agissent pour faire mordre la poussière aux islamistes, comme ils veulent s'imaginer que leurs ancêtres l'ont fait mordre à l'Église catholique en France lors de la lutte pour la proclamation de l'État laïc. Cela fédère des gens venus d'horizons très différents, et Maryam, qui se bat depuis des années contre les mariages arrangés, Maryam dont le père et les deux frères ont gâché la vie par leur rigorisme religieux, Maryam qui a été choquée par les attentats de Paris, ne fait d'abord pas la distinction entre ceux qui veulent obliger à manger du porc dans les cantines, ceux qui ne font pas du voile une question publique, ceux qui s'opposent au prosélytisme, et ceux qui voudraient bien renvoyer tous les « mauvais » migrants, ou fils de migrants, dans leur pays d'origine. Elle se fait embobiner, peut-être par un de ses amants, Damien Montencour. Ses nouveaux amis peu recommandables ont repéré l'aisance avec laquelle elle navigue sur Internet et l'amènent peu à peu à travailler pour la sainte cause. Mais Maryam finit par évaluer à sa juste mesure le grand écart entre ses positions et les leurs. Si elle ne rompt pas le lien, c'est qu'elle est tombée, sans doute par hasard, sur des réseaux ultranationalistes et pense en profiter pour décrypter toute la galaxie. Son amie Salima la convainc d'abandonner ce jeu trouble et isolé pour se tourner vers l'appareil judiciaire. Mais ni l'une ni l'autre n'ont envie de devenir des « indics ». Alors Maryam fait ce qu'elle sait le mieux faire, elle tente de nous transmettre clandestinement ses informations. Elle se surestime doublement. D'une part parce que, dans le fouillis des informations envoyées, portant plus sur des écrits idéologiques que sur des faits répréhensibles, peu nombreuses sont celles qui nous intéressent. D'autre part en s'imaginant Anonymous. Sollicités, les informaticiens de Carpita l'ont identifiée. Si nos services l'ont fait, d'autres ont pu le faire. Et juger dangereux ce qu'elle pouvait nous transmettre. Et peut-être envisager sa disparition comme unique solution.

— C'est la seule piste sur laquelle nous travaillons ? l'interrompit Elsa, toujours persuadée que ce serait une erreur. Moi, je pense qu'il nous faut fouiller plus traditionnellement la personnalité de la victime et son entourage. Trop de choses nous échappent.

— Si tu le penses, vas-y. Tu as carte blanche. C'est toi qui diriges ce volet de l'enquête.

Elle fut satisfaite de cette réponse. Elle allait enfin pouvoir interroger Salima. On aurait pu gagner deux semaines, faillit-elle ajouter, mais ç'aurait été rompre l'atmosphère positive de la réunion.

— Voilà où nous en sommes. Stefanakis est d'avis

qu'il faut poursuivre la collecte d'informations sur ces réseaux, leurs financements, les fichiers numériques qu'ils élaborent. Le pire pour lui serait de se retrouver dans une situation identique à celle des attentats de Paris où notre département ressemblait plus à une bibliothèque universitaire qu'à un service de police. D'autant que, depuis, le périmètre de nos compétences et nos possibilités d'intervention ont été grandement élargis. Mais nous avons deux crimes à traiter, le meurtre de Maryam Binebine et l'enlèvement de Salima Duval. Sur ce dernier, je voudrais vous donner mon avis. Nous ne savons pas si les ravisseurs ont repéré la puce introduite par Adrijana dans le sac à main de Salima. Ils ont très bien pu vouloir que nous la retrouvions rapidement à seule fin de nous donner un aperçu de leur capacité de nuisance. Et le message nous est directement adressé.

— Mais pourquoi de cette manière ? Pourquoi enlever Salima qui n'a rien à voir là-dedans ? Elle n'a rien à voir, non ? s'inquiéta Max.

— Elle n'a pas grand-chose à voir, répondit Dragan. Elle s'est contentée de traduire et de mettre en forme les alertes que Maryam nous adressait. Elle gardait chez elle le disque dur de sauvegarde, régulièrement réinitialisé.

— Et alors ? demanda Adrijana.

— Alors, c'est peu pour s'intéresser à elle, dit Dragan. Mais les ravisseurs ne savent pas que « K360 est protéiforme », comme dit le commandant. Ils ont peut-être repéré d'autres incursions sur leur site et croient que cela provient de l'amie de Maryam, puisque Maryam a été éliminée par leurs soins.

— Ce qui serait le lien entre le meurtre et l'enlèvement.

— On ignore encore ce qu'ils savent exactement des activités de Maryam. À part son téléphone mobile, rien n'a disparu dans son appartement, pas même son ordinateur. C'est la première chose qui m'a interpellé. Pourquoi n'ont-ils pas pris son ordinateur si ce sont eux les coupables ? Reste la possibilité qu'ils aient fait une copie et laissé l'ordinateur pour conforter la piste de l'amant meurtrier. D'où l'importance de retrouver Fatouma Koné. Qu'est-ce qu'elle vient faire dans cette affaire ?

L'explication terminée, tous étaient pressés de se mettre au travail. Sauf Elsa. K360 n'avait vraiment pas une définition claire. Qui cela recouvrait-il ? D'après Dragan, Salima n'était que faiblement engagée. Le commandant avait dit qu'il ne répondrait pas à la question. Il restait cependant un point délicat à aborder, mais elle ne savait comment s'y prendre. Quitte à passer une fois de plus pour une éléphante dans un magasin de porcelaine, elle y alla franco, demanda sans détour à Deniz s'il y avait une taupe à Europol.

— Une taupe ? Chez nous ? D'où te vient cette idée ? réagit brusquement le commandant.

Elsa faillit révéler que l'information venait de la commissaire Lebèque, mais elle se retint.

— Ça pourrait expliquer la connaissance qu'ils ont eue du rôle de Maryam.

Mais Deniz balaya l'hypothèse d'un revers de phrase. Puis il annonça qu'il devait rejoindre Inès à La Haye, avec Dragan et Adrijana, pour une affaire d'importance. Les renseignements français avaient repéré sur les sites Internet préférés des djihadistes une profusion anormale de références au 11 novembre. Or on célébrait cette année-là le centenaire de la fin de la Première Guerre mondiale. Les djihadistes devaient s'en taper. Sauf que, ce jour-là, Paris allait réunir pour le commémorer plus de quatre-vingt-dix chefs d'État, dont le russe, le chinois et l'américain. Une grande manifestation publique.

Lorsque la réunion s'acheva, Elsa parvint à isoler Adrijana quelques instants dans le couloir. Elle savait qu'elle aurait dû se taire, mais elle n'en pouvait plus, elle voulait savoir.

— Ça fait longtemps que tu travailles sur cette affaire ? Je ne le savais pas.

L'hameçon ne prit pas. Adrijana la regarda, lui fit un clin d'œil et s'en alla. Elle revint dans cette salle qui était désormais celle de l'équipe en charge du dossier Binebine-Duval et, pendant que Salvère discutait avec Max de l'enlèvement, ouvrit le dossier bleu. Elle y trouva effectivement des croquis et des informations reliant par des flèches les affaires entre elles, avec des détails sur les détournements des billetteries sportives et le nom, la date, le montant des rackets opérés auprès d'entreprises dont le site était mis sous menace de virus informatique. Les sommes détournées ou rackettées n'étaient pas très importantes en soi. Mais le nombre d'opérations était vertigineux et, pour les seuls faits connus, c'est-à-dire les entreprises ayant porté plainte ou repérées soit par les informatrices, soit par le service de Carpita, le total dépassait les 5,6 millions d'euros. Oui, c'est du sérieux, pensa Elsa. Elle compulsa le dossier, vérifia qu'elle avait bien vu toutes les pièces. Puis recommença sous l'œil étonné de Deniz à qui elle sourit d'un air innocent qui pouvait signifier « Ouah, quelle enquête ! ». Mais elle avait bonne mémoire. Lorsqu'elle avait survolé ce même dossier quelques jours auparavant, il comportait des notes frappées K360. Elles y étaient toujours, mais en nombre bien moindre. Cet enfoiré de commandant ! À quoi jouait-il ?

# 23

## *Salima*

Le temps lent des repos et des courtes balades jusqu'au canal Saint-Martin ou place de la République sous un ciel d'octobre de plus en plus nuageux, malgré cette chaleur anormale qui persistait à ne pas vouloir jaunir les feuilles des arbres, occupa les journées de Salima, heureuse de se reposer chez elle après le stress de son enlèvement. Mélanie Mabrouk l'informa que l'enquête était désormais sous l'autorité d'Europol, que les policiers français secondaient. Et, de fait, elle reçut la visite de Max de Saint-Pierre qui lui demanda de raconter à nouveau son enlèvement dans le moindre détail. Ce fut vite fait, l'homme à l'accent slave, l'ascenseur puis le réveil attachée et cagoulée dans cette maison nue et froide. L'inspecteur insista cependant sur l'homme dont elle avait fait un portrait-robot avec l'aide de Mélanie.

— Sur l'invitation qu'il vous a transmise de la part du commandant, vous souvenez-vous s'il a prononcé son nom, son grade ? Comment vous a-t-il fait comprendre qu'il s'agissait du commandant Salvère ?

— Je l'ai déjà dit au commandant. Je ne crois pas qu'il ait dit son nom. Venant de celui que je croyais être un policier d'Europol, ça ne m'a pas tout de suite étonnée. Ce n'est qu'en arrivant à l'ascenseur que je lui ai demandé qui l'envoyait exactement. Sa réponse a été de m'endormir. Tout s'est passé très vite. Avez-vous trouvé des indices sur mon ravisseur ?

— Pas encore, mais ça ne va pas tarder. Ils font toujours des erreurs. Souvent parce que, même si les commanditaires pensent bien les choses, les exécutants sont plus négligents.

— Et la maison ?

— Il fallait savoir qu'elle était vide et abandonnée, un simple repérage ne l'aurait pas permis sans y pénétrer. Nous n'avons trouvé qu'une trace d'effraction, sur la porte donnant sur le jardin. Cette maison à l'écart des autres en pleine campagne appartenait à un facteur retraité décédé il y a un an. Faute de descendance directe, et le bien n'ayant pas grande valeur, le notaire en charge de la succession n'a pas encore fini d'établir la liste des ayants droit. Nous avons lancé une enquête de voisinage et une autre sur le village proche qui apporteront peut-être des indices.

Salima eut également la visite de la psychologue qu'elle avait consultée après le meurtre de Maryam, et accepta les antidépresseurs qu'elle lui proposa pour dormir. Malgré cela, le cauchemar frappa en fin de nuit. Un cauchemar horrible. Elle se réveilla trempée de sueur et s'assit sur son lit. La lumière qui filtrait à travers les persiennes la ramena immédiatement à la réalité. Elle était dans sa chambre, à Paris, à l'abri. Un coup d'œil au réveil lui fit vite comprendre que Stéphane et les enfants étaient déjà partis. Elle reposa sa tête sur l'oreiller, encore effrayée, ne parvenant pas à se rassurer. Il était revenu hanter ses nuits.

Elle se leva et prépara son petit déjeuner sans même savoir ce qu'elle faisait. C'était bien sûr le propre des rêves de mélanger les époques, de faire ressurgir les vieilles angoisses… Celles-là, pourtant, elles étaient si enfouies qu'elles avaient fini par se faire oublier. Et les voilà qui surgissaient. Elle en était encore tout imprégnée, dans sa tête, dans son corps, il lui suffisait de fermer les yeux sur son appartement coquet pour se retrouver dans la chambre de son enfance. L'angoisse de l'enlèvement avait pénétré son cerveau comme une rivière de lave se fraye des chemins qu'on croit nouveaux et qui ne sont qu'anciens tracés inconnus, oubliés, refoulés. Elle n'y pensait plus, pourquoi fallait-il que cela ressurgisse ? La mort de Maryam, les violences de ces dernières journées, les séances avec la psychologue…

Les jours qui suivirent, le commandant l'appela souvent pour prendre de ses nouvelles, et elle eut plaisir à l'entendre. Il avait réussi à la persuader qu'il ne l'avait pas piégée. Le ton de leur conversation était tranquille, presque amical, à peine professionnel. Il lui demandait si elle dormait, si elle parvenait à reprendre le cours quotidien de sa vie. Il s'en fallait de beaucoup. Le moindre bruit inattendu dans la maison la faisait sursauter. Elle avait du mal à se concentrer sur son travail, qu'elle pensait reprendre malgré l'arrêt maladie d'un mois du médecin. Quant à son mari, il se comportait comme si l'on avait souillé sa femme, touchant à son corps, et la rendant de ce fait inapte à tenir son rôle d'épouse et de mère de ses enfants. Ce n'était bien sûr pas si direct, pas si net, mais c'était son impression, une impression si forte qu'un soir, excédée, elle le lui fit remarquer. Il fut loin d'avoir une réaction sereine.

— N'importe quoi ! Je m'inquiète de ta santé, je m'inquiète de l'impact de cette horreur sur les enfants, je m'inquiète pour notre vie maintenant si bouleversée. Et toi tu m'accuses ! C'est le monde à l'envers ! Ce n'est quand même pas moi qui jouais avec le feu, je ne me prends pas pour un justicier comme ta copine. Tu imagines ce qu'ils auraient pu te faire ? D'ailleurs, tu dormais, tu ne sais pas ce qu'ils t'ont fait…

Durant ces deux semaines, qu'elle passa le plus souvent seule à la maison, ses décisions prirent forme. Seule, avec plaisir. Elle avait laissé partir Stéphane et les enfants en week-end en Bretagne, leur enjoignant de se détendre, de profiter de la nature et de la grande maison familiale sans s'inquiéter d'elle qui, assommée par un cocktail d'antalgiques et d'antidépresseurs, ne faisait que dormir. En fait, pas tant que ça. Elle avait réduit le dosage. Elle se trouvait très bien seule, hors des soucis du foyer et du travail à l'université. Elle savait que sa vie était en train de prendre un virage. Elle n'y pensait pas consciemment. Chaque fois cela l'interpellait comme un truc venu de l'extérieur, elle regardait le virage, elle regardait les décisions se prendre toutes seules, étrangère en quelque sorte à son corps et à ses pensées. Toute la journée, elle lisait, consommait des repas vite faits, vite pris, et rêvait, surtout rêvait. Voire cauchemardait, mais ça c'était la nuit. Le jour, ses pensées passaient du coq à l'âne, de Maryam à Stéphane. Elle se sentait la victime consentante de son inconscient. La mort de Maryam, l'enlèvement dont elle avait été victime lui avaient-ils rendu la vie plus chère ? Sans doute. Mais il y avait aussi ce désir de plus en plus fort de ne plus s'ennuyer. Car elle s'ennuyait avec Stéphane, s'ennuyait à consacrer tant de temps au foyer. Elle n'avait pas besoin de se forcer à aller en Bretagne, pas besoin d'être tout le temps sur le dos des enfants comme si une éducation calculée au millimètre était un gage de succès et de bonheur dans la vie, pas besoin de se presser de rentrer, de se priver des colloques hors de Paris qui l'intéressaient. Oui, son métier l'intéressait. Oui, sa vie réduite à un calendrier dont toutes les semaines se ressemblaient l'ennuyait.

## 24

## *Milosz* (un an auparavant)

De la neige, comme au pays. Et avec le moteur coupé, pas de chauffage dans la tire. Y a que les corps qui chauffent et te mettent plein de buée sur les vitres. Mais Milosz bronche pas. Bouge pas, histoire que personne de l'extérieur ne sache qu'y a quelqu'un dans la voiture. Il sait pas bien ce qu'il fait là, mais tant qu'à y être, autant le faire bien. Ça l'a pris comme ça, Milosz. Une intuition ça s'appelle. On sait pas, mais on se doute. On sait pas pourquoi on se doute, mais on se doute quand même. Alors il fait comme dans ses jeux. Il se déguise, change sa démarche, porte une chapka, ou un bonnet, toujours différent. Il l'a pas dit à Lenka. Elle trouverait ça débile. Et inutile. Ça changera quoi ? Même si ça change rien, Milosz veut savoir. Et il saura. C'est pourquoi il est là, avec le froid qui le pénètre jusqu'aux os, c'est même le seul moment où il sait qu'il en a des os. Aussi froid que quand il vivait dans la rue. La nuit tombe, Milosz mange un burger tiède. Il va falloir qu'il rentre, sinon Lenka va trouver ça bizarre. Il finit son burger, sort de sa Mercedes entouré d'une vieille couverture trouvée dans une poubelle. Avec des trous et tout ce qu'il faut pour que jamais personne s'imagine que dessous y a Milosz. Tranquillement, il avance vers l'immeuble de la cité toute neuve, sonne à un étage, n'importe lequel mais pas le cinquième, et se fait ouvrir en marmonnant un truc incompréhensible. Puis il attend quelques minutes sans bouger dans le hall. Pas de bruit, il peut y aller. Il monte prudemment l'escalier jusqu'au cinquième, où il allume la lampe du portable. D'après la fenêtre, c'est l'appartement de l'angle. Donc, calcule Milosz, cette porte. Il éteint la lampe et colle son oreille à la porte. C'est bien ce qu'il pensait. Le jeune Gert se baise la vieille Barbara. Et, aux bruits qu'ils font, c'est plutôt hard. Le genre à s'insulter pour s'exciter. Et pas forcément Gert qui domine. Bon, on s'en fout. Il s'en va.

Il rentre à l'appart où, maintenant qu'elle est au chômage, Lenka a le temps de faire la bouffe. Au chômage. Rien qu'à dire le mot, Milosz a des montées de colère. Il la voit encore, près du Semperoper, où ils se donnaient souvent rendez-vous après son boulot. Rien que pour voir le bâtiment de cet Opéra dont elle rêvait. Rien que voir le programme qui, à lui Milosz, ne dit rien. Mais pas ce soir-là. Ce soir-là, Lenka vient d'apprendre qu'elle est licenciée. Encore une semaine, et elle dégage. C'est arrivé, violent. Ils étaient pourtant contents d'elle, faisaient que des compliments. Lui disaient qu'elle s'inquiète pas, le contrat à durée déterminée fini, ils lui en referaient un. Eh bien non. Lenka est anéantie. A failli pleurer. De rage. De déception. « Je comprends pas, je comprends pas », qu'elle répétait en boucle. Milosz a rien dit, mais l'idée lui est venue tout de suite. Le rapprochement. Ce putassier de Gert qui cessait pas de le provoquer. « Elle est jolie, ta nana, et bien sapée. Une vraie poupée. Tu crois qu'on les garde les poupées dans les boîtes sérieuses ? Non, sauf si… Mais j'ai bien vu, c'est pas le genre à ta nana. » Toujours quelqu'un qui intervenait, Pet ou Barbara ou même le vieux Hans, « Ferme-la Gert ». Gert la fermait mais, fils d'un chef de je-sais-pas-quoi, remettait ça deux jours après. Depuis qu'il l'avait vue, Lenka, il pouvait pas s'empêcher de provoquer. Milosz savait bien ce qu'il disait dans son dos, comment il la prendrait quand il se la taperait. Les yeux lui venaient en feu. Mais il se contenait parce que les autres chaque fois intervenaient à temps.

Depuis, Milosz lui collait au train. Le perdait souvent aussi parce que c'est pas facile de suivre une moto à distance. Il savait pas ce qu'il attendait, mais il était sûr qu'il se passerait un truc, du genre Gert qui entre dans l'agence de voyages où travaillait Lenka, ou qui boit un coup avec le patron. Mais rien. En un mois, rien. Enfin, rien à voir avec le licenciement de Lenka. Par contre, il avait vu des trucs bizarres. Gert en costard, par exemple. Ou la maison du paternel, genre villa des temps anciens avec des tas de chambres et des tableaux sur les murs. Il savait pas que c'était un bourge, Gert. Pas difficile de se renseigner auprès des autres. Herr Schumacher, le paternel, il était directeur de la compagnie de bus au temps des communistes. Et encore après, mais cette fois patron, va savoir comment. Avec de nouveaux bus, importés de l'Ouest.

Barbara, elle le remettait à sa place quand il provoquait Milosz, mais ça s'arrêtait là. Sûr, vu qu'elle se faisait tringler par lui deux fois par semaine. Il était beau gosse, c'est vrai. L'enfance dans la soie et les journées à lever des poids, ça abîme pas. L'inverse plutôt. Il traînait tout le temps à la fabrique, mais Milosz savait pas ce qu'il y faisait. Jusqu'à ce qu'il apprenne que c'était à lui qu'il devait son recrutement. « Il connaît Mattheus. C'est lui qui traite ça », lui avait dit Pet, laconique comme à son habitude. Tous, ils lui léchaient le cul. Mais pas Milosz, ni Pet. Ça devait pas lui plaire, c'est pour ça qu'il provoquait, pour les rabaisser. Avec Pet, ça s'était arrêté du jour au lendemain et Milosz avait pas pu lui faire dire, au Pet, ce qui s'était passé. Pet, tout le monde le respectait, parce qu'il faisait quand même froid dans le dos, comme disait Lenka. Mais avec Milosz, ça arrêtait pas. Pire depuis qu'il avait vu Lenka. En plus de Barbara, Milosz en avait découvert quelques autres. Mais rien, putain, rien sur l'agence de voyages.

Milosz pouvait pas le suivre tous les jours à toutes les heures. Il espérait la chance. Tomber sur quelque chose par hasard. Mais bon, fallait rester prudent. Ça arriva quand il s'y attendait pas. Et pas besoin de le suivre, c'était à la fabrique. Un soir, à l'heure où tout le monde était parti, Milosz fit semblant et revint. Comme ça, parce qu'il pouvait plus le lâcher le beau con. Il se cacha, mais resta là parce que Gert y était seul. Il attendait forcément quelqu'un, sinon qu'est-ce qu'il foutait là ? Et il les vit tous débarquer, Barbara, Hans, Dietrich, et un autre qu'il ne connaissait pas. Sortant d'un van noir aux vitres fumées comme dans les films. Ils ne montèrent pas à l'étage des chefs, bien chauffé avec des fauteuils de cuir. Ils restèrent en bas, dans la salle de Milosz, et se regroupèrent debout derrière Barbara assise devant un écran. Qui c'était celui-là ? Un type à l'air pas commode, blond, rasé à la militaire, costaud, large comme une calandre de camion. Dans la cinquantaine. Avec des allures de chef plus, plus.

— Voilà, c'est là. Regardez.

Ils se penchèrent tous, mais Milosz put rien voir de la planque où il était.

— C'est la deuxième infiltration. Dietrich recherche l'origine. Peut-être un hasard, ou un petit malin de hacker boutonneux qui se branle en pianotant. Peut-être les flics.

— On peut identifier ce connard ? Qu'est-ce qu'il a pu pomper ? éructa le camionneur en costard qui avait regardé l'écran comme une grenouille mate un tableau, de l'œil de celui qui pige rien aux lignes de code qui défilent.

— Pomper, je ne sais pas, répondit Dietrich. Mais notre hacker s'est intéressé à la boîte de Ian sur la mer Noire et au club de Paula. C'est bizarre, les deux sont bien différenciés, étanches. Il sait peut-être ce qu'il cherche. Peut-être pas. Il a quand même ramé sur la fin et s'est fait éjecter du système avant d'avoir téléchargé. Si c'est un flic, il est pas très pro.

— Bon, Dietrich, grouille-toi de remonter.

— Dès demain, je mets le Slave sur le coup. De bidouiller, ça peut aider à trouver des pistes auxquelles je ne penserais pas.

— Tu veux dire Milosz ? s'étonna Gert. On sait pas s'il est assez sûr. Imagine qu'il tombe sur les comptes de la mer Noire…

— Mais si, il est sûr, répondit sur un ton bizarre Barbara. C'est toi qu'es pas sûr quand t'es avec lui.

— C'est quoi cette embrouille ? demanda le camionneur.

— Il paraît que Milosz a une petite femme adorable, répondit Barbara. Depuis que Gert l'a croisée dans la rue, il ne pense qu'à la mettre dans son lit.

Gert avait pas l'air gêné, il partit même d'un grand éclat de rire.

— Si tu la voyais, dit-il en s'adressant au camionneur, tu ferais comme moi. Vulgaire juste ce qu'il faut pour t'exciter. Et qui a déjà donné sans se faire prier. Mais aujourd'hui elle joue la dame. Je l'aurai, je l'aurai. À genoux pour me sucer. Et ensuite…

— T'es un vrai malade de la queue, toi, va pas nous foutre la merde. C'est pas les grognasses qui manquent. Pourquoi tu veux celle-là justement ?

— Parce qu'il m'agace, le Slave. Une recrue de Mattheus. Doué et serviable, OK. Mais débile. Politiquement surtout. Son truc, c'est la horde de migrants venant frapper à notre porte. Il les veut pas, point barre.

— Pourquoi, tu les veux toi ?

— Arrête tes conneries. Je veux dire qu'il adhère à rien de nos idées, ce mec. D'ailleurs trop con pour comprendre. Qu'on le traite de raciste et il va pleurer dans les jupons de sa maman. Même pas capable d'obéir sans faire le malin. Je vais lui sauter sa radasse des quartiers et il se calmera.

— Fais ça et il te fout la merde pour de bon. C'est toi qui le provoques, grogna Barbara.

— Elle a raison. Tu nous fais chier. On va pas refaire l'histoire de l'Italienne. On a mieux à foutre que rattraper tes conneries. Tu te tiens à carreau, c'est tout. Tiens, d'ailleurs, j'ai une mission pour toi. Faut liquider une de nos fabriques en Biélorussie, celle qui a pompé les billetteries sportives. Il y a des chances qu'ils se soient fait repérer. On efface tout, on met les gars à l'abri et on dégage. Tu pars vendredi avec l'Indien.

— OK, OK, qu'il dit Gert, toujours riant. J'aime aussi les Slaves du Nord à la peau blanche.

Puis ils montèrent tous à l'étage. Milosz attendit qu'ils ferment la porte pour se débiner. Le chauffeur fumait sa clope dehors. Pourvu qu'il l'ait pas vu.

Milosz rentra un peu tard ce soir-là. Lenka lui fit les yeux froids, sans dire un mot. OK Lenka, OK, je te dis. Et il lui raconta comment et pourquoi il suivait Gert et ce qu'il avait entendu ce soir.

— Les billetteries sportives, c'est quoi cette histoire ? Comme au stade ?

— Je sais pas. Mais pas comme au stade. J'ai vu sur le Net qu'y a des pirates qui s'infiltrent dans le système de paiement des billetteries pour taper le pognon. C'est peut-être ça.

— Attends, attends, Milosz, c'est sérieux là. Tu veux dire que la fabrique détourne de l'argent ? Ça a rien à voir avec constituer un fichier pour la politique. Tu fais des trucs comme ça toi ?

— Non ! qu'il proteste Milosz. Ils m'ont jamais demandé ça. Moi, je fais des fichiers, c'est tout. Mais c'est la même opération.

— Comment ça la même opération ?

— Je vais pirater des sites pour choper les adresses et les profils.

Lenka, elle sembla tomber des nues. Elle croyait quoi ? Que Milosz recopiait les annuaires ? Qu'ils l'avaient fait venir à Dresde, avec le salaire, pour rentrer dans l'ordi les noms des fiches papier ? Elle s'énerva. Normal, toute la journée à la maison à chercher du boulot sur l'écran. Elle savait pas, elle en revenait pas, Milosz lui avait jamais dit.

— Tu m'as jamais demandé.

Puis elle se tut, comme d'habitude après s'être mise en colère. Milosz savait ce que ça voulait dire. La machine dans sa tête s'était mise à tourner. Parfois ça durait des heures, parfois des journées. Mais elle allait en reparler des billetteries, c'est sûr. Et avec une idée. Milosz était pas au courant, mais il avait compris. À lui aussi ça faisait un truc. Surtout ce que l'autre malade de Gert avait rajouté à son sujet. Pas fiable. Partage pas assez nos idées. Quel connard ! se dit-il en serrant les poings. Ce qu'il a dit sur Lenka. Je vais le tuer, un jour je vais lui refaire sa petite gueule de bourge qu'après même les pédés ils en voudront pas. Mais ça, il le dit pas à Lenka. Quand même, elle a pas tort. Le coup des billetteries, c'est carrément du vol. Mais Milosz, il est fidèle. Il se mêle pas des affaires des chefs. Ils savent ce qu'ils font et pourquoi ils le font. Et Gert est pas un chef. Va donc balader ta putain de queue à Minsk. Pourvu qu'elle gèle là-bas.

La preuve que Gert est pas un chef, le lendemain Dietrich lui a confié la mission dont il parlait la veille. Et le beau con, on l'a pas vu de la journée. Doit faire ses valises et se chercher une doudoune bien chaude pour pas se geler. Dietrich lui a expliqué ce qu'il voulait.

— On t'a appris à détecter les intrus, va falloir passer à la réalisation.

Et il lui a montré. Mais une fois qu'il a eu fini, Milosz savait pas quoi faire de plus.

— Moi non plus, c'est ça le hic, avoua Dietrich en se grattant l'arrière de la tête comme il fait quand il tombe sur un os.

Ça lui est venu pendant la nuit à Milosz, et le lendemain il est allé en parler à Dietrich, pas bien sûr de lui, mais pour voir.

— T'as raison Milosz. On peut toujours tenter. Tu fais comme si t'étais pas de la boîte, et tu essaies de t'infiltrer. Vas-y, amuse-toi, joue, tu vas gagner. J'en suis sûr !

Ouais, ben ça a pas été de la tarte ! Au début, un vrai jeu. Essayer de pénétrer un des systèmes, le contourner, le prendre par surprise. Milosz il a pas vu les heures passer. Sauf que le système lui a résisté. Dietrich l'a pas fait chier. Il lui a laissé le temps d'essayer tous les trucs possibles. Des jours et des jours où il a oublié de bouffer, d'aller prendre l'air avec Lenka sur la Terrasse. Mais ça marchait pas. Milosz était toujours bloqué au même endroit. Rien à faire, tu rentres pas mon pote !

C'est encore la nuit. À croire que sentir le corps tout chaud de Lenka contre lui, ça l'inspire. Pas que pour le sexe. Il a rêvé de tout ça, il en rêve toutes les nuits. Toutes les nuits, il encode, blanc sur vert foncé. Des milliers, des millions. Une nuit, elles débordent l'écran, dégoulinant comme une bière renversée, faisant de la mousse sur le bureau, sur ses pieds, sur ses cuisses. Il a vu le moment où son corps allait en être couvert, où les lignes grasses et gluantes allaient le noyer. Et elles lui ont gueulé après : « Mais pauvre débile, t'as pas compris ? Si t'as pas la clef, tu passes pas. Un point c'est tout. » Il s'est réveillé tout en sueur, il a eu si peur qu'il s'est écrasé contre le corps de

Lenka, comme s'il voulait entrer dedans, se cacher dans son vagin pour que les lignes, elles le voient plus. Elle a hurlé, Lenka. En slovaque. « Oh, qu'est-ce que tu fous, t'es pas bien ! » Il a raconté le cauchemar, ils se sont marrés tous les deux.

Tout le chemin vers la fabrique, il a pas arrêté d'y penser au rêve. Les lignes, ça trompe pas, ça triche pas. Elles m'ont dit quelque chose, mais quoi ? Arrivé au boulot, il avait pigé. Il s'est précipité vers Dietrich pour lui dire. Putain, c'est clair, y a pas plus clair.

— Le gonze, c'est pas un gamin. Il a un code.

— De quoi tu parles ? qu'il lui a dit, Dietrich.

— Là où je plante tout le temps, il passe. Y a qu'une solution, il a un code pour entrer.

Dietrich l'a regardé, pas vraiment convaincu. Ils ont repris ensemble tout le bidouillage de Milosz jusqu'au mur infranchissable. Dietrich, il a rentré son code. Puis Milosz s'est baladé comme sur une autoroute, plus d'obstacles, rien, un voyage de plaisir comme vendait Lenka. Dietrich lui a filé une grande tape dans le dos.

Sauf que si Dietrich a compris, Milosz, lui, rien. Il a repris son boulot habituel, pirater des sites pour bouffer des profils. Ça lui a valu une prime de 500 euros que Dietrich, sympa, lui a filée. Et une discussion, un soir avec Lenka. Pas commode. Sans s'énerver, très calme, elle lui a dit à Milosz, C'est du banditisme.

— Quoi ? Hacker, du banditisme ?

— Ça dépend, Milosz. Mais si c'est pour détourner du fric des clubs sportifs, t'appelles ça comment ? Du vol. Point. Et tu m'as dit qu'il y avait plusieurs fabriques en Europe. Alors, ils font peut-être pas que dans la billetterie sportive tes copains. C'est une grosse arnaque. Une arnaque à plusieurs millions, plus peut-être. La BM et les costards du Mattheus et de tous les autres, ça vient d'où ? De ça ?

Milosz a dit : « C'est pas mes oignons. » Elle a pas insisté. Elle va y revenir c'est sûr, et c'est vrai, elle a pas tort Lenka. Mais qu'est-ce que j'y peux moi ? N'empêche, ça l'a travaillé. Il s'est dégoté une turne à Internet dans le quartier des Envahisseurs. Là, les autres viendront pas. Puis il a repris les mêmes opérations qu'à la fabrique, histoire d'en savoir plus sur les billetteries et sur ce hacker qu'il trouvait pas. Il y est allé avec le bonnet sur la tête et le casque sur les oreilles, histoire de pas se faire connaître et de pas entendre les autres à côté, bruyants. Cinq ou six fois, pas plus.

# 25

## *Deniz*

La réunion du lundi fut brève mais, sitôt achevée, comme ils en avaient au préalable convenu, Theos Stefanakis, Louis Carpita, directeur des services informatiques, Ulrick Lund, directeur des services juridiques, et Deniz se retrouvèrent dans le bureau de Maria Kaltbrunner avec son assistant, Brady Donohoe. Les menaces pesant sur le 11 novembre avaient mis tous les pays en émoi. Les services de sécurité et de renseignement des vingt-huit États membres de l'Union exigeaient quotidiennement un point, de même que les responsables de la sécurité états-unienne, avec leur incroyable façon de poser une question comme si c'était un commandement, et les services turcs affolés par la peur de sanction de leur tout-puissant président. Sans parler des services russes. Et des Chinois. Bref, les services de sécurité de la planète étaient sur des charbons ardents. C'était l'épreuve du feu pour la directrice générale, et l'Autrichienne ne comptait visiblement pas y laisser son poste.

— Madame la directrice générale, commença Carpita toujours respectueux des titres et fonctions, il faut d'abord prendre en considération que nous n'intervenons qu'à la marge dans cette affaire. Les services français sont à la manœuvre et font le lien avec les différents services de protection des chefs d'État invités. La grande inquiétude des Français ne se situe pas tellement au niveau sécuritaire, mais diplomatique. Ils craignent que plusieurs chefs d'État, et non des moindres, ne prennent prétexte du risque d'attentat pour refuser l'invitation de la France aux cérémonies et réduire de ce fait un rôle déjà écorné au niveau international. Leur président veut profiter de l'occasion pour redonner du lustre au drapeau tricolore. On dit qu'il prépare un discours gaullien. Quant à la sécurité, pour l'instant, et sans faire preuve d'optimisme, nous pouvons affirmer qu'aucun danger ne semble se profiler.

— Rien ? Ce n'est pas l'impression que me donnent les messages dont je suis submergée, lâcha Kaltbrunner.

— Par rien, j'entends l'organisation d'attentats. Les messages et les échanges faisant état du retentissement exceptionnel qu'aurait pour Daech une action à proximité de l'Arc de Triomphe où aura lieu la manifestation abondent sur les réseaux. Mais pas l'ombre d'un commencement de passage à l'acte.

— Il semblerait que tout leur potentiel logistique et humain soit concentré en Syrie et en Irak, précisa Deniz. La seule chose qui nous inquiète, c'est le passage à l'acte d'un ou de plusieurs individus isolés, sans lien, hormis dans le verbe, avec les chefs islamistes. L'hypothèse d'une ancienne cellule dormante préalablement préparée reste toujours possible…

— Il y a tout de même des mesures préventives…

— Effectivement, répliqua Deniz. Bien que les surveillances quotidiennement opérées sur les individus ou les groupes suspects aient été renforcées, bien qu'aucun élément, comme l'a dit Louis, n'ait été détecté, nous envisageons de préconiser à l'espace Schengen une mesure que nous aurions aimé ignorer.

— Oui? Laquelle? demanda Maria Kaltbrunner avec ce que Deniz prit pour un sourire de satisfaction tant il connaissait ses positions et celles de son gouvernement en la matière.

— Donc, reprit Deniz qui en avait gros sur le cœur pour s'être toujours battu contre une mesure qu'il lui revenait maintenant de préconiser, contradiction naturelle à ceux qui sont aux affaires, donc nous proposons de rétablir dans l'espace Schengen un contrôle aux frontières des pays limitrophes de la France. Un contrôle temporaire, précisa-t-il bien qu'inquiet qu'un État membre saute sur l'occasion pour étirer le temporaire dans le temps. Le seul appareillage disponible pour empêcher les entrées d'armes et d'hommes par voie terrestre est celui des postes frontières. La mesure a pour but de décourager les opérations de terroristes amateurs qui se sentiraient vocation soudaine au martyre, de compliquer une opération venue de l'extérieur de l'Hexagone, mais elle n'empêchera pas un groupe expérimenté de passer les frontières par des voies clandestines et encore moins un groupe natif d'agir en France.

— Voilà tout de même une sage mesure, sourit la directrice générale. Nous n'y prenons pas part?

— Ce n'est pas dans nos compétences, madame, répondit à son tour Theos Stefanakis. Notre avis est cependant requis et, quoi qu'il puisse en coûter à un service européen, nous vous conseillons de donner une réponse positive.

— Je suivrai votre avis, messieurs. Sur une échelle de dix, à combien situez-vous le risque réel ?

— Deux, madame, répondit encore Stefanakis. Il y aura ce jour-là un tel déploiement de forces de sécurité venues du monde entier qu'il y a peu de risques de voir un terroriste approcher des Champs-Élysées. Le danger est bien en amont.

— Très bien. Donohoe, préparez l'avis avec Carlos Savater. Je vous remercie, messieurs.

Tous les présents se levèrent, mais la directrice ajouta :

— Commandant Salvère, monsieur Stefanakis, pouvez-vous m'accorder encore quelques instants ?

L'invitation étant un ordre, les deux hommes se rassirent sans prendre la peine d'échanger un regard. Maria Kaltbrunner attendit que la salle se vide et que son assistant, le sympathique et compétent Brady Donohoe, lui apporte un dossier.

— Messieurs, j'ai examiné avec attention les rapports d'activité mensuels de notre institution. Je vois qu'une grande attention est portée à cette affaire parisienne par vos services et ceux de Louis Carpita. Pourquoi mobiliser tant de monde ?

Deniz ne s'attendait pas à cela. Trop occupé par ses dossiers en cours, il n'avait pu satisfaire aux exigences diplomatiques internes et cela lui revenait maintenant comme un boomerang. Il n'ignorait pas le danger. La directrice générale avait pouvoir, sinon d'interdire ces investigations dans les milieux d'ultra-droite, du moins d'en réduire considérablement la portée. Il savait que Stefanakis s'y opposerait, mais jusqu'à un certain point qu'il ne connaissait pas, ne percevant qu'approximativement le nouveau rapport de force qui s'était créé depuis l'arrivée de la directrice. Il s'en voulut d'avoir été aussi absent.

On disait Maria Kaltbrunner très conservatrice, position qui ne lui nuisait pas avec l'arrivée au pouvoir du gouvernement le plus à droite que l'Autriche ait connu depuis la guerre. Mais aussi très défenderesse des prérogatives de sa fonction, attitude qui pouvait déplaire à son nouveau patron, un ministre de la Justice issu des rangs de l'extrême droite. Celui-ci n'était d'ailleurs pas étranger à l'accord que son parti avait conclu avec celui de Vladimir Poutine, Russie Unie, accord inédit et unique dans l'histoire des partis européens. Il se disait que la patriote Kaltbrunner n'appréciait guère ce genre d'excentricité. Alors comment se positionner au mieux avec elle ? Lorsque son tour de parler viendrait, il lui faudrait prendre un parti. Deniz prit celui d'Europol, pariant sur la passion pour l'ordre constitutionnel de la directrice et rognant un peu sur la prudence chère à Stefanakis.

— Madame, vous n'ignorez rien des circonstances qui ont présidé à ma nomination. Par-delà mon prédécesseur, on a reproché à Europol son incapacité à prévenir les attentats de Paris. La commissaire européenne à la justice, dont nous dépendons, et votre prédécesseur ont alors œuvré, avec succès, pour que nos compétences soient élargies dans le domaine du renseignement et de l'opérationnel.

— Je sais tout ça, commandant. Venons-en au fait.

— J'y suis, répondit Deniz, mécontent d'avoir été coupé dans le discours structuré qui se préparait dans sa tête en même temps qu'il l'énonçait. Toute l'activité à laquelle vous faites référence est due à ces deux fonctions : le renseignement et l'opérationnel. Le danger d'opérations extrémistes fortement structurées, lourdement financées et armées, logistiquement préparées à des actes de guerre ou à des révoltes de groupes minoritaires de la population ne provient pas que de factions religieuses fanatisées. Nous avons des raisons de suspecter qu'elles pourraient également provenir de factions politiques fanatisées.

— Cela, vous l'avez déjà dit. C'est beaucoup trop de conditionnels. « Des raisons de suspecter » je n'en lis aucune dans ce dossier, dit-elle vertement en pointant du doigt la copie de la requête adressée par Deniz au juge européen.

— Le juge, au vu des éléments, a estimé l'instruction recevable.

— Certes, mais il n'a pas demandé de mobiliser plus de vingt agents européens. Cela prend des proportions surprenantes.

— Pour les attentats de Paris et Bruxelles, nous nous en sommes tenus à un rapport de renseignement qui…

— C'était il y a trois ans, monsieur Salvère ! Depuis, nous avons largement rectifié le tir, vous êtes bien placé pour le savoir. Plus de cent tentatives d'attentat déjouées. Mais dans cette affaire, où sont les tentatives ?

Le ton de Maria Kaltbrunner n'était guère à la réplique. Deniz était acculé, sans argument pour la convaincre.

— L'enlèvement d'un témoin nous a semblé le signe de la présence d'une organisation…

— J'entends vos propos, commandant, le coupa

à nouveau la directrice. Mais comprenez que je ne vous demande pas des discours pour le Parlement européen, mais un compte rendu de vos actions. De quel groupe parlez-vous ? De quelles informations disposez-vous ? En quoi votre département d'Europol, service de police et non de renseignements politiques, est-il concerné ?

On ne pouvait faire plus clair remontage de bretelles, et Deniz en était vivement irrité. Il savait pertinemment que, faute d'éléments nouveaux et probants, l'instruction européenne s'arrêterait là. L'explication des dangers potentiels de groupes ultranationalistes n'avait pas lieu d'être, c'était pourtant la seule que Deniz avait dans son panier.

— C'est peut-être une erreur de penser que, venant de la Commission, j'ai été nommé à ce poste pour mettre le doigt sur les omissions qui ont fait manquer à Europol l'occasion de se distinguer dans l'accomplissement de ses missions. Mon prédécesseur, conformément aux canons alors en vigueur, a préféré fuir comme la peste toute information à caractère politique. Comme par exemple le processus de radicalisation des tueurs du Bataclan, les discours politiques de recrutement qu'il fallait examiner, les complicités nouées. Je n'entends pas, demain, être l'objet d'un tel procès, même si vous me le demandez.

Theos Stefanakis se trémoussa sur son siège en signe de mécontentement et la directrice générale jeta à Deniz le regard du supérieur qui n'aime guère qu'on lui tienne tête. Seul Brady fit un clin d'œil à Deniz. Vas-y mon gars, semblait-il dire.

— Les éléments épars que les services de Brenner et de Carpita ont portés à notre connaissance indiquent, affirma péremptoirement le commandant, la constitution d'une organisation criminelle qui se mettrait au service d'une cause, comme l'ont fait les terroristes des attentats de Paris. Cette organisation est-elle bien structurée ? Nous ne le savons pas. Mais nous n'attendrons pas qu'elle commette des attentats ou des actes contraires aux législations en vigueur dans l'Union pour nous en assurer. Je vais vous faire porter un rapport plus argumenté sur la question. Vous vous ferez une opinion par vous-même.

Stefanakis était sur des charbons ardents. Deniz savait qu'il n'appréciait guère le ton dont il venait d'user. Pas sûr non plus qu'il apprécie la référence à sa nomination venant de la Commission européenne qui voulait clairement dire « Je dépends de plus haut que toi ». Il parlait tout de même à la directrice générale.

Il arriva très tendu à l'étage de son département. Il ne supportait guère qu'on emploie à son égard l'argument d'autorité. Inès da Paz le suivit dans son bureau pour lui rendre compte des progrès concernant les menaces sur la manifestation du 11 novembre. D'un geste il lui fit signe qu'il l'écoutait, sans pour autant l'inviter à prendre un siège.

— Ça ne va pas, patron ?

— Vous savez ce qui perd une administration ? Être occupée à faire des rapports sur l'avancée des ennemis alors que ceux-ci sont en train d'entrer dans le bâtiment.

— De quels ennemis vous parlez ? Je ne vous suis pas.

— Je divague, Inès. Je divague. Alors, du neuf ?

— Les Français ont mis sous surveillance renforcée

une bonne partie de leur fameux fichier « S », les personnes suspectées d'être radicalisées ou en voie de radicalisation. Mais rien de concret sur les réseaux les plus dangereux que nous surveillons. Ni chez nous, ni en France ou en Belgique. Qu'est-ce qu'on fait ?

— On ne lâche pas. Jusqu'au jour de la manifestation. Vous avez eu un contact avec les Russes ?

— Toujours aussi difficile. Ils ont l'air de se foutre de nous. Mais ils assurent que, pour d'autres raisons, ils ont sous surveillance efficace, je redoute de savoir laquelle, leurs propres terroristes en puissance.

— Bien Inès. Continuez et oubliez ce que je vous ai dit. Ce sont les énervements inhérents au métier.

Inès sortie, il aurait bien hurlé des insanités en envoyant valdinguer d'un revers de main rageur tous les dossiers accumulés sur son bureau. Mais la transparence de l'open space le contraignit à plus de mesure. « *Bullshits !* » murmura-t-il. Cette mule d'Autrichienne, comme tous les nouveaux arrivants, avait besoin de faire acte d'autorité. Et ça tombait sur lui qui, comme un innocent, n'avait pas pris la peine de circonscrire le terrain avec des appuis en haut, en bas, au nord et à l'est. Un peu tard, il n'avait plus le temps. Il n'avait d'autre choix que d'aller vite, mais il ne pouvait pas faire traîner la remise du rapport plus de deux à trois semaines. Donc, dans quinze jours, tout Europol serait au courant de ce qu'il s'évertuait à garder par-devers lui depuis des mois. « Merde ! Merde ! » s'écria-t-il encore, ses yeux fermés lui permettant d'ignorer l'effet que cela produisait sur ses collaborateurs. Cinq minutes après, il s'était calmé.

Il connaissait trop bien Elsa pour ne pas savoir que, forte de sa carte blanche, elle avait repris le dossier Binebine de fond en comble depuis le début. Il l'appela, croisant les doigts pour qu'elle ait sérieusement avancé. Il ne savait pas qu'il allait avoir droit à sa seconde remise en cause de la journée. Il eut cependant la chance qu'Elsa soit ce jour-là d'humeur à ménager sa susceptibilité.

— Si on veut voir les choses positivement, on peut dire que l'enquête policière couvre tous les champs possibles entre Lebèque et sa certitude d'avoir affaire à un maniaque sexuel et ta certitude à toi d'une histoire terroriste d'un nouveau genre.

— Depuis le début, je te dis que les deux ne collent pas. Il y a quelque chose qui nous manque entre la nuit torride, l'égorgement et l'informatrice d'Europol. Et donc, si on voit les choses négativement ?

— Eh bien c'est positif aussi, rit Elsa, car on a de quoi faire. J'ai tout relu depuis le début, les rapports de police, les dépositions et même ton fichu dossier. Et je trouve que nous avons laissé passer trop de choses sans les vérifier. Je suis persuadée qu'avec un peu plus d'interrogatoires classiques, un peu plus de recherches sur la personnalité et le passé des différents témoins et un peu moins de finasseries, on va déboucher.

— Qu'est-ce que tu veux dire ? Qu'est-ce qu'on a manqué ?

— D'abord, tu as un peu déstabilisé ta copine Annick. Mets-toi à sa place, tu es commissaire en charge d'une enquête, mais on t'informe qu'il y a une autre enquête à laquelle tu n'as pas accès, puis on te dessaisit. Pas vraiment motivant.

— C'est pas le bon jour, Elsa. Je viens déjà de

déclarer la guerre à la directrice générale, alors on verra plus tard pour les reproches.

— La guerre ? À Marie-Thérèse ?

— Ah, vous lui avez trouvé un surnom ! se détendit Deniz. Pas très original mais il vivra bien. Elle m'a sommé de lui fournir des preuves de l'existence du réseau ultranationaliste. Je dois lui remettre un rapport d'ici deux semaines.

— Ouah la pression ! Et sur qui ça va retomber ? Sur nous. Mais attention, je fais mon boulot. Tant pis pour toi si le crime terroriste n'est qu'une vue de ton esprit.

— Ne t'inquiète pas pour ça. Qu'est-ce que tu disais qu'on a manqué ?

— Je pense que les principaux témoins nous mènent en bateau. Et même qu'ils le font tout à fait consciemment. Le Montencour va arrêter de jouer les poètes, Rosa l'innocente, ta protégée l'amnésique. Je n'ai jamais vu un meurtre prémédité où l'on ne trouve pas la solution dans le passé de la victime. On nous cache des choses. Qui et pourquoi, je vais le trouver.

La détermination d'Elsa était rassurante, et le travail bien organisé. Les surveillances habituelles avaient été mises en place, la recherche se resserrait sur Fatouma Koné. La police française avait établi plusieurs caches possibles, avec la coopération très active de Rosa Keïta qui, par ailleurs, avait été suspendue pour deux mois en raison du rodéo dans le passage Verdeau.

— Sympa ta copine Lebèque, elle est intervenue pour qu'elle ne soit pas virée et qu'on lui maintienne son salaire pendant sa suspension. Je ne m'attendais pas à ça de sa part.

— Tant mieux pour elle. Quoi d'autre ?

— On va y arriver, mais c'est lent. Je suis allée avec Max et Adrijana au village proche de Goussainville. Nous avons montré un peu partout le portrait-robot du body-builder. Le type a bien rôdé dans le coin, disant qu'il cherchait une maison tranquille à louer pour y répéter sa musique. Rien d'autre pour l'instant.

# 26

## *Elsa*

Cette fois, c'en était bien fini de l'été. Le temps était maussade et la température avait chuté. Le samedi suivant, la quasi-totalité de l'Europe passerait à l'heure d'hiver, perdant une heure de jour en soirée, celle-là justement où les forces vives de la capitale, celles qui n'étaient pas enfermées dans les salles de fitness, se ruaient dans les bars à vin. Hormis ces considérations chrono-biologiques qui chaque année endeuillaient un peu son humeur jusqu'au printemps suivant, Elsa était en belle forme. Elle avait abandonné le triste commissariat de quartier, et avec lui ce quartier chaleureux de République, pour intégrer avec l'équipe les nouveaux locaux des Batignolles, modernes, lumineux, bien équipés. Avec Max et Adrijana, ils n'avaient pas été longs à découvrir la rue des Dames et la rue de la Condamine, qui ne cédaient en rien à Oberkampf question bistrots et foules de Parisiens en mal de décompression.

C'est dans ces locaux qu'elle avait tendu sa toile au sens propre du terme, disposant sur le tableau et sur l'écran grand format les photos, films, documents et fiches frappées de points d'interrogation reliant entre eux les faits et les protagonistes. Après ce travail fastidieux mais propice au remue-méninges partagé avec ses deux collègues, ils s'étaient tous trois installés dans des fauteuils, face à la toile, pour repasser les faits et chercher les failles. Ils pouvaient désormais agir à leur guise sur le volet parisien de l'enquête. Ils furent d'accord pour commencer par Montencour. Adrijana poursuivrait la recherche de Fatouma Koné et Max se concentrerait sur le ravisseur. Elsa entendait réserver un traitement particulier à Salima Duval. Prenant en considération la dimension traumatique de son enlèvement et de la mort de sa copine, elle irait la rencontrer seule chez elle, car elle était certaine qu'on pouvait trouver dans le passé de Maryam, voire dans leur passé à toutes deux, des éléments qui leur avaient échappé. Profitant de la mise à disposition par Deniz de trois enquêteurs du bureau parisien d'Europol, elle leur avait demandé un tableau le plus complet possible de la famille Binebine et particulièrement du frère intégriste.

Elle le vit arriver à travers la porte vitrée du rez-de-chaussée, grand mais voûté, l'élégance un peu fanée, l'écharpe noire négligemment rejetée sur une épaule. À peu près l'image qu'elle s'en faisait après avoir visionné la vidéo du premier interrogatoire mené par Mélanie. Damien Montencour était bien plus âgé que Maryam, certainement la cinquantaine passée, mais portait beau. Lorsqu'ils se serrèrent la main, elle ne remarqua ni tension, ni mauvaise humeur pour avoir été convoqué à nouveau dans un commissariat autre que celui de la première entrevue. Elsa avait pris soin de l'accueillir à l'entrée, puis ils montèrent au sixième étage, vers la salle d'interrogatoire permettant la captation d'images retransmises en direct. Mélanie les y attendait.

— Merci de vous être déplacé, commença la jeune enquêtrice. Nous avons quelques questions complémentaires à vous poser. Pouvez-vous nous décrire Maryam à l'époque où vous vous fréquentiez, ses journées, ses hobbies, ses relations, ses sorties…

— À vrai dire, et si je peux parler franchement, répondit-il avec un sourire entendu, nous passions surtout notre temps au lit, le mien en l'occurrence. Je n'ai pas fréquenté ses amis. C'était un milieu un peu trop cool pour moi. Et plus jeune.

— Trop cool ? C'est-à-dire ?

— Plutôt le style de personnes à vivre dans le présent, sans trop se soucier du reste. Maryam ne différait guère, si ce n'est pour son engagement social.

— Vous voulez parler de son activité dans l'association contre les mariages forcés ?

— Oui. Et aussi à l'association Levez le voile que nous avons fréquentée ensemble quelques mois. Mais elle s'est lassée. Et moi aussi.

— Vous avez abandonné vos combats ? demanda Mélanie.

— Les relations avec ces gens-là en tout cas. Et puis je ne m'expose plus personnellement.

— Pourquoi donc ? À cause de Maryam ? intervint Elsa.

— De Maryam ? Non, non. Je ne sais pas où elle en était à ce sujet puisque, comme je vous l'ai dit, je ne la voyais plus. Non. Tout simplement parce que les points de vue, de part et d'autre, se sont radicalisés. Je suis un rationaliste convaincu et il devient très dur de faire entendre raison. Les arguments ne sont pas écoutés. Ça vaut pour tous les sujets d'ailleurs. Une espèce de style que se donnent les gens. Pas besoin de réfléchir pour passer à la télé. Plus c'est gros, violent, outrageant, plus ça attire les caméras. Les gens marchent à coups de slogans, sans se…

Elsa le coupa, irritée de le voir si à l'aise, et revint au militantisme de Maryam.

— Vous parlez de radicalisation. Savez-vous si elle avait eu des accrochages avec des personnes radicalisées ?

— On s'accrochait parfois, mais il n'y avait pas mort d'homme… Oh, pardon, l'expression est mal choisie. Elle était vive, offensive, et parfois ça faisait des étincelles. Nous avons divergé sur… Disons sur ce qui relevait de la religion et de la culture. La culture musulmane pour être précis.

— Dans quel cadre avaient lieu ces discussions ?

Il fit une moue interrogative, comme s'il cherchait à se souvenir.

— Chez moi. Ou dans un bar ou un restaurant, là où on se voyait. Levez le voile n'avait pas d'argent, pas de siège, on était hébergés par une autre association, France laïque. C'est surtout avec ses membres que les divergences sont apparues.

— Quels membres ? demanda fermement Mélanie.

— Ah, vous voulez des noms ? C'est délicat. Ça fait un peu balance, non ? Laurent Casini, Hélène Dugrin, Julien Blondel, Gérard Desfossés… Elle se prenait le bec surtout avec le trésorier, Gérard Desfossés, un homme assez rigide.

Il avait *tutto bene* celui-là. Habile la façon de se défausser sur les autres. Et pas la moindre empathie pour la victime. Elsa en était agacée. C'est peut-être cet agacement qui provoqua l'envie de le déstabiliser. Pour voir. Comme au poker.

— Quel est le nom de celui ou de celle avec qui vous avez parlé de Maryam récemment ?

Damien Montencour perdit son sourire et un peu de son assurance. Son phrasé se fit nettement moins limpide.

— Avec qui ? Quoi ? Mais je ne l'ai pas revue… Enfin je n'ai pas parlé à Maryam… Euh je veux dire de Maryam. Qu'est-ce que c'est que cette histoire ?

— On vous demande juste son nom. Vous n'êtes accusé de rien. Pour le moment, ajouta Mélanie qui avait compris Elsa.

Pour la première fois, il parut ressentir la chaleur de la pièce et ouvrit son manteau, desserra son écharpe, se redressa sur son siège. La surprise semblait faire place à la colère et à l'indignation. Il le dit.

— Mais qu'est-ce que vous êtes en train de faire ? De quoi s'agit-il ? Que me reproche-t-on exactement ? Ça n'a pas de sens ! Je vous ai déjà dit que je n'avais pas vu Maryam depuis au moins deux ans. Et je parle de ce que je veux avec qui je veux !

Elsa sut instinctivement qu'elle tenait quelque chose.

— Son nom, monsieur Montencour. Son nom et nous arrêtons là cet entretien, vous pourrez rentrer chez vous.

L'allusion à la garde à vue était à peine voilée, elle mit Montencour hors de lui.

— Comment ? Comment ? Mais vous ne prétendez pas me retenir ici ? Mais qu'est-ce que c'est… C'est un piège.

— Monsieur Montencour. Vous avez parlé de Maryam, de ses compétences informatiques, insista Elsa. À qui ?

— Mais je deviens fou ! C'est grotesque… Comment pourriez-vous savoir de quoi je parle et à qui…

Damien Montencour s'énervait, très agité sur sa chaise, passant la main dans ses cheveux qu'il mit en bataille. Il se leva et fit mine de s'en aller, mais d'une façon trop molle, comme s'il attendait d'en avoir l'autorisation.

— Rasseyez-vous ! lui ordonna Elsa. Il ne s'agit pas d'un jeu. Je vous rappelle que vous êtes entendu dans le cadre d'une enquête pour homicide.

Il était encore trop sûr de lui, trop certain que les enquêtrices ne pouvaient rien savoir. Il se tut. Elsa ne lâcha pas.

— Parler avec un ami d'une tierce personne, c'est une chose. Quand la personne en question est assassinée, taire le nom de l'ami, c'est un délit d'entrave à la justice.

Montencour parut ébranlé par l'argument, mais pas assez pour qu'il donne le nom.

— Peut-être ai-je parlé de Maryam, sans doute même, je l'aimais bien, je pense souvent à elle.

Un temps mort s'avérait nécessaire, Elsa fit un signe à Mélanie pour qu'elles sortent toutes les deux. Elles rejoignirent Adrijana, qui suivait l'interrogatoire sur écran dans la pièce voisine.

— J'y suis allée au bluff, avoua Elsa. On tient quelque chose, et peut-être quelqu'un s'il nous donne le nom. Je ne comprends pas bien sa réticence.

— Tu as raison, j'ai vu son changement radical

d'attitude, confirma Adrijana. Je crois qu'il a peur. Et pas de nous. Peut-être a-t-il été menacé…

— Oh, ça me donne une idée, s'exclama Elsa en partant chercher un café.

— Mardi 23 octobre, 11 heures 17, dit Mélanie pour l'enregistrement de l'interrogatoire.

Elsa sentait que l'affaire pouvait progresser très rapidement si ce bout d'homme tremblant, qui ne lui inspirait aucune commisération, crachait enfin le morceau.

— Je crois, monsieur Montencour, que vous n'avez pas bien saisi qui je suis, lâcha soudainement Elsa.

Il leva sur elle un regard étonné, sans se départir de son expression rétive.

— Capitaine Elsa Minetti, d'Europol, adjointe à la direction du département de la lutte contre le terrorisme. Vous êtes ici au siège parisien de notre institution. Ça vous laisse supposer pourquoi c'est moi qui vous interroge.

Évidemment, il ne supposait rien du tout, ses yeux grands ouverts en témoignaient. Mais il comprit alors que sa situation était plus délicate que ce qu'il avait pu penser, et c'est bien l'effet qu'Elsa recherchait.

— Vous comprenez donc que vous êtes un témoin capital dans une affaire de meurtre, d'enlèvement et d'association de malfaiteurs en vue de commettre un acte terroriste. Donnez-nous le nom de la personne avec qui vous avez parlé de Maryam, vous serez ainsi hors de cause.

L'énoncé de la capitaine agit comme un coup de bottin sur sa tête bien vide. Ses yeux se mirent à bouger, sa bouche à se contracter, il paniquait.

— Attendez, attendez. Je n'y comprends plus rien. On parlait de Maryam, qui a été assassinée, mais je n'y suis pour rien. Et maintenant d'un enlèvement ? De terrorisme ?

— Exactement, le meurtre de Maryam Binebine, l'enlèvement de son amie Salima, le tout dans le cadre d'une association de malfaiteurs à visée terroriste. Vous avez eu le temps d'y réfléchir. Je ne crois pas judicieux que vous restiez plus longtemps ici, ni que tout Paris en soit informé. Qu'en pensez-vous ?

Il ne répondit pas tout de suite, assimilant d'abord les informations. Il soupesa sans doute les avantages et les inconvénients dans son silence. Mélanie et Elsa laissèrent à la machine le temps de tourner dans ce cerveau peu habitué. Il allait y venir tout seul, espérait Elsa.

— Il n'y a pas de danger pour moi ? demanda-t-il enfin à faible voix.

C'est gagné, pensa Elsa qui retint sa joie.

— Je n'en vois aucun si vous avez gardé pour vous la convocation en ce lieu.

— Je n'en ai pas parlé, répondit-il rapidement, percevant dans ce fait une lueur d'espoir. À personne. Je n'ai parlé de rien à personne.

— Eh bien alors, où serait le danger ? Votre déposition est confidentielle. Vous rentrerez tranquillement chez vous. Il y a peu de chance que nous vous convoquions à nouveau si vous répondez franchement à nos questions.

Il hésita encore. Elsa imagina le balancier qui faisait osciller sa tête de gauche à droite.

— Je ne pouvais pas savoir que Maryam était en danger. Je ne sais pas ce qui s'est passé. La conversation…

Rien ne dit qu'elle a nui à Maryam. La presse a parlé d'un amant éconduit ou quelque chose comme ça. Un meurtre passionnel. Non, vraiment, je ne l'imagine pas en meurtrier. Et dans quel but ? Ce serait disproportionné.

— De qui parlez-vous ? demanda Mélanie qui commençait à s'impatienter.

— Écoutez, ce n'est pas un ami… Plus exactement ce n'en est plus un, mais je ne veux pas lui faire du tort. Ni le mettre dans une situation délicate alors que…

— Vous préférez que ce soit vous qui n'ayez rien fait. Vous n'avez rien fait, n'est-ce pas monsieur Montencour ?

— Mais non ! C'est… C'est Gérard Desfossés. Mais si vous le connaissiez, vous n'imagineriez pas que… Il est quasi impotent. Il marche avec une canne et a du mal à respirer.

— Racontez-nous calmement votre conversation. À quelle date et où a-t-elle eu lieu ?

— C'était à la mi-septembre. Quand Gérard m'a téléphoné, j'ai été surpris. Je n'avais plus eu de ses nouvelles depuis plus de deux ans. Il avait l'air angoissé. Il s'est excusé de me déranger, mais il devait me rencontrer rapidement, le soir même. On s'est retrouvés près de chez lui, dans un café de Bastille. Il semblait fatigué et avait une ecchymose sous l'œil. Il m'a parlé de Maryam sans préambule, il voulait savoir si je la voyais toujours, si j'avais son adresse. Je lui en ai demandé la raison. Il avait reçu la visite d'un tueur… Un cogneur plus exactement, un type lié à ses fréquentations politiques. L'homme lui avait laissé quelques heures pour se procurer les coordonnées de Maryam.

Gérard avait protesté, mais l'homme était violent. Il lui avait conseillé de ne raconter sa visite à personne, et ça valait également pour moi dont il avait maintenant l'adresse.

Mélanie s'empressa de copier le numéro de téléphone de Desfossés et sortit de la salle d'interrogatoire.

— Vous avez donc donné l'adresse. Le « cogneur » est passé vous voir ? demanda Elsa.

— Non, répondit Montencour en baissant les yeux. Je ne suis pas très courageux, je ne suis pas rentré chez moi depuis cette date. Mais il m'a appelé. Il m'a menacé de me jeter dans la Seine.

— Parlait-il bien français ? Avait-il un accent ?

— Pas bien français, non. Il avait un accent, mais je ne saurais pas dire d'où. Pas européen à mon avis.

— Lorsque vous avez appris l'assassinat de Maryam, que vous vous êtes rendu à notre première convocation, pourquoi n'avoir rien dit ? Vous saviez bien qu'une telle information était capitale pour nous et qu'agir comme vous l'avez fait est répréhensible.

— Maryam était morte, on parlait d'un meurtre passionnel dans la presse. Et j'ai toujours peur. Je ne veux pas finir noyé.

— Une dernière question, sur quel ordinateur Maryam travaillait-elle lorsque vous étiez ensemble à l'association Levez le voile ?

— Sur le sien, ou sur celui de France laïque. Pourquoi ?

Après lui avoir fait signer sa déposition et consulté Adrijana, Elsa décida de laisser partir Montencour, non sans lui intimer les précautions d'usage, rester à disposition de la police, ne pas quitter Paris et ne pas entrer en contact avec Desfossés.

Au sortir de la salle d'interrogatoire, deux nouvelles l'attendaient. Une mauvaise d'abord : la disparition de Gérard Desfossés. Mélanie avait agi vite, appelant Desfossés et envoyant un véhicule du commissariat de Magenta à son domicile. Le téléphone était éteint, Mélanie cherchait à savoir depuis quand auprès de l'opérateur. Les deux agents envoyés chez lui rapportaient que, selon une voisine, Desfossés et son épouse étaient partis depuis un mois en vacances.

Mélanie avait une bonne nouvelle. Sur l'une des adresses qu'avait fournies Rosa Keïta comme pouvant abriter sa cousine, l'enquête de voisinage avait produit ses fruits. Une personne répondant au signalement de Fatouma Koné avait été aperçue dans le quartier des Courtilles à Saint-Denis par l'épicier de la rue à qui elle avait acheté des vivres. De Angelis et un autre agent étaient partis en planque sur le lieu.

— Enfin ! lâcha tout sourire la capitaine Minetti. Mais cette fois pas de bêtises. On envoie Max et Adrijana avec les policiers français.

## 27

## *Salima*

Quelques jours après le rapt, Salima reçut une visite qui n'apaisa en rien ses angoisses. Celle de la capitaine Minetti. Lorsqu'elle l'invita à s'asseoir, la capitaine s'excusa du dérangement puis prit le temps de s'inquiéter de sa santé avant de la prévenir que l'entretien ne serait pas forcément agréable. Il ne le fut pas.

Elle lui fit d'abord reprendre ses dépositions du début, l'obligeant à répéter la scène du crime, la vie et les mœurs de son amie. Puis ça empira.

— J'ai repris l'affaire depuis le début, car forcément nous avons manqué quelque chose. La police scientifique, cette fois, ne nous a pas donné d'éléments probants. Alors j'ai relu toutes les dépositions, tous les rapports des enquêteurs. Pour ce qui concerne les activités de Maryam, nous avançons et nous y verrons bientôt plus clair. Mais je me suis aussi aperçue qu'il y avait comme un blanc dans cette affaire, comme une absence, qui me trouble.

Salima suivit l'explication sans savoir où la capitaine voulait en venir, mais une crainte diffuse commença à l'envahir, comme si elle devinait, redoutait plutôt, ce qu'allait demander l'enquêtrice.

— Vous connaissiez la famille Binebine ? Quelles relations aviez-vous avec elle ? Avec les frères de Maryam ?

Elle sut tout de suite qu'on y était. Tout ce pan de leur histoire qu'elle avait réussi à occulter. La puissance des antalgiques masqua la réaction violente, mais elle savait que son visage fermé la trahissait.

— Oui, bien sûr. Je les connais depuis mon enfance. Je n'ai jamais eu de bons rapports avec eux. Le père régentait tout comme un dictateur, la mère et la sœur servaient de bonnes, et les frères, en grandissant, annonçaient des dispositions toutes semblables à celles du père, avec en plus une mère qui en faisait des rois. Ali, particulièrement. Mais pourquoi cette question ?

— Vous nous avez dit que Maryam n'avait plus de rapports avec sa famille.

— Je confirme, asséna Salima avec toute l'assurance qu'elle était en mesure de mettre dans sa voix.

— En examinant les relevés téléphoniques de Maryam sur six mois, j'y ai trouvé un nombre très important d'appels en provenance du Maroc. Près d'une centaine. Dans la majorité des cas, ils sont assez courts, le temps d'un message. Et nous en avons entendu plusieurs, toujours sur le même mode : « tu déshonores la famille », « ta vie est une honte », suivis d'imprécations et de sourates du Coran. Vous étiez au courant de ces appels ?

— Oui. Mais ce n'était pas nouveau. Depuis plusieurs mois, Maryam s'en plaignait. Vous avez de nouvelles informations de ce côté ? Ses frères sont venus à Paris ?

— Non. Nous en sommes certains. La police marocaine nous a adressé un rapport très complet. Ses deux frères n'ont pas bougé du Maroc depuis des années et, les jours précédant le meurtre comme les jours suivants, ils étaient tous deux à leur travail. Nous avons également posé la question pour son beau-frère, le mari de sa sœur. Même réponse. D'après ce rapport, ni le plus jeune des deux frères ni le beau-frère ne semblent impliqués dans des activités illégales. En revanche, l'aîné, Ali, nous a été signalé comme fréquentant des cercles salafistes.

— C'est ce que m'a dit Maryam. À ses premiers appels, elle lui a répondu. Telle que je la connais, elle n'a pas dû prendre de gants. Elle disait que, malgré les insultes qu'elle lui proférait, il restait calme, comme un prédicateur. Pas elle.

— Était-elle inquiète ? Vous a-t-elle fait part de menaces concrètes ?

— Pas de menaces physiques, plutôt des prédictions de damnation. Vous orientez l'enquête vers cette piste ?

Aussitôt la question posée, avec sans doute une pointe d'inquiétude dans la voix, Salima vit le regard de la capitaine se poser fixement sur elle. Elle fut si gênée du silence qui s'ensuivit, pourtant de quelques secondes à peine, qu'elle reprit immédiatement la parole.

— Je veux dire, vous pensez qu'il y a plus de chances de trouver le meurtrier de ce côté que de celui des extrémistes de droite ?

— Je n'en ai pour l'instant pas la moindre idée. Mais je ne peux me permettre de laisser la plus petite piste s'évaporer dans le brouillard. Et celle-ci m'interpelle.

— Mais si son frère est resté au Maroc ? Alors…

Alors vous pensez possible qu'il ait pu avoir des complices… Des relais sur place? Je suis un peu interloquée, excusez-moi. Ali est une caricature de tout ce que nous détestions, Maryam et moi, mais je ne peux pas m'imaginer qu'il s'en prenne physiquement à sa sœur. Peut-être au cours d'une conversation violente qui aurait mal tourné… Mais pas froidement… je ne le vois pas préméditer son assassinat. Je ne le vois pas commanditer la mort de Maryam.

— Depuis combien de temps ne l'avez-vous pas vu?

— Depuis des années. Voyons… Il est parti au Maroc pour se marier il y a six ou sept ans. Et avant, je ne l'avais pas vu depuis longtemps. Disons dix ans au moins.

— Il était très religieux alors?

— Religieux? Pas vraiment. Si ce n'est pour le droit qu'il s'octroyait de surveiller sa sœur quand nous étions adolescentes, parce que, après, elle ne l'a plus toléré. Sinon, c'était plutôt un petit délinquant. Mais il a un casier, vous devez y avoir accès…

— J'y ai eu accès. Tout cela est ancien, son intégrisme est sans doute bien plus récent. Pas de trace en Europe en tout cas. Et donc, il a visiblement changé.

— Mais malgré tout, pourquoi? C'est idiot, il n'avait plus de rapport avec Maryam. Je ne comprends pas.

La capitaine sortit un cahier de son sac, laissant Salima à ses questions. Celle-ci eut l'impression que c'était calculé. Comme pour accentuer son malaise. Qu'allait-elle encore lui sortir? Elle craignait le pire. Et ce pire avait un nom qu'elle aurait aimé ne plus jamais entendre prononcer devant elle.

— Tous les appels en provenance du Maroc ne viennent pas du même numéro. Il y en a deux. L'un est celui de son frère Ali. L'autre appartient à une personne qui a également été identifiée comme propriétaire d'un numéro en France. Il a laissé des messages à Maryam, lui proposant de la rencontrer. Ce numéro en France fait également partie de ceux apparaissant régulièrement sur les relevés juste avant le meurtre de Maryam. Mais pour ce dernier, aucun message.

Salima n'eut plus de doute, le couperet allait tomber.

— Madame Duval, quel est votre nom de jeune fille ?

— Benassem, lâcha-t-elle résignée.

— Comme Ahmed François Benassem. C'est bien votre frère ?

Elle n'avait même pas cherché à savoir comment la capitaine avait trouvé son frère. Atterrée par le retour de celui dont elle ne voulait plus jamais entendre parler, elle n'avait posé aucune question. Mais Minetti le lui avait dit. Les enquêteurs avaient repéré le numéro de téléphone, puis identifié le propriétaire. Ahmed avait un casier plutôt lourd. Cambriolages, vols, puis deal et trafic de stupéfiants, menaces et violence sur personnes physiques, tentatives de viol et proxénétisme avec une de ses compagnes, il était abonné des centres carcéraux de la région parisienne qu'il avait fréquentés en pointillé, au fil des condamnations et des remises en liberté. Depuis six ans, plus rien sur le territoire français. Il avait sans doute vécu entre la France et le Maroc. Pas de domicile connu des services de police, mais sa présence était attestée sur le territoire national, en pointillé là encore. À la différence de son ami Ali Binebine, on ne lui connaissait pas d'accointance avec les milieux salafistes, si ce n'est ce lien avec le frère de Maryam. Pas d'informations non plus sur ses moyens d'existence. La police marocaine cherchait à le repérer mais, la demande datant de la veille, il n'y avait pour l'instant aucun résultat.

À ce stade, Salima avait jugé nécessaire de détailler à la capitaine tout ce qu'elle pouvait conter de son passé, la violence d'Afra, surnom de son frère, envers ses parents et elle-même. Une violence discontinue allant de pair avec de grands moments de gentillesse, même si celle-ci était maladroite, comme le jour où il avait offert à sa mère, pour ses cinquante ans, une parure d'une valeur bien trop grande pour un jeune homme en stage chez un mécanicien.

Puis elle révéla que son frère avait vécu une relation amoureuse avec Maryam. Ils avaient dix-neuf ans tous les deux et cela avait été un enfer pour Salima qui devait écouter toutes les horreurs que son frère faisait vivre à Maryam. Il était ami avec Ali, ils fomentaient ensemble leurs mauvais coups, leurs trafics en tout genre et leur autoglorification. Elle n'avait plus de nouvelles de lui depuis plus de dix ans, et ses parents l'avaient rayé, si ce n'est de leur cœur, du moins de leurs fréquentations. Quant à elle, elle préférait ne pas savoir qu'il existait, où il était, ce qu'il faisait. Elle ne savait pas qu'il téléphonait à Maryam, elle ne le lui avait pas dit. Elle avait pensé à lui et à Ali dès ce triste dimanche où elle avait découvert le corps égorgé de Maryam, mais elle pensait toujours à eux dès qu'on lui annonçait une catastrophe dans leur entourage. C'était comme une épée de Damoclès depuis son plus jeune âge, une crainte perpétuelle de le voir à nouveau ressurgir avec un nouveau méfait en tête. Heureusement pour elle, il n'était pas venu à son mariage et, malgré sa peur, ne s'était jamais manifesté auprès de son mari ou de ses enfants. Sauf peut-être une fois, l'année passée, où Orhan était rentré plus tard que d'habitude de son club de foot, expliquant qu'un monsieur lui ayant dit être son oncle lui avait parlé à la sortie du stade, le félicitant de s'appeler Orhan. L'enfant s'était fait sermonner par son père pour avoir répondu à un inconnu dans la rue.

Rien dans ce que lui avaient rapporté les différents enquêteurs, rien dans les questions qui lui avaient été posées n'ayant trait, de près ou de loin, à celui dont elle ne parvenait même pas à prononcer le prénom, elle s'était dit que ces vieux démons la travaillaient encore et toujours, inutilement et douloureusement, et elle n'avait pas évoqué le sujet. C'était sans doute une erreur. Les choses étaient maintenant différentes, et Salima avait assuré la capitaine de sa disposition à lui fournir toutes les réponses aux questions qu'elle jugerait utile de lui poser.

Restée seule, elle se mit une fois de plus à pleurer, elle qui avait si peu versé de larmes depuis son adolescence. Les souvenirs enfouis, volontairement oubliés, refirent alors surface, les scènes de violence, les intimidations quotidiennes, les cauchemars de sa plus tendre enfance. Cela ne cesserait jamais, aux meilleurs moments de sa vie comme aux plus sombres reviendrait toujours cette crainte de les voir ressurgir. De le voir ressurgir. Ce ne fut qu'à cet instant que le soupçon lui vint. Maryam avait-elle passé avec Afra sa dernière nuit d'amour ?

# 28

## *Milosz* (quelques mois auparavant)

Aujourd'hui est un grand jour. Un très grand jour. Lenka a vingt-cinq ans. Il est heureux, Milosz. Heureux de la surprise qu'il va lui faire. Des mois qu'il met des sous de côté sans rien dire. Il est allé tout seul s'acheter une chemise et une veste, sans les lui montrer. Et une robe qu'ils avaient vue ensemble dans une vitrine du Altmark. Il a rien dit non plus. Il fait beau, le printemps est chaud, une merveille. Il rentre plus tôt de son travail avec son plan en tête. Il rit comme un gamin. La tête qu'elle va faire ! Il a acheté une bouteille de prosecco pour fêter ça d'abord à la maison. Histoire qu'elle ait le temps d'ouvrir le cadeau et de mettre la robe. Puis direction la Seestrasse pour un restaurant italien, car Lenka aime ça la cuisine italienne. Pas des pizzas, de la vraie cuisine. Réservé à 18 heures. « Si tôt ? » s'étonne Lenka. « Eh oui ma petite, si tôt. Et je te dirai pas pourquoi. » Il en frétille, Milosz. Elle va avoir la surprise. Et quelle surprise ! Elle croit que le cadeau c'est la robe et le resto chic. Pas que. Il est tout tendu, Milosz, il la presse de boire le vin à bulles. « Allez, allez, y a le resto rital qui nous attend. » Assis à la table, il arrive pas à se calmer. Des raviolis à la crème aux truffes. Elle déguste, tranquille. « Mais qu'est-ce que tu as ? Pour une fois qu'on a tout le temps pour manger. T'arrêtes pas de te trémousser sur ta chaise. » Elle rit, ses beaux yeux bleus scintillent, son maquillage parfait, une reine. Ma reine. Et puis le dessert arrive, un grand gâteau au chocolat, comme elle adore, vingt-cinq bougies plantées dessus, et les garçons qui chantent en chœur *Happy Birthday*. *Happy Birthday*, mon amour. Ses yeux s'emplissent de larmes. Lenka, mon amour, vingt-cinq ans ! Elle arrive même pas à souffler. Il l'aide. Une bougie reste allumée. Ils se sourient. Mais elle croit que c'est fini, Lenka, qu'on va rentrer tranquilles à l'appart en s'embrassant. Il en peut plus, Milosz. Des jours qu'il attend. Elle va aux toilettes pendant qu'on découpe le gâteau. Super, il pouvait pas rêver mieux. Il en profite pour glisser l'enveloppe sous sa serviette. Elle revient, elle s'assoit, ne touche pas sa serviette, Milosz bout d'impatience. Et puis elle la voit, l'enveloppe rose avec des brillants dessus. Elle lève la tête, son beau visage qui dit, sans un mot, c'est quoi ? Et là elle explose. Gagné. Il a gagné. Elle pleure carrément. Deux places pour l'Opéra, ce soir !

Bon, il a pas eu le choix, Milosz. Ce soir y a qu'un opéra. *La Traviata*. Une histoire d'amour triste à en chialer. Elle est malade, elle va mourir, elle dit rien. Pas très malin. Heureusement, c'est sous-titré, quoique Milosz sache pas très bien lire l'allemand. Une autre fois, ça l'aurait gonflé l'opéra. Mais là, ce jour-là, avec Lenka qui lui presse la main chaque fois qu'il se passe un truc sur scène… Elle est heureuse comme il ne l'a pas vue depuis longtemps. « Merci, qu'elle lui dit. Merci mon amour. »

C'est pas tous les jours fête. D'autant que Gert est revenu. Avec ses blagues et ses provocations de merde. Au boulot, Milosz pompe toujours les profils, c'est son taf à lui. Un peu ennuyeux, mais y a une nouveauté. Il rentre aussi des logiciels espions. L'administration ou la boîte qui s'en prend un, elle le sait pas. Le logiciel tourne en secret et Milosz se ramasse des tonnes de données. Malin. Sauf que l'air est un peu agité autour de lui. On lui a rien dit, mais Milosz a pigé. Leurs systèmes, ils sont plus aussi sûrs. Y a plein de gens pas du tout bienvenus qui sont entrés. Et des pros cette fois. Un midi, on les a tous réunis pour faire un exercice. Apprendre à tout démonter en quelques heures et vider la fabrique comme si elle n'avait jamais existé. Milosz et les autres, ils ont causé. C'est peut-être *der Anfang vom Ende*, le début de la fin. C'est pas Lenka qui est chagrinée. Elle travaille de-ci, de-là, vendeuse dans des boutiques les jours de bourre, les soldes, le samedi. Ça les fera pas vivre tous les deux. Dietrich, il a laissé tomber comme ça, un jour, « Vous en faites pas. On peut très bien aller ailleurs ». Une autre ville ? Un autre pays ? Dietrich il a dit qu'il disait ça comme ça, parce qu'il en avait marre de Dresde. Pas Milosz. Il l'aime bien cette ville. Il aime bien sa vie. Ils se sont fait des tas de copains. Lenka surtout. Des gens avec qui ils vont boire un coup, manger un burger. Ils parlent de tout. De politique aussi. Sont tous d'accord sur les immigrés. Quoique. Il y en a une, Hanna, qui est pas contre. Féministe la Hanna. Milosz, elle le fait rire avec ses trucs. Lenka aime bien. Elles passent des heures à parler ensemble, la journée, quand Milosz taffe. Elle est souvent encore là quand il rentre et mange avec eux. Elle est sympa et sait plein de trucs. Milosz dit juste qu'il travaille dans une entreprise informatique. Mais un jour, elle l'a branché sur l'extrême droite et Lenka a laissé faire. Plutôt tendu. Bref, elle pense pas comme lui. Les migrants, ça lui fait pas peur, « d'abord qu'est-ce qu'on est tous les trois ? » elle a dit. Là, Milosz il s'est énervé. « Tu vas pas nous comparer à ces… » Hanna est restée calme, elle l'a écouté, elle a dit « peut-être, mais peut-être pas ». Elle parle bien et lui, il a pas les mots. Il est allé se coucher. Elles le feront pas changer d'avis.

À la fabrique, y a du mouvement. D'abord Pet. Milosz le voit pas souvent, toujours en voyage. Toujours à faire des coups. Pas bavard, il a pas changé, il raconte rien. Mais il parle quand même des villes où il va. Il aime bien le changement, les bordées le soir dans ces villes. Ça, il raconte. Les tournées, les beuveries et même les nanas. Mais respectueux, Pet, pas comme Gert. Un soir, ils sont allés boire un coup tous les deux, ça faisait longtemps que c'était pas arrivé. Pas comme avant, lorsqu'ils étaient venus ensemble de Bratislava. Pet, il aimait bien Bratislava. Pas Milosz, pas de bons souvenirs. Lui il a fait la rue là-bas. C'était il y a des siècles, et Milosz regrette rien. Vraiment pas. « Lenka t'attend le soir, lui a dit Pet. Tant mieux pour toi, mais c'est pas mon style. » Ils ont bu un max, la nuit déjà bien entamée, Pet a lâché « Je m'en vais. Je sais pas si on se reverra ». C'est tout. Milosz, ça lui a fait un coup. Pas que Pet soit vraiment un ami. Mais ils ont fait tant de choses ensemble. « On fera un dernier truc, qu'il a dit Pet, tous ensemble. Un petit voyage qu'est prévu par Hans. Tu verras. Tu en seras aussi, comme avant, à Bratislava. Juste quelques jours. » Mais il a rien voulu dire de plus. Il a dit ça parce qu'on a vécu des trucs et qu'il voulait pas s'en aller sans dire au revoir. Milosz, ça lui a fait l'impression du film qui se finit. C'est comme ça.

Ils sont maintenant dans un bus, avec que des têtes que Lenka fréquente pas. Il roule vers une ville allemande dont Milosz a jamais entendu parler. Avec des gros sacs dans les soutes, pleins de battes. Pour la ville, Lenka sait. Mais pas pour les sacs. Ils y arrivent la nuit. Chemnitz, elle s'appelle. On les a parqués dans un hangar où y a pas de quoi se coucher. Mais de la bière, oui. À foison. Et pas que. Milosz il touche pas à ça. Jamais. Même quand il était à la rue. Tout le monde s'énerve et les chefs en rajoutent. Il fait chaud. Très chaud. Un mois d'août à crever. Il s'est passé quelque chose. Un Allemand qui s'est fait larder de coups de couteau par des Arabes. Faut pas déconner. Les chefs les ont repérés, les Envahisseurs. Faut leur donner une leçon, sinon ils vont commencer à s'installer en maîtres. Tout le monde vocifère et chante des trucs que Milosz connaît pas. Mais Pet est pas là. Il est parti plus tôt que prévu. Avant-hier, il est passé à la fabrique pour lui faire un clin d'œil. Rien d'autre. Il a compris. Dans cette ville, Milosz fera ce qu'il a à faire, mais c'est plus pareil. La baston, c'est vieux. Milosz il pense qu'il a vieilli.

Le lendemain, c'était sûr que rien pouvait les arrêter. Ils étaient six mille, jamais Milosz avait vu ça. Et une grande banderole, *Wir sind das Volk!* Nous sommes le peuple, l'Europe se réveille. Milosz, ça a commencé à lui chauffer les tripes. Et quand ils se sont fait insulter par des tas de gauchistes, c'est parti.

On savait pas d'où, mais ça y était. Ça a cogné dur. Toute la journée et la nuit encore et le lendemain. Des bagarres avec les flics aussi, pas pour rigoler. Milosz il en a retrouvé sa jeunesse. En découdre, il aime ça. Que ça sorte, qu'on y aille.

Au retour, la tête de Milosz s'est mise à tourner. Des pensées sans fin, sans solution. Il aurait pu se rapprocher des autres, après Chemnitz, se faire des copains. Pourquoi Milosz n'a-t-il pas d'amis ? Depuis la mort de Mosco, ça fait bientôt huit ans, Milosz n'a pas d'amis. Il n'a plus que Lenka. Lenka qui a vingt-cinq ans. « C'est quoi notre avenir ? elle a demandé. Moi des petits boulots, toi un boulot clandestin ? » Il a rien répondu Milosz, mais il sait à quoi elle pense. S'ils font un enfant, ils peuvent plus vivre comme ça.

— Non, Milosz, je pense pas à ça. On en est trop loin. Je pense à ce que tu fais. D'accord, ça nous a sortis du quartier. Mais si demain ça s'arrête d'un coup… T'as rien. Pire, les flics peuvent y mettre leur nez, et ça m'inquiète.

Milosz n'a jamais pensé à ça, les flics, la fin du boulot, l'avenir. Alors pourquoi il y pense aujourd'hui ? Pas que pour Lenka. Parce qu'il est devenu comme un petit employé ? Qui va au boulot le matin, qui obéit aux chefs, qui se la ferme quand on le provoque. Qui sait même pas à quoi il sert, son boulot. Quand il a demandé à Dietrich s'il l'avait coincé, le hacker, il lui a répondu qu'ils avaient changé les codes et n'a pas continué car Barbara lui a dit de s'occuper de ses affaires. S'il n'était pas allé dans les bars à Internet dans le quartier des Envahisseurs, il en saurait pas plus.

Milosz n'a pas d'amis. S'il dit à quelqu'un ici qu'il est allé à l'Opéra, ils vont se foutre de sa gueule. Il voit déjà le Gert. Mais les autres aussi. Du coup, ça défile dans sa tête, les jours de liberté avec Mosco, les jeux. Pet aussi. Pas vraiment un ami, mais quand même le type qui l'a repéré dans la rue, qui l'a aidé à s'en sortir, qu'est venu avec lui ici, qui parlait slovaque. Et qu'il reverra peut-être plus. Des fois l'idée lui prend, se faire la malle sans rien dire à personne, oublier la fabrique et refaire la route. Mais il tient trop à Lenka pour ça, et Lenka elle voudra jamais. Par contre, elle voudrait bien qu'il s'en aille de la fabrique, qu'il quitte tous ces voyous, oui elle les traite de voyous, et qu'ils changent de ville s'il faut. Maintenant elle parle assez bien allemand pour trouver du boulot ailleurs. Et toi aussi, Milosz, tu en trouverais. Avec tout ce que tu sais faire sur un ordi ! Ouais, sauf que Milosz, il sait bien qu'il supporterait pas un patron normal, une situation normale. Ça lui plaît de hacker, un super jeu auquel il joue comme un champion dans une usine délabrée comme il aime. Et y a une crainte sourde qui lui bat la tête. Ils le laisseront pas partir. Pas maintenant. Y a un bruit qui court sur Oskar. Il a dit un jour tout haut qu'il s'ennuyait, qu'il voulait se barrer. Ça fait des mois que personne l'a plus vu. Y a un bruit qui court.

Les pensées lui tournent dans la tête, mais pas la langue dans la bouche. À quoi ça sert alors de penser ? Ça lui est sorti comme ça, d'un coup, il sait même pas d'où ça venait. Il a levé la tête vers Dietrich et lui a demandé s'il avait pas des trucs à faire comme l'autre fois, c'était bien. Son chef l'a regardé comme si un gamin venait de poser une question déplacée à l'instit.

— Non, Milosz, j'ai pas de boulot comme l'autre

fois. Et tant mieux. Tu voudrais pas que tous les jours y ait un nouveau connard qui nous pirate ?

— Ouais, bien sûr, a dit Milosz en rabaissant la tête vers son écran. Question con.

Septembre est arrivé, la fin de l'été. Milosz a eu comme l'impression que sa vie serait maintenant la même que l'an dernier, la même que tous les mois, la même que la veille. Enfin, c'est surtout Lenka qui avait cette impression. Et puis tout s'est accéléré. Un samedi où elle vendait des godasses dans un magasin riche, Lenka a vu se rappliquer Gert qui lui a fait le joli cœur comme si c'était sûr, il viendrait la chercher à la fermeture et lui donnerait du plaisir comme elle pouvait pas imaginer. Et pendant qu'elle lui faisait essayer les godasses, assise sur son petit tabouret, il a glissé son pied sous la jupe pour lui toucher la chatte en lui disant qu'il savait qu'elle mouillait déjà. Lenka, c'est pas du genre à se laisser faire. Elle lui a enfoncé le pouce entre deux orteils, là où ça fait mal. Il a réussi à pas gueuler, Gert, pour pas attirer l'attention. Puis il s'est barré, toujours sourire, en lui disant qu'il l'aurait tôt ou tard. Quand elle lui a raconté, Milosz il s'est levé d'un bond, prêt à partir lui casser la tête à Gert. Mais Lenka, avec cet air de haine tout enfermée en elle qu'il lui connaît bien, elle a réussi à le raisonner.

— Non, pas comme ça Milosz.

— Pas comme ça ? Et comment alors ? qu'il a fait Milosz, étonné.

— On va se le faire proprement, cette ordure. Et à fond, qu'elle a dit, l'œil mauvais comme à la cité.

Mais ça n'a pas éclairé Milosz.

— Ce petit con, il roule en BMW décapotable, il a pas besoin de travailler et il veut te piquer ta femme, à toi l'employé qui turbine toute la journée pour pas grand-chose alors que ce monsieur fait le beau. On va pas toucher sa gueule. On va toucher son fric.

Milosz il comprenait de moins en moins. Mais il a pas posé de question car il voyait bien qu'elle réfléchissait, qu'elle était en train de faire un plan pour se le payer bien bien.

— Je te parie que le trafic sur les billetteries et les conneries de ce genre, ça lui rapporte direct à lui. Ça vous paye, mais il en reste.

Milosz suivait plus. Pourquoi les billetteries l'auraient payé lui ?

— Tu vends quelque chose ? Non, alors d'où il vient l'argent pour te payer ? Écoute, essaye d'avoir accès à ces trucs, mais sans te faire prendre. Sois prudent. Et tu verras comment on va se le faire ce gogo.

Milosz parfois il se demandait s'il était pas un peu con. Comment ça se fait qu'il avait jamais pensé à qui payait ? Et pourquoi il pensait qu'à cogner et pas à autre chose, comme Lenka qui te fout un mec à plat dans sa superbe et pour longtemps. Il savait pas faire, c'est tout. Mais ce que lui demandait Lenka, c'était risqué. Et puis pas question de trahir les autres, pas son genre. Si j'en ai marre de leurs conneries, je me barre, je fous pas le bordel. Pourtant, Lenka avait maîtrisé leur colère d'un coup, en imaginant un truc qui fait plus mal encore. Un truc de femme. Mais entre la fidélité à Lenka et la fidélité à Gert, il a pas hésité longtemps.

# 29

## *Deniz*

Il ne restait plus que deux semaines avant les cérémonies françaises commémorant le centenaire de la fin de la Première Guerre mondiale. Cent ans, quatre générations. Les enfants de ces combattants-là, qui pensaient avoir vécu la plus grande des barbaries humaines, allaient à leur tour connaître barbarie plus indigne. Les dirigeants des empires vainqueurs n'avaient pu s'empêcher de redessiner la carte du monde à leur courte vue, de l'Autriche à l'Irak, démantelant les empires vaincus sans se soucier de leurs populations. Et les enfants de ces enfants, les Français en particulier, avaient encore connu les guerres de libération de ces peuples jadis ignorés. La génération suivante, celle de Deniz, pensait sans doute que cette fois tout le monde avait compris et qu'une Europe stable, garante de la paix, en témoignait. Or Deniz avait l'impression de tenir les murs pour qu'ils ne s'effondrent pas au lieu de s'occuper des aménagements d'une maison dont le gros œuvre n'était pas terminé. Si sa carrière avait un enjeu, il était là, et pas dans ces rapports dont le dernier étage inondait les États membres pour justifier le budget d'Europol.

Certes la vigilance s'imposait pour cette cérémonie où rien ne devait ternir la portée du discours, voulu historique, que l'hôte de l'Élysée s'apprêtait à tenir en complicité avec la chancelière allemande. Mais Deniz n'avait noté aucun signe de danger extérieur, tous les clignotants dont disposait Europol étaient restés au vert. Il dut cependant participer à une réunion prévue le jeudi après-midi dans la capitale française. En fait, cela l'arrangeait. Il aimait cultiver ses réseaux, s'entretenir avec ses collègues des polices nationales, sentir le pouls de ces responsables européens de la sécurité publique. Il avait prévu de profiter de sa présence à Paris pour participer au débriefing organisé par Elsa après les avancées de ces derniers jours. Mais il ne savait pas qu'il allait aussi participer à l'interrogatoire du témoin numéro un.

Dans la nuit, les policiers français avaient réussi à mettre la main sur Fatouma Koné. Non sans mal. La suspecte, visiblement résignée, n'avait opposé aucune résistance. Mais les habitants du vieil immeuble des Courtilles, bientôt renforcés par ceux de la rue, avaient tenté de s'opposer à son arrestation au domicile d'un de ses amis, connu dans le quartier pour aider des sans-papiers. Il avait fallu négocier tranquillement, expliquer qu'il ne s'agissait pas d'une reconduite à la frontière, qui n'avait pas lieu d'être puisque Fatouma Koné avait la nationalité française. Les policiers durent montrer ses papiers pour parvenir à disperser l'attroupement qui s'était formé.

Le vendredi matin à 8 heures, toute l'équipe était sur place, consciente que l'on approchait sans doute du dénouement et qu'on allait enfin avoir le nom de celui qui avait séduit et assassiné Maryam. Fatouma

Koné, choquée et totalement abattue, n'avait pas prononcé le moindre mot durant son transfert du commissariat au bureau d'Europol.

Sur l'écran, Deniz put constater de visu que les photos et vidéos postées sur la page Facebook de Savannah Bay étaient des plus fidèles. Elles étaient même en deçà de la réalité. La jeune femme était d'une beauté renversante. Plutôt grande, elle possédait un de ces visages de cinéma qui captent si bien la lumière, un nez fin et droit, des lèvres incarnates, des cheveux frisés et volumineux coupés assez court pour laisser voir une nuque longue et fine.

Deniz voulait ne rien laisser paraître de la tension intérieure qui l'avait saisi. Son hypothèse d'un crime terroriste pouvait s'effondrer comme un château de cartes, sa carrière avec. D'un signe de la tête, il signifia aux enquêtrices qu'il fallait y aller.

Elsa et Mélanie se présentèrent tout d'abord. Elles posèrent les questions d'identité usuelles, se firent confirmer la possession du scooter et demandèrent s'il avait été prêté le 22 septembre, et à qui. Fatouma secoua la tête.

— Vous ne voulez pas répondre ? se fit confirmer Elsa avec une pointe d'exaspération car tous étaient impatients d'aller chercher le meurtrier.

— Si.

— Oui ? Vous avez prêté votre scooter ?

— Non ! Non, je ne l'ai pas prêté.

Les deux enquêtrices se regardèrent. Sans laisser passer plus de temps, Elsa lui demanda si c'était elle en personne qui était présente dans l'établissement « La Madone » le samedi 22 septembre au soir. Tous retinrent leur souffle en attendant la réponse qui ne tarda pas : un hochement de tête. Mélanie précisa alors qu'elle devait formuler des réponses audibles pour l'enregistrement, puis lui demanda si elle connaissait Maryam Binebine. Fatouma, la tête toujours baissée, eut du mal à prononcer un oui. Elsa expliqua alors, sans donner de détails, qu'Europol était en charge de l'enquête et annonça la venue du commandant.

— Bonjour madame. Vous n'ignorez pas que vous êtes le principal témoin dans l'assassinat de Maryam Binebine…

— C'est pas moi. Je l'ai pas tuée, protesta Fatouma à voix très basse, presque pour elle-même.

— Madame, nous sommes ici pour vous entendre. Aucune charge de cet ordre ne pèse pour l'instant contre vous. Il vous est seulement reproché d'avoir fait entrave à l'enquête par votre fuite. Nous voulons que vous nous racontiez les faits. Commençons par le début. Comment avez-vous fait la connaissance de la victime ?

Le ton courtois et dédramatisé de Deniz eut pour effet de faire lever la tête à la suspecte, qui gardait résolument les mains serrées entre ses cuisses et les épaules repliées vers l'intérieur de son corps, comme quelqu'un qui cherche à se protéger des coups. Mais elle ne répondit pas. Le silence dura, les yeux de Fatouma multipliant les allers-retours de ses cuisses à chacun des enquêteurs. Puis elle enfonça à nouveau la tête dans son cou.

— Au mois d'août. Au « Zèbre rouge ».

Mélanie précisa qu'il s'agissait d'une boîte de jazz du quartier d'Oberkampf.

— Vous pouvez nous raconter ? demanda Elsa.

Nouveaux regards durant lesquels Fatouma lissa ses lèvres l'une contre l'autre, comme si elle avait la bouche trop sèche pour former des mots. Elle haussa les épaules, nerveusement, puis fixa Deniz.

— Y avait un concert d'un saxo américain. On s'est regardées et on a su tout de suite. L'une et l'autre.

— Su quoi ?

— Le désir.

Les enquêteurs se regardèrent, surpris. Autant par le sentiment exprimé que par le laconisme de l'expression. Il allait falloir lui arracher les mots.

— Vous avez été attirées l'une par l'autre ? Qu'est-ce que vous vous êtes dit ?

— Pas grand-chose.

— Vous voulez dire que vous ne vous êtes jamais parlé ? se fit préciser Elsa, incrédule.

— À peine quelques mots.

— Vous ne vous êtes vues que deux fois ?

— Non. Quatre nuits.

— Essayez de préciser. Il faut qu'on comprenne.

Deniz se trouvait face à un scénario qu'il n'aurait pu imaginer. Il ne parvenait pas à deviner ce qui avait bien pu se passer ce soir-là dans l'appartement de Maryam et ne savait à quoi attribuer la peur qui se lisait dans l'attitude de Fatouma. Si elle prenait son temps pour répondre, ce n'était peut-être pas pour se préparer une défense mais par incapacité à mettre l'histoire en mots.

— Y a rien à comprendre, reprit-elle. Au « Zèbre rouge », je me suis approchée d'elle. Elle a pas bougé, elle m'attendait. Tout le monde était debout, dansait. Je me suis collée à son dos. Lorsque nos corps se sont touchés, y a eu une décharge électrique. Très forte. Vous savez, quoi.

— Où êtes-vous allées ?

— Chez Maryam, en scooter. Je suis rentrée chez moi au petit jour.

— Et vous vous êtes donné rendez-vous à « La Madone » ?

— Non. Elle a pas appelé. Moi non plus.

— Pourquoi ? reprit Elsa.

— Elle a dit « Il y a quelqu'un dans ma vie ». C'est tout. J'ai respecté.

— Le 22 septembre, c'est elle qui vous a appelée ?

— Oui. Un message. Rendez-vous à « La Madone » et l'adresse. J'y suis allée.

— Fatouma, il faut que vous nous racontiez, avec les détails, comment ça s'est passé.

Ils virent alors la douleur profonde dans ses yeux. La douleur et la peur. Tout son corps en était secoué, mais elle parla, avec des hoquets dans la voix qui entrecoupaient ses courtes phrases.

— Comme chaque fois. Autant de désir. Partagé. Nous sommes restées deux, trois minutes au bar. Puis elle a pris ma main. On est allées derrière, dans une cour, sans attendre. C'était très fort. C'était très beau, ajouta-t-elle après un nouveau silence. Puis, comme la première fois, chez elle. Son corps, nos corps, des caresses. Toute la nuit.

— Et ensuite ?

— Elle s'est endormie. Je me suis rhabillée pour partir. Mais avant, je suis allée fumer sur le balcon. Assise par terre. J'ai tiré la fenêtre sur moi, pour la fumée. Il faisait bon.

Ses yeux s'embuèrent, les larmes coulèrent sur ses joues.

— J'ai entendu un bruit. J'ai regardé par-dessus la vitre à demi fermée. Il était là.

— Il ? Qui ça Fatouma ?

— Un homme en noir, avec une cagoule. Je me suis baissée. J'ai rien vu.

— Que s'est-il passé ?

— J'ai rien vu. Rien. J'avais trop peur. J'ai pas bougé. J'ai entendu un cri étouffé, puis plus rien. J'avais peur qu'il me voie. J'ai pas bougé.

— Et ensuite ?

— J'ai attendu. Longtemps. Très longtemps. J'avais peur. J'avais froid. Le jour arrivait. J'ai levé la tête. Pour voir.

Les enquêteurs se regardèrent, le souffle coupé. Inimaginable. Ils essayaient de reconstituer la scène mentalement. Un tueur, Fatouma cachée sur le balcon. Comment avait-il pu ne pas la voir ? C'était à la limite du vraisemblable.

— Je suis rentrée dans la chambre sans faire de bruit. Elle était sur le lit, pleine de sang. Morte. J'ai fait le tour de l'appartement sans bruit. Il n'y avait plus personne. J'avais peur. Je pleurais. Je savais pas quoi faire. J'osais rien toucher. Surtout pas elle. Je sais pas combien de temps est passé. Mais le soleil se levait.

— Alors ? Qu'avez-vous fait ?

Il y avait maintenant une expression suppliante dans son regard noyé de pleurs. Pas sûr qu'elle les voyait. Elle était là-bas, Maryam allongée dans son sang.

— J'ai appelé Moïse.

— Qui est Moïse ?

— Un ami. Au Mali. Un soldat. Il m'a dit quoi faire.

— C'est-à-dire ?

— Enlever les draps. Lui laver le corps.

— Et vous l'avez fait ?

— Oui, cria-t-elle. Oui, je l'ai fait. J'ai tout fait.

Elle était exténuée. Sa douleur éclatait, dans les gestes de ses mains pour cacher son visage, dans ses hurlements soudain puissants, affreux. Personne ne parla, personne n'interrompit ses cris. Elsa attendait, interloquée comme les autres.

— Fatouma, pourquoi des préservatifs ?

— Pour le gode, répondit-elle. C'est plus sain.

Deniz se retira sans bruit. Il rejoignit Adrijana dans la salle attenante. Elle avait déjà vérifié dans le téléphone de Fatouma. 20 septembre, 18 heures 53, un message de Maryam. 23 septembre, 5 heures 48, un long appel pour le Mali. Puis un second près d'une heure après.

Les enquêteurs se retrouvèrent dans la salle de réunion. Tous accablés par ce qu'ils venaient d'entendre et qu'ils hésitaient à mettre en doute. Pas besoin de lui demander pourquoi elle avait supprimé les traces, pourquoi elle s'était enfuie. Mais Mélanie l'avait fait et Fatouma avait expliqué sa peur d'être poursuivie par le tueur et sa certitude d'être prise pour l'assassin.

— Nous savons maintenant, dit sobrement Deniz.

— Putain de saloperie, explosa Elsa.

Deniz ne releva pas. Annick les avait rejoints. Tout le monde était consterné par le mode opératoire.

— Ça veut dire un tueur professionnel, déterminé,

efficace, dit Max. Et forcément un commanditaire. Comment les retrouver ?

— Essayons de mettre en ordre toutes nos informations, proposa Deniz. Le samedi 22 septembre, Maryam Binebine et Fatouma Koné ont un rendez-vous amoureux. Un tueur vient clore cette nuit. Fatouma s'enfuit. C'est ce qu'elle dit, nous n'avons aucun moyen de le vérifier. Elle paraît incapable d'égorger sans aucune raison la femme qu'elle vient d'aimer. Qui est ce tueur ? Trois semaines après, Salima Duval est enlevée par « un homme à l'accent slave ». Deuxièmement, le frère de Maryam, Ali, et l'ami de celui-ci surnommé Afra, frère de Salima et jadis amant de la victime, tous deux intégristes musulmans, menacent Maryam par téléphone, mais nous n'avons aucun indice qu'Afra, qui semble être en France, l'a rencontrée. Troisièmement, nous savons qu'une organisation non identifiée s'est inquiétée des renseignements fournis par les victimes à Europol. Elle envoie un tueur chercher l'adresse de Maryam auprès de ces relais en France, dont Montencour. Ce tueur est certainement « l'homme à l'accent slave » qui a enlevé Salima. Nous sommes donc en présence de pistes différentes difficiles à relier.

— Voyons les points obscurs, proposa Elsa. En premier lieu le témoignage de Fatouma. Si tueur professionnel il y a, il a suivi les deux femmes jusqu'au domicile de Maryam ou bien les y attendait. Il n'intervient qu'aux alentours de 5 heures du matin. Pourquoi si tard si ce n'est qu'il ne veut pas s'en prendre à Fatouma ? La logique voudrait donc qu'il attende son départ. Ce n'est pas le cas. Et une fois dans l'appartement, il ne la cherche pas. C'est très étrange. Je pense qu'une reconstitution pourrait apporter des réponses. Où est Afra à ce moment-là ? Nous n'en savons rien, il faut trouver. D'autre part, est-ce le meurtre de Maryam qui déclenche l'enlèvement ? Et cet enlèvement, est-ce juste une menace ou un raté ? Enfin le mobile. Si Afra est le tueur, le mobile est d'ordre sentimentalo-religieux. Si c'est « l'homme à l'accent slave », pourquoi un meurtre puisque tu nous as dit que les informations fournies par Maryam n'étaient pas aussi importantes que ça.

— Donc, intervint à son tour Annick Lebèque, nous procédons à une reconstitution pour confirmer les dires de Fatouma. Nous vérifions, notamment auprès de la police des frontières et de la police marocaine, les allées et venues d'Afra. Nous faisons une descente à l'association France laïque pour en savoir plus sur son activité, sur Desfossés, sur l'ordinateur qu'employait Maryam. Et sur l'organisation internationale, qu'est-ce qu'on fait ? Car, à partir de maintenant, il faut compter avec une autre dimension. Les journalistes s'étaient désintéressés de l'affaire. Mais l'interpellation de Fatouma Koné les a réveillés. Dès ce matin, ils nous ont appelés. Ils s'interrogent particulièrement sur la présence des enquêteurs d'Europol. Qui communique et sur quoi ?

Ces questions s'adressaient à Deniz. Deniz qui devait remettre la semaine suivante un rapport à Maria Kaltbrunner. Deniz qui ne souhaitait pas communiquer toutes les informations en sa possession. Deniz qui avait l'impression de repartir à zéro. Deniz qui n'avait plus le temps nécessaire pour mener à bien sa principale enquête, le réseau ultranationaliste. Il baissa la tête sur les notes inutiles qu'il venait de prendre en sachant bien que tous les regards étaient fixés sur lui. Il proposa d'abord qu'Annick prenne en charge la presse en ne communiquant que sur le meurtre…

— Ce n'est pas possible, ils savent pour l'enlèvement de Salima. Et aussi qu'Europol a pris les choses en main.

Il ne prit même pas la peine de demander comment ils étaient au courant. Ni de réfléchir à la tête que ferait Kaltbrunner à la lecture des journaux.

— Alors allons-y sur le terrorisme islamiste, ça leur plaît bien et ça les occupera. Mais ne donnons pas encore Afra et le Slave, il n'est pas nécessaire qu'ils se sachent recherchés. Il nous faut aller vite, toutes les vérifications doivent être terminées ce week-end.

La réunion achevée, Annick lui glissa à l'oreille qu'il jouait gros et partit sans un mot d'amitié. Quant à Elsa, lorsqu'ils furent seuls, elle posa la bonne question.

— Où est donc passé Dragan ?

## 30

## *Elsa*

Dès l'après-midi, le travail avança rapidement. Elsa ne fut pas surprise que Salvère reste à Paris, il devait bien sûr dormir le soir même à son domicile et serait pressé de rentrer chez sa belle Isabella pour le week-end. Dans l'après-midi, Max fut appelé par les policiers marocains qui avaient fait diligence. Ils avaient tout lieu de penser qu'Ahmed Benassem était l'homme qui vivait « à temps partiel » au Maroc sous le nom d'Ahmed Mimouni, qui s'avéra être celui de sa mère. Ils tenaient l'information d'Ali Binebine qui semblait réprouver le passage d'Afra à la lutte armée. Ce dernier avait travaillé pendant deux ans dans l'épicerie d'Ali, qui possédait par ailleurs des appartements mis en location dans une petite ville près d'Agadir. Ahmed-Afra ne s'était pas fait remarquer, sauf une fois, pour coups et blessures lors d'un accident de la circulation. Afra avait quitté le territoire national en mars 2015 pour la Turquie. La sécurité chérifienne ne savait pas pourquoi, si ce n'est que la Turquie restait la porte d'entrée pour rejoindre les troupes de Daech en Irak. C'est sans doute sous l'identité d'Ahmed Benassem, de nationalité française, qu'il était revenu sur le territoire en juillet 2017, date qui correspondait à la chute de Mossoul, capitale irakienne de l'État islamique. La sécurité française n'avait pas eu le temps de faire le rapprochement, il avait disparu un mois après. Adrijana avait tout de suite vérifié cette nouvelle identité, Ahmed Mimouni citoyen marocain, sur la base de données d'Europol. Il y était bel et bien fiché, et ses faits de gloire ne donnaient pas envie de le fréquenter. La fiche indiquait le dernier repérage, à Oujda, un an et demi plus tôt. Puis plus rien. Entré en France par des voies inconnues, la police de l'air et des frontières n'en ayant aucune trace, il avait tranquillement repris son identité d'Ahmed François Benassem, propriétaire d'un numéro de téléphone repéré dans les fadettes de Maryam. Contactée, la DGSI pointait effectivement ce nom depuis trois mois dans plusieurs rapports, comptes rendus d'écoutes principalement, mais elle n'avait pas réussi à le localiser. Elle avait émis une fiche correspondant au voyou qu'il avait été, mais sans être sûre qu'il s'agissait de la même personne.

La perquisition menée par la police française dans les locaux de France laïque n'avait rien donné. L'ordinateur, trop ancien, était parti à la décharge, l'association était moribonde et Desfossés, malade, n'en était plus le trésorier. Personne ne lui connaissait de résidence secondaire, ni de parents chez qui il aurait pu aller se cacher.

Contrairement aux prévisions d'Elsa, Deniz se trouvait encore dans les locaux lorsqu'elle sortit de son bureau à 19 heures 30. Son intention était d'aller se coucher car elle tenait à participer à la reconstitution, et celle-ci devait se faire dans les conditions du crime, à 5 heures du matin. Mme Isabella devait être de sortie, car Salvère lui proposa d'aller grignoter quelque chose autour d'un verre. Elle hésita, aimant bien avoir ses sept heures de sommeil, mais la proposition et la discussion qu'elle supposait sur l'enquête étaient trop tentantes. Il l'amena dans un bistrot de la rue des Dames. Les tables étaient très rapprochées, la lumière diffuse et les émissions décibelliques élevées. Le comptoir, au long plateau de bois brut, possédait vers le fond de la salle un recoin réservé à la desserte. Un billet qu'il glissa à la serveuse et un autre à la barmaid eurent raison de leur organisation et ils purent s'y blottir à l'abri d'oreilles indiscrètes.

— Dragan est à Berlin, lâcha-t-il hors de propos.

— Sur quelle enquête ?

— La même que la tienne.

Elsa ne put cacher son étonnement. Elle supputa qu'il allait lui révéler pourquoi le dossier, entrevu dans un tiroir de son bureau de La Haye et montré aux enquêteurs des Batignolles, renfermait des informations qui n'étaient pas dues à Maryam. Et pourquoi des informations codées K360 en avaient été retirées lorsqu'il l'avait présenté au staff.

— Plus exactement, poursuivit Deniz, Dragan réalise l'exfiltration d'une personne précieuse.

— Pourquoi me dis-tu ça aujourd'hui ? Il y a eu du grabuge, c'est ça ?

— Oui. Une agression grave. Il nous faut mettre à l'abri cette personne. Cela veut dire que cette source n'opérera plus et que je peux sans danger communiquer ces informations qu'il me fallait taire. Les éléments transmis sont nets : une organisation mafieuse ultranationaliste européenne s'est bel et bien créée. Malheureusement, des éléments sans preuves présentables à un juge. C'est la partie « protéiforme » de K360 dont je ne pouvais pas parler. Maintenant, je pense que ça va avancer très vite de ce côté. Tant mieux d'ailleurs, car j'ai un peu le feu aux fesses.

Elsa saisit l'allusion à la directrice et se l'imagina poursuivant Deniz avec un briquet. Cette vision totalement farfelue la fit rire, il fallait bien se détendre un peu.

— Qu'est-ce que cela a de risible ? dit Deniz, un brin vexé.

— J'imaginais Marie-Thérèse s'en prendre à ton joli fessier.

Deniz sourit, lui aussi avait besoin de souffler.

— Tes découvertes sur Afra tombent à pic, continua-t-il en redevenant sérieux. Les policiers français vont avoir du taf et les journalistes s'en donneront à cœur joie. On sera tranquilles.

— Qui d'autre est au courant ?

— Adrijana. Elle part demain pour Berlin. Pour débriefer, elle est meilleure que Dragan.

Il parvenait toujours à la surprendre. Un moment, elle avait cru qu'il se fourvoyait complètement, et elle était contente d'apprendre qu'il avait des billes, qu'elle allait enfin être mise au courant de tout. Il le lui confirma, précisant qu'il préparait une information à l'équipe pour le lundi suivant, après la réunion du comité de direction d'Europol. Il voulait rester maître du temps, comme toujours, pensa Elsa.

— Qu'est-ce qu'il s'est passé exactement à Berlin ? L'informateur a été…

Mais Elsa ne finit pas sa phrase, quelque chose dans

le bistrot affecta soudainement le commandant qui s'était tu. Elle suivit son regard. Une femme grande, belle, stylée, de celles qu'on voit sur les pages glacées des magazines, venait de faire son entrée dans l'établissement et se dirigeait vers eux. Sa façon de se mouvoir, sa carrure firent tout de suite comprendre à Elsa à qui elle avait affaire. Elle en resta bouche bée, son regard passant de Deniz, visiblement peu enchanté, à celle que tout annonçait comme étant Isabella.

— Je cherchais une place pour me garer et je t'ai vu entrer ici avec madame. Je ne vous dérange pas ? Tu me présentes ?

C'était bien elle, Isabella. Elle insista pour prendre un verre avec eux, et Deniz ne put refuser. Elsa ne savait que dire, impressionnée par l'allure de cette femme, son regard qui attirait les autres, la délicatesse de ses gestes, de ses expressions à la fois retenues et si communicatives, et surtout une féminité exacerbée qui ne semblait nullement la gêner. Évidemment, Deniz n'était pas tombé amoureux d'un laideron. Il proposa rapidement de partir, mais Isabella n'avait pas l'air pressée. C'est sans doute la première fois, pensa Elsa, qu'elle rencontre une personne travaillant avec son compagnon.

— J'ai souvent entendu parler de vous, capitaine. C'est bien comme cela qu'il faut vous appeler ?

— En dehors du service, je préfère Elsa. Mais je ne sais pas si je ne suis pas encore en service…

— Ah, voilà une question pour le commandant. Commandant, acceptez-vous que nous buvions notre coupe en dehors du service ? Puis-je appeler Elsa, Elsa ?

— Il faut surtout que nous nous pressions un peu si nous voulons être à l'heure, répliqua Deniz.

Mais Isabella ne se pressant pas, Elsa en profita pour poser mille questions sur sa vie, sur son travail, sous l'œil désapprobateur de Deniz qui cependant se taisait, sans doute pour écourter le temps passé ensemble. Isabella resta discrète sur sa vie, mais s'étendit sur son œuvre, expliquant le sens qu'elle avait donné à son métier de photographe en magnifiant des clichés de professionnels en voie de disparition, ouvrières du textile en France, mineurs en Grande-Bretagne, chiffonniers en Turquie… Elle lui montra sur son téléphone des clichés en noir et blanc où le noir surtravaillé donnait aux instantanés l'aspect de photos de studio.

— Ces gens-là sont perdus. Ils se sentent abandonnés par un monde citadin qui vit à toute allure et ne se tourne vers eux que pour leur concéder des programmes sociaux. Je trouve que populistes et nationalistes se débrouillent bien. Ils savent quoi dire pour réveiller cette partie du peuple que les élites ne veulent pas entendre. Celles et ceux dont on attendait qu'ils meurent en silence faute de savoir s'adapter au « village global ». Relégués loin des villes lumineuses, loin des centres de décision, les voilà qui ramènent leur gueule jusque sur nos avenues…

— Vous voulez parler des Cinque Stelle, des Brexiters de campagne ? demanda Elsa qui n'était pas sûre d'assez bien maîtriser le français pour saisir le degré d'ironie du ton.

— Pas particulièrement. Je parle de ces gens à qui personne ne parlait, que personne n'écoutait, et nous voilà surpris que dans une démocratie il se trouve des politiciens pour en profiter. Tout ce que nos élites savent faire, maintenant encore, c'est négocier avec ces politiciens extrémistes qui rêvent de représenter « le peuple », ou singer leur vocabulaire plutôt que de s'adresser directement à eux. On dirait qu'ils les ont tellement infantilisés dans leur esprit qu'ils ne savent pas quels mots utiliser. Ça va mal finir, non ?

Elsa fut surprise de cette fausse candeur qui disait tant de choses en si peu de mots. Elle qui était plutôt intransigeante contre les populistes n'avait pas vu les choses de cette façon. Elle continua donc la discussion à laquelle Deniz s'obstina à ne pas prendre part et fut séduite par cette femme aux réflexions si politiques, au ressenti si populaire, bien loin de ce que son allure laissait supposer. Elle comprit qu'elle avait sa vie et n'entendait pas passer pour la femme du chef. Il faut toujours se méfier de l'habit du moine, se promit-elle en les quittant.

Le lendemain matin, toute l'équipe chargée de la reconstitution rue Amelot se forma. Lebèque, Mélanie, deux agents en uniforme entouraient Fatouma qui avait été mise en examen par le juge français et incarcérée en raison de sa fuite précédente. La vérification fut rapide. Il était tout à fait possible de se planquer sur l'étroit balcon de la chambre de Maryam puis de tirer les deux battants de la fenêtre de sorte que, de l'intérieur, on pût la croire fermée. Du balcon, Elsa remarqua la présence du boulanger en train de fumer sur le pas de sa boutique. Lebèque comprit son idée, elles descendirent pour le rencontrer. Il était au courant du meurtre et fut des plus contents de pouvoir coopérer tant il appréciait sa cliente Maryam.

Pour la nuit du meurtre, il ne se souvenait de rien de particulier, sinon une des fêtes assez habituelles du bar qui faisait l'angle. En arrivant à 5 heures, les clients étaient encore là, à l'intérieur pour ne pas faire trop de bruit, et le patron était venu lui offrir un café qu'ils avaient bu tous deux sur son pas de porte, car la journée s'annonçait déjà belle et chaude. Mais il n'avait pas fait attention au balcon et n'avait remarqué personne dans la rue à part les fêtards. Elsa comme Lebèque trouvèrent une explication plausible à l'attitude du tueur. Ne pouvant risquer de se faire remarquer dans la rue, il était monté à l'étage et, une fois son crime commis, ne s'était pas montré aux fenêtres de peur d'être vu. Cela n'expliquait cependant pas pourquoi il n'avait pas attendu à l'intérieur de l'immeuble la sortie de Fatouma ni pourquoi il ne s'était pas étonné de ne pas la trouver.

— Je ne vois qu'un scénario possible, tenta Lebèque. Il ne les a pas suivies depuis la rue de la soif, il ne surveillait pas l'immeuble lorsqu'elles sont arrivées. Il est venu un peu avant 5 heures du matin, certain de la trouver endormie. Il ne savait pas que Fatouma était là. Dans son impatience amoureuse, Maryam n'avait peut-être pas fermé la porte à clef, et ce genre de serrure n'est pas difficile à crocheter.

Ça semblait crédible, Elsa était d'accord. Mais c'était quand même un bien grand risque, le tueur ne pouvait savoir si elle était seule. De toute façon, ça ne permettait pas d'éliminer son nouveau suspect. Celui qui connaissait Maryam depuis sa plus tendre enfance. Celui qui avait déjà tué et se désignait lui-même comme un tueur-justicier. Celui qui haïssait les « mécréants » dont Maryam faisait partie, elle qui luttait même contre les mariages traditionnels. Ce suspect avait un nom, Ahmed François Benassem.

Il n'y avait plus rien à faire rue Amelot. Les enquêtrices prirent le chemin du commissariat tout proche pour boire un café, bienvenu à cette heure matinale. Elles s'arrêtèrent aux « Parigots », rue du Château-d'Eau, pendant que les agents allaient faire signer à Fatouma les documents de sa mise en examen. Elles s'assirent en terrasse, mais une pluie fine commença à tomber. C'est au moment où elles rentraient dans la salle que Mélanie eut un éclair. Elle avala son café sans prendre le temps de s'asseoir et les quitta en leur criant qu'elle devait vérifier quelque chose. Cela cassa un peu l'atmosphère. Intriguées, Elsa et Annick abandonnèrent l'idée d'un second café et regagnèrent le commissariat. Mélanie était à l'étage, en train de compulser ses notes. Elle en sortit une, une expression de victoire sur le visage.

— Voilà, c'est ça. Nous avons peut-être son mobile, dit-elle timidement.

— Vous nous expliquez ? demanda la commissaire.

— Vous vous souvenez des renseignements que je vous ai donnés sur la vie de Maryam. Il y avait une présomption d'avortement. En fait, c'est le légiste qui a noté ça sur son rapport. Il a dit que si cela avait eu lieu, ça remontait à plusieurs années. J'ai appelé son médecin traitant. C'est un prof à l'école de police qui nous a donné le truc. Comme les médecins ne peuvent pas trahir le secret médical, on affirme une série de choses. Le médecin m'a dit « Je ne peux pas confirmer ». J'ai donc cherché auprès des organismes sociaux s'il y avait une période d'arrêt maladie. À l'époque, elle était serveuse dans un bar, et elle a eu cinq semaines d'arrêt. J'ai demandé à Salima si elle avait connaissance d'un accident, d'une fracture, d'une intervention chirurgicale mais non, rien. Eh bien la date de cet avortement présumé, c'est 2002.

— Et alors ? demanda Lebèque.

— En 2002, elle avait une relation avec Ahmed Benassem. Il n'a peut-être pas digéré l'avortement. Et d'apprendre qu'elle allait se mettre en couple avec Guillaume et sans doute avoir des enfants, il n'a pas supporté. Il l'a menacée, mais elle n'a pas tenu compte de ses menaces, alors il est passé à l'acte d'autant plus facilement qu'il revenait d'un théâtre de guerre où la vie n'a guère de valeur.

— Ça se tient. C'est ancien, mais on va peut-être trouver l'hôpital où elle s'est fait avorter. Bien vu, Mélanie, bien vu.

# 31

## *Milosz*

Des bonnets de différentes couleurs, un jean qui passe partout, un vieil imper et deux parkas achetés aux puces. C'est comme ça qu'il faut faire pour pas être reconnu. Plus quelques petits trucs pour vérifier qu'on n'est pas suivi. Pour tout ça, pas besoin d'école, il l'a appris dans les films et dans les jeux. Il est reparti dans le quartier des Envahisseurs, riche en cybercafés, avec en plus la haine contre Gert. Les dimanches, des fois le soir. Mais il n'a pas trouvé grand-chose. Il en a appris moins sur Gert que lorsqu'il le filait sans rien dire à Lenka. Cette fois, il lui a dit, la maison de bourge, toutes les filles, Barbara. Et un truc aussi sur les billetteries, enfin il suppose. Il a pu entrer sur la boîte de ce con de Gert à qui il dit même plus bonjour. Et dedans, c'est clair, il touche de l'argent de partout. Y a des messages en russe, en anglais, en allemand et aussi en français et en italien. Juste des chiffres, suivis de rien, pas dollars, pas euros, pas roubles, juste des chiffres. Des centaines de mille et, sur deux messages, 1,7 et 2,6 millions. Et Gert répond en faisant le malin. « Non, je crois qu'il y a moins ou plus d'habitants que ça. » Comme s'il était chargé du recensement !

Milosz, il a copié sur une clef, mais il voit pas ce que Lenka peut en faire. Avant de la lui donner, il préfère savoir comment elle va s'y prendre.

— Je sais pas encore, mais crois-moi il va pas s'en relever. Je connais assez Hanna, je lui ai raconté pour Gert en lui disant que c'était un de tes chefs. Elle est scandalisée. C'est sûr, elle va m'aider.

Milosz est encore réticent. Hanna, c'est une petite bourge ? Qu'est-ce qu'elle a à voir avec nous ? Milosz, il veut pas que ça passe par la police. Il a toujours été clean là-dessus. D'homme à homme, ce serait mieux.

— Sauf que d'homme à homme, c'est un contre dix. Et le un c'est toi. D'abord tu te prends une dérouillée, ensuite tu perds ton boulot, et pour finir Gert se croit tout permis avec moi.

Il tape du poing sur la table, il bout de rage Milosz. Il sait bien qu'elle a raison, il sait bien qu'il est tout seul et que Gert a les boss avec lui.

— On s'en fout, qu'il lâche. Je le trouve seul dans un coin. Je le massacre. Et on se tire.

— Milosz, t'es sérieux là ? On repart à zéro avec ces fous furieux qui vont nous chercher partout ? Et, lui serrant la main, elle ajoute, colérique : J'ai bien plus la haine que toi Milosz, crois-moi, c'est moi qui ai senti son pied entre mes cuisses. Je ne lui pardonnerai pas. Jamais. Je sais pas encore comment, mais je trouverai et il en bavera, il regrettera ce qu'il m'a fait.

Milosz a donné la clef.

Mais rien ne s'est passé comme prévu. Un matin, Dietrich n'était pas là. Lui qui arrivait toujours le premier. « Il viendra plus Dietrich, qu'elle a dit Barbara, il est parti ailleurs. » Et elle leur a tourné le dos.

Tous, derrière leurs écrans, ils ont baissé la tête, mais ils en pensaient pas moins. Y a déjà cinq des gars qui sont partis. Ils faisaient le même boulot que Milosz. Sauf qu'ils étaient déjà formés. Ils sont plus que sept, sept qui ont appris sur le tas. Et Barbara qui les laisse jamais seuls, qui les a même foutus à la porte un jour à midi parce qu'elle avait un truc à faire en ville. Hans, on le voit plus, ni sa cohorte de gros bras. Et si Dietrich est parti, Milosz apprendra plus rien. D'autant que les logiciels espions qu'il a aidé à installer, c'est pas lui qui gérait, c'était Dietrich. Bref, ça sent le départ, et tous les sept ils ont bien l'impression qu'on va les laisser sur le carreau.

Ça s'est encore aggravé la semaine suivante. Ils étaient plus que quatre. Trois autres avaient été envoyés ailleurs pendant le week-end. Ailleurs où? Va savoir. Milosz est monté jeter un coup d'œil en haut. Ils avaient déménagé la salle de sport, complètement vide. Et il lui a semblé qu'il manquait des armoires. Enfin y avait le bureau de Barbara et pas grand-chose d'autre.

Ça dure encore deux semaines puis, un jeudi matin, Milosz comprend tout de suite que quelque chose cloche en arrivant à quelques mètres de la fabrique. Il entre pas. Il se cache derrière du matériel abandonné là et il observe. Peut-être une descente de flics? Mais non, il verrait des voitures, de l'agitation. Là, c'est l'inverse. Un trop grand calme. Avec le soleil rasant qui frappe sur les vitres jamais lavées, il arrive pas à voir ce qui se passe dedans. Pas de bruit, mais c'est normal, ça fait jamais beaucoup de bruit un clavier. Il sait maintenant ce qui l'a surpris. Les néons sont éteints. Peut-être que Barbara est en retard ou qu'elle a un truc à faire comme l'autre fois. Mais alors où sont les autres ?

Il pense à couper la sonnerie de son téléphone et, sans bouger de sa cachette, appelle Barbara. Là, il en a le souffle coupé. Le numéro n'est plus attribué. Il essaie de raisonner. C'est peut-être ancien, Barbara il l'appelle jamais. Et les autres, il a pas le numéro, mesure de prudence. Merde, merde, qu'est-ce que je fais ? Il essaie de joindre Lenka, mais elle a pas de boulot la semaine, elle doit encore dormir. Reste plus qu'à attendre et observer. Heureusement qu'il fait chaud pour la saison, mais un petit café serait pas de trop. Les minutes passent, rien. Pas un bruit, pas âme qui vive. Milosz se rassure peu à peu. Il sent plus de menaces. Les minutes passent encore. Et puis qu'est-ce qu'il risque ?

Il avance d'abord en regardant le bâtiment comme s'il voulait l'acheter. Il se plante bien devant, les jambes écartées, en contemplation devant cette merveille d'architecture. S'il y a quelqu'un à l'intérieur, il sait que Milosz ne se cache pas. Le soleil est maintenant monté dans le ciel et se reflète de biais. Les vitres sont quand même bien crades, mais si quelqu'un bougeait à l'intérieur, il percevrait un mouvement. Il ne voit rien. Attendre plus ferait bizarre. Il s'avance vers la porte et tourne la poignée. La porte s'ouvre, elle s'ouvre sur un néant. Un néant poussiéreux. On dirait que le soleil fait briller les minuscules grains de poussière qui volent dans l'air. À part la poussière, pas un écran, pas une table, rien. Tout a été enlevé comme si rien n'avait existé. Restent le plan de travail et la grue d'atelier de la menuiserie. Ils sont bel et bien partis. Sans le prévenir. Bande d'enfoirés !

D'où sort toute cette poussière, comme si ç'avait jamais été balayé ici ? Ils l'ont amenée ou quoi ? Lorsqu'il avance, ses pas font des traces noires sur le fond blanc. Les mains dans les poches, il se tourne et se retourne, mais rien, il reste rien. Il est sans doute plus prudent de se tirer vite. S'ils ont tout déménagé, ce n'est pas pour rien. Milosz veut encore aller voir en haut. Pas de surprise, une vitre intérieure est même cassée. En déménageant sans doute. Ou exprès, pour faire croire que c'est abandonné depuis des années.

Il entend soudain le bruit d'un moteur qui approche. Vite, il redescend l'escalier, mais déjà la voiture s'est arrêtée devant la fabrique. Il est à trois marches du sol lorsque la porte s'ouvre. Lenka ! Il reste complètement interdit. Lenka qui crie « Tu es en vie, tu es en vie » et court vers lui comme si elle voulait le serrer fort dans ses bras. Il comprend rien à ce qui se passe. Derrière elle, deux gros bras inconnus font à leur tour leur entrée.

— Lenka ? Mais qu'est-ce qui se passe ? Qu'est-ce que tu fais ici ?

Tout à coup, l'expression de Lenka change. D'heureuse de le voir, elle devient inquiète, très inquiète.

— Ils m'ont dit que tu avais eu un accident, dit-elle sur un ton qui semble ne plus s'affoler de l'accident mais de ce qu'elle est en train de comprendre. Que tu étais entre la vie et la mort. Que je devais venir vite.

Milosz regarde les deux types, il sait pas où est le piège, mais y en a un, c'est évident.

— Ils sont venus me chercher à l'appart, continue-t-elle comme si elle récitait un texte, je suis venue tout de suite.

Elle le regarde intensément, des yeux elle lui

demande comment s'enfuir, comment s'enfuir vite. Il regarde les deux types, il pense tout de suite à la sortie sur la cour arrière. Ne pas courir. Il prend Lenka par le bras, les types ne bougent pas, et se retourne avec elle vers l'arrière du bâtiment.

Un grand rire les cloue sur place. Gert. Gert est là, debout à cinq mètres d'eux. Autour de lui quatre gros bras avec des battes à la main. Milosz se retourne vers l'entrée principale en hurlant à Lenka de courir. Mais c'est trop tard, ils sont trois maintenant devant l'entrée. Sept en tout, plus Gert. Milosz comprend. Il cherche quelque chose autour de lui qui puisse lui servir d'arme. Mais rien. Aucune chance de s'en sortir. La haine qui l'a envahi lorsqu'il a vu Gert se transforme tout à coup en peur. Il n'y a rien à faire. Qu'avoir peur. Lenka est comme lui, elle se serre contre son corps, les deux bras croisés devant elle.

— Regardez les amis s'ils sont pas mignons les deux tourtereaux. Émouvants, non ? Ce sont pas de stupides amoureux, comme dans les films. Non, les gars, non. Ces deux-là pensent. Ils pensent même trop.

À nouveau, il part d'un éclat de rire. Puis reste sans bouger, sans parler, les regardant seulement en souriant comme pour leur laisser le temps d'imaginer ce qui maintenant va se passer.

— Tu vois, Milosz, la fabrique est vide. Plus d'écrans, plus de meubles, plus personne. Tout le monde est parti. C'était pourtant beau, la fabrique. On travaillait bien, on faisait des choses utiles pour l'Europe de demain. Non, Milosz ? C'était pas du bon boulot ?

Milosz ne répond pas. Il ne comprend pas pourquoi Gert parle au lieu de taper. Ils peuvent bien le taper lui, il s'en fout. Le tuer même. Mais ne touchez pas à Lenka.

— Lenka, dis-lui pourquoi tous nos copains sont partis. Dis-lui pourquoi ils n'ont pas voulu lui dire au revoir. Tu ne sais peut-être pas ? Milosz ne t'a pas dit ?

Lenka n'ose pas le regarder, mais elle regarde Milosz, incapable de ne pas avoir d'espoir. Non Lenka, il n'y a pas d'espoir avec ces brutes. Milosz essaie de penser vite à comment se tirer, mais ça tourne en vain dans sa tête.

— Bon, il ne t'a pas dit. Je vais donc te le dire. Si personne n'a dit au revoir, c'est parce que cette belle fabrique qui nous a coûté tant de temps et d'argent ferme à cause de Milosz.

Ils se regardent tous les deux. Milosz ne comprend pas de quoi parle Gert, mais il est clair qu'il l'accuse de quelque chose, de quelque chose de grave. Il retrouve sa voix qui contient encore assez de haine pour ne pas trembler.

— Qu'est-ce que tu racontes Gert ?

Gert rit encore. Puis se tourne vers les gros bras.

— Je vous l'avais dit, les gars, que Milosz allait faire l'étonné. Celui qui sait pas pourquoi. Le genre de mec qui rentre dans un système et vous raconte qu'il l'a pas fait exprès. Non, Milosz, non. On va pas jouer comme ça. Tu vas nous raconter les détails. À nous et à la si bandante Lenka.

Les gros bras se ruent alors sur Milosz et Lenka. Il essaie de la protéger mais en pure perte. Trois coups de batte le mettent à terre. Ils lui attachent aussitôt les mains et les pieds, en lui assénant de nouveaux coups, dans le dos, sur la tête, dans le ventre. Ils le relèvent et Milosz sent la corde qui lie ses mains se tendre vers le plafond jusqu'à lui étirer les bras en hauteur pour l'attacher au crochet de la grue. Un de ses yeux a gonflé, il cherche Lenka et voit qu'elle subit le même sort que lui, attachée à une corde qui descend du plafond. Il faut parler, vite.

— Je ne sais pas ce que tu veux que je te dise, lance-t-il à Gert, mais je te dirai tout ce que je sais. Laisse partir Lenka, elle a rien à voir avec tout ça.

Deux coups de poing au ventre viennent lui couper le souffle alors que Gert rit encore.

— Oui, t'as peut-être raison le Slave. Cette petite Lenka ne sait peut-être rien. Mais ce que je vais lui faire va te rendre bavard, susurre-t-il en soulevant son menton de l'index. On avait un rendez-vous elle et moi. Elle a pas osé venir, mais maintenant ça va se passer comme j'avais dit.

— Non, supplie Lenka. Non, ça servirait à quoi? Lâchez-moi, s'il vous plaît.

Pour toute réponse, Gert remonte sa robe lentement jusqu'à son nombril, sans un mot. Milosz tente de se débattre, mais chaque mouvement entraîne un coup de batte sur les reins.

— Je ne suis pas idiot, les deux Slaves. Je te connais Milosz. T'es un dur. Tu diras rien si je t'offre rien. Eh bien voilà, je t'offre d'oublier mon désir de tringler ta femme. Et je vais lui raconter, pour qu'elle sache. Tu vois Lenka, l'organisation faisait confiance à Milosz. Très confiance. Au point que son ami Mattheus nous a convaincus de changer notre mode de recrutement. Il nous a dit que prendre des petits génies de l'informatique qui ne soient pas aussi des gars sûrs, ça aurait un jour ou l'autre ses limites. Et il nous a proposé des durs venus de chez lui, des gars capables d'aller bastonner comme de faire des merveilles sur un écran. C'est vrai qu'on avait quelques problèmes de recrutement. Moi, j'ai jamais été convaincu. Mais on l'a écouté, ce brave Mattheus. On vous a fait venir ici, tous les deux. On vous a trouvé un logement, plus un salaire pour Milosz. Et maintenant, Milosz il trafique on ne sait pas quoi dans notre dos. Qu'est-ce que tu trafiques Milosz ? demande-t-il en laissant ses mains remonter le long des cuisses de Lenka.

Milosz répond qu'il ne comprend rien à ce que Gert dit et les coups s'abattent à nouveau sur lui, l'un après l'autre, réguliers, sur tout son corps, violents, puissants. Il entend Lenka crier, supplier. Puis les coups s'arrêtent. Il a si mal. Les bras suspendus, les coups sur le visage, les cris de Lenka. Au bout d'un moment, il parvient à lever les yeux vers elle. Elle est comme avant les coups, la robe remontée jusqu'au nombril.

— Milosz, est-ce que quelqu'un qu'on ne connaît pas t'a demandé quelque chose sur nous ?

— Non, répond aussitôt Milosz. Je suis pas une balance. Qui vous a dit ça ?

— Pourquoi alors as-tu essayé de forcer nos systèmes ?

— Jamais. Sauf quand Dietrich me l'a demandé. Et j'y suis pas arrivé. Demande-lui.

— Je parle pas de ce moment-là, je parle d'après.

— Putain, mais jamais, jamais.

— Milosz tu me fatigues. Et Lenka s'impatiente.

Il lui arrache alors le haut de la robe et son soutien-gorge, mettant ses seins à nu.

— Je te tuerai, hurle Milosz avant de recevoir de nouveaux coups.

— Regardez-moi ces nichons, les gars. Toutes les

Slaves ont de gros nichons, dit-il en lui touchant la poitrine alors que Lenka crie et que Milosz essaie de protester, mais les coups pleuvent et le font taire. Qui t'a demandé de nous infiltrer ?

— Mais tu débloques, murmure Milosz déjà épuisé par les coups. Tu débloques. Demande à Pet, demande à tous. Jamais je trahirais.

Malgré son champ de vision très réduit, Milosz voit un des types qui fait un geste vers Gert en lui tendant un téléphone. Il s'en saisit. Milosz ne peut s'empêcher d'espérer.

— Non, rien pour le moment. Oui, c'est possible. On va pas tarder à savoir. Ouais, d'accord, tu me l'as déjà dit et puis ton gars est là pour y veiller. Je te rappelle dans un quart d'heure, ce ne sera plus long. Bon, Milosz, j'ai plus le temps de m'occuper de toi. Ta copine s'impatiente. Parle. Parle et j'arrête.

Il s'approche alors de Lenka que deux gars tiennent et lui descend son collant et sa culotte.

— Tu vois Milosz, elle mouille, je te l'avais dit, elle m'attend depuis trop longtemps.

Lenka hurle, Milosz hurle et prend des coups, des coups, tant de coups qu'il s'évanouit.

# 32

## *Deniz*

Il était plus de 1 heure du matin. Il avait eu Isabella au téléphone une heure auparavant, elle allait se coucher. Il rentra avec précaution la clef dans la serrure, retint la porte et s'abstint d'allumer les lumières. Par les fenêtres du salon, dont ils fermaient rarement les volets, la lumière blafarde du lampadaire de la rue lui parut suffisante. Il jeta son manteau sur le canapé, ferma les portes qui donnaient sur la salle à manger et le couloir, et ouvrit la boîte à cigares. Il n'avait pas sommeil, trop irrité, trop déçu par les événements de la semaine.

L'affaire Binebine le mettait en porte-à-faux avec sa direction, au point que, ce lundi, il avait préféré se faire porter pâle, prétextant l'enquête, pour éviter la traditionnelle réunion où l'attendait Kaltbrunner. Il avait encore quelques jours devant lui avant de perdre le soutien de Stefanakis qu'il prenait cependant soin d'informer régulièrement. Le tableau d'ensemble se dessinait dans sa tête de plus en plus clairement. Mais entre savoir ce qui s'était passé et le prouver face à un tribunal, il y avait cet écart qui pouvait faire perdre la bataille. Et Stefanakis ne manquait pas de le lui rappeler.

Depuis le début, Deniz sentait que relier les différents points de l'enquête entre eux était extravagant. Ne pas les relier l'éloignait de son point de départ, l'organisation qui avait appris l'existence et la prétendue dangerosité de l'informatrice Maryam Binebine. Il avait pensé ces pistes comme des rivières qui finiraient bien par se rejoindre dans le fleuve. La métaphore était classique mais inadaptée. Et il ne savait pas par quoi la remplacer. Pourtant, il semblait que tous les éléments étaient maintenant là, posés devant ses yeux. Que manquait-il alors ? D'ajuster l'ensemble pour reconstituer l'histoire telle qu'elle s'était passée ? Il avait fait l'erreur de considérer l'organisation qu'il traquait comme une pieuvre étendant méticuleusement ses tentacules, avec un centre dirigeant qui contrôlait la moindre des actions. Ce n'est pas comme ça que les choses se passaient. Il y avait des bugs, des loupés, des coups foirés, des rivalités, des improvisations malheureuses. Et peut-être pas de fonctionnement vertical. S'il ne parvenait pas à lier les informations, c'est parce qu'elles ne l'étaient pas. Les projets des uns et des autres s'étaient sans doute croisés, mais sans intention ou sans le savoir. Non, il manquait encore quelque chose, un élément capital. Contrairement à Annick ou à Elsa, Deniz pensait savoir d'où il viendrait. De Dragan Stankovic et d'Adrijana Hruby.

Isabella apparut dans le salon les yeux encore ensommeillés, vêtue d'un tee-shirt qui couvrait son corps si elle évitait tout mouvement. Précaution qu'elle n'avait aucune raison de prendre et qui mit Deniz en émoi. Elle dut s'en rendre compte car, au café proposé, elle préféra une douce étreinte dans le lit. Deniz n'arriva aux Batignolles qu'à 10 heures passées.

# 33

## *Elsa*

Le pont du 1er novembre réduisit considérablement l'activité. Les couloirs des Batignolles étaient vides. Le seul qui ne s'en plaignait pas, c'était Deniz, car Maria Kaltbrunner, en bonne catholique, était partie en Autriche, dans sa famille, et ne reviendrait que le lundi suivant. Mais ce sursis ne servirait sans doute à rien, car Deniz ne serait pas prêt, bien qu'il ne fît pas le pont, dont son équipe fut également privée.

Il avait convoqué pour le vendredi une réunion à laquelle Lebèque, Mélanie et De Angelis étaient invités. Avec Max et Elsa, ils se retrouvèrent aux Batignolles à 9 heures du matin, mais l'entrain manquait. La salle sentait l'échec et cela mettait Elsa en rage. Tant de monde sur une affaire, les meilleurs enquêteurs européens, pensait-elle en s'incluant dans cette élite, et pas la moindre trace en France d'Ahmed Benassem, pas le moindre signalement non plus sur l'homme qui avait enlevé Salima. Décourageant.

Lorsqu'elle vit Deniz entrer dans la salle, elle regarda Lebèque qui lui sembla confirmer son intuition. Ce salaud-là n'avait pas l'expression d'un vaincu. Il laissait traîner sur son visage paré de toute sa froideur hautaine un léger rictus de… Mais oui, de satisfaction. Ce n'était tout simplement pas possible, il ne pouvait savoir ce que personne ne savait. Elle s'attendait à une annonce dont chaque phrase avait été bien pesée, dans le style d'un communiqué de presse. Ce ne fut pas le cas. Max fit apparaître sur grand écran Adrijana et Dragan en direct d'un lieu que Deniz ne précisa pas et que les Français durent prendre pour La Haye. Seuls Elsa et Max savaient qu'ils étaient à Berlin. Deniz commença.

— L'homme « à l'accent slave » qui a enlevé Salima Duval, probablement le même qui a obtenu de Montencour l'adresse de Maryam, vient d'être identifié grâce à son portrait-robot. À vous, Dragan.

— La base de données d'Europol n'a rien donné. Nous avons eu l'idée de chercher sur un fichier des services militaires, précisa Dragan. Il s'appelle Lilian Petrovitch, citoyen slovaque fiché par les autorités de son pays pour avoir été employé d'une société russe de mercenaires dénommée Marsy. Les Slovaques précisent que c'est un ancien sous-officier ayant servi dans le contingent de son pays pendant la guerre d'Irak. Marsy loue ses combattants en Syrie, en Ukraine et en Afrique. Petrovitch est rentré à Bratislava voici deux ans. Pas de nouvelles depuis.

— Que vient faire un Slovaque dans cette affaire ? râla Annick Lebèque.

Il y eut un silence. Tous semblaient surpris par cette nouvelle, à part Deniz qui devait être au courant depuis la veille. Elle fit tilt dans l'esprit d'Elsa, qui découvrit où gîtait l'incohérence qui la gênait depuis le début dans la déposition de Fatouma.

— Il faut réinterroger Fatouma Koné, lança-t-elle en se levant brusquement.

— Je n'en attendais pas moins de toi, répliqua le commandant.

Remontée après Fatouma, Elsa lui demanda sans ménagement de raconter à nouveau dans le moindre détail la fin de la soirée fatale à Maryam.

— Elle s'était endormie. J'ai eu envie d'une cigarette. Je savais qu'elle ne fumait pas. Je suis allée sur le balcon, je me suis assise comme j'ai pu, c'était étroit. Puis j'ai tiré les fenêtres sur moi, pour la fumée. J'avais fini ma cigarette lorsque j'ai entendu un bruit sourd.

— Ça pouvait être Maryam qui se réveillait.

— Oui, j'y ai pensé. Mais je l'avais laissée dans un sommeil profond. J'ai jeté un œil par-dessus le montant de la fenêtre, et là j'ai vu l'homme avec la cagoule. J'ai eu peur, j'ai baissé la tête. Il y a eu d'autres petits bruits que je n'ai pas reconnus. J'avais très peur. Je ne peux pas dire combien de temps ça a duré.

— Et dans la rue ? Vous n'avez rien vu ?

— Il y avait un peu de bruit au bar en bas.

— Vous n'avez pas appelé ? Vous auriez pu sauver votre copine…

— Mais c'est allé trop vite. Et le tueur m'aurait découverte… Et puis il n'y avait personne dehors. Après, si. Un homme est sorti du bar pour s'asseoir avec le boulanger.

— Ça, vous l'avez dit après la reconstitution. Pas avant !

— Je ne m'en souvenais pas, gémit Fatouma. J'ai oublié plein de choses. Le meurtre, les draps à enlever, tout ce sang…

— Revenons sur le balcon. Essayez à nouveau de vivre la scène.

— Je n'arrête pas d'y penser. J'ai hésité à crier, mais j'avais trop peur. J'espérais qu'il s'en aille, ensuite je pourrais crier. Mais j'ai vite compris qu'on m'accuserait. J'ai tout de suite pensé à mon ami Moïse, lui seul pouvait me dire que faire.

— Revenons au balcon, insista Elsa. Que voyez-vous ?

— Les deux types assis devant la boulangerie. Un autre qui traverse.

— Qui traverse ? hurla presque Elsa. Comment est-il ? D'où vient-il ? Vers où se dirige-t-il ?

— Attendez, supplia Fatouma, ça me revient à peine. Je ne sais pas d'où il vient. Le rebord du balcon me le cachait. Je le vois au milieu de la rue qui traverse et va vers le boulevard par la rue Timbaud. C'est tout.

— Non Fatouma, ce n'est pas tout. Comment est-il habillé ? Sa couleur de cheveux ?

— Vous croyez que c'est lui ? Non, il était encore à l'intérieur. Enfin, je ne sais pas. Je ne le vois plus très bien. Une casquette peut-être. Non, un bonnet noir ou sombre.

Elsa fit alors apparaître à l'écran la photo de Benassem et celle de Petrovitch tout juste arrivée de Berlin. Elle vit immédiatement le visage de Fatouma saisi d'effroi.

— C'est lui, c'est lui !

— Quoi, vous reconnaissez le visage d'un type que vous avez vu d'en haut couvert d'un bonnet ? s'étonna Elsa.

— Non, c'est lui qui était au « Zèbre rouge » la

première fois. Il parlait avec Maryam, j'ai cru que c'était son ami, mais il s'est éloigné. Je ne l'ai pas revu depuis.

Lorsqu'ils s'assirent à nouveau dans la salle de réunion, en fin d'après-midi, personne ne savait que penser de ce nouvel élément : Maryam connaissait son probable assassin depuis au moins un mois. Elsa, plus encore que les autres, attendait d'autres révélations de Fatouma. Les enquêteurs envoyés dare-dare auprès de Salima rapportèrent qu'elle avait reconnu Petrovitch. Mais aucun des personnels du « Zèbre rouge » ne reconnut ce visage pour un de leurs clients. Pas la moindre trace d'un Petrovitch entrant sur le territoire français, mais les recherches étaient en cours sur les données anthropométriques relevées aux frontières de l'espace Schengen.

— Tentons de rebâtir l'histoire avec ce nouvel élément, suggéra Deniz. Lilian Petrovitch, ancien combattant en Irak. Sa présence est ensuite attestée dans le Donbass en 2017. Il officie maintenant pour le groupe ultranationaliste que nous surveillons, ce sont les informations dont nous disposons par notre informateur. Nous savons aussi qu'il a quitté sa base fin août. On peut supposer qu'il est envoyé à Paris pour mesurer ce que sait exactement Maryam Binebine. Si l'on en croit Fatouma, il établit le contact avec la victime dès son arrivée, mais ça ne semble pas coller avec la date à laquelle Montencour lui donne son adresse. Il établit également le contact avec des membres de l'association France laïque, du moins Gérard Desfossés. Quel lien entretient ce dernier avec l'organisation de Petrovitch, nous ne le savons pas. La description qu'en fait Montencour et sa fuite avec son épouse indiquent plutôt une complicité forcée. Petrovitch décide ou reçoit l'ordre d'éliminer Maryam, puis d'enlever Salima, sans doute pour la faire parler, mais nous intervenons à temps. Ce n'était donc pas un avertissement qui nous était adressé comme je l'ai d'abord cru. C'est l'hypothèse numéro un. La seconde, c'est qu'interfère une autre histoire, celle d'Ahmed Benassem venu se venger de Maryam. Il l'assassine et disparaît. Ce meurtre inattendu inquiète Petrovitch qui enlève Salima pour essayer de comprendre ce qui s'est passé.

— Le mobile de tout ça ? demanda Elsa.

— Pour l'hypothèse numéro deux, la vengeance de Benassem qui s'est radicalisé. Pour la première, les informations en notre possession sur l'organisation ultranationaliste pour constituer un trésor de guerre et étendre son activité à toute l'Europe. Ils ne savent pas si Maryam a informé l'autorité publique, ni si elle a encore accès à leurs sources. Comment comptent-ils s'y prendre pour vérifier, je n'en sais rien, mais d'évidence, c'est la mission de Petrovitch.

— Alors pourquoi Petrovitch exécute-t-il Maryam sans la faire parler ? interrogea Elsa.

— Je ne vois qu'une explication, intervint Dragan. Petrovitch a trouvé des éléments chez Maryam, sur son téléphone peut-être, ou par Maryam puisqu'il avait établi le contact. Puis il l'a égorgée.

— Le plus probable est que Petrovitch les a obtenues avant la nuit du meurtre, en a référé à ses supérieurs qui lui ont alors donné l'ordre d'exécuter Maryam. Il nous manque encore des éléments, conclut Deniz.

## 34

## *Lenka*

Sans se montrer à la fenêtre, elle regarda passer les nuages lents qui donnaient une note automnale à la journée ensoleillée. Elle vit aussi le haut de cette tour étonnante qu'elle aurait tant aimé contourner, elle qui n'avait vu depuis son arrivée qu'une seule face. La Wasserturm. C'était paraît-il le plus ancien château d'eau de Berlin. Transformé en immeuble de logements. Elle lui plaisait étrangement, cette tour rayée de briques brunes. Et son chapeau ridicule au sommet, sorte de grand poste d'observation surmonté d'une cheminée centrale. C'est tout ce qu'elle pouvait voir à travers les arbres, elle n'avait pas le droit de s'approcher des fenêtres.

Elle pleurait. Une fois de plus elle pleurait. Toute sa vie elle pleurerait, elle ne pourrait pas s'en remettre malgré l'aide de la psychologue qui venait ici trois fois par semaine. Elle entendit du bruit de vaisselle dans la cuisine et laissa sa tête, désintéressée, partir vers l'horloge murale. Bientôt 1 heure, ils devaient préparer le repas. L'appartement était bien beau. Dans ce salon, un canapé Chesterfield en cuir brun dont elle avait toujours rêvé. Et deux fauteuils club, en cuir brun également, un peu usés. Une table basse, ronde, en bois foncé. Et derrière le Chesterfield une table et des chaises en bois, solides, anciennes, laquées blanches. Non, ivoire. Comme les portes et leur encadrement surmonté de ce qu'ils appelaient une imposte, une petite fenêtre fermée de deux carreaux déversant la lumière du salon sur le petit hall d'entrée. Tout était joli, ancien, robuste. Ce n'était pas le genre de meubles, le genre d'appartement dont elle rêvait quand elle montrait les photos de catalogues sur son écran à Milosz. À cette évocation, elle pleura à nouveau. Ça ne partirait jamais de sa tête, pas une minute. Elle était lasse et, sans ces deux-là dans la cuisine, elle serait montée en haut de la belle Wasserturm pour se jeter dans le vide. Le vide, sentir le vide, ce serait le plus radical des soulagements. Au mur, il y avait un tableau. Un vrai tableau, pas ce qu'elle appelait avant un tableau qui n'était qu'un poster reproduisant un tableau. Celui-là avait de la peinture sur la toile. Mais il ne représentait rien. De belles couleurs, joliment disposées, c'est tout. Elle aurait préféré une forêt, avec un lac en arrière-plan, et des personnages. Une famille, les parents allongés sur une couverture avec entre eux un panier d'osier, tout ce qu'il faut pour un pique-nique. Les enfants, deux, une fille et un garçon s'amusant au bord de l'eau. Pas loin d'eux, une barque. Peut-être avaient-ils déjà fait une balade sur l'eau, mais elle pensait que ça se ferait plutôt après le repas. Le père avec ses beaux muscles saillants sous la chemise à manches retroussées ramerait lentement. Pas besoin de se presser. La mère, vêtue d'un short et d'une chemise d'été, regarderait les arbres et le ciel d'un bleu doux. La psychologue lui avait fait décrire plusieurs fois ce tableau imaginaire, si bien qu'elle le voyait maintenant clairement.

— Qu'est-ce que ça vous évoque ?

— Le bonheur, avait-elle répondu.

La psychologue lui avait dit que c'était bien, que c'était bon pour elle d'imaginer le bonheur. Mais non, elle ne comprenait pas. Elle regrettait le bonheur, celui qu'elle n'avait jamais eu, celui qu'elle n'aurait jamais.

Les autres allaient arriver avec le repas préparé, elle n'avait rien à faire, ils s'occupaient de tout, des courses, des repas, et une femme venait pour le ménage. Elle ne savait pas comment les remercier. Tout ça c'était eux, le voyage à Berlin, l'appartement, la psychologue, les soins et l'entretien de la maison. Après le repas, il faudrait travailler. « Travailler » c'était leur mot à eux, car Lenka n'avait pas du tout l'impression de travailler. Ils posaient des questions, elle répondait, rien de bien fatigant. Mais douloureux, ça oui. Douloureux. Évoquer tous ces événements sans pleurer, elle n'en était pas capable. Ils étaient gentils, ils arrêtaient, proposaient de regarder un film, de boire un verre. Elle avait du mal à regarder un film sans que son esprit s'égare. Ou plutôt revienne en arrière. Et ce qu'elle aurait aimé, c'était sortir, se balader dans cette ville qui avait l'air magnifique. La psychologue était d'accord avec elle, mais eux ne voulaient pas. Ils disaient qu'ils n'avaient pas encore les moyens de « sécuriser ». Rien que ce mot la terrifiait. Si eux n'avaient pas les moyens, c'est qu'elle était encore en danger, encore recherchée par ces… Elle n'avait même pas la force de vouloir les tuer, les faire souffrir, les voir mourir à petit feu. Pas capable. Capable de rien, sauf de pleurer et de rester assise là, dans le Chesterfield, la seule chose qu'elle aimait encore.

Sitôt le repas terminé, ils lui demandèrent si elle se sentait en état de reprendre. La femme devait avoir passé la trentaine, grande, athlétique, allemande. Pas vraiment belle, plutôt réservée, le visage un peu fermé, mais sympathique et attentionnée. L'homme, même âge, musclé lui aussi, avec des lunettes et tout le temps sur son ordinateur. Elle mit l'enregistreur en marche.

— Bien, reprenons, dit la femme qui posait la plupart du temps les questions. Je résume. Arrivée à Dresde, vous trouvez les choses étranges. Vous n'avez pas le droit d'aller à la « fabrique ». Vous saviez en venant que les patrons n'étaient pas nets, mais vous pensiez à quelque affaire politique. Le salaire n'est pas très élevé, mais le loyer de l'appartement non plus. Vous vous mettez à apprendre l'allemand pour trouver du travail. Tout n'est pas très régulier, mais la vie est nettement plus belle que dans votre cité de Bratislava. Jusqu'à l'histoire du type qui s'est fait tatouer une croix gammée sur le torse. Là, vous commencez à vous inquiéter.

Lenka remarqua le tact d'Adrijana. Elle résumait sans jamais prononcer le nom de Milosz. Pour éviter ses crises de larmes. Mais ça ne servait à rien, tous ces mots appelaient son image, son visage, et l'horreur de la fabrique. Elle ferma les yeux et s'obligea à ajouter un détail de plus à son tableau imaginaire, n'importe quoi, un oiseau dans un arbre. C'était la psychologue qui le lui avait suggéré. Ça lui faisait du bien. Parfois elle regardait la tour, ça aussi faisait du bien. Elle eut ainsi la force de poursuivre le récit.

— Je savais bien qu'aucun n'était un ange. Pet le premier. Mais tous, moi compris, nous détestions les bourges, la justice et la police, et surtout les migrants. Ils nous prenaient le peu que nous avions, ramassaient toutes les aides sociales. Je sais que ce n'est pas très fin comme raisonnement. Mais ça nous tenait. Et pourtant nous ne nous sentions ni révolutionnaires, ni racistes. Nous avions peur de ce système qui nous cognait dessus depuis l'école à la moindre incartade, alors que les riches pouvaient détourner des milliards sans rien risquer. Et nous avions peur des migrants qui, dans le bas de l'échelle, allaient prendre nos emplois, nos logements sociaux, nos aides. On voulait juste empêcher ces colonnes d'immigrés vues sur les réseaux d'entrer chez nous.

— Petrovitch était aussi sur cette idée ?

— Je ne sais pas. Pet ne me parlait pas de politique. Ce type m'a toujours fait froid dans le dos. Je pense que c'est un homme capable de fidélité. Si Pet avait été là, rien ne serait arrivé.

Elle dut à nouveau fermer les yeux et laisser les larmes couler. Adrijana respecta son silence. Puis Lenka reprit d'elle-même.

— Bien sûr je savais que Milosz constituait des fichiers de profils en s'introduisant illégalement sur les serveurs d'administrations diverses. Je savais que cela servirait à la propagande, comme il l'avait fait pour faire élire Paula. Mais les néonazis et les détournements financiers, je suis tombée des nues.

— Comment l'avez-vous appris ?

— Vous savez déjà tout ça ! s'énerva Lenka.

— Oui, lui répondit patiemment Adrijana. Je suis

désolée, mais il faut le répéter avec plus de détails encore pour l'enregistrement.

Lenka acquiesça. Ce qu'elle aimait entendre, c'était l'accent allemand d'Adrijana. Un accent coulant, distingué, avenant. Elle lui avait dit être originaire de Westphalie. En fait, elle aimait beaucoup cette femme. C'était surprenant pour elle car, jusque-là, son modèle c'était plutôt le genre Victoria Beckham. La concentration, la réserve d'Adrijana, et surtout la détermination redoutable qu'on sentait en elle, l'impressionnaient. Elle aussi était comme ça. Mais en plus abîmée, en plus cassée.

— Milosz avait un peu de mal avec les langues. Pour moi, c'était facile. Peut-être parce que chez moi, depuis ma naissance, on parlait à la fois russe et slovaque, ma mère étant russe. Dès que j'ai su qu'on partait en Allemagne, je me suis mise à écouter des chansons, à regarder des films dans la langue. C'est comme ça que j'apprends. Mais je voulais parler correctement. Arrivée à Dresde, je me suis inscrite dans une *Volkshochschule*. Milosz me demandait souvent de l'aide dans son boulot, on regardait ensemble les écrans le soir. C'est là que j'ai appris pour les logiciels espions et pour les billetteries. J'ai eu peur. Je me suis dit qu'on pourrait jamais les quitter en sachant ce qu'on savait. Or, pour moi, la fabrique c'était juste un boulot temporaire pour nous mettre le pied à l'étrier.

— Comment avez-vous changé d'avis pour le populisme, les migrants ?

— Pourquoi vous pensez que j'ai changé d'avis ? Ce n'est pas parce que je réprouve les méthodes de voyous, parce que je veux dénoncer le banditisme que j'ai changé d'avis. Un peu, c'est vrai. Je réfléchis.

D'abord il y a eu ce que j'ai vu du travail de la fabrique. Et puis j'ai rencontré Hanna. Par hasard. J'étais serveuse dans un bar, je rentrais tard le soir, en bus. Une nuit, un type un peu éméché a commencé à ennuyer une fille, à lui mettre les mains. Il n'y avait pas beaucoup de voyageurs, six ou sept, mais personne ne l'a aidée. Ils détournaient tous les yeux comme si c'était pas leur affaire. Je connais ce genre de type, c'est pas la peine de discuter. Je me suis levée comme si j'allais sortir du bus à l'arrêt suivant et une fois près de lui j'ai pris mon élan et je lui ai balancé mon sac à dos en pleine tête au moment où les portes s'ouvraient. Il s'est levé le visage en sang, déséquilibré, je lui ai fait un croche-pied et je l'ai jeté dehors en criant « démarre, vite ! » au chauffeur. Ce qu'il a fait. Sans ce hasard, je ne suis pas sûre que j'aurais fait la connaissance d'une fille comme elle. Elle était étudiante en sociologie. Un monde que je n'imaginais même pas. Elle a vu que je voulais apprendre et elle m'a aidée.

— Vous lui avez parlé tout de suite du travail à la fabrique ?

— Ah non ! Ça l'aurait choquée. Les gens de la fabrique et elle, c'est pas du tout le même genre d'opinion. Il a fallu d'abord que j'apprenne à la connaître. Et à ne plus me formaliser de ses propos.

— Vous choquer de quoi ?

— De tout. Elle est différente en tout. Par exemple, elle a des amis homosexuels. Jamais j'aurais fréquenté des homos à la cité. Je ne sais pas pourquoi on s'appréciait, ni ce qu'elle me trouvait. Mais on est devenues amies. Comment dire ? Comme le blanc et le noir. On s'étonne l'une l'autre.

— En quelle occasion vous a-t-elle présenté Thomas Wintersee ?

— Je me suis prudemment confiée à elle, parce que je ne voyais pas comment on allait s'en sortir. Elle connaissait bien la loi, le droit. Elle a assez vite compris que c'était grave. Elle militait chez les Verts et elle était amie avec un prof de sciences politiques. Elle lui a juste évoqué le sujet, en termes vagues, sans donner de nom. Il lui a présenté Thomas qui était un de ses amis d'enfance. Lorsqu'elle m'en a parlé la première fois, j'étais furieuse. Je l'ai traitée de folle, d'inconsciente, j'ai pensé que, protégée dans son cocon de fille à papa-maman, elle avait même pas idée du danger. Moi, parler à un flic ? « Pas un flic comme les autres, elle m'a dit. Un Européen qui ne s'intéresse pas à des petits délits à la con. Je ne vois rien d'autre pour vous sauver », elle m'a dit. C'était après le jour où Gert est venu dans le magasin de chaussures.

— OK, on reprendra demain.

Merci Adrijana, merci.

Elle raconta tout en quelques jours, pour l'enregistrement. Avec des pleurs et beaucoup de détails ajoutés au tableau. Et des photos de la tour. Lenka avait toujours aimé la photographie, mais elle ne savait pas en faire. C'est l'appareil qui faisait les choix automatiquement. Quand Dragan a appris qu'elle aimait ça, il lui a offert un reflex et lui a appris à s'en servir, à décider elle-même de la profondeur de champ ou des points à mettre en lumière en jouant sur l'ouverture du diaphragme et sur la vitesse. Et même des trucs comme filer un coup de zoom à la prise de vue. Après plusieurs essais, elle a réussi à faire la tour nette et flous les arbres et le ciel qui tournaient autour. Elle en était fière, Dragan aussi. Il l'a fait tirer en grand format et l'a mise au mur.

Les séances d'enregistrement se sont allongées. En fait, c'est allé assez vite. Elle a raconté sa première rencontre avec Thomas Wintersee, du bureau d'Europol à Berlin. Bien sûr, elle n'en a rien dit à Milosz. C'était au printemps, quand Milosz s'est mis dans la tête d'aller dans un cybercafé pour en savoir plus sur les billetteries. Et qu'il avait ses démêlés avec… Avec l'autre. Lenka a commencé à avoir très peur. Elle était dans un café près de l'université avec Hanna. Hanna lui a dit que si elle voulait, assis à une autre table, il y avait ce Thomas. Elle s'est levée pour partir, mais Hanna l'a retenue, expliquant que ça sentait trop le grillé pour ne rien faire. Qu'il ne fallait pas attendre qu'il soit trop tard. Elle s'est laissé persuader, mais pour l'écouter, rien de plus. Elle a accepté d'autres rencontres, au cas où, mais n'a pas prononcé le mot « fabrique », ni donné de noms, ni parlé des billetteries et du piratage. De toute façon, il n'avait rien à lui offrir, à part un peu d'argent. Pas suffisant pour quitter le pays et se mettre à l'abri. Et puis elle n'aimait pas faire quelque chose dans le dos de Milosz.

— Qu'est-ce qui vous a décidée ?

— La trouille. Parce que Milosz était de plus en plus mal vu. Et puis ils me dégoûtaient. Je ne l'ai pas dit à Milosz, parce qu'il ne se serait pas contrôlé, mais l'Autre m'a retrouvée. Un soir, quand je faisais un extra de soirée pour un bar. Il a voulu me raccompagner en voiture. J'ai refusé, mais il m'a coincée contre un mur et m'a tripotée de partout en disant qu'un jour…

Lenka n'avait jamais fait ça et ne se sentait pas bien de le faire. Milosz était obtus, ne voyait pas le danger. Il fermait les yeux, fidèle comme un chien, sur les commandos qui partaient bastonner, les incendies de foyers et tout le reste. Et il ne comprenait pas qu'en fait, ces types, c'était des gangsters. Une vraie mafia qui rackettait sur Internet, se faisait des millions et exploitait des gens comme lui. Mais elle n'aurait pas franchi le pas sans la peur. Ils se trouvaient tous les deux coincés entre un mur et, non pas la misère comme à la cité, mais des tueurs. Elle aurait préféré faire autrement, l'idée de balancer lui était insupportable. Mais Hanna avait raison, faut choisir son côté, on peut pas rester le cul entre deux chaises. Elle n'avait pas besoin de Milosz, depuis qu'elle l'aidait sur les écrans, elle pouvait entrer seule sur des ordinateurs personnels, sur les intranets, sur les serveurs. Elle y allait au début pour essayer de se rassurer. Mais elle était tombée sur un échange qui l'avait effrayée. Ils avaient identifié une pirate entrée dans leur intra qui officiait sous le pseudo de Savannah Bay. Ils cherchaient à l'identifier. « À éliminer », c'était écrit tel quel dans la boîte d'un prénommé Ours brun. De ce jour, elle n'avait plus pénétré l'intra de la fabrique. Et avait cédé aux avances peu séduisantes de Thomas.

— Parce qu'il vous offrait une protection et l'immunité pour Milosz ?

— Entre autres. À cette époque, j'étais certaine que ça allait mal finir. L'épisode de Chemnitz m'a totalement décidée.

Et l'enregistrement s'arrêta là. Adrijana et Dragan eurent la gentillesse de finir l'histoire pour elle, en sa présence. Ils dirent comment, à partir du moment où elle avait accepté de collaborer avec Europol, les policiers sous la conduite de Thomas avaient filé Milosz, découvert l'adresse de la fabrique, pénétré dans les réseaux informatiques de l'organisation. Mais, Salvère n'ayant pu envoyer d'effectifs supplémentaires, la surveillance de la fabrique s'était limitée à quelques journées. Suffisant pour identifier les protagonistes encore à l'œuvre, quatre hackers et leur chef, Barbara von Haselbohm. Mais pas suffisant pour remarquer les déménagements de nuit. Lors d'une soirée où une équipe avait pu se positionner au poste habituel de surveillance, à trois cents mètres des bâtiments, elle avait tout de suite noté, grâce à la vision thermique, l'absence d'émanation dans la fabrique. Signe que le chauffage avait été coupé. Thomas avait donné l'ordre d'approcher. Il n'y avait effectivement plus de chauffage. Ni de meubles, ni d'écrans, ni rien d'autre. Ils avaient tous filé. Thomas avait songé se rendre au domicile des personnes identifiées pour les interpeller, mais le commandant Salvère s'y était opposé, préférant poursuivre les filatures. Thomas avait alors décidé d'une inspection discrète dans la fabrique abandonnée. Sur place, ils eurent la surprise de repérer deux véhicules de type van. Il y avait donc du beau monde. Pas question d'intervenir, aucune instruction judiciaire n'étant officiellement ouverte. Ils retournèrent à leur poste de surveillance. Ils décelèrent à travers les vitres sales une agitation anormale pour un local vide. « Ils font une partie de foot ou quoi ? » s'était amusé un policier. Cette remarque fit tilter Thomas qui appela Hanna pour lui demander de joindre sans attendre Lenka. Celle-ci n'y parvenant pas, il eut un mauvais pressentiment qui se concrétisa lorsque, pourtant éloignés de trois cents mètres, ils entendirent des hurlements glaçants. Thomas hésita deux secondes. Les consignes du commandant Salvère étaient claires, ils ne devaient jamais savoir qu'ils étaient filés. De plus, ils n'avaient aucune légitimité à pénétrer dans un bâtiment privé. Pourtant Thomas décida d'y aller, prudemment, car il semblait y avoir trop de monde pour qu'ils fassent le poids en cas de pépin. Les cris ne leur laissèrent pas le choix. Ils entrèrent l'arme au poing, mais avec consigne de ne s'en servir qu'en cas de légitime défense. Ils ne s'attendaient pas à un tel spectacle. Deux corps suspendus au plafond, celui de Milosz sanguinolent, celui de Lenka nu. La débandade fut immédiate, par une sortie inconnue des policiers qui ne firent pas usage de leurs armes, permettant aux sept personnes de s'enfuir et de regagner leurs véhicules. Les deux victimes furent immédiatement amenées à l'hôpital, Lenka en état de choc, Milosz dans le coma. Un coma dont à ce jour il n'était pas sorti. Sur ordre de Salvère, et après entente avec la police allemande, celle-ci publia un communiqué annonçant qu'alertée par un retraité qui promenait son chien, une patrouille de police était intervenue dans une usine abandonnée où des voyous torturaient un homme et une femme, tous deux aujourd'hui plongés dans un coma profond. Sur ordre de Salvère encore, Milosz et Lenka furent transférés sous protection policière et en ambulance à Berlin. Milosz dans un hôpital militaire, Lenka dans une planque.

Ce dont Lenka ne parla pas, personne bien sûr ne l'interrogea là-dessus, ce fut de l'immense culpabilité qui la minait. Si tout cela était arrivé, c'était sa faute à elle. Adrijana devait s'en douter, car elle lui expliqua à plusieurs reprises que les gens de la fabrique n'avaient jamais eu en leur possession un indice concret des incursions informatiques d'elle et de Milosz. Juste une suspicion, plus due à l'attitude de Milosz qu'à des faits objectifs. Les chefs de l'organisation n'étaient sans doute pas au courant de l'initiative de Gert, dont l'objet semblait plus l'agression programmée contre Lenka. Elle lui expliqua que souvent la victime se reprochait les faits, alors que seul le criminel en était responsable. Mais Lenka se sentait toujours coupable.

# 35

## *Deniz*

Deniz avait maintenant toutes les cartes en main, il n'avait pas le droit d'échouer à la dernière partie. Le rapport ne devait donc rien oublier, ni l'analyse, ni les faits et pièces à rapporter, ni les faits et pièces à omettre. Il n'était pas question qu'il ne soit qu'à usage d'information de Madame la directrice générale. Il fallait le faire fuiter. Pas dans la presse. Mais parmi les édiles européens. Son ami Christophe Bruneschi avait tout de suite compris. S'il avait tenu à dîner seul avec lui la veille, un vendredi soir consacré d'habitude à plus de plaisir, ce n'était pas pour demander des nouvelles de sa famille.

— Ce n'est pas gagné, commenta le député européen en finissant de lire la note de synthèse. Ça va bien nous servir, mais tu connais les obstacles à l'extension des prérogatives du Parquet européen. Et je te rappelle que seulement vingt-deux États y sont associés. Les autres, qui semblent t'intéresser particulièrement, sont hors juridiction. Qu'est-ce que tu vas en faire ?

— Le soumettre à ma hiérarchie, Kaltbrunner avant tout, avec quelques éléments en moins, histoire que les intéressés ne soient pas trop tôt prévenus.

Deux semaines après, tu peux le diffuser à des amis. Ton patron est au courant ?

— Oui. Vaguement, puisque tu ne veux pas que je donne ton nom.

— Il ne va pas échanger ça contre quelque chose et laisser tomber ?

— Pas de risque. C'est trop bon pour lui. Si tu as besoin d'un appui, si tu veux assurer tes arrières, il voudra te rencontrer.

— Pas question. Je vous laisse faire vos salades. Tu dois te débrouiller pour m'assurer des soutiens si la direction voulait m'enlever l'enquête sur l'organisation en question.

Le lendemain, son rapport presque achevé, il remonta la rue Losserand jusqu'au cimetière du Montparnasse dans lequel il pénétra par la petite porte de la rue Froidevaux. La pluie fine, les sépultures alignées, l'allée bitumée, la rareté de la végétation lui firent se promettre à lui-même que, s'il devait être enterré, ce ne serait pas dans une ville, ou alors au cimetière munichois d'Alter Südfriedhof, qui avait tout d'un parc luxuriant. Pour se ragaillardir, il fredonna la chanson de Georges Brassens. « J'ai des tombeaux en abondance. » Pas tant que ça, pas tant que ça. Mais si je ne fais pas attention, ça risque de se multiplier, songea tout à coup Deniz. Plus Europol soulèverait de lièvres, plus il risquait d'y avoir de victimes. Malgré la pluie qui l'horripilait, il passa indifférent devant la tombe de Sartre et Beauvoir mais s'arrêta devant celle de Desnos, étonné que la dalle de marbre toute simple ait été couverte d'une gigantesque croix chrétienne. Des poèmes lui revenaient en tête, signe qu'il commençait à se détendre. « Là-bas où le destin de notre siècle saigne. » Oui, le siècle de Desnos a bien saigné. Pourvu que le nôtre ne lui fasse pas concurrence. Il fit soudain demi-tour, réalisant que deux informations devaient être ajoutées à ces pages écrites seul.

Comme entendu avec Brady Donohoe, la question ne fut pas évoquée lors du conseil de direction du lundi matin. Une réunion spéciale fut programmée pour le jeudi suivant. Deniz consacra toute son énergie à rencontrer ses collègues lors de déjeuners et dîners. Mais aucun dirigeant d'Europol n'eut communication du document avant la réunion spéciale. Lorsque le jeudi arriva, il était fin prêt. Il monta au dernier étage en compagnie de Stefanakis rejoindre dans son bureau le secrétaire général Carlos Savater. Ses précautions prises, il aborda la réunion sans appréhension.

— Madame Kaltbrunner, chers collègues, voici donc le rapport que vous m'avez demandé, commença-t-il en faisant signe à Brady Donohoe qu'il pouvait distribuer les exemplaires. Vous trouverez dans ce document tous les détails, ainsi que copies des notes, rapports et actes juridiques appropriés. Une note de synthèse résume en six pages la situation. Je vais donc être bref, s'amusa-t-il en référence à la passion de Marie-Thérèse.

Il laissa à Donohoe le temps de distribuer, puis attendit qu'une attention complète s'attache à ses paroles.

— Nous sommes désormais en mesure d'affirmer qu'il existe une organisation, dotée de ramifications dans plusieurs pays de l'Union, qui fournit des fonds, des services d'ordre et des solutions informatiques pour leur propagande à des associations et mouvements extrémistes. Son objet est d'influencer des millions de citoyens européens dans leurs choix démocratiques, à la fois par la diffusion de fake news et par l'organisation de manifestations violentes, voire insurrectionnelles. Cette organisation est criminelle à plus d'un titre. Elle fabrique et diffuse des éléments de diffamation, rackette des sites web, détourne de l'argent des billetteries en ligne, constitue des fichiers illégaux par la pratique du fishing, et à l'aide de logiciels espions très performants. Et elle a tué. Pour se protéger, elle a fait exécuter une personne et torturer deux autres. Un meurtre en France et des actes de barbarie en Allemagne. L'enquête concernant le meurtre a abouti à la mise en examen du meurtrier, mais pas des commanditaires. En Allemagne, l'enquête n'est pas encore achevée. Pour le moment, nous n'avons mis au jour qu'une faible partie des activités. C'est pourquoi je vous demande de bien vouloir agréer la création d'une équipe spécifique au sein de mon département, dédiée à la lutte contre ce nouveau terrorisme. Je ferai pour cette équipe une demande de budget spécifique.

Kaltbrunner resta le menton levé, attendant une suite qui ne vint pas. Deniz vit bien que, la forçant ainsi à demander des détails, il l'exaspérait. C'était son intention.

— Monsieur Salvère, je vous remercie pour cette communication, lourde en écrits, avare en paroles. Je crois que vos collègues et moi-même aimerions entendre également de votre bouche un résumé de l'enquête française et de ses conséquences européennes, avant de juger du bien-fondé de votre demande.

— Avec plaisir, madame. Depuis un an et demi, le secteur opérationnel de Theos Stefanakis est sensible à un certain nombre d'informations circulant de manière plus ou moins publique sur Internet au sujet de mouvements de fonds, trafics d'influence, abus de biens publics et ingérence, délits qui, tous, ont des liens avec des partis ou mouvements ultranationalistes de plusieurs États membres. Nous avons décidé de porter une attention active à ces faits qui se multiplient. Nous avons très vite compris que, s'il existait un nombre élevé d'actes épars et locaux parfois réprimés par les justices locales, nous faisions également face à une organisation criminelle structurée et paneuropéenne. Une organisation à la fois rigoureusement centralisée dans le recel de détournement de fonds publics et l'activité Internet, et tout aussi rigoureusement décentralisée dans ses actions politiques et l'attribution de fonds. Nous manquions d'éléments plus concrets, lorsque l'occasion s'est présentée de recruter des informateurs. Nous avons réussi à en recruter deux. L'une est morte, l'autre est sous surveillance policière. Cette dernière avait un rapport intime avec un salarié d'une des sociétés créées par ce mouvement. Ancien SDF, mais doué en informatique, il a été repéré par l'organisation en Slovaquie. Puis a été envoyé à Dresde dans des locaux clandestins du groupe. C'est là que nous avons recruté sa compagne. C'est par elle que nous avons appris que notre seconde informatrice, Maryam Binebine, avait été repérée, puis qu'un tueur professionnel, Lilian Petrovitch, dit Pet, ancien soldat slovaque en Irak, puis mercenaire au Donbass, avait été envoyé en France, d'abord pour la surveiller, ensuite pour l'exécuter. Il a été arrêté il y a deux jours par les autorités polonaises à Zakopane, à la frontière de la Slovaquie, où il allait sans doute se mettre au vert pendant quelque temps. Les Français attendent son extradition, mais la police polonaise ayant trouvé sur lui un carnet appartenant à Maryam Binebine, son implication ne fait aucun doute. Le compagnon de notre informatrice allemande a été torturé il y a deux semaines. Il est aujourd'hui sous protection, mais dans un état de coma profond. Notre informatrice est encore sous le choc. De ce fait, notre mini-réseau d'informateurs n'existe quasiment plus. Les installations sommaires utilisées par le mouvement à Dresde ont été abandonnées. D'où mon intention de créer une équipe spécifique capable d'intervenir sur le terrain.

Comme entendu avec Deniz, Theos Stefanakis, en tant que directeur du secteur opérationnel, précisa que cette équipe spécifique était à l'étude, l'idée étant qu'elle travaille en étroite collaboration avec les trois départements sous l'autorité de Stefanakis et de Salvère. Un projet stipulant la forme et les moyens serait remis à la direction générale. Stefanakis insista sur le danger terroriste d'une telle organisation, qui n'avait toujours pas de nom.

Maria Kaltbrunner ne répondit rien mais accusa le coup. Il lui parut évident que la majorité des personnes assises autour d'elle, dont certaines qu'elle pensait avoir choyées, lui imposaient une décision. Deniz le lut sur son visage. Bien que peu encline à intervenir sur le domaine politique, Elzbieta Moscowicz, la directrice du département de lutte contre le grand banditisme, abonda dans le sens de Deniz.

— Certains nous accuseront d'enfreindre la neutralité

du service public. Il faut être vigilants dans nos actes et nos écrits sur ce point. Mais je rappelle que notre charte fondatrice mentionne la défense des traités et institutions européens, au même titre qu'une justice nationale réprime tout délit contre la Constitution. Face au danger d'une ingérence interne ou externe que nous décrit le commandant Salvère, face au risque de collusion entre le grand banditisme et ces mouvements sans scrupules, je pense que nous sommes mal et sous-organisés.

— Les nouvelles compétences dont nous a dotés l'Union vont avec un accroissement constant de nos moyens, précisa Carlos Savater, le secrétaire général. Le prochain budget est arrêté, nous ne pouvons plus obtenir de rallonge. Mais les nouveaux moyens peuvent être en partie affectés à une réorganisation. Cela ne dépend que de nous. Je n'y vois aucune objection administrative, conclut-il en se tournant vers Ulrik Lund.

— Je ne vois pas non plus d'objections juridiques. Et les polices nationales sont plutôt demandeuses sur le sujet, confirma le Danois.

Manquait l'opinion de Wolfgang Brenner. Deniz ne fut pas surpris de l'entendre rappeler que la cybercriminalité était son domaine et que c'était par son service que Maryam Binebine avait été repérée.

— Nous lui avons rendu ce jour-là un bien mauvais service. Il n'est pas dans nos coutumes d'honorer nos informateurs, mais nous savons tous, ici, qu'elle est la première victime d'une forme nouvelle de mafia qui ronge nos sociétés.

Deniz s'en voulut d'avoir laissé à Brenner l'opportunité de cet hommage qui lui revenait. Preuve de son insensibilité, aurait dit Elsa. Mais il attendait surtout la suite.

— J'ai eu l'occasion de m'entretenir avec le commandant Salvère sur ces questions. Je pense qu'une excessive prudence est nécessaire pour éviter de compter de nouveaux morts dans nos rangs. Notre institution n'y est pas habituée, elle n'a pas à l'être. Notre responsabilité semble faible, voire nulle, dans le décès et la torture physique de deux informateurs. Il n'en reste pas moins qu'avec le meurtre de Binebine et la mise à l'écart de l'informateur d'Allemagne, le code K360 n'a plus de raison d'être. Humainement, c'est toujours inacceptable. Politiquement, ça va faire des remous car nos élus n'apprécieront guère le battage médiatique. Je ne voudrais pas qu'un service d'Europol, trop engagé sur les terrains nationaux, ait d'autres victimes à déplorer. Ces précautions prises, j'approuve la proposition de mon collègue.

Maria Kaltbrunner ne manqua pas de mettre en garde le commandant Salvère contre toute maladresse ou jugement précipité qui pourrait entraver le libre jeu démocratique dans lequel populisme et nationalisme avaient une place légale. Mais elle ne voulait pas s'opposer au renseignement des bases de données européennes et à la répression des délits d'une ou de plusieurs associations illicites. Cela ne pouvait devenir la mission prioritaire du département de lutte contre le terrorisme, et elle voulait être régulièrement informée de la progression des enquêtes. Sous ces conditions, la directrice générale d'Europol accorda la création d'une équipe dédiée au sein de la section opérationnelle.

## 36

## *Elsa*

Au deuxième étage, Elsa, Max et Inès attendaient la fin de la réunion avec impatience. Lorsque Deniz sortit de l'ascenseur, ils étaient tous prêts à discuter de points qui leur semblaient encore obscurs dans l'affaire Binebine, en visioconférence avec Adrijana et Dragan, toujours à Berlin. Deniz expliqua d'abord la création de la nouvelle équipe.

— Une équipe sous la direction de Stefanakis, remarqua Elsa.

— Sous la compétence, rectifia Deniz qui ne pouvait retenir son sourire de vainqueur. Sa direction effective sera rattachée à notre département.

— Bravo, commandant, bien joué, ne put s'empêcher de réagir Dragan sur l'écran.

Tous applaudirent le commandant, parce que ce travail les excitait et qu'ils appréciaient de ne pas être limités dans leurs enquêtes par des supérieurs multiples. Puis Deniz fit part des conclusions dans l'affaire Binebine, du moins ce qu'il pouvait leur en dire. Il omit donc le début de l'affaire qu'il avait raconté sous le sceau de la confidence à Elsa. Tout avait commencé, un an auparavant, dans le bureau de son ami Louis

Carpita. Le responsable des services informatiques avait prétexté une urgence pour le laisser seul face à un dossier ouvert, en lui demandant de l'attendre. Deniz avait compris l'intention. La manière de procéder du Belge signifiait « Tu as lu mais je ne t'ai rien communiqué ». Le dossier portait sur des renseignements envoyés sous pseudonyme par un informateur inconnu. À la demande de Wolfgang Brenner, les agents de Carpita avaient identifié Maryam Binebine. Pourquoi lui montrer ce dossier qui aurait dû rester confidentiel ? Deniz le savait pertinemment : les informations concernaient un grand nombre de départements, mais Brenner n'avait pas l'intention de solliciter ses collègues. Pour deux raisons. D'abord parce que Brenner était un adepte de la « théorie des containers » : une affaire à un département et un seul. La seconde était qu'une lutte feutrée existait depuis peu à Europol entre les tenants d'une action spécifique à mener contre le terrorisme de l'ultra-droite européenne et ceux pensant que cela relevait de questions politiques nationales hors du champ des compétences d'Europol. Dans le premier camp, mené par Salvère, se trouvaient Theos Stefanakis, Louis Carpita et Brady Donohoe. La partie opposée, menée par Brenner, était moins structurée, mais elle jouissait de l'appui timoré du directeur général de l'époque, de l'hésitation d'Elzbieta Moscowicz, du secrétaire général Carlos Savater et d'Ulrik Lund, trop soumis à la pression des polices nationales. Autant d'importants dirigeants de l'institution que Deniz s'était juré de convaincre, d'autant que le directeur général arrivait en fin de mandat.

— Au début de cette année, expliqua-t-il à l'équipe,

j'ai eu communication des informations fournies par Maryam Binebine. Dragan s'est chargé de les vérifier puis, avec l'aide des services de Carpita, de remplacer le capitaine Van der Linden qui communiquait avec elle sous le pseudonyme d'Onkel. Dragan est ainsi devenu son agent de liaison exclusif il y a quelques mois.

Personne n'osa poser de questions, mais tout le monde put alors comprendre la raison de l'animosité qui pesait entre les deux départements. Et la complicité muette de Carpita, sans qui pareille opération eût été impossible.

— Maryam est surtout intervenue comme une alerte, précisa Dragan. Elle a découvert, sur les échanges auxquels elle avait accès, le lien entre des affaires que personne n'aurait songé à rapprocher, d'autant qu'elles concernaient des pays différents. Sous le pseudo Savannah Bay, qu'elle avait emprunté à sa maîtresse Fatouma, Maryam nous a révélé le transfert de fonds roumain servant à payer quelques hommes de main gravitant autour d'une cité et d'un club de foot dans la région de Bratislava. Là même où Milosz a commencé sa carrière.

Deniz donna la parole à Elsa pour qu'elle rapporte les informations de dernière heure.

— La police française a fini par interpeller hier Gérard Desfossés qui se cachait chez un cousin, à Nice. Il n'est pas très coopératif et a rédigé une déclaration avec son avocat. Il reconnaît qu'il est possible que l'ordinateur de l'association dont il était le trésorier ait été utilisé à des fins personnelles, mais il ne sait par qui. Pas par lui en tout cas. Il reconnaît également avoir reçu la visite de Lilian Petrovitch qu'il ne connaissait pas mais lui le connaissait, Desfossés représentant son association à la Ligue européenne des mouvements laïcs nationaux, un mouvement quasi inexistant qui sert surtout à recevoir de maigres subventions, m'a-t-on précisé à Bruxelles. Petrovitch, de passage en France, se serait présenté comme un militant slovaque de la laïcité et aurait manifesté, dans un français à peine compréhensible, son souhait de rencontrer Maryam avec qui il avait échangé deux ans auparavant. Desfossés l'avait orienté vers Montencour, fin de sa déclaration que nous avons beaucoup de mal à croire.

— C'est avec les informations de Maryam que Dragan a pu compléter le tableau, poursuivit Deniz. Il y a certainement, dans d'autres lieux d'Europe, des opérations semblables, mais celle que nous avons pu reconstituer est pour l'instant la seule. Cela a commencé par l'achat de très nombreux appartements dans une cité de Bratislava. À la chute du communisme, les appartements avaient été vendus à un prix dérisoire aux occupants. Mais la cité n'était pas reluisante. Peu à peu, les gens qui trouvaient des emplois mieux payés sont partis et une société immobilière s'est mise à les racheter sans prévoir l'appauvrissement qui allait frapper la cité. Mise en faillite, la société a dû céder ses actifs pour une bouchée de pain. C'est là qu'apparaissent pour la première fois nos malfaiteurs. Une société de bailleurs sociaux est créée pour gérer en toute légalité ces appartements. Nous attendons de la justice slovaque, qui traîne les pieds, le nom des financeurs. Chez ce bailleur officie la première figure identifiée de cette nébuleuse, Mattheus. Faute de collaboration slovaque, nous ne connaissons ni son nom ni son pedigree. Son rôle est de faire rentrer les loyers d'une cité mal entretenue puis d'obtenir, en complicité avec des élus, la gestion du stade voisin. Dans ce stade, la location du terrain pour les entraînements de l'équipe d'un club de foot plus riche permet de blanchir l'argent utilisé à recruter des agents d'un genre singulier. Mattheus et ses sbires embauchent du personnel selon deux profils, des brutes pour cogner, des geeks pour gérer. Tous ont en commun une haine des migrants, vus comme des envahisseurs. Des affiches anonymes reproduisent la photo de la longue colonne de migrants arrivant en Europe avec des slogans du genre « Ils viennent prendre votre place ». Mais le recrutement n'est pas simple, et Mattheus semble penser qu'il faut recruter au plus bas pour mieux contrôler des personnes qui lui devront tout. Milosz, alors à la rue, en fait partie. Il a cette particularité de présenter les deux profils, la brute et le fou d'informatique. Chez Milosz, ce n'est qu'une passion pour les jeux et les écrans. En deux ans, Mattheus va en faire un hacker.

— Pourquoi ce manque de coopération de la justice slovaque ? demanda Inès.

— Officiellement parce que aucun délit n'a été constaté. Tout est régulier. C'est bien ce qui nous pose problème. Aucune enquête n'a pu jusqu'à aujourd'hui rattacher les rackets et détournements de fonds à une quelconque association de malfaiteurs. L'assassinat de Maryam est le premier délit patent, mais il y a lieu de croire que jamais Lilian Petrovitch ne parlera et nous sommes donc le bec dans l'eau. Je poursuis. Pour une raison et par des liens que nous ignorons, la fabrique de Dresde a besoin de main-d'œuvre. Elle a visiblement pour mission de racketter sur Internet. Mais une nouvelle mission s'ajoute qui demande de nouveaux talents. Il s'agit de pirater des sites d'administrations privées et publiques un peu partout en Europe, grâce à des logiciels espions acquis certainement en Russie. On pompe alors les datas et on constitue des fichiers de profils riches de dizaines de milliers de données par individu. Ces profils sont regroupés par centres d'intérêt, on leur propose des informations ciblées et enfin on passe à l'attaque avec des campagnes bien pensées de fake news. C'est à cela que Milosz est affecté, alors que son copain Petrovitch entre lui dans l'aile disons militaire de l'organisation. Là encore, faute de moyens d'enquête, nous n'avons que les éléments fournis par notre informatrice de Dresde. Notamment deux noms, la patronne de Milosz, Barbara von Haselbohm, informaticienne qui a travaillé pour Google avant de rejoindre la fabrique. Nous savons maintenant que son père était colonel dans la Stasi, le service de renseignement politique de l'Allemagne de l'Est. L'autre est plus singulier. Gert Schumacher, fils lui aussi d'un dirigeant de l'Allemagne de l'Est, mais dirigeant économique converti avec succès à l'économie de marché. Apparemment un fils à papa très politisé, néonazi assumé. Nous ne savons pas bien quel est son rôle. Mais revenons à Maryam. À toi, Dragan.

— Il s'est vite avéré que Mme Binebine n'avait pas une claire conscience du danger encouru, ni de sa très relative clandestinité. Elle avait de plus une tendance fâcheuse à prendre tout cela comme un jeu. Maryam, avec qui j'avais de longs échanges, n'avait que très peu confiance en nous et en la police en général.

Elle voulait transmettre ses infos et voir ce que nous en ferions, mais pas nous donner les accès aux sites d'échanges qu'elle infiltrait. Je lui ai fait valoir le danger et lui ai proposé de travailler à partir de nos serveurs protégés qui ont l'avantage de rebondir de site en site. Elle a accepté, mais c'était hélas trop tard, elle avait déjà été repérée par ceux qu'elle piratait. Les dernières informations qu'elle nous a remises concernaient l'affaire suivie par l'OLAF, l'organisation antifraude européenne, sur son enquête en Tchéquie. Cela nous a permis de faire le lien avec les Slovaques.

— Nous ne savions pas qu'elle avait été repérée il y a bien longtemps et qu'en continuant nous-mêmes son travail, les responsables de la fabrique de Dresde penseraient que Maryam était toujours active, reprit Deniz. C'est grâce à notre informatrice de Dresde que nous avons reconstitué les faits. Au printemps dernier, les responsables de la fabrique repèrent des intrusions répétées et confient à Milosz le soin de remonter la piste. Celui-ci y parvient jusqu'à un certain stade, mais il reste une barrière qu'il ne parvient pas à franchir. Son responsable informatique, un certain Dietrich, se convainc que, sans code, l'intrusion est impossible. Il leur suffit alors de trouver le propriétaire du code repéré, qui se trouve quelque part du côté de l'association France laïque. Ils dépêchent alors à Paris, continue Deniz, un homme des basses besognes, Lilian Petrovitch, afin de savoir exactement qui est et ce que sait ce pirate. Nous sommes à la fin août. Il obtient le nom de Gérard Desfossés, qui est sans doute le détenteur du code, et par lui remonte jusqu'à Maryam. Pendant ce temps, avec l'aide de Lenka, nous continuons à infiltrer le réseau informatique de la fabrique. Ses dirigeants prennent peur et demandent à Pet d'entrer en action de façon à faire cesser définitivement le piratage dont ces hackers sont victimes.

Elsa expliqua alors comment Lilian Petrovitch avait agi.

— Petrovitch acquiert une connaissance suffisante de sa future victime, grâce à des filatures, la maîtrise de son téléphone et, certainement, une visite chez elle où il a découvert son carnet. Le samedi 22 septembre, le plan de Petrovitch est fin prêt. Il suit Maryam, connaît son rendez-vous avec Fatouma, ce qui l'arrange car il pourra lui mettre le crime sur le dos. Il attend patiemment en bas de l'immeuble de la rue Amelot puis passe à l'action. Lorsqu'il pénètre dans l'appartement, Maryam est endormie dans son lit, mais il ne voit d'abord pas Fatouma. Il égorge Maryam dans son sommeil, Fatouma le voit, il n'est pas encagoulé contrairement à ce qu'elle nous a affirmé. Il ne met pas beaucoup de temps à lui mettre le marché dans les mains, soit elle se tait, soit il s'occupe d'elle. Il ne doit pas lui faire vraiment confiance, mais il s'en moque : il en a fait la principale suspecte, d'autant qu'elle a laissé ses empreintes partout. Il ne sait pas alors qu'elle aura la force de tout nettoyer. Il se saisit du cahier de Maryam qu'il avait trouvé lors de sa première visite et s'en va, laissant Fatouma terrorisée dans l'appartement. Fatouma, craignant que nous ne sachions déjà qu'elle connaît Petrovitch, prend peur lorsque Elsa lui montre son portrait-robot et nous envoie sur une fausse piste, nous faisant croire qu'elle l'a vu en discussion avec Maryam dans le bar où elle l'a rencontrée la première fois. Fin du premier acte.

— Fatouma nous a donc menti ? réagit Max de Saint-Pierre.

— Exactement. Elle l'a reconnu lors du dernier interrogatoire que j'ai mené. On peut comprendre sa fuite et ses mensonges. Se trouver nez à nez avec l'égorgeur de votre amante, c'est plutôt flippant. Le carnet de Maryam, dont la police polonaise nous a transmis la copie, joue un grand rôle dans cette affaire. Elle y a noté bien trop de choses. Entre le journal intime de jeune fille et les Mémoires d'une hackeuse amatrice. S'y trouvent les codes dont elle usait, les résumés des informations piratées, dont une est suivie de cette note stupide : « Demander à Salima. » Pour Petrovitch, cette Salima est peut-être sa complice. Il a ses coordonnées par le téléphone de Maryam. Cette fois, pas question de tuer car le piratage continue, opéré désormais par notre informatrice de Dresde. Il faut faire parler Salima, qu'il enlève. Filé par une seule voiture, celle de Max et Adrijana, sur les routes peu fréquentées autour de Goussainville, Petrovitch se rend compte que la police est à ses trousses. Sur ordre de ses supérieurs qui redoutent surtout qu'on connaisse leur existence, il abandonne Mme Duval sur le lieu de détention prévu puis disparaît parce que l'intervention de la police lui confirme que nous sommes déjà en contact avec elle, et donc que nous sommes en possession des informations sur le piratage.

— Et le frère de Salima ? interroge Inès qui n'avait que partiellement suivi l'affaire.

— Ahmed François Benassem, dit Afra, est rentré en France, sans doute avec l'intention de reprendre contact avec Maryam qui a avorté de son enfant et commence une nouvelle vie avec Guillaume Netailler, expliqua Elsa. Il n'est certainement pas venu pour cela, mais peut-être parce qu'il redoute une vie brève sur le front qu'il s'apprête à rejoindre, il se débrouille pour croiser son neveu et tente en vain d'approcher son ancien amour. Il disparaît ensuite, peut-être sans avoir appris le meurtre de Maryam.

— Passons au troisième et dernier acte, reprend Deniz. Les dirigeants de la fabrique comprennent qu'il leur faut déménager et vite. Mais ils ne savent toujours pas avec certitude qui est vraiment l'auteur de leur piratage, ni ce que la police sait exactement, encore moins qu'Europol mène l'enquête. Parmi leurs opérateurs s'en trouve un qui a perdu leur confiance. Il a été recruté à l'étranger, en Slovaquie, et présente un profil différent des autres pirates. Ancien SDF, instable, peu formé, il ne leur sert plus à rien. Il est de plus en conflit d'humeur avec un de leurs responsables, Gert Schumacher, un prédateur sexuel qui en veut à sa compagne. Ils le lui abandonnent avec certainement mission de lui donner une correction dont il se souviendra assez pour se taire. Le déménagement est opéré en une nuit, juste avant que notre équipe berlinoise tombe sur une bande de voyous en train de torturer Milosz et d'agresser sexuellement sa compagne que l'on sauve d'un viol de justesse. Afin de préserver l'anonymat nécessaire à la poursuite de notre enquête, et devant le nombre élevé de protagonistes se trouvant face à elle, l'équipe de Thomas Wintersee les laisse partir. Dragan puis Adrijana, dépêchés sur place, recueillent alors la compagne de Milosz dans un lieu sécurisé. Milosz est en sécurité dans un hôpital militaire, dans un état de coma profond.

— Et maintenant ? demanda Elsa lorsque, à l'invitation de Deniz, ils se retrouvèrent avec Max et Inès pour déjeuner dans un restaurant de poisson de La Haye.

— Maintenant, répéta Deniz, je pressens que le soldat Petrovitch est bien trop formé pour jamais donner le nom des commanditaires, qu'il sera transféré en France et jugé pour le meurtre de Maryam. Point final. Mais pas pour nous. Je ne me sens pas responsable de sa mort, mais avec des moyens conséquents nous aurions pu agir plus vite et l'éviter. J'ai obtenu ce matin ce pour quoi je me bats dans cette digne institution depuis plus d'un an. Il y aura encore des embûches et des lenteurs, mais j'aurai des moyens adéquats pour mener une affaire de police que la politique ne viendra pas obstruer. Et tant que nous n'aurons pas démasqué les commanditaires du meurtre de Maryam et de l'enlèvement de Salima, tant que nous n'aurons pas démonté l'organisation mafio-terroriste qu'ils dirigent, nous n'aurons pas terminé notre travail.

— Que sait-on exactement d'eux ? demanda Inès.

— Cela commence certainement il y a trente ans, au cours d'une rencontre européenne de l'extrême droite. S'y sont sans doute retrouvés des gens très différents dont certains ne se parleront plus par la suite. Mais à la fin des années 90, les différences entre parlementaristes, qui veulent prendre le pouvoir par les urnes, et partisans du coup de force ne les empêchent pas de se retrouver dans les mêmes réunions. Des amitiés ont dû s'y nouer. La majorité des militants et des élus jugent les ultras infréquentables, mais certains pensent d'une part qu'il faut les garder sous contrôle, d'autre part qu'ils peuvent servir aux basses besognes. Au début, ils sont bien utiles pour contrer les manifestations que l'extrême gauche organise un peu partout en Europe chaque fois qu'un de leurs dirigeants se déplace. Avec le temps et la révolution technologique, tout en restant dans l'ombre, leur emploi a évolué. Vers la collecte de fonds et le piratage informatique. Des gens plus expérimentés ont sans doute fait leur apparition, prenant peut-être le contrôle de la logistique, voire de l'intendance, au point d'avoir un rôle décisionnaire. C'est ce que notre travail va nous apprendre.

— Nous n'en sommes donc qu'au début, s'exclama Elsa, que cette perspective enthousiasmait. Nous allons travailler sur ce dossier à l'avenir avec de nouveaux collaborateurs ?

— Il faut assumer toutes les missions du département, tempéra Deniz. Mais oui, nous allons y consacrer du temps et de l'énergie. Une bataille est en partie perdue, puisque les commanditaires courent toujours. Et en partie gagnée puisque nous avons identifié une part de leurs activités et qu'ils ont dû démanteler les structures que nous connaissons. Mais l'enquête ne fait effectivement que commencer et, bien sûr, c'est notre département qui en est chargé. Si l'Europe devient un club de loisir pour dirigeants nationalistes qui ont réussi à ossifier les pouvoirs judiciaire, exécutif et législatif de l'Union, Europol n'aura plus de raison d'être, et la défaite nous réduira à une bureaucratie inefficace. Mais on peut aussi gagner la guerre. Encore faut-il la déclencher.

## DU MÊME AUTEUR

*Aux Éditions Gallimard*

*Dans la Série Noire*

RETOUR À BERLIN, 2021.

LE RÉVEIL DE LA BÊTE, 2020, Folio Policier n° 943.

*Composition APS-ie*
*Impression Maury Imprimeur*
*45330 Malesherbes*
*le 28 septembre 2021.*
*Dépôt légal : septembre 2021.*
*Numéro d'imprimeur : 257133.*

ISBN 978-2-07-295051-3. / Imprimé en France.

**396848**

DISPONIBLE DANS LA SÉRIE NOIRE

série noire
GALLIMARD